SV

Attila Bartis
Die Ruhe

Roman

Aus dem Ungarischen
von Agnes Relle

Suhrkamp Verlag

Die Originalausgabe erschien 2001 unter dem Titel
A Nyugalom bei Magvető in Budapest.
Die Übersetzung wurde gefördert vom Literarischen Colloquium Berlin
mit Mitteln des Auswärtigen Amtes und der Senatsverwaltung
für Wissenschaft, Forschung und Kultur, Berlin.

Satz: Libro, Kriftel
Druck: Freiburger Graphische Betriebe, Freiburg
Printed in Germany
ISBN 3-518-41682-0
Erste Auflage 2005

1 2 3 4 5 6 – 10 09 08 07 06 05

Die Ruhe

Samstagvormittag um elf war die Beerdigung, dabei hätte ich lieber ein paar Tage länger damit gewartet, vielleicht würde Eszter ja noch kommen, aber eine weitere Aufbewahrung im Kühlraum war auch gegen Aufpreis nicht möglich, die Frau im Büro berief sich auf irgendeine neue Verordnung und fragte, warum ich sie nicht einäschern ließe, das sei doch billiger und auch viel praktischer, ich könne einen Zeitpunkt wählen, der allen in der Familie passe, worauf ich nur sagte, ich verbrenne meine Mutter nicht, dann soll es von mir aus am Samstag sein, und ich bezahlte für die drei Tage Aufbewahrung im voraus, worüber sie mir eine Quittung ausstellte, schließlich trug sie »siebenhundertvier – mit Sarg – Samstag – Kerepeser Friedhof« in das Auftragsbuch ein, legte mir irgendwelche Papiere vor und zeigte mit dem Kugelschreiber, wo ich unterschreiben sollte.

Als mir die Frau im Büro die Einäscherung vorschlug, wurde ich übrigens einen Moment unsicher, denn mir fielen die hysterischen Turnvorführungen meiner Mutter ein. Schau, so setzen sie sich alle auf, sagte sie immer, klammerte sich an die Lehne des Thonetstuhls neben ihrem Bett und machte vor, wie die Toten im Ofen sich aufsetzen, denn sie hatte ein paar Monate zuvor einen Bericht darüber gesehen, und seither fing sie fast jeden Morgen wieder damit an, doch ich sagte, beruhigen Sie sich, Mutter, Sie werden nicht verbrannt, und Vorsicht, Ihr Tee kippt noch um, aber ein paar Tage später fing sie wieder von vorne an, die Einäscherung sei gottlos, und ich wußte, sie hatte Angst, wer verbrannt werde, könne nicht auferstehen, und im Grunde gefiel mir das, denn ihr ganzes beschissenes Leben lang hatte sie mit Gott nie etwas am Hut gehabt. Zuletzt forderte sie sogar, ich solle schwören, daß sie nicht ins Krematorium komme, sie verbiete es, daß man sie verbrenne, worauf ich sagte, daß ich gar nichts schwöre, zum Glück könne sie ja noch laufen, sie solle doch zum Notar gehen, dort könne sie es schriftlich haben, daß man sie nicht verbrennen dürfe, und erst dann hörte sie auf, denn seit fünfzehn Jahren hatte sie panische Angst, auch nur einen einzigen Schritt aus der Wohnung zu tun.

Einen Moment lang stellte ich mir vor, wie sie sich aufsetzte, jetzt allerdings, ohne sich am Thonetstuhl festzuhalten, aber dann fiel mir Eszter ein, daß sie vielleicht doch noch zurückkommen würde, denn ich hätte es gern gehabt, daß sie den verschrumpelten Körper sah, die verkrampften Finger mit den in der letzten Nacht bis zum Nagelbett heruntergebissenen Fingernägeln, daran die sieben Gedenkringe, vom Gedenkring »Julia der Saison« über den »Gedenkring der Freunde der Poesie« bis zum »Gedenkring des Moskauer Theaterfestivals«, Ringe, von denen längst die Vergoldung abgegangen war und die ihre Finger grün oder schwarz verfärbt hatten, je nachdem, ob sie aus Kupfer oder aus Aluminium waren. Ich wünschte, sie hätte das vom Haarspray verklebte, strohgelbe Haar gesehen, auf dem sich die Farbe von Jahr zu Jahr ungleichmäßiger verteilte, während die aschgraue Kopfhaut bereits durchschimmerte, die von der Leichenstarre wieder prallen Brüste, die sie damals, nach kaum anderthalb Monaten Stillzeit, mit Salz eingerieben hatte, damit die Brustwarzen nicht schlaff wurden, vor allem aber wünschte ich mir, sie hätte den Blick der Toten gesehen, jenen Blick, der sich in nichts von dem zu Lebzeiten unterschied und dessen bläuliches Schimmern von Samstag an in der Tiefe eines seit fünfzehn Jahren leer stehenden Grabes leuchten würde, denn man konnte ihr die Augen nicht schließen.

Eine Todesanzeige war überflüssig, schließlich hatte sie schon seit anderthalb Jahrzehnten keine Bekannten mehr, und ich wollte nicht, daß außer Eszter noch jemand zum Friedhof käme. Überhaupt hasse ich Todesanzeigen, in der Schublade meiner Mutter gab es mindestens dreißig davon. Man hatte vergessen, ihren Namen von verschiedenen Protokoll-Listen zu streichen, und so hatte der Postbote ihr sogar vorletztes Jahr noch eine gebracht, die sie sich tagelang anschaute: Der arme kleine Winkler, was für ein geschickter Harpagon er doch war, ist das Leben nicht furchtbar, selbst ein so hervorragender Schauspieler ... Ausnahmen gibt es nicht. Schrecklich. Einfach schrecklich. Vergiß das nie, mein Sohn, heute Winkler, morgen du. Pardon wird nicht gegeben.

Und manchmal kramte sie eine nach der anderen aus der Schublade hervor und legte sie nebeneinander auf den Schreibtisch, nach Art einer Patience. Vom vielen Anfassen waren sie schon ganz speckig, wie die Wahrsagekarten der Zigeunerinnen, nur konnte man ihnen den Zeitpunkt des Todes viel genauer entnehmen, und ob plötzlich und unerwartet oder nach langem Leiden. Stundenlang ordnete sie die schwarz umrandeten Karten nach Todesdatum, Lebensalter oder Religionszugehörigkeit und trank dabei ihren Pfefferminztee.

Die Protestanten leben im Durchschnitt sechseinhalb Jahre kürzer als wir. Das kann kein Zufall sein. So etwas ist ganz bestimmt kein Zufall, mein Sohn, sagte sie.

Sie haben sicher Recht, Mutter, aber ich muß jetzt arbeiten, sagte ich, und sie ging in ihr Zimmer zurück und rechnete von neuem herum, wer am längsten lebte.

Vorigen Sonntag hatte ich eine Lesung auf dem Land. Diese Einladungen nahm ich weniger des Geldes wegen an als aus Atemnot. Ich kaufte ein, bereitete ihr ein warmes Essen vor, dann schloß ich sie in der Wohnung ein, und noch als der Schlüssel sich zum zweiten Mal im Schloß drehte, hörte ich, Wannkommstdu?

Ich beeile mich, Mutter, spätestens morgen abend, die Suppe ist im Kühlschrank, vergessen Sie nicht, sie aufzuwärmen, und schalten Sie den Fernseher über Nacht aus, antwortete ich, jetzt schon an der mit einem doppelten Querriegel versperrten Tür, worauf sie noch die doppelte Sicherheitskette vorhängte, aus ihrer Sicht nicht ohne Grund, wie sie aus ihrer Sicht auch nicht ohne Grund stets einen Feuerlöscher griffbereit hatte und Desinfektionsmittel und einen Wertheim-Tresor, und wie sie auch nicht ohne Grund mich ihre Post öffnen ließ, wochenlang, weil sie im Fernsehen gesehen hatte, was von einem Ministerpräsidenten oder einem Bürgermeister nach dem Öffnen eines Briefes übriggeblieben war.

Fleischfetzen, mein Sohn, sie haben die Fleischfetzen um den Schreibtisch herum gezeigt, sagte sie und eilte zum Klo, als hätte sie mir das Öffnen der Briefe nur deshalb überlassen, weil sie so dringend mußte. Eines Nachts klopfte sie an meine Tür, blieb aber auf der Schwelle stehen, denn sie trat nie ein, wenn ich zu Hause war, und legte los, willst du mich umbringen mit deinem Zigarettenrauch, und ich sagte, ich lüfte gleich, Mutter, doch sie blieb in der Tür stehen.

Was ist denn, Mutter, fragte ich.

Das weißt du ganz genau. Untersteh dich, in meinen Briefen zu lesen. Das ist mein Leben, einzig und allein mein Leben, das geht dich überhaupt nichts an, verstanden? Und ich sagte, schon gut, in Zukunft werde ich sie nicht mehr öffnen, aber jetzt solle sie doch wirklich ins Bett gehen, es sei drei Uhr nachts, und in den letzten Monaten schrieb ich ihr dann keine Briefe mehr.

Ich ging zu Fuß zum Bahnhof, das ist bequem, nicht mal eine halbe Stunde, und ich hatte diesen Spaziergang dringend nötig. Ich machte regelmäßig einen Spaziergang, bevor ich irgendwohin ging, und wenn es nur bis zum Laden war, immer drehte ich eine Runde im Museumsgarten oder um den Block, während ich mich auf die Sätze vorbereitete, die nicht auf *Mutter* enden. Obwohl das so noch nicht ganz stimmt. Ich mußte mich nicht nur auf andere Sätze einstellen, sondern auch auf andere Gesten, auf andere Atemzüge. Die ersten paar Minuten waren immer eine Art Niemandsland, schließlich hatten sich seit fünfzehn Jahren der Wechsel der Jahreszeiten, die Überschwemmungen der Donau und der Zerfall von Schreckensreichen im Intervall zwischen Wannkommstdu und Wowarstdu abgespielt. Alles war zwischen Wannkommstdu und Wowarstdu geschehen: Broker hatten Religionen gestiftet, Bilanzbuchhalter die Offenbarung des Johannes umgeschrieben, Tornados wurden nach Sängerinnen benannt, Erdbeben nach Politikern, fünfzehn Friedensnobelpreise hatten ihren Besitzer gefunden, und ebenso viele Greisinnen waren im Boot von der letzten Leprainsel der Welt geflohen. Zwischen einem einzigen Wannkommstdu und Wowarstdu hatte man drei Sozialgesetze und dreihundert Satelliten in Umlauf gebracht, in Asien drei Sprachen für tot erklärt und in Chile dreitausend politische Gefangene mit Hilfe eines Minenunglücks verschwinden lassen. Zwischen Wannkommstdu und Wowarstdu hatte der nächstgelegene 24h-Laden dichtgemacht und der betrügerische Gebühreneintreiber im Bezirk seine Runden gedreht, war der alte Postbote an geschmuggeltem Methylalkohol erblindet und der ganze Dreck aus der Kanalisation wie ein Geysir in die Höhe geschossen. Zwischen diesen beiden Fragen trat der Hausmeister seiner Tochter den Fötus aus dem Bauch, weil die vierzehnjährige Emőke gesagt hatte, sie liebe den Sportlehrer und wolle nicht abtreiben, das erste Mal trat er ihr in dem Moment in den Bauch, als meine Mutter fragte, Wannkommstdu, und als ich von Eszter nach Hause kam und behauptete, ich sei im Konzert gewesen, hatte Emőke bereits die erste Operation hinter sich.

Wenn ich schon die Einladung für die Lesung angenommen hatte, so wollte ich sie auch mit allem Drumherum durchstehen, schließlich fuhr ich ja freiwillig hin. Für den Fall, daß Fragen kommen würden, hatte ich vor, auch zu antworten, denn in eine Dorfbibliothek wird man ja eingeladen, damit einem Fragen gestellt werden können: Warum man schreibe, woran man zur Zeit arbeite, ob man mit seinen bisherigen Erfolgen zufrieden sei oder sich mehr erhofft habe? Und ich notierte mir sogar ein paar vorgefertigte Antworten auf einen Zettel, um mir nicht dort den Kopf zerbrechen zu müssen, denn ich bin ziemlich langsam, meine improvisierten Antworten sind meist völlig unbeholfen, und es ist auch schon vorgekommen, daß ich vor Scham fast im Erdboden versunken wäre, als ich die Einladung zu einer Live-Sendung im Fernsehen angenommen hatte, wo die Moderatorin drei Schriftsteller befragte, und als ich an die Reihe kam und sagen mußte, warum ich schreibe, konnte ich an nichts anderes mehr denken, als daß meine Mutter jetzt vor dem Fernseher saß, ihren Pfefferminztee trank, und wenn ich nach Hause käme, fragen würde, Wowarstdumeinsohn. Und dann sagte ich in der Sendung, Schreiben sei der Selbstmord feiger Menschen, aber einen Augenblick später merkte ich schon, daß ich das besser nicht gesagt hätte, sofort stürzte sich die Moderatorin darauf, sie könne mir aus dem Stegreif Autoren aufzählen, mit deren Namen sich ganze Lexika füllen ließen, für die doch wohl eher der Strick oder der Güterzug Selbstmord bedeutet hätten, und von da an unterhielt sie sich nur noch mit den beiden anderen Schriftstellern, die zweifellos sehr viel durchdachtere Antworten gaben, und ich saß dreißig Minuten lang stumm im Scheinwerferlicht wie am Pranger, nur wegen eines mißglückten Satzes. Und als ich nach Hause kam, fragte meine Mutter, Wowarstdumeinsohn, du läßt mich hier einfach einen halben Tag allein, nicht mal der Fernseher funktioniert, ich aber wußte, daß unser Fernseher völlig in Ordnung war, daß sie nach der Sendung einfach den Kanal verstellt hatte, damit sie so tun konnte, als hätte sie nichts gesehen.

Dann gewöhnte ich mir an, für solche Gelegenheiten immer vorgefertigte Antworten parat zu haben, und seit einiger Zeit bat ich die Journalisten sogar, mir ihre Fragen schriftlich zu stellen, und es kostete mich fast drei Nächte, bis ich auf die paar Warum, auf die Leser von Literaturzeitschriften oder Frauenmagazinen neugierig sein mochten, einigermaßen akzeptable Antworten zusammenhatte. Nicht daß diese Antworten erschöpfend gewesen wären, eigentlich waren sie von der Wahrheit weiter entfernt als ein wirres Das-weiß-ich-auch-nicht oder Das-wüßte-ich-selber-gern, aber sie waren wenigstens verständlich und originell, ich mußte mich ihrer nicht schämen, na, egal, ich hatte jedenfalls beschlossen, mir Mühe zu geben und diesen im übrigen völlig berechtigten Erwartungen zu entsprechen, und wenn es nach der Lesung Krautwickel und ein Schnäpschen gäbe, würde ich mittrinken und kein Unwohlsein vorschützen wie noch vor einem halben Jahr, als ich mich vor dem Abendessen mit einem Bürgermeister und seinem Gefolge hatte drücken wollen und mir das Täuschungsmanöver dann derart gut gelang, daß ich ewig lange in der Kneipe am Bahnhof saß und immer noch nicht damit aufhören konnte.

Der Bahnwärter nahm mich mit nach Hause, dort verbrachte ich die Nacht, und sooft er hinausging, um die Weichen zu stellen, wechselte mir seine Frau die Umschläge.

– Das ist der Mitternachtsexpreß, sagte sie und legte mir das mit Brunnenwasser getränkte Tuch auf die Stirn.

– Das ist jetzt der 1 Uhr 20er, der Personenzug, sagte sie und tauchte den Lappen wieder in den Eimer. Und beim Güterzug um 3 Uhr 15 brüllte ich, deine Titten sind salzig, du Schlampe, worauf sie in Tränen ausbrach und ihren Mann anflehte, sich aufs Rad zu setzen und einen Arzt zu holen, aber er sagte, ein Arzt sei völlig überflüssig, denn das ginge niemanden etwas an, nur mich und sie, der ich das zugebrüllt hätte.

Vom Rattern des 10 Uhr 45ers wachte ich auf, mir fehlte nichts mehr, der Bahnwärter schlummerte, ans Fensterbrett mit den Geranien gelehnt, auf einem Stuhl, die Eisenbahnermütze, die ihm in den Nacken gerutscht war, schützte ihn vor der Sommersonne, und die Frau stellte mir Rührei mit Zwiebeln und einen Becher Tee hin, setzte sich ans andere Ende des Tisches und sah mir stumm beim Essen zu, während sie Erbsen oder Bohnen enthülste. Minutenlang war nichts zu hören als das Schnarchen des Bahnwärters, das Geprassel der Erbsen oder Bohnen in der Waschschüssel und das Klappern meines Bestecks auf dem Teller, als erfüllten diese drei Geräusche das Universum seit Anbeginn der Zeiten. Und immer, wenn in der Hand der Frau eine neue Hülse aufsprang, schlug die Gabel gegen den Tonteller, zu dritt spielten wir diese Musik, die das Universum erfüllte, bis das Weichensignal ertönte, mein Rührei aufgegessen oder die Schüssel mit Bohnen gefüllt war, daran erinnere ich mich nicht mehr, aber das ist auch egal.

– Haben Sie Zigaretten? fragte die Frau.

– Ich kaufe mir welche im Speisewagen, sagte ich.

– Es gibt keinen Speisewagen, sagte sie und nahm ihrem Mann drei Symphonia aus der Jackentasche.

– Danke, sagte ich.

– Stecken Sie das auch noch ein, sagte sie und füllte Nescafé in eine leere Plastikflasche.

– Danke, sagte ich.

– Geben Sie auf sich acht, sagte sie.

– Danke, sagte ich, und schon brachte mich der 12 Uhr 10er, der Personenzug, zurück nach Budapest, dabei war es mir gelungen, mir für einen Moment vorzustellen, nein, nie wieder, daß die Ungarische Staatsbahn sicher noch so eine Einzimmer-Dienstwohnung haben würde, mit einem kleinen Dienstgarten, irgendwo, an einem Eisenbahnabzweig.

Und als ich nach Hause kam, weigerte sich meine Mutter, mich zu begrüßen, weil ich einen halben Tag zu spät gekommen war. Sie saß einfach nur drüben vor dem flimmernden Bildschirm, rührte geräuschvoll in ihrem Pfefferminztee, nahm ihre Baldriantropfen, rückte sich vor dem aus ihrer einstigen Theatergarderobe entwendeten Spiegel den seidenen Morgenrock zurecht, rasselte im Vorzimmer mit den beiden Sicherheitsketten und blieb schließlich vor meiner Tür stehen. Minutenlang hörte ich ihren keuchenden Atem, spürte den Mandelgeruch ihres Schweißes und wußte, daß sie jetzt ihr Sprüchlein vorbereitete, und auch ich legte den Stift beiseite und formulierte schon im voraus, wie es bei uns so üblich war, dann endlich klopfte sie.

Wowarstdumeinsohn, fragte sie, dabei wußte sie genau, wo ich gewesen war.

Ich hatte eine Lesung auf dem Land, Mutter.

Ich verbiete dir, daß du diesen Haufen Müll vorliest.

Wieso Müll, Mutter?

Das weißt du genau. Schreib keine Nekrologe mehr über mich.

Das sind Novellen, Mutter.

Das ist ekelhaft, was du da schreibst. Müll. Erbärmlicher Müll. Nichts als Ausgeburten deiner kaputten Phantasie.

Möglich, Mutter. Vielleicht haben Sie recht, aber gehen Sie jetzt schlafen, es ist schon nach drei, sagte ich, aus ihrer Sicht hatte sie sogar recht, schließlich dachte selbst der Großteil meiner Bekannten, meine Mutter sei seit Jahren tot. Ihr Andenken war vom Efeu anerkennender Kritiken überwuchert, blasse Geliebte einer Nacht versuchten mich über sie auszuhorchen, ich aber stand auf, statt zu antworten, zog mich an und fragte, wo die nächste Bushaltestelle sei, es hätte nicht den geringsten Sinn gehabt, zwischen einem Koitus und dem nächsten zu erzählen, daß es meiner Mutter gutgehe, danke schön, nur habe sie eben seit Jahren keinen Schritt mehr vor die Wohnungstür gesetzt, nicht einmal auf den Gang.

Eine einfache Fahrt, sagte ich am Ostbahnhof zu der Frau am Schalter, denn sie wollte mir eine Rückfahrkarte geben, ich kaufte aber nie eine Rückfahrkarte. Noch dazu hatte ich mich im Fahrplan geirrt, es stellte sich heraus, daß ich mit diesem Zug irgendwo mitten in der Tiefebene umsteigen mußte, einen Moment lang überlegte ich sogar, ob ich anrufen oder ein Telegramm schicken und unter Berufung auf eine plötzliche Krankheit die Lesung absagen sollte, denn vierzig Minuten Warten in der ungarischen Pußta kommt für mich vierzig Tagen gleich. Selbst die unfruchtbarste Steinwüste ist mir lieber als Europas Kornkammer. Eigentlich hasse ich die wogenden Kornfelder, auch wenn ich dafür keinen besonderen Grund habe, es ist nun mal so. Es gibt Leute, die Berge nicht leiden können, andere das Meer, ich kann die Pußta nicht leiden, das ist alles. Es stellte sich also heraus, daß ich umsteigen mußte, und am liebsten wäre ich wieder umgekehrt, aber mir fiel das erbärmliche Gekeife der vorigen Nacht ein, und da sagte ich zu der Frau, daß ich die Karte doch nehme, und beruhigte mich damit, daß mir diese vierzig Minuten Wartezeit sogar ganz guttun würden, so hätte ich wenigstens Zeit, den Text noch einmal durchzusehen, den ich am Abend lesen wollte. Dann fiel mir ein, daß Judit damals genau von diesem Gleis nach Belgrad abgefahren war und daß das in diesen Tagen fünfzehn Jahre her war. Daß ich seit rund fünfzehn Jahren meiner Mutter aus der Apotheke Vitamine und Baldriantropfen heranschleppte, aus der Drogerie Lippenstifte, Nagellacke und Haarfärbemittel, daß sie seit fünfzehn Jahren im grauen Schein des Fernsehers saß oder vor den blinden Flecken im Spiegel stand. Im Grunde war sie schon seit Jahren tot. Eine ordinäre Leiche, deren Geruch mit Pfefferminzaufguß bekämpft wird und der man die Haut mit Make-up menschenfarben tüncht. Eine Leiche, die mit uralten Traueranzeigen Patiencen legt. Eine Leiche, die fünfzehn Jahrgänge Funk und Bild, Apothekenbote und Leben und Wissenschaft komplett gesammelt hat. Die diese billigen Zeitschriften im Dienstbotenzimmer stapelt, zusammen mit den Vielleicht-sind-die-noch-für-etwas-gut-Gläschen und den Schade-drum-sie-sind-doch-so-schön-Pralinenschachteln. Das war schließlich ihr Leben: Sie sammelte Krimskrams und stand im Briefwechsel mit meiner großen Schwester, ohne zu ahnen, daß sie nur noch mit mir Briefe wechselte. Daß vielleicht nicht einmal Experten die Schrift meiner linken Hand von den scharfen, unbarmherzigen Buchstaben der rechten Hand meiner Schwester hätten unterscheiden können. Und daß meine Bekannten die Briefe aus Antwerpen, Bombay oder New York abschickten, weil ich ihnen vorlog, ich würde Briefumschläge mit ausländischen Poststempeln sammeln.

Die letzte Postkarte, die Judit noch selbst geschickt hatte, war vor fünfzehn Jahren angekommen: Verehrte Mutter, wenn Sie mich zu sehen wünschen, dann lassen Sie sich, wenn es soweit ist, die Augen nicht schließen, schrieb sie aus Caracas, und von da an kamen nur noch Überweisungen einer Züricher Bank, jeweils am Siebten des Monats, mit der Pünktlichkeit eines Schweizer Uhrwerks und der Verschwiegenheit des Schweizer Bankgeheimnisses, denn fünfhundert Franken monatlich stehen selbst der niederträchtigsten Mutter noch zu. So schrieb ich also seit Caracas Briefe mit der linken Hand und achtete darauf, daß sie weder Vergebung noch die Forderung nach Rechenschaft enthielten, sie waren von mir nur als Lebenszeichen von einer lebendig begrabenen Tochter an ihre Mutter gedacht, die sich lebendig begraben hatte. Verehrte Mutter, diesen Monat habe ich drei Auftritte in Stockholm, gegen Weihnachten schreibe ich wieder, Grüße an meinen Bruder und natürlich auch an Sie, schrieb meine linke Hand – denn am folgenden Tag fuhr jemand nach Stockholm –, und meine rechte zerkrümelte den Zigarettenstummel im Aschenbecher.

Einige Wochen nach der unsäglichen Beerdigung meiner Schwester war bereits klar, daß meine Mutter die Wohnung nicht nur wegen ihrer Migräne nicht mehr verließ, sondern daß sie niemals wieder einen Schritt vor die Tür setzen würde. Daß sie von nun an in einer zweiundachtzig Quadratmeter großen, mit gestohlenen Theaterrequisiten eingerichteten Gruft in Nordlage leben würde, wo der Sessel von Lady Macbeth stand, das Bett von Laura Lenbach und die Kommode von Anna Karenina. Wo selbst die Klobrille aus einer durchgefallenen Inszenierung stammte und an der Kette der Klospülung die Goldquaste von der Kordel des eisernen Vorhangs baumelte. Damals dachte ich, ein paar Briefe würden vielleicht helfen, nur mit einem hatte ich nicht gerechnet, nämlich daß meine Mutter sie beantworten würde. Daß sie mit ihrer für tot erklärten, auf unsägliche Weise beerdigten Tochter einen Briefwechsel anfangen würde. Das war mir gar nicht in den Sinn gekommen, es war einfach nicht logisch, und damals verließ ich mich noch auf die Logik wie auf einen Blindenhund oder vielmehr wie auf einen gründlich gewarteten Rollstuhl, der einen nie im Stich läßt. Ich hätte schwören können, daß die Logik unser Handeln leitet, und ich hätte sogar die Kette von Ursache und Wirkung aufzeichnen können, die unser

Leben bis dahin bestimmt hatte: Was auf welchen Satz gefolgt, was welcher Geste vorausgegangen war, denn ich glaube geradezu besessen an derlei Dinge. Ich legte mir Skizzen an, machte Notizen und listete alles auf, von der Emigration meiner Schwester bis zu der letzten Postkarte aus Caracas. Von dem Moment, da sie neunzehnjährig, mit nichts als ihrer Meistergeige in der Hand, nachts das Hotel in Belgrad und zwei Tage später den Kontinent verlassen hatte, bis zu dem Tag, da meine Mutter sie für tot erklärt und die Beerdigung ihrer Tochter auf dem Kerepeser Friedhof inszeniert hatte, im hintersten Winkel, bei den von Efeu überwucherten Kindergräbern.

Dann brachte ich es plötzlich nicht mehr fertig zu schreiben, daß ich im Kölner Dom einen Auftritt haben würde, nicht etwa, weil ich im Kölner Dom keinen Auftritt hatte, sondern weil meine Mutter nach dem dritten oder vierten Brief anfing, Judit zu antworten.

Bring das bitte zur Post, mein Sohn, sagte sie.

Natürlich, Mutter, ich muß sowieso in die Richtung, sagte ich, und das Blut gefror mir in den Adern. Von da an stapelten sich ihre ungeöffneten Antwortbriefe in der Schublade meines Schreibtischs, schließlich hatte ich keinen Grund, die an Nirgendwo-Hotels und an Niegewesen-Konzertsäle adressierten Umschläge zur Post zu bringen. Und ich wußte, daß ich diese Briefe nicht lesen durfte, denn vielleicht stand etwas darin, das ich nicht wortlos übergehen konnte, und dann würde sich herausstellen, daß sie seit Monaten nicht mit ihrer lebendig begrabenen Tochter im Briefwechsel stand, sondern mit mir.

Einmal, auf dem Weg zum Einkaufen, warf ich die für Paris, Venedig und Kairo bestimmten Briefe in den Müll, ich war schon an der Ecke, als ich hinter dem Museumsgarten den Lastwagen der Müllabfuhr hörte, und da rannte ich wieder zurück, um die Briefe aus dem Hausmüll zu fischen.

– Moment! schrie ich dem Mann im phosphoreszierenden Kittel zu, denn er war schon dabei, den Mülleimer an die hydraulische Hebevorrichtung zu hängen. Er war nicht sonderlich überrascht, wahrscheinlich kommt es häufiger vor, daß jemand dem Rachen der Häckselmaschine entreißen will, was er Minuten zuvor in den Abfall geworfen hat.

– Haben Sie alles? fragte er, als ich die mit Kaffeesatz beschmierten Umschläge herausgewühlt hatte.

– Ja, ich habe alles, sagte ich, und auf diese Weise hatte sich herausgestellt, daß ich die Antworten meiner Mutter weder zu lesen noch wegzuwerfen in der Lage war, und ich wußte, daß ich damit endlich aufhören mußte, schließlich war das Ganze sowieso völlig sinnlos: Egal, ob Judit fast jeden Monat schrieb, meine Mutter öffnete nicht einmal die Fensterläden.

Ein paar Tage später fuhr dann jemand nach Köln, und ich brachte es nicht fertig, zu schreiben, Verehrte Mutter, ich werde im Kölner Dom auftreten, schon da also hatte ich eigentlich mit dieser erbärmlichen Lügerei Schluß machen wollen, aber eines Nachts kam sie mit zerwühltem Haar und zerkauten Lippen in mein Zimmer gerannt und brüllte mich an, wie ich es wagen könne, ihre Post verschwinden zu lassen. Sie verlangte, daß ich ihr auf der Stelle die Briefe ihrer Tochter zurückgab, und ich sagte, beruhigen Sie sich Mutter, Judit konzertiert sicher irgendwo in Sydney oder in Neukaledonien, und von dort braucht die Post länger. Dann schrieb meine Schwester anderthalb Wochen später aus Istanbul, denn Pintérs vom Erdgeschoß links kauften ihre Lederjacken neuerdings in Istanbul statt in Warschau.

Vermutlich wäre es besser gewesen, statt bei den Pintérs eine blöde Lederjacke zu bestellen, nur um sie ganz nebenbei zu bitten, einen Brief für mich zur Post zu bringen, mit dem Ganzen aufzuhören, aber dazu war ich nicht imstande. Eigentlich war ich meiner Mutter sogar dankbar, daß sie Judits Briefe einforderte. Ich wartete fast schon genauso sehnsüchtig auf die Post wie sie, schließlich hatten wir es uns angewöhnt, daß ich den Umschlag öffnete und wir dann die paar Zeilen gemeinsam in der Küche lasen.

Verehrte Mutter, diese Woche gebe ich drei Konzerte in Tel Aviv, von dort fahre ich nach Damaskus. Grüße an meinen Bruder, schrieb Judit, denn ich hatte keine Ahnung, daß diese Unglücksraben nur Waffenstillstand geschlossen hatten, was ja in gewissem Sinn noch Krieg ist. Daß Touristen wählen mußten: entweder Israel oder Syrien. Und das erfuhren auch die Brenners erst auf der syrischen Botschaft, wo der Konsul sie in hohem Bogen hinausbeförderte, als er in ihren Pässen die israelischen Visa entdeckte. Aber da sie die beiden Umschläge schon mal dabeihatten, warfen sie Judits Brief aus Damaskus in Haifa ein, so würde ich wenigstens zwei jüdische Poststempel bekommen, dachten sie, und meine Mutter merkte zum Glück nichts, denn sie hatte nicht viel Ahnung von dem Unterschied zwischen den hebräischen und den arabischen Schriftzeichen. Sie merkte nichts, sondern holte den Weltatlas, den ich ihr besorgt hatte, und ich half ihr, Damaskus zu finden, worauf sie dann mit schwarzem Filzstift bei der Stadt ein Kreuzchen machte. Der Atlas war mittlerweile von Kreuzchen und Daten übersät, ganz wie ein Gesellschaftsspiel, eine Art Monopoly, nur daß es hier keine Mietshäuser gab, sondern Konzertsäle und Luxushotels, keine Bahnhöfe, sondern Lufthansa oder KLM, und wir würfelten auch nicht, sondern warteten auf den Postboten. So also bereiste meine Schwester auf einem Atlas, der auf dem Küchentisch lag, die Welt wie eine Spielfigur aus Plastik, meine Mutter zog, während ich sagte, wohin. Und jahrelang machte ich mich darauf gefaßt, einmal bei Budapest ein Kreuzchen machen zu müssen, damit wäre das Spiel aus, denn so war es logisch, aber dann stellte sich heraus, daß ich mich auch darin verrechnet hatte.

In Karcag setzte ich mich in den Wartesaal. Eigentlich mag ich die Plastikblumen an den Rippen der Heizkörper und wie die Fliegenfänger an den Neonröhren hängen, die Normaluhr von der Größe einer Waschschüssel und den Geruch von Leberwurstbroten, Selbstgebranntem und Schweiß, den die Putzfrauen nicht einmal mit dem Luftreiniger Grüner Apfel aus den riesigen Hallen verbannen können. Eine junge Frau vom Dorf saß am anderen Ende des Saales, ich beobachtete sie eine Weile. Zwischen ihren gegrätschten Beinen quiekten frisch geschlüpfte Küken in einer neongelben Vinyltüte, auf dem Schoß hielt sie einen Säugling, den sie zu beruhigen versuchte, ohne Erfolg, das Kind hörte nicht auf zu schreien. Schließlich bekam es, was es wollte: Die Mutter holte eine Brust unter der Bluse hervor, und es saugte sich fest wie ein Blutegel. Sein gieriges Schmatzen hatte nichts von kindlicher Unschuld, und sobald es die Muttermilch zu schlucken begann, wurden die in der Tüte zusammengepferchten Küken still.

Ein Lastwagen mit Verdeck hielt vor dem Eingang. Der Fahrer stellte nicht einmal den Motor ab, er wartete nur, bis alle fünfzehn Männer von der Ladefläche abgesprungen waren, dann gab er Gas und fuhr davon. Kein Winken, kein Gruß, nichts – als wäre der Lastwagen ferngesteuert. Die Männer kamen in den Wartesaal und setzten sich nebeneinander. Alle trugen das gleiche T-Shirt und die gleichen Hosen, wie Rekruten beim Arbeitsdienst. Das hier konnten allerdings kaum ungarische Soldaten sein, man sah sofort, daß sie nicht mal »Guten Tag« verstehen würden. Ich für meinen Teil finde es nicht weiter anstößig, wenn die besonderen Merkmale unserer Rassenzugehörigkeit sich auf unserem Gesicht breitmachen wie auf dem Dorf die tratschenden alten Frauen vor dem Haustor. Daß man sofort weiß, was es zu Mittag gegeben hat: Spaghetti oder Gulaschsuppe. Neben der babylonischen Sprachverwirrung gehören diese typischen Merkmale zu den wenigen Ideen Gottes, die ich ausgesprochen schätze. Auch auf den Gesichtern dieser Männer machten sich ihre Eigenheiten, das Nichtungarische also, unübersehbar breit. Sie sagten kein Wort, starrten mit ihren wässerigen Augen nur bitter durch die Vorhänge voller Fliegendreck auf die Gleise. Jeder hatte die gleiche Plastiktüte von Skálametro in der Hand, darin die gleichen belegten Brote, den gleichen Reisepaß, und als der Säugling wieder zu schreien anfing, zuckten alle fünfzehn gleichzeitig zusammen, dabei sah man ihnen an, daß selbst der Schmächtigste unter ihnen sich jederzeit mühelos zwei Sack Zement auf den Rücken wuchten konnte.

Dann kam eine Art Stationsaufseher herein und sagte, er würde gern die Fahrkarten der Herren sehen, den Wartesaal dürfe nämlich nur in Anspruch nehmen, wer im Besitz einer gültigen Fahrkarte sei, aber die Männer verstanden nicht, was er wollte.

– Bileta. Ohne Bileta du hier raus. Draußen scheint Sonne, sagte der Aufseher, dabei zeigte er nach draußen.

– Oradea, sagte einer den rumänischen Namen, dann griffen alle fünfzehn gleichzeitig in ihre Plastiktüte von Skálametro und holten ihre Fahrkarte hervor.

– Nagyvárad heißt das, ihr verfickten Hurensöhne, sagte der Aufseher lächelnd, dabei nickte er, mit Fahrkarte, da sei ja alles in Ordnung.

– Und wozu war das jetzt gut? fragte ich, dabei hätte ich am liebsten seinen Kopf gepackt und damit den Putz von den Wänden geschlagen, bis nur noch das nackte Mauerwerk übrigblieb, aber leider lernen wir im Laufe der Jahre, unsere Feigheit für Friedfertigkeit zu halten.

– Die verstehen das sowieso nicht, sagte er, immer noch grinsend.

– Aber ich verstehe es, sagte ich.

– Ihre Fahrkarte hat keiner verlangt, sagte er und ging hinaus, während ich mich mit dem Gedanken zu beruhigen versuchte, daß ich darüber schon noch schreiben würde, denn wenn wir uns nicht zuzuschlagen trauen, denken wir gern ans Schreiben wie an die Peitsche oder den Ochsenziemer.

Einige Minuten später kam der Fernzug aus Budapest, und die Männer stiegen ein. Nicht alle in einen Waggon, sondern verstreut, zwei in den ersten, fünf in den letzten, alle durcheinander, denn fünfzehn Schwarzarbeiter auf einem Haufen wären bereits eine Unverschämtheit, das würde sogar den verständnisvollsten Grenzbeamten in Rage versetzen, und dann käme man nicht mehr am Abend mit dem Korona-Expreß von Großwardein in die Pußta zurück, mit einem neuen Touristenstempel, gültig für einen Monat. Dann würde einem für zwei Jahre verboten, die Kornkammer Europas zu betreten, und es blieben nur der Hitzschlag im Bârâgan und statt der fünfzig Forint und der zwei warmen Mahlzeiten täglich die kalte Polenta vom Vortag, als besonderes Merkmal der Rassenzugehörigkeit.

Ich hatte noch gut zwanzig Minuten, bis mein Anschlußzug kam, also holte ich das Manuskript hervor, um den Geburtsschleim abzuwischen, aber es gab nicht viel zu tun; hier und da ein Komma, die Wortstellung und dergleichen. Im Grunde war es eine ziemlich simple Geschichte über einen Dorfpfarrer namens Albert Mohos, der jahrelang ehrenhaft seinen Dienst versehen hatte, bis er eines Tages bei der Karfreitagsmesse die ganze Gemeinde ausrottete, mit Rattengift, unter die Hostien gemischt.

Ich war es gewohnt, während der Gastgeber – meist der Ungarischlehrer, der Bibliothekar oder der Leiter der Kulturarbeit – mich mit wenigen Worten vorstellte, das Publikum in Augenschein zu nehmen und mir jemanden auszusuchen, für den ich lesen, dem ich hin und wieder in die Augen schauen wollte und der keine Fragen stellen würde. Also jemanden, der nicht klatschen würde, weil er spürte, daß das nicht seine Sache war. Sobald wir auf dem Podium Platz genommen hatten, wählte ich mir auch jetzt wieder eine Frau um die vierzig aus, irgendwo außen in der dritten Reihe, aber schon nach den ersten Sätzen merkte ich, wie es sie störte, daß ich zu ihr sprach, und etwa nach der Hälfte meiner Erzählung stand sie tatsächlich auf und verließ den Saal. Sie achtete nicht mal darauf, daß ihr Sitz nach oben knallte. Von da an saß ich auf dem Podium wie bei einer Gerichtsverhandlung, doch ich las die Erzählung zu Ende, dann bemühte ich mich, ordentlich auf die Fragen zu antworten, warum ich schreibe, was ich für Pläne habe, ob ich mit meinen bisherigen Erfolgen zufrieden sei oder ob ich mit mehr gerechnet hätte. Nur erinnerte ich mich nicht mehr genau an meine Antworten, und so mußte ich die ganze Wasserkaraffe leer trinken, um Zeit zu gewinnen. Zum Glück steht immer eine Kanne mit Wasser auf dem Tisch. Dann fragte mich ein älterer Mann, warum ich mich ausgerechnet für einen Pfarrer als Hauptfigur entschieden hätte, ob ich denn etwas gegen die Kirche hätte, und wenn ja, warum, seiner Ansicht nach hätte nämlich die Kirche in unserer heutigen, entfremdeten Welt eine ziemlich wichtige Funktion. Und wieder mußte ich ein Glas Wasser trinken, denn auf diese Frage war ich absolut nicht vorbereitet. Ich wäre nicht im Traum darauf gekommen, daß mein Pfarrer Albert Mohos irgend etwas mit der Kirche zu tun haben könnte.

Ich habe nichts gegen die Kirche, sagte ich. Ich wisse selbst nicht genau, warum ich ausgerechnet einen Priester zur Hauptfigur meiner Erzählung gemacht hätte. Vielleicht, weil sie mit einem Parteisekretär gar keinen Sinn ergeben würde, sagte ich. Von einem Parteisekretär können wir nicht unbedingt von vornherein ausschließen, daß er bei einer Parteisitzung die Parteimitglieder vergiftet, sagte ich, dann kam mir glücklicherweise der Bibliothekar zu Hilfe:

Diese Geschichte ist in Wirklichkeit ein Symbol, lieber Anti, nur ist sie sehr lebensgetreu geschrieben, sagte er, dann bedankte er sich schnell, daß ich die Einladung angenommen hätte, und wünschte mir weiterhin frohes Schaffen und viel Erfolg.

Nach der Lesung kam der Pfarrer des Ortes zu mir, ein Mann um die fünfzig, Typ Militärseelsorger, der, wenn es sein muß, von Schützengraben zu Schützengraben spaziert, als würde nur der Himmel gerade mal donnern, und der dank der grenzenlosen Güte des Herrn erst getroffen wird, wenn er seine Arbeit beendet hat.

– Ich habe einen ziemlich guten Meßwein, falls Sie sich trauen, ihn zu probieren, sagte er und hakte mich unter, so daß ich gleich einen Grund hatte, auf den ich mich berufen konnte, um die Einladung des Schuldirektors abzusagen, dem wahrscheinlich bei der Sitzung des Kulturausschusses meine Verköstigung als kultureller Auftrag zugeteilt worden war und dem man jetzt deutlich die Erleichterung anmerkte, daß er nicht mit einem Wildfremden über die Probleme im Unterrichtswesen und über seine trotz allem vorbildliche Schule reden mußte, über die alljährliche Schulolympiade in Lyrikrezitation, über die Studienfahrten oder über die Erfolge der Kreisvolkstanzgruppe, die in diesem Jahr ihr Jubiläum feierte. Und weil er sich auch nicht nach den Schwierigkeiten im Verlagswesen erkundigen mußte, schließlich hatte er ja selbst genug am Hals, es war keine zwei Tage her, daß die Kuh ihr Kalb verloren hatte, und dann wird ihm im Rahmen des Kulturprogramms auch noch jedes halbe Jahr ein Schriftsteller aufgebrummt, der im günstigsten Fall das Badezimmer vollkotzt und seine sechzehnjährige Tochter belästigt, im schlimmsten Fall aber schweigt wie ein Grab, die Hühnerschenkel mit Messer und Gabel ißt, so daß die ganze Familie mit Messer und Gabel essen muß, und dann ist die Reihe an ihm, dann darf er allein Süßholz raspeln, Herrgottsakra, dieses ganze Kulturprogramm, wenn man ihnen wenigstens nicht schon von weitem ansehen würde, den Schweigern und den Kotzern, daß sie in Wirklichkeit nur ein Häufchen Elend sind, zu Erwachsenen aufgeblasene Säuglinge, die bis zum heutigen Tag am liebsten ihrer Mutter am Busen hängen würden, genau wie der hier mit den Hostien und dem Rattengift. Aber beim Schweineschlachten würde der Herr Dichter die Schüssel mit dem Blut in hohem Bogen von sich schleudern, wie ein wurmiger Apfel würde die Schüssel durch die Luft fliegen. Aber da täuschen Sie sich, Herr Direktor, ich werde sie festhalten, jetzt erst recht.

– Danke, Herr Direktor, aber die Kirche hat mich soeben auf ein Glas Meßwein eingeladen.

– Das tut mir wirklich leid, dabei hätten wir uns so gut unterhalten.

– Auch ich bedauere es unendlich, aber Sie werden sicher verstehen, daß es für mich jetzt ungemein wichtig ist, die Meinung von Vater Lázár zu hören.

– Das versteht sich von selbst, und es freut mich, daß auch ich Ihre Bekanntschaft machen durfte. Erlauben Sie mir, Ihnen im Namen der ganzen Gemeinde meinen Dank für diesen unvergeßlichen Abend auszusprechen, sagte er, dann packte mich der Pfarrer am Arm und schleppte mich ab wie einen Gefangenen, und ich ließ es geschehen, dabei schaudert es mich, von Männern berührt zu werden. Ein Händedruck ist das einzige, was ich ertrage, aber auch nur mit möglichst weit ausgestrecktem Arm. Jetzt aber merkte ich, daß in diesem ganzen verfluchten Dorf der Pfarrer mit der Taschenlampe der einzige war, den die Geschichte von Hochwürden Albert Mohos und seiner Schandtat nicht mit tiefster Empörung erfüllt hatte. Der einzige, mit dem man es ohne Schauspielerei irgendwie bis morgen würde aushalten können. Und dann nichts wie weg hier, dachte ich. Mit dem allerersten Zug zurück zu Eszter, dachte ich, und das beruhigte mich etwas, und ich ließ mich vom Pfarrer am Arm durch das dunkle Dorf führen, quer durch verlassene Gärten, an Hühner- und Kuhställen vorbei, weil das kürzer war. Mal zerrte er mich, dann wieder schubste er mich, je nachdem, ob das Licht der Taschenlampe sich in einem Graben verlor oder in einer Pfütze aufblitzte.

– Wir suchen Ihnen gleich einen Pullover aus einem der Hilfspakete, sagte er, weil mein Jackett vom Nieselregen durchweicht war, und ich sagte, danke, das sei nicht nötig, der Meßwein würde es auch tun.

Wir mußten eine große, unnötige Kurve abgeschnitten haben, denn auf der anderen Seite des Baches kamen wir wieder auf die Hauptstraße, und schließlich blieben wir vor einem Herrenhaus stehen. Das gelbliche Licht der Taschenlampe wanderte über die von Salpeter zerfressene Fassade, und wie Haifischzähne blitzten nach und nach die zerbrochenen Fensterscheiben im Obergeschoß auf. Schließlich verweilte der Lichtkegel auf dem zerfallenden Steinwappen über dem Tor, einem Pelikan, der seinen Jungen sein Blut zu trinken gibt.

– Zufrieden? fragte er, während er den Schlüssel suchte.

– Ja, sagte ich.

Das war alles, was mir dazu einfiel, dabei war dieses moosbewachsene Nest unser Familienwappen gewesen, bis Wappen aus der Mode kamen. Auf besseren Wappenschilden spien die Phönixe damals noch Feuer, die Braunbären fletschten die Zähne, die geflügelten Löwen brüllten, die gesamte heraldische Fauna lebte noch frisch und fröhlich dahin, als das Blut, mit dem unser Vogel seine Jungen fütterte, längst zu Wasser geworden war. So daß meine Mutter im Alter von siebzehn Jahren bereits ungeniert als Julia die Bretter betreten konnte, welche die Welt bedeuten, und ich mich ungeniert an der Günther Wagnerschen Variante des Nestes auf der Kappe meines Pelikan-Füllers delektieren durfte.

Vor etwa zehn Jahren ging ich wochenlang zum Trödler, denn ich hatte beschlossen, meiner Mutter zu Weihnachten das Wappen unserer Ahnen wieder zu besorgen. Herr Rosenberg und ich begrüßten einander inzwischen schon mit Schalom, aber noch immer hatte er nichts Besseres anzubieten als einen Füller, während ich mir eine alte Urkunde, notfalls einen aus einem alten Buch herausgetrennten Stich in den Kopf gesetzt hatte. Einen Füller hätte ich meiner Mutter irgendwie nur ungern in die Hand gegeben. Und ich selbst hatte ja meinen Montblanc. Um nichts in der Welt würde ich die Schneeflocke aus Bakelit gegen ein Nest voller krächzender Pelikane eintauschen, dachte ich. Und als ich den Grundriß des Lagers von Dachau schon in- und auswendig kannte, als ich bereits die Namen sämtlicher Kapos aufzählen konnte und die Suppenkessel mit geschlossenen Augen, im Schlaf, gefunden hätte, durchzuckte es mich plötzlich, daß ich heute wieder nur hergekommen war, weil ich mich immer noch nicht entscheiden konnte, ob Montblanc oder Pelikan, und ich sagte zum alten Rosenberg, er solle den Füller ruhig einem Sammler verkaufen, ich brauchte ihn gar nicht, worauf er entgegnete, na, reden Sie doch keinen Blödsinn, was soll denn diese Gefühlsduselei, wenn das so wäre, könnten Sie ihr ganzes Leben lang genausogut Futterrübensuppe essen. Glauben Sie mir, diesen Füller brauchen Sie dringender als hundert Adelsbriefe. Also, Sie nehmen ihn jetzt schön mit nach Hause, waschen ihn und füllen ihn mit einer ordentlichen

Portion volksdemokratischer Tinte, Tinte habe ich nämlich keine. Und ich weichte ihn eine Nacht lang in lauwarmem Wasser ein, damit der Kolben wieder funktionierte, und als er schon Wochen wieder funktionierte, konnte ich immer noch nichts mit ihm anfangen. Dann fuhr jemand nach Brüssel, und von da an schrieb ich meiner Mutter die Briefe meiner Schwester immer mit diesem Füller.

– Sind Sie schon einmal hier gewesen? fragte der Pfarrer.

– Nein. Aber ich werde mir Mühe geben, mich wie zu Hause zu fühlen, sagte ich.

– Zuletzt hat das hier der Arbeiterwehr gehört, sagte er.

– Die haben es aber ganz schön runtergewirtschaftet, sagte ich.

– Hinten im Apfelgarten haben sie ihre Schießübungen abgehalten. Zuerst nur auf die Zielscheibe, aber dann trat der Abdecker in den Verein ein, und da gab es auch streunende Hunde. Klar, so was ist ein Kinderstreich im Vergleich zu einem Priester, der seine Gemeinde mit Hostien ausrottet.

– Was soll ich sagen, ich hatte gehofft, Sie würden nicht den beleidigten Kleriker geben, Vater, sagte ich.

– Machen Sie sich nicht lustig, den beleidigten Kleriker habe ich mir längst abgewöhnt. Was glauben Sie denn, warum man mich aus einer Krönungskirche hierher, ans Ende der Welt verbannt hat? Nach Ihren Kriterien bin ich sicher kein schlechter Priester.

Ich hielt ihm die Taschenlampe, während er mit dem Schlüssel im Schloß herumstocherte, dann betraten wir den zu einer Küche umfunktionierten Turnsaal, und er machte Licht.

– Die Sprossenwände haben sie leider mitgenommen, aber die Sprungbretter und die Böcke sind noch auf dem Dachboden.

– Von draußen erwartet man irgendwie etwas anderes.

– Selleriecreme- oder Leberknödelsuppe?

– Sellerie.

– Ich könnte noch Rühreier machen.

– Lassen Sie nur, sagte ich. – Ist Ihnen die Köchin weggelaufen?

– Sagen wir lieber, meine Frau. Es war zwar keine vor Gott geschlossene Ehe, aber Ehefrau paßt doch besser.

– Was ist passiert?

– Nichts Besonderes. Ich habe Erdkunde unterrichtet, sie Physik, dann kam ein neuer Sportlehrer an die Schule. Aber damit trage ich nichts Neues zum Thema erschütternder Liebesgeschichten bei, denke ich. Kinder haben wir zum Glück keine.

– Von der Scheidung in den Schoß der Kirche, das ist ja wohl selten der direkte Weg.

– Ich hatte Glück. Ich könnte auch sagen: eine Art Gotteserfahrung. In der Schulbibliothek griff ich aus Versehen daneben, und statt des Goldenen Esels von Apuleius nahm ich die Bekenntnisse des Augustinus vom Regal.

– Gar nicht so wenig für eine Gotteserfahrung.

– Für Anfänger fast schon zu viel. Ich dürfte etwas zu eifrig gewesen sein, denn schon sehr bald wurde mir vom Schuldienst abgeraten. Dann mäßigte ich mich, und mit dreißig immatrikulierte ich mich für Theologie.

– Und was haben Sie vom Regal genommen, als Sie ans Ende der Welt verbannt wurden?

– Wieder die Bekenntnisse des Augustinus.

Während auf dem Gaskocher das Wasser für die Selleriecremesuppe warm wurde, gingen wir Holz holen und heizten im Gästezimmer ein, genauer, in der Waffenkammer, genauer, im Herrenzimmer eines einstigen Grafen Weér, der meinen Berechnungen nach ein Ur-ur- oder ein Ur-ur-urgroßonkel von mir gewesen sein dürfte, ungünstigenfalls ein Cousin meines Ur-ur-urgroßonkels. Wenn ich auch kaum etwas hatte, worauf sich diese Berechnungen gründen ließen, denn in dem Maße, wie die Familie verkümmerte, wie die Katasterjoche und mit ihnen das Gesinde weniger wurden, wie aus dem halb abgenagten Hammelschenkel der Hühnerrücken wurde, für Millpengő auf dem Schwarzmarkt erstanden, oder in dem Maße, wie die Jagdhörner verstummten und das Weinen hungriger Kinder lauter wurde, das Winseln der Jagdhunde erstarb und das Rattern der Nähmaschine beim Flicken der Hemden an seine Stelle trat, wie sich das Blut, mit dem der Pelikan seine Jungen nährte, langsam in Wasser verwandelte, in dem Maße wuchsen in der Erinnerung der Reichtum und die Macht von einst. So sehr, daß meine Mutter bereits heimliche Besitzerin des halben großungarischen Reiches war, als sie ungeniert die Bühne betrat, um die Rolle der Julia zu spielen, und die spannendsten Momente der Verstaatlichung bekam sie durch den Tratsch in der Theaterkantine mit. Auch ihr hatten die Verstaatlicher en passant eine Visite abgestattet, fanden aber im aktuellen Untermietszimmer außer einer Meistergeige nichts Nennenswertes, die Arbeiterklasse wiederum benötigte damals gerade keine Meistergeigen. Zu allem Überfluß saß die junge Künstlerin Weér einfach nur auf dem Hocker, lächelte von Zeit zu Zeit die drei Verstaatlicher an und machte sie verlegen, nachdem schon die durch den Morgenrock zu erahnenden Brüste der Künstlerin sie aus ihrem martialischen Konzept gebracht hatten. Dann baten sie stotternd um Verzeihung für die Unannehmlichkeit, während meine Mutter über das halbe Großungarn tiefstes Schweigen bewahrte.

Ehe das Wappen meiner Ahnen in Form eines Markenzeichens für Füller in meinen Besitz gelangte, war das Telefonbuch zum zuverlässigsten Stammbuch avanciert. So besorgte ich meiner Mutter Telefonbücher, nicht nur aus Budapest, sondern auch aus der Provinz. Ich klaute sie in den Telefonhäuschen, und wenn sie an einer Eisenschiene festgeschraubt waren, schnitt ich mit einer Klinge die Seiten mit ›W‹ heraus. Manchmal versteckte ich die Telefonbücher bis Weihnachten. Das waren ihr die liebsten Geschenke, solange wir einander überhaupt noch beschenkten. Sie schrieb dann der Reihe nach alle Weérs an. Manche antworteten auch, aber meist Dinge wie daß sie ihren Namen aus Weerhagen magyarisiert hätten oder daß der Großvater noch ein einfacher Vér gewesen sei, aber mit Weér ginge das Geschäft besser, denn mit dem Namen Vér, der ja nichts anderes bedeute als ›Blut‹, brauche man gar nicht erst eine allgemeinärztliche Praxis zu eröffnen. Interessanterweise schrieben die geborenen Weérs nie. Ausgerechnet die, die nicht in der Theaterkantine von den Verstaatlichungen gehört hatten, für die eine Zwangsumsiedlung mehr war als eine aus dritter Hand übermittelte Abenteuergeschichte. Sie wollten keinen Briefwechsel mit nie gesehenen Familienmitgliedern, mit Cousinen achten oder zehnten Grades, was ich nach einer Weile nur zu gut zu verstehen begann, meine Mutter hingegen immer weniger.

Sicher hat sich ihre Adresse geändert, mein Sohn.

Ja, Mutter, ihre Adresse hat sich sogar mehrmals geändert, aber gehen Sie jetzt bitte endlich ins Bett, es ist schon nach vier, sagte ich, und als ich sah, daß das Vermögen sich selbst nach seinem Untergang noch vermehrte, daß das einstige Reich der Weérs von Jahr zu Jahr um einige Komitate größer wurde, begann ich für mich dieses Phantomreich, diesen krebsbefallenen Mammutbaum zu zerstükkeln. Zuerst nur vorsichtig, denn wer sägt schon gern den Ast ab, auf dem er sitzt, aber dann machte ich mich mit der Axt darüber her, jahrelang verarbeitete ich die ins Nichts starrenden Zweige und die sich an Sehnsüchten festklammernden Wurzeln zu Kleinholz, bis ich zur einzigen greifbaren Wirklichkeit vorgedrungen war, der Meistergeige meiner großen Schwester.

Das Holz war naß, selbst mit Petroleum brachte man den Kanonenofen kaum in Gang. Nach dem dritten oder vierten Versuch ging der Pfarrer hinaus und holte einen neuen Packen Zeitungspapier, und ich nahm die aus den Waffenschränken der Arbeiterwehr umfunktionierten Bücherregale in Augenschein. Dann gelang es uns endlich einzuheizen, und er brachte mir auch noch einen roten Pullover aus dem holländischen Hilfspaket, so daß ich mein Jackett zum Trocknen aufhängen konnte, und dann gingen wir zurück in die Küche, die, der Stukkatur nach zu schließen, wohl eher als Salon gemeint gewesen war denn als Küche oder gar als Turnsaal. Während er das Maggi-Pulver in das kochende Wasser einrührte, holte ich die Teller aus der Anrichte.

– Ehrlich gesagt hatte ich mit mehr Begeisterung gerechnet, sagte er.

– Wegen des Wappens? fragte ich.

– Eher wegen der Atmosphäre.

– Ich behaupte nicht, daß es mich kaltläßt, aber es gibt einfach nichts, was mich begeistert. Wahrscheinlich stammen wir von der äußersten Seitenlinie ab.

– Soll ich wirklich kein Rührei machen? Ich habe noch Zwiebeln und Speck.

– Nein danke, sagte ich.

– Irgendwie hatte ich geglaubt, Ihre Wurzeln würden Sie stärker beschäftigen.

– Meine Wurzeln sind unter der Bühne, sagte ich.

– Also eine Künstlerfamilie.

– So ungefähr, sagte ich.

– Wenn es Sie derart nervt, will ich nicht weiter aufdringlich sein.

– Schon gut, sagte ich, und es wurde ein wenig eisig zwischen uns, dabei hatte ich einfach nur nicht gewollt, daß das Gespräch auf das werte Befinden der zurückgezogen lebenden Künstlerin Weér kam. Stumm aßen wir die

Suppe, dann ging er ans andere Ende der Küche, um Wein zu holen. Er schenkte ein, wir tranken aus, er schenkte wieder ein, aber wir schwiegen immer noch, und obwohl ich über Gott genauso ungern rede wie über meine Mutter, sagte ich dann aus irgendeinem Grunde doch, er solle nur seinen Kreuzzug beginnen, schließlich sei er ja von Amts wegen dazu verpflichtet. Worauf er sagte, wenn irgend möglich, vermeide auch er lieber Niederlagen.

– Sie geben schon auf? fragte ich.

– In Anbetracht dieser Gruselgeschichte über Albert Mohos denke ich, daß Ihnen jetzt selbst eine satte Gotteserfahrung nicht helfen würde. Angenommen, ich schlage Wasser aus diesem Schneidebrett, Sie würden doch nur sagen: Gut gemacht, bloß schade, daß ich keinen Durst habe. Sie werden schon noch Durst bekommen. Ich kann warten, sagte er, dann zog er sich die Soutane aus und hängte sie an einen Haken an der Anrichte, und da sah ich, daß seine Arme voller Narben und Nähte waren.

– Ich wollte den Sportlehrer verprügeln, sagte er, dann zog er sich eine Jacke über.

– Und jetzt wollen Sie ihn nicht mehr verprügeln? fragte ich.

– Doch. Aber aus anderen Gründen, sagte er. – Er ist ziemlich stark. Damals lag ich anderthalb Monate im Krankenhaus. Deshalb bete ich jetzt lieber nur noch für ihn.

– Sie warten also, sagte ich, weil ich irgendwie das Gefühl hatte, wenn ich nicht über meine Mutter redete, wäre es besser, wenn er auch nicht über den Sportlehrer redete. – Sie sind der erste Priester, der mir nicht zu Hilfe eilt.

– Das überrascht Sie doch nicht. Das war Ihnen schon in der Bibliothek klar, sonst hätten Sie sich wohl kaum hierherschleppen lassen. Sie hätten sich mit dem Schuldirektor artig über Probleme im Schul- und Verlagswesen unterhalten.

– Wahrscheinlich haben Sie recht, sagte ich.

– Übrigens kann man zwar Ungläubige bekehren, nicht aber Leute, die Gott hassen, sagte er, und für einen Moment war mir, als hätte mich jemand angespuckt. Nur weg hier, dachte ich. Mit dem ersten Zug zurück nach Budapest, dachte ich. Oder rüber zum Schuldirektor und mit Messer und Gabel Hühnerschenkel essen, dachte ich. Sich vollaufen lassen und die sechzehnjährige Tochter belästigen, dachte ich. Schließlich habe ich seit einem Jahr niemanden mehr belästigt. Gleich morgen zu Eszter gehen und ihr sagen, daß ich es nicht aushalte, dachte ich. Daß wir entweder versuchen sollen, wie Menschen zu leben, oder daß sie endlich aus meinem Leben verschwinden, daß sie sich in ihre rumänischen Wälder verpissen soll. Wowarstdumeinsohn – Ich habe mich über Gott unterhalten, Mutter.

– Gott habe ich nie gehaßt, sagte ich und zündete mir eine Zigarette an.

– Aber natürlich. Wie einen Verkäufer, der Sie übers Ohr gehauen hat, als Sie sich Süßigkeiten kaufen wollten. Ich könnte auch sagen, Ihre Gottesvorstellung ist ziemlich infantil. Und Sie sind intelligent genug, es zu wissen. Und begabt genug, um es herzergreifend zu schildern. Weiter?

– Und zu feige, das Götzenbild aufzugeben, denn dann könnte es aus sein mit den herzergreifenden Geschichten.

– Na sehen Sie, es geht doch.

– Klar, ich muß nur Ihrer Logik folgen. Und größtenteils stimmt es sogar. Nur mit der Szene im Laden bin ich nicht einverstanden. Erstens, weil ich nie in den Laden gegangen bin, um mir Süßigkeiten zu holen. Zweitens, weil ich denke, daß wir alle übers Ohr gehauen worden sind. Und ich kann nicht umhin, so zu denken, jedenfalls solange ich noch bei Trost bin und mir nicht einbilde, daß nur ich allein übers Ohr gehauen worden bin.

– Oder bis Ihnen eines Morgens vor dem Spiegel

schlecht wird. Ich fürchte, wer eine so genaue Vorstellung von Gott hat, wird keine Chance haben zu glauben, bevor er nicht den Mund voller Schlamm gehabt hat.

– Kann sein, sagte ich. Ich schenkte ein. Wir tranken aus. Er schenkte wieder ein.

– Das letzte Glas. Ich möchte den Zug um halb acht nehmen.

– Um neun fährt ein direkter. Ich bringe Sie zum Bahnhof.

– Danke, sagte ich. – Übrigens glauben Sie gar nicht, wie dankbar ich wäre, Vater, wenn ich zwischen einer Selleriecremesuppe von Maggi und einem halben Liter Meßwein endlich meine Überzeugung verlieren würde, daß es die Vorsehung einfach nicht gibt. Denn ich zahle einen hohen Preis dafür.

– Daran zweifle ich nicht.

– Man könnte auch sagen, ich beneide jene, die einfach nur in der Bibliothek danebenzugreifen brauchen.

– Das ist etwas anderes. Derjenige, über dem der Himmel leer ist, hat es immer leichter als jemand, der dort bereits sein eigenes Götzenbild aufgestellt hat.

– Ich weiß einfach nichts Besseres, Vater. Es steht nicht in meiner Macht, den Herrn mit Tugenden auszustatten, die ich nicht einmal ansatzweise besitze. Ich fürchte, ich muß es noch eine Weile mit dem Götzenbild aushalten.

– Schon gut. Ich habe ja gesagt, ich kann warten. Soll ich Ihnen einen Schlafanzug geben?

– Lieber eine Decke.

– Die finden Sie im Schrank. Legen Sie sie ein bißchen auf den Ofen, das mache ich auch immer so.

Als ich am Morgen aufwachte, stand ein Mann in Soutane an meinem Bett und berührte meine Stirn mit seinem Daumen, ähnlich wie bei der Taufe oder der letzten Ölung. Einige Augenblicke lang forschte ich nach den Resten des vergangenen Tages, wo war ich und wer war dieser Mensch? Ich mußte tief in einem Albtraum gewesen sein, als ich von der Berührung des Paters aufschreckte, und sein Finger hatte alles weggewischt, was mich nicht freute, denn wie lausig sie auch sein mögen, meine Träume sind mir wichtig.

– Wachen Sie auf! Für die gestrigen Flüche habe ich die Buße schon verteilt. Außerdem waren elf Leute bei der Heiligen Kommunion, und alle leben noch, sagte er, worauf ich entgegnete, das Dorf habe wirklich Glück, denn sein Pfarrer glaube an Gott. Dann fragte ich beim Kaffee, ob das Kreuz auf meiner Stirn als erstes oder als letztes Sakrament gemeint sei.

– Ist Ihnen das nicht egal? fragte er.

– Doch. Nur manchmal würde man gern glauben, daß es vielleicht doch nicht egal ist, sagte ich.

Der kürzeste Weg zum Bahnhof führte durch die Zigeunerzeile. Zwischen halb eingestürzten und halb aufgebauten Baracken versuchte der Pfarrer, mit seinem Geländewagen den Pfützen auszuweichen, während er ständig auf die Hupe drückte, um die halbnackt neben dem Auto herrennenden Kinder zu verscheuchen. Manche hatten nicht einmal Unterhosen an, mit nacktem Hintern, barfuß, keuchten sie dem hupenden Wagen hinterher. Die Glücklicheren hielten sich an der Türklinke fest, grinsten zum Fenster herein, andere hüpften auf den Steinen, die aus den Pfützen ragten, und dadurch schien es, als liefen sie auf dem Wasser. Aber über ihren nackten Hüften trugen sie alle den gleichen roten Pullover wie ich, denn mit der holländischen Hilfslieferung waren vergangene Woche fünfhundert rote Pullover eingetroffen, und das war gespenstischer als die mit Nylonfolie statt mit Ziegeln überdachten Häuser. Diese Unmenge roter Hilfspullover war unheilvoller als die mit Decken verhängten Fenster oder die Feuer, die in Zimmern mit drei Wänden brannten, die Frauen, die auf nirgendwohin führenden Betontreppen herumsaßen. Eine Treppe, die nirgendwohin führt, ist nämlich noch ziemlich menschlich.

Mir wurde schlecht, und zuerst dachte ich, es sei nur das Gerüttel im Wagen oder der Anblick der unzähligen Hilfspullover, aber im nächsten Moment erinnerte ich mich an jede Einzelheit meines Traumes heute früh. Ich saß in meiner Baracke auf dem aus Brettern zusammengezimmerten Bett und hörte dem Knistern der Holzscheite im Kanonenofen zu; durchs Fenster beobachtete ich, wie es über dem Wald dämmerte; ich wartete darauf, daß es Zeit wurde, zur Arbeit zu gehen. Dann begannen drüben in der Grube endlich die Bluthunde wach zu werden. Röchelnd scharrten sie in der Erde, zerrten an den kahlgefressenen Knochen, knabberten an den Wirbeln, deren Mark vertrocknet war, auf der Suche nach Resten, wie jeden Morgen. Ich zog mir den dicken Mantel über, nahm den Stock mit dem Haken und ging zum Kadaverbrunnen hinter der Baracke, um ihnen ihre tägliche Portion zu holen. Das war meine Arbeit: zweimal am Tag die Hunde füttern und mich nicht danach erkundigen, wer diese Toten waren. Stimmt auch, daß es niemanden gab, bei dem ich mich danach hätte erkundigen können. Einmal pro Woche, immer nachts, wurde der Kadaverbrunnen aufgefüllt. Wenn ich aufwachte, waren die Frauen- und Kinderleichen schon da. Eigentlich waren sie alle wunderschön, nur ihre Reglosigkeit und ihr süßlicher Geruch verrieten, daß sie tot waren, daß ich ohne Bedenken mit meinem Stock hinunterlangen und sie mit dem Haken am Hals packen konnte, um sie dann wie eine schlafende Geliebte oder ein krankes Kind auf die Arme zu nehmen und sie den Hunden in der Grube auf der anderen Seite der Lichtung zu bringen. Während dieser paar hundert Schritte konnte ich nach Herzenslust ihre kühle Reglosigkeit bewundern. Ich wußte, daß ich auf diesem Pfad denken und fühlen konnte, was ich wollte. Daß mir niemand hineinreden, keinerlei Vorschrift mich beeinflussen konnte. Es gab welche, die ich stumm von der einen Grube zur anderen brachte, aber es gab auch welche, denen ich etwas erzählte, zum Beispiel vom Wald, daß die Bäume wegen der Flechten aussehen, als wären sie schimmelig, und daß unser Wald hier, anders als andere Wälder, kein Wurzelwerk hat. Schauen Sie nur, sagte ich zu einer alten Frau und fegte mit dem Fuß das Laub beiseite. Schauen Sie nur, das sind ja bloß Bühnenbretter, es lohnt sich nicht, Angst zu haben. Natürlich wußte ich, daß sie keine Angst hatte, sie war ja tot. Daß es ihr total egal war. Daß man sie ruhig den Kötern vorwerfen konnte, aber so war es doch ganz anders, als sie an den Füßen zu packen und zur Grube zu zerren. Ein-, zweimal hatte ich auch das ausprobiert, aber es gefiel mir nicht. Und jetzt tanzte ich mit einem Mädchen Walzer, weil ich sah, daß sie am liebsten Walzer tanzen würde. Mit einer Heidelbeere malte ich ihr den Mund rot an, ihr kaum achtjähriger Körper war leichter als ein Haufen Herbstlaub, und als wir uns drehten, blies mir der Wind ihr Haar ins Gesicht. Eins, zwei, drei und eins, zwei, drei, und im Walzerschritt legten wir den Weg bis zu den Bluthunden zurück, dabei war mir die ganze Zeit über bewußt, daß es meine Pflicht war, dort, am Rand der Grube, etwa aus sechs Fuß Höhe, auch sie fallen zu lassen. Daß ich nicht einmal mit ihr eine Ausnahme machen durfte. Nur öffnete sie, bevor ich sie zwischen die Hunde mit den gefletschten Zähnen hätte werfen können, die Augen und fragte, wenn ich so wunderbar tanze, warum ich dann diese Arbeit verrichte. Worauf ich sagte, weil ich nichts Besseres weiß und daß auch ich von etwas leben muß. Zu etwas anderem bin ich kaum geeignet, deshalb hat man mich hierher, zur Fütterabteilung versetzt, sagte ich, dann ließ ich mitten im Tanz ihre Taille los, sie aber stürzte nicht einfach zwischen die Köter wie die anderen Leichen, sie schwebte wie eine Flaumfeder und lachte dabei, und schon zerrissen sie die Hunde, aber noch immer hallte der Wald von ihrem Lachen. Und da spürte ich plötzlich, daß ich wahnsinnig werde. – Laßt sie los! brüllte ich die Hunde an und bewarf sie mit Stöcken und Steinen. – Die lebt noch! brüllte ich. – An der werdet ihr alle krepieren! brüllte ich, aber die Hunde zerfleischten sie weiter, das Mädchen aber lachte, und von ihrem Blut erfüllte sich der verrottende Wald mit Pfefferminzduft. – Du verfluchte Hure! brüllte ich. – Mich machst du nicht zum Mörder! brüllte ich, dann begann ich zwischen den Bäumen umherzulaufen, dabei wußte ich, daß das nicht viel Sinn hatte, und mir triefte auch schon der Schlamm aus dem Mund.

– Macht Ihnen der Anblick von Not tatsächlich so zu schaffen? fragte der Pfarrer, ich aber winkte nur ab, lassen wir das lieber, und empfand nicht einmal jene Scham, wie sie mich sonst immer überkommt, wenn ich mich dabei ertappe, daß das Innere mir das Äußere verstellt. Zumindest darauf möchte man doch achten. Wenigstens Scham zu empfinden. Man ertappt sich gern dabei und sagt zu Herrn Rosenberg, man brauche gar keinen Füller mehr, dabei weiß man, daß das im Grunde nichts anderes ist, als wenn die holländische Konfektionsindustrie behauptet, sie brauche diese fünfhundert Pullover mit Produktionsfehler ja gar nicht.

– Beeilen wir uns, sagte ich und ließ die Zigeunerzeile mit ihren Pferdeschindern, ihren ins Nichts führenden Treppen und ihren Gören in den Hilfspullovern hinter mir wie einen Wanderzirkus, in dem der abgemagerte, aus einer Waschschüssel Milch schlabbernde Löwe die einzige Attraktion darstellt.

Ich hatte keine Rückfahrkarte, weil ich gegenüber den Kartenverkäuferinnen am Bahnschalter seit fünfzehn Jahren auf einer einfachen Fahrt bestehe, etwa so, wie Judit irgendwo in einem Adriahafen auf einem Frachtschiff gegenüber einem Packer, den sie, eine Garnitur Unterwäsche zum Wechseln und die Meistergeige der Familie Weér unterm Arm, darum bat, ihr aus purer Menschlichkeit plus tausend Dollar ein wenig Platz zu machen zwischen den Produkten der jugoslawischen Schwerindustrie. Am Schalter fiel mir also ein, daß ich jetzt auch auf dem Rückweg gezwungen sein würde, auf der einfachen Fahrt zu bestehen. Es ist ja sowieso schon egal, dachte ich, dann bezahlte ich schnell die Fahrkarte, denn der Zug pfiff schon.

– Stecken Sie das ein, sagte der Pfarrer, als ich schon auf dem Waggontreppchen stand, und drückte mir ein schwarzes Buch mit Ledereinband in die Hand.

– Die Bekenntnisse? fragte ich.

– Sie brauchen sich gar nicht lustig zu machen. Hiervon kennen Sie noch nicht mal den Autor.

– Dann ist ja gut, sagte ich und steckte das Buch in die Jackentasche. – Sie warten also ab.

– Keine Sorge, ich weiß mir schon die Zeit zu vertreiben.

– Vielleicht hatten Sie recht. Mag sein, daß uns erst der Schlamm aus dem Mund quellen muß, ehe es uns gelingt, unser Herz zum Herrn zu erheben.

– Man muß es nicht groß erheben. Es erhebt sich ganz von selbst.

Mit diesen Zügen am Montagvormittag fährt kaum jemand. Weder Arbeiter noch Ausflügler, noch Leute, die mit ihrer Schmuggelware zu den Vorstadtmärkten unterwegs sind, nur ein paar Vertreter mit Aktenkoffern, die gerade anfangen, noch in kleinem Stil, mit der Bahn, aber der Chef meint, in einem Jahr hätten sie ihren Suzuki Swift beisammen, und mit dem kann man dann die vergoldeten Besteckgarnituren nach Budapest transportieren und die Familie an den Plattensee. – Sie werden schon sehen, in den Boutiquen auf der Ringstraße gehen die weg wie warme Semmeln, das ist jetzt genau die richtige Saison. Was ziehen Sie für ein Gesicht? Was soll das heißen, daß Sie für fünfzig mickrige Besteckgarnituren keine Kaution hinterlegen können? Erzählen Sie mir nichts von der Stromrechnung, stellen Sie sich endlich auf eigene Beine. Nutzen Sie die Chance. – Aber die Mädchen in den Boutiquen hängen gleich beim Öffnen das Schild ›Vertreterfreie Zone‹ raus, und wo nicht, dort haben sie schon ein vergoldetes Besteck im Diplomatenkoffer und erwarten gerade den anderen Vertreter, den mit den Multilevel-Kosmetika und der Unterwäsche im Leopardenlook. Ein, zwei solche Vertreter also sitzen in diesen Zügen und ein paar Besucher, die ins Krankenhaus wollen, mit Nelken und Dosengetränken, oder Leute, die wegen ihrer Entschädigung aufs Amt müssen, den mit Tintenstift geschriebenen Kaufvertrag für den Acker im Wert von drei Goldkronen in der Tasche oder mit der Zeugenaussage ihrer Mithäftlinge, die bestätigen, daß sie damals zusammen vom Ufer des Jenissej zurückgewandert sind, nach zwölf Jahren. – Wo zum Teufel soll ich Ihnen einen Entlassungsschein herzaubern?! Wem die Hand noch nicht abgefroren war, der mußte ein Papier unterschreiben, er sei nie hier gewesen, und dann verpaßte uns die Wache am Lagertor einen Arschtritt, damit wir uns endlich verpißten, wir trauten uns nämlich nicht auf den Lastwagen zu klettern, wir hatten Angst, von hinten erschossen zu werden. Haben Sie noch alle Tassen im Schrank, junger Mann? Glauben Sie wohl, das sei ein Schwulenohrring gewesen, den die mir aus dem Ohr gerissen haben? Kommen Sie mir bloß nicht mit Ihren Paragraphen: Das hier war kein Schwulenohrring, das war eine Ratte, die mir in der Baracke das Ohr angenagt hat. Wirklich schade, daß ich nicht mal aufgewacht bin, dann hätten wenigstens auch wir ein bißchen Fleisch essen können. Das waren also die Leute, die die Züge am Montagvormittag bevölkerten, und da war es schwieriger, ein leeres Abteil zu finden, als am frühen Morgen, wenn die Arbeiter fahren, oder am Wochenende, wenn die Ausflügler unterwegs sind, denn die verziehen sich alle in ein Abteil, nisten sich sogar zu sechzehnt auf acht Sitzplätzen ein, schimpfen über den Vorarbeiter oder den Physiklehrer, eine Flasche kreist, der Kassettenrekorder quäkt. Diese Vertreter, Krankenbesucher und Entschädigungsbeantrager dagegen wollen allein sein, sie ziehen die Vorhänge zu, an den Stationen tun sie so, als würden sie schlafen, damit die Zugestiegenen sie nicht stören, und wenn der Riegel an der Tür funktioniert, schieben sie ihn vor, damit nur der Fahrkartenkontrolleur reinkann.

Im letzten Waggon fand ich ein leeres Abteil, machte die Tür zu, schob den Riegel vor, zog die Vorhänge zu, und dann dachte ich darüber nach, daß es am besten wäre, wenn ich die Geschichte von Pfarrer Albert Mohos in den gelben Ordner mit den mißlungenen Geschichten legte. Judits einstige Notenmappe war zur Büßerbank geworden, zum Pranger für Mißerfolge, denn ich brachte es nicht fertig, diese unbeholfenen Erzählungen in den Papierkorb oder in den Ofen zu werfen. Ja, ich bewahrte die gelbe Mappe sogar auf meinem Schreibtisch auf, zwischen den anderen Manuskripten, Korrekturexemplaren und dem übrigen Papierkram, damit meine Mutter, solange ich nicht zu Hause war, nach Herzenslust darin herumlesen konnte. Das war unsere Art der Kommunikation. Wenn ich zu Hause war, tat sie kaum einen Schritt über die Schwelle, aber sobald ich den Fuß aus dem Haus setzte, durchwühlte sie sofort alles, erfüllte mein Zimmer mit dem schweren Duft ihrer Schönheitsmittelchen, verschüttete den Pfefferminztee, verlor Haare. Meine Manuskripte pappten von verschmiertem Lippenstift und Lidschatten, denn mal befeuchtete sie sich die Finger mit Spucke, mal wischte sie sich die Augen. Aber ich verlor kein Wort darüber, denn ich hätte meine Sachen ja auch in der Schublade einschließen können, nur wäre dann nicht sie die erste gewesen, die sie las.

Im Zug kann ich weder schreiben noch lesen, immer durchkreuzt die vorbeirasende Landschaft meine Lektüre. Selbst der Anblick einer noch so kümmerlichen Schonung hinterläßt auf den üppigen Landschaftsbeschreibungen einen Schandfleck, was nur deshalb erwähnenswert ist, weil mich Menschen zum Beispiel überhaupt nicht stören. Auf der Rolltreppe, an der Straßenbahnhaltestelle oder in der Kneipe kann ich sehr gut lesen, ein Gespräch am Nebentisch hat weder dem Monolog von Zosima Starez noch dem von Marmeladow je geschadet, sie kamen immer recht gut miteinander aus. Ja, manchmal war es sogar ausgesprochen interessant, einen Wortwechsel über das Pokalspiel zu hören und gleichzeitig in der Kritik der reinen Vernunft zu blättern. Nur Landschaften stören mich, was nicht gerade beglückend ist. Ich bewundere alle, die es fertigbringen, sich mit einem Buch auf die Margareteninsel zu setzen oder mit Papier und Stift in den Rosengarten, aber ich kann das irgendwie nicht, und so unternahm ich mit dem Buch, das ich vom Pfarrer bekommen hatte, gar nicht erst den Versuch, sondern ließ meinen Blick über die Pußta schweifen und wartete auf den Schaffner, denn ich wollte endlich die Fahrkartenkontrolle hinter mir haben. Seit Jahren zittere ich davor, daß der Schaffner etwas an meiner Karte beanstandet und mich aus dem Zug wirft, was natürlich Blödsinn ist, trotzdem hat man nicht einen Moment Ruhe, bevor nicht die Kontrolle vorüber ist. Wann kommt endlich der verfluchte Schaffner, dachte ich, aber bald wurde mir klar, daß ich überhaupt keine Angst mehr hatte. Ja, wenn er mich jetzt aus dem Zug würfe, könnte ich vierzig Tage in der Einöde umherstreifen, und das hätte was. Ohne mich kriegst du nicht mal mehr den Wasserhahn auf, Mutter, dachte ich. Das halbe Kilo Brot müßtest du dir schon verdammt gut einteilen. Denn der liebe Gott wird wohl kaum für dich zum Laden an der Ecke laufen, dachte ich. Dabei lebst du fast nur von Brot, Mutter, dachte ich. Vom besten Weißbrot der Rákóczi-Bäckerei, dachte ich. Wenn dieser Schaffner auch nur einen Funken Mitgefühl hat, beanstandet er etwas an meiner Fahrkarte und wirft mich mitten in der Pußta aus dem fahrenden Zug, und dann gehst du schön selbst hinunter und kaufst ein, dachte ich. Die fünfhundert Franken monatlich reichen sogar für die völlig überflüssigen Bérestropfen und die Kosmetika, die keiner sieht, dachte ich. Übrigens ist es nicht meine kleine Schwester, sondern meine große Schwester, wenigstens das hättest du inzwischen lernen können, Mutter, dachte ich. Schon mit sieben hatten wir uns darauf geeinigt, dachte ich. Denn es wäre ziemlich billig gewesen, sich ein Leben lang über den Altersunterschied von einer halben Stunde zu streiten, dachte ich. Während ihr also irgend so eine Revue zur Arbeiterbewegung geprobt habt, saßen wir im Souffleurkasten, Aug in Auge, dachte ich. Und wer es länger aushielt, der war der Ältere, und da gab's dann auch keine Diskussion mehr, dachte ich. Und das hast auch du gesagt bekommen, dachte ich. Wenigstens da hättest du dir merken können, daß Judit meine große Schwester ist, dachte ich. Guten Tag, die Fahrkarten bitte, sagte der Schaffner. Bitte sehr, sagte ich. Du hättest wenigstens versuchen können, uns vorzuspielen, daß du dich von dieser ganzen Plakkerei nicht nur an den Dammriß und die geplatzte Ader im Auge erinnerst, dachte ich. Hier ist Nichtraucher, sagte der Schaffner. Entschuldigung, dann gehe ich auf den Gang, sagte ich. Es ist doch klar, daß alles andere verblaßt, wenn man an seinem Geschlechtsorgan verletzt wird, dachte ich. Es reicht, wenn Sie das Fenster herunterziehen, sagte der Schaffner. Egal, sagte ich, das heißt, danke sehr.

Als der Postbote den ersten Brief von Judit aus Amerika brachte, rief der Genosse Minister den Parteisekretär des Theaters, Genosse Fenyő, zu sich und teilte ihm mit, daß sich sein Herzweh um die Künstlerin Weér sehr in Grenzen halte, denn zum einen ziehe er vollschlanke, brünette Schauspielerinnen vor, zum anderen stünden wegen der verschiedenen Preise und Gedenkringe ohnehin alle Schlange, daher komme ihm dieser Ausfall an der Spitze der Erfolgsleiter gerade recht, dieses kleine Aas mit seiner Geige aber fiedelt, wie man aus der New York Times erfährt, dort drüben anscheinend wirklich ganz geschickt. Es wäre also schade drum, so etwas verkommen zu lassen, schließlich sind wir ja eine Großmacht in der Musik, oder etwa nicht? Na, und so ein Primas hat den Vorteil, daß er eine ziemlich gute Figur macht, sich aber doch recht leicht im Zaum halten läßt. So einer kritzelt und malt eben nicht lauter unreifes Zeug. Mit einem Streichquartett ist es nun mal durchaus etwas schwieriger, die Arbeiterklasse zu unterminieren. Mit einem Wort, er als Genosse Minister wäre dem Genossen Fenyő außerordentlich dankbar, wenn er die Achillesferse des Mutterherzens möglichst bald ausfindig machen würde.

Genosse Fenyő, über den herzhaft zu lachen sich übrigens seit dem letzten Fünfjahresplan keiner scheute, natürlich nur ganz diskret, in Anspielungen, Genosse Fenyő also zerbrach sich eine schlaflose Nacht lang den Kopf, wo denn die Achillesferse des Mutterherzens sei. Ein bißchen ärgerte er sich auch, daß die Zeiten vorbei waren, wo man noch freie Hand hatte, dann dachte er, komme was wolle, schließlich ist das ja wohl immer noch eine Volksdemokratie oder was sonst, zum Teufel, und am nächsten Tag bat er Cleopatra in der Probe, mit einer der Sklavinnen zu tauschen. – Das soll wohl ein Witz sein? fragte Cleopatra, aber Genosse Fenyő sagte, das ist kein Witz, Genossin Schauspielerin, glauben Sie mir, das ist eine hervorragende

Rolle, und wenn man es sich recht überlegt, könnten auch die Volkstheater an der Theiß solche hervorragenden Künstler wie Sie gut gebrauchen. Worauf Cleopatra zu dem Regisseur sagte, schick dieses Rindvieh doch endlich von der Bühne, der Regisseur aber bat die Kollegin, den Fortgang der Probe nicht zu stören, sondern so freundlich zu sein, bis morgen die paar Sätze zu lernen, denn es sei ihm ein Herzensanliegen, am Theaterfestival in Prag teilzunehmen.

Und dann rannte Cleopatra, so wie sie war, nach Hause. Die Tränen strömten ihr schwarz aus den Augen, denn sie hatte sich nicht einmal mehr abgeschminkt. Eine schwarze Perücke auf dem Kopf, rannte sie durch die Innenstadt, mit einem Diadem aus Glasbrillanten, einem Büstenhalter mit Glasrubinen und in Sandalen, einen Umhang aus Kunstseide um die Schultern, exakt so, wie sich die Nichte von Genosse Fenyő, inspiriert von einem Plakat für eine französische Revue, Cleopatra vorgestellt hatte. Die Leute trauten ihren Augen nicht, Mütter, die gerade aus dem Kaufhaus der Jungpioniere traten, packten ihre Kinder und drehten ihnen den Kopf zur Seite, wie man Hühnern den Hals umdreht, Ehefrauen ohrfeigten ihre mit weit aufgerissenen Mäulern gaffenden Ehemänner auf offener Straße, der Bus Nummer sieben legte die Strecke vom Platz der Befreiung bis zum Astoria im Schrittempo zurück, denn die Fahrgäste verlangten, er solle Cleopatra nicht überholen. Nur daß keiner dahinterkam, wer die halbnackte Frau mit dem wehenden Umhang war. Sie erkannten ihre eigene Schauspielerin nicht, denn sie hatten sie noch nie mit echten Tränen gesehen, nur mit solchen, die von vietnamesischem Balsam, im richtigen Moment unter die Augen geschmiert, zu fließen beginnen. Wie selbst Antonius Cleopatra noch nie hatte weinen sehen, nicht einmal, als der Postbote den ersten Brief von der Ostküste brachte. Eigentlich wurde ihm erst jetzt klar, daß Cleopatras Tränen in Wahrheit nicht nach Menthol, sondern nach Salz schmeckten, wie die Tränen jedes anderen auch, und es tat ihm nicht einmal leid, daß es der Verlust einer beschissenen Hauptrolle war, weshalb er sie zum ersten Mal ehrlich weinen sah. Für diese salzigen Tränen war er den Wolfsgesetzen der Volksdemokratie dankbar. Es hätte ihm auch nicht leid getan, wenn Cleopatra aus dem privilegierten Lager der Geförderten nicht nur in die Kategorie der Geduldeten, sondern in die der Verbotenen versetzt worden wäre. Wenn ihr Kaderbogen noch eine Stufe weiter nach unten gewandert wäre. Dann ging Antonius ins Badezimmer, holte Baldriantropfen und ein nasses Handtuch, löste Cleopatra die Sandalen und wischte ihr den Staub der Kossuth-Lajos-Straße, der kleinen Ringstraße und des Museumsgartens von den Knöcheln und Zehen. Nun nahm er ihr noch den kunstseidenen Umhang ab, um ihr mit einem anderen Handtuch auch die Schweißtropfen abzutupfen, die sich in den Tälern ihrer Wirbel angesammelt hatten. Um die vom Schluchzen bebenden Schultern und das krampfhafte Zucken der mit einer Goldschärpe geschmückten Taille zu besänftigen. Schließlich wischte er Cleopatra die Federn des zerrissenen Kissens von der Hand, und da beruhigte sich das Schluchzen bereits ein wenig.

Das tut gut, sagte Cleopatra und drehte sich um, damit Antonius auch die Flaumfedern erreichte, die ihr am Gesicht klebten, oder die über die Theaterschminke kullernden echten Tränen und die pulsierende Schlagader am langen Hals, damit das Keuchen der rubingeschmückten Brüste mit einem feuchten Tuch besänftigt werden konnte.

Weinen Sie nicht, Mutter, sagte Antonius und strich mit seinem Tuch über das Tal ihres Bauches, das unter den Brüsten begann und sich ganz bis zum Goldband unter dem Bauchnabel erstreckte.

Nimm mir den Plunder ab, mein Sohn, sagte Cleopatra,

und ich öffnete ihr die Gürtelschnalle, dann hob sie ihre Hüften an, damit ich den goldbemalten Gürtel aus Kunstschlangenleder unter ihr wegzog.

Diese Mistkerle, die glauben wohl, daß sie mich zur Statistin machen können, sagte sie, und ich strich ihr die Flaumfedern von den Schenkeln.

Ach, das tut sehr gut, mein Sohn. Jetzt noch die Fußsohlen – und sie hob die Beine, um sie mir in den Schoß zu legen, ich aber umfaßte ihren Knöchel und hielt ihren Fuß vor meinem Gesicht fest.

Beruhigen Sie sich, Mutter, sagte ich und wärmte ihr die Sohlen mit meinem Atem, bevor ich ihr die schmalen Zehen zu massieren begann. Dann legte ich mir ihre Ferse auf die linke Schulter, da ich es nicht wagte, sie mir in den Schoß zu tun, zurück aufs Bett wollte ich aber nicht, und so saßen wir schon seit Minuten da, sie auf die Arme gestützt, die Perücke halb von ihrem blonden Knoten gerutscht, ich mit ihrem einen Fuß auf der Schulter, dem anderen in der Hand. Vielleicht das erste Mal in meinem Leben empfand ich diesen Blick als warm, aber ich wagte es nicht, den Kopf zu heben, denn ich wußte, daß dies nur so lange andauern würde, bis wir einander in die Augen sahen. Und ich wußte natürlich auch, daß man so nicht ein Leben lang dasitzen kann, den Kopf gesenkt. Dann zog sie langsam den Fuß aus meiner Hand und hielt ihn an meine Lippen, damit ich ihn küssen konnte.

Dich werden die Frauen sehr gern haben, mein Sohn, sagte sie und ging schnell ins Bad.

Dann, an einem sonnigen Vormittag, rief Genosse Fenyő meine Mutter in sein Büro, bot ihr Napoléon-Cognac an und sagte, wenn jemand zutiefst bedauert, daß die liebe Frau Künstlerin ihre Begabung nicht entfalten kann, so sind wir das. Denn da hätten wir zum Beispiel dieses Drehbuch hier mit einer großartigen Rolle, noch dazu eine Koproduktion, das heißt, es würden sogar Reisen anfallen. Stimmt zwar, nur nach Bulgarien, aber Meer bleibt Meer. – Na, darf es noch ein Gläschen sein? – Aber die Genossin Schauspielerin müsse nun wirklich auch verstehen, daß es unter den gegebenen Umständen einige Störfaktoren gebe. Diese ließen sich jedoch leicht beseitigen – wenn schon von nichts anderem, aber von Cognac verstehen sie was, diese Franzosen, nicht wahr? – wenn also Ihre liebe kleine Tochter nach Hause käme – schließlich sind wir ja eine Großmacht auf dem Gebiet der Musik, nicht wahr? Denken wir nur an Liszt, an Bartók, an Lehár, an die Symphoniker der Ungarischen Staatsbahnen – also wir verstehen einfach nicht, was Ihre liebe Tochter sich dabei gedacht hat. Aber wenn sie nach Hause käme, würden wir diesen kleinen Fehltritt als Studienreise betrachten, und ich garantiere Ihnen, daß sie nicht nur ihre Begabung, sondern auch ihre frisch geknüpften Beziehungen florieren lassen könnte, natürlich unter der Voraussetzung einer gewissen Kritik und Selbstdisziplin. Davon gar nicht zu reden, daß wir, wie gesagt, dieses Drehbuch haben und unzählige andere Hauptrollen, nicht wahr, die eigentlich auch endlich einmal ordentlich besetzt werden müßten. Na, noch ein letztes Gläschen – und an diesem Abend schrieb meine Mutter auch schon den ersten Brief, wobei sie von den Hauptrollen schwieg, aber den Studienreisecharakter des Abhauens betonte, worauf meine Schwester nur antwortete, Verehrte Mutter, nächste Woche habe ich ein Konzert mit Menuhin, es war doch sicher nicht Ihr Ernst, daß ich zu den Symphonikern der Ungarischen Staatsbahnen gehen soll, nicht wahr?

Aber meine Mutter gab nicht auf, sie konsultierte sogar den Parteisekretär.

– Schreiben Sie ihr, sie soll an ihre Familie denken, sagte Genosse Fenyő, dann sann er kurz nach und sagte, nein, schreiben Sie das lieber nicht, man könnte es mißverstehen, am Ende würden die Imperialisten das noch so interpretieren, daß die Familie hier irgendwelchen Repressalien ausgesetzt ist. Schreiben Sie lieber, daß wir hier Talente wie sie auch in existentieller Hinsicht zu schätzen wissen. Worauf meine Schwester antwortete, Verehrte Mutter, hier werde ich nicht nur in existentieller Hinsicht geschätzt, auch wenn ich vorerst nur fünfhundert Dollar monatlich schicken kann. Übrigens wäre ich lieber Zimmermädchen in einem hiesigen Motel als daheim Solistin bei einem Konzert zu Ehren des Parteikongresses. Daher bitte ich Sie, mir davon nichts mehr zu schreiben.

Worauf meine Mutter den Genossen Fenyő nicht mehr um Rat bat, sondern sämtliche Hauptrollen und staatlichen Auszeichnungen auflistete, die sie nicht würde bekommen können, nur weil ihre Rotznase abgehauen war, und sie forderte, Judit solle sofort heimkommen, denn sie dulde es nicht, daß sie wegen einer lausigen kleinen Schlampe ihr Leben lang nur noch unbedeutende Nebenrollen spielen könne. Entweder sie nehme den nächsten Zug nach Hause, oder ihre Tochter sei von jetzt an für sie tot. Und sie garantiere ihr, sie werde sie auch wie eine Tote beerdigen. Ihren gesamten hier vergessenen Dreck werde sie auf den Friedhof bringen.

Eines Vormittags suchte ich Tabletten, denn ich hatte Kopfweh, und dann starrte ich einige Augenblicke fassungslos auf die aufgerissenen Umschläge im Wertheim-Tresor, denn ich war überzeugt, daß ich alle Briefe von Judit meiner Mutter beim Frühstück vorgelesen hatte.

So gesehen ist die Metropolitan gar nicht so schlecht. Aber daß du noch immer nicht flüssig lesen kannst, ist schon schrecklich, mein Sohn. Es wundert mich nicht, daß du kein Abitur gemacht hast, sagte sie.

Ich bin nicht im Lesen durchgefallen, Mutter, sagte ich.

Nein? Na egal, mach weiter, sagte sie und ließ das weiche Ei aufs Toastbrot fließen, und ich fuhr mit dem Vorlesen fort. Nur daß in jenen Briefen noch von etwas ganz anderem die Rede gewesen war als in diesen dreien hier, die an das Theater adressiert waren, an die Künstlerin Frau Rebeka Weér, und die meine Mutter im Tresor versteckt hatte, hinter der Schachtel mit den Medikamenten. Im dritten duzte Judit unsere Mutter schon. Nicht unverschämt oder ungehörig, sondern wie eine Frau die andere. Sieben aus einem Notenheft gerissene Seiten Beschämung, ich stand einfach nur da, mitten im Zimmer, und mir wurde schlagartig klar, daß mir zwischen der ersten Menstruation meiner Schwester und heute etwas entgangen war. Und ich wollte die Umschläge schon zurücklegen, um auch in Zukunft von nichts zu wissen, als ich im Spiegel den mitleidigen Blick meiner Mutter bemerkte.

Armer Kleiner, sagte sie, während sie mir die Notenblätter aus der Hand nahm. Sie faßte sie an, als wären es tote Ratten, mit gespreizten Fingern, und ihr Blick war stumpf wie der von erschlagenen Tieren, und ich wußte, daß wir von jetzt an ganz anders leben würden. Daß die bisherigen Regeln ihre Gültigkeit verloren hatten.

Mein armer kleiner Niemand, sagte sie und ließ mich stehen.

Sie kam erst spät am Abend zurück, mit einem Bühnenarbeiter im T-Shirt, der den schwarzen Requisitensarg auf den Schultern trug.

Hierher, sagte meine Mutter und stieß mit dem Fuß die Kleider beiseite, die mitten im Zimmer auf dem Boden lagen, dann drückte sie dem jungen Mann fünfhundert Forint in die Hand, schließlich machte sie die Tür hinter ihm zu.

Ich saß noch immer auf dem Bett.

Kommen Sie, legen Sie sich hin, Mutter, sagte ich.

Verschwinde aus meinem Zimmer, sagte sie, aber ich rührte mich nicht.

Mit dem Fuß machte sie den Sarg auf, dann warf sie Judits Briefe hinein. Und danach die Noten, von Paganini bis Strawinsky, den Notenständer, die Saiten, das Kolophonium. Einfach alles, von der Geburtsurkunde über die zurückgelassenen Kleider bis zur Teetasse. Dann kramte sie die gelbe Schuhschachtel mit den Familienfotos hervor, setzte sich neben mich und schleuderte mit unbewegter Miene Bild um Bild hinein, die Spreu vom Weizen trennend. Bilder, auf denen Judit Weér auch nur zu erahnen war, in die Kiste, den Weizen in meinen Schoß. Ich sah mir das Marienbild an der Wand gegenüber an und hörte die Fotos von Muttertagskonzerten, Geburtstagen und Klassenfahrten auf die Bretter fallen. Ich wußte, daß auf den meisten auch ich zu sehen war. Ich fühlte nichts. Nicht einmal Müdigkeit. Einfach nichts.

Dann sah sie sich noch einmal in der Wohnung um, ob sie auch nichts vergessen hatte. Im Bad fand sie einen Unterrock, im Dienstbotenzimmer eine alte Schultasche.

Die Tasche hat mir gehört, sagte ich.

In Ordnung, sagte sie und warf sie zwischen die Koffer und den anderen Krimskrams zurück.

Sie hat wirklich mir gehört.

Dann holte sie den Werkzeugkasten aus der Speisekammer und fing an zu nageln. Die Nägel wurden alle krumm, sie hielt sie falsch. Nach dem fünften oder sechsten Versuch drückte sie mir den Hammer in die Hand, und ich nagelte den Sarg zu. Es hätte überhaupt keinen Sinn gehabt zu sagen, sie solle doch einen der Bühnenarbeiter bitten. Oder vielleicht hätte es Sinn gehabt, es ist mir nur nicht eingefallen. Dann sagte ich, gute Nacht, Mutter.

Am Morgen ging sie in den katholischen Buchladen, wo nicht nur Bücher verkauft wurden, sondern auch alle anderen zur Religionsausübung notwendigen Requisiten: phosphoreszierende Rosenkränze, Weihwasserbehälter für zu Hause, die Jungfrau Maria mit Schleier und Jesuskind in Gips, ein dreidimensionaler Berg Golgatha, kurz alles, was das heimische Handwerk im Interesse der Religionsausübung in Kleinbetrieben herzustellen imstande war oder was man bei den Großhändlern im Vatikan besorgen konnte. Sie kaufte zehn Traueranzeigen blanko, und als ich aufwachte, waren sie schon ausgefüllt.

Guten Morgen, Mutter, sagte ich.

Aha, sagte sie und schrieb weiter in Schönschrift die Adresse des Ministeriums aus dem Telefonbuch ab, denn nicht nur meiner Schwester, sondern auch dem Parteisekretär des Theaters, dem Kultusminister und János Kádár schickte sie Traueranzeigen.

Keine Spur von Wahnsinn war an ihr zu sehen. Ich blieb hinter ihr stehen und schaute zu, wie sie die Briefmarken ableckte und auf die schwarzumrandeten Umschläge klebte.

Hören Sie auf damit, Mutter, sagte ich.

Halt dich da raus, mein Sohn, sagte sie und schob meine Hand von ihrer Schulter.

Dann ging sie und kaufte für fünfundzwanzig Jahre eine Grabstelle im hintersten Winkel des Kerepeser Friedhofs, bei den efeubewachsenen Kindergräbern, am Fuße der zerfallenden Mauer der Gummifabrik, wo beim Testen der Schläuche die Pumpen seufzen, als atmeten die Toten in der Erde. Die Totengräber waren sauer, denn Parzelle 14 ist der Schrecken aller Totengräber, hier haben die Wurzeln von Linden, Kastanien und Platanen sich dicht miteinander verflochten, und es gibt keine beschissenere Arbeit, als mit einer Axt am Wurzelwerk herumzuhauen, da wäre sogar ein Felsengrab noch besser, aber schließlich verscheuchten sie dann doch die Fasane, mähten das Unkraut und hoben die Grube aus, ohne zu ahnen, daß sie zu Bühnenarbeitern avanciert waren, denn formal war alles einwandfrei in Ordnung. Für den Steinmetz Josef Schmuck zum Beispiel gab es nichts Größeres als Finlandia-Wodka, und so hatte er innerhalb von Minuten den Namen meiner Schwester in einen vorgefertigten Obelisken aus Kunststein gemeißelt, mitsamt Jahreszahlen, ja, er vergoldete sogar die Lettern und kümmerte sich um den Transport. Der Leiter des Beerdigungsinstituts sah geflissentlich über das Fehlen eines Totenscheins hinweg, genauer: eine Stange amerikanischer Zigaretten und eine Flasche schottischer Getreideschnaps, von meiner Mutter im Devisengeschäft in der Kígyó-Straße von dem Geld gekauft, das ihr Judit geschickt hatte, waren der Totenschein meiner Schwester. Kurz, daß man hier seit dreißig Jahren nicht mehr beerdigte und dergleichen, spielte keine Rolle; die vier Totengräber nahmen brav ihr Werkzeug und schlugen im Rhythmus der stockenden Ventilatoren der Gummifabrik auf das Gebüsch ein und schaufelten und zerhackten die Wurzeln, bis sie das Grab für Judit Weérs Erinnerungsstücke ausgehoben hatten.

Dieses Hemd ist fürchterlich. Zieh etwas Ordentliches an.

Ich gehe nicht, Mutter, sagte ich.

Und ob du gehst. Los, zieh dich an.

Ich habe doch gesagt, Mutter, ich gehe nicht.

Das ist mir völlig egal. Tu, was du willst.

Bitte hören Sie auf, Mutter, sagte ich.

Das ist einzig und allein meine Sache. Hast du verstanden?

Ich habe verstanden, Mutter. Aber das werden Sie sich nie verzeihen.

Du irrst dich, mein Sohn. Du kannst dir gar nicht vorstellen, was man sich im Ernstfall alles verzeihen kann, sagte sie, dann rief sie ein Taxi mit Dachgepäckträger.

Dem Fahrer tat es sehr leid, seien Sie mir nicht böse, gnädige Frau, ich bin kein Leichenträger, meine Mutter aber zog zweitausend Forint aus der Tasche, und es stellte sich heraus, daß man, wenn unbedingt nötig, sogar einen Sarg als eine Art Gepäck betrachten kann. Der Mann packte kräftig an, aber die Kiste war leichter, als er gedacht hatte, und so schulterte er sie gar nicht, sondern trug sie unterm Arm hinaus. Er stellte sie auf den Dachgepäckträger und befestigte sie mit einer Gepäckspinne, während meine Mutter in ihrem schwarzen Kostüm, hauchdünne Sandalen an den Füßen, ein schwarzes Samttäschen in der Hand, auf dem Rücksitz des Shiguli Platz nahm.

Wir können losfahren, sagte sie, und sie fuhren zum Kerepeser Friedhof, die schattige Hauptallee hinunter bis zu den Kindergräbern, aber weder der Parteisekretär noch der Kultusminister, noch János Kádár standen an der Grube, nur die vier Totengräber, und meine Mutter sagte zum Fahrer, er solle warten, denn sie würden in ein paar Minuten fertig sein. Während sie also den Sarg nach unten ließen, tickte der Taxameter die ganze Zeit. Im Zweiforinttakt rieselten je vier Schaufeln Erde auf die Noten von Paganini und Strawinsky, denn die Totengräber ließen sich Zeit, um meine Mutter länger anglotzen zu können, deren schwarzes Seidenkostüm jetzt genauso spannte wie damals in der Anprobekabine des Kaufhauses am Alexanderplatz.

Obwohl das gewiß nicht ganz der Wirkung entsprach, welche die Bekleidungsindustrie der DDR diesem Kostüm zugedacht hatte. Die Designer hatten wohl kaum damit gerechnet, daß einmal Schauspielergattinnen, die sich gerade von ihrer postnatalen Depression erholen, wegen dieses Kostüms in eine lebenslängliche verfallen würden; daß irgendwann einmal heimliche Geliebte von Theaterdirektoren wegen dieses noch heimlicheren Kostüms sich einer Magenspülung würden unterziehen müssen; daß irgendwann einmal Hunderte von Frauen diesen Seidenrock und dieses Seidenjäckchen mit den zwei Knöpfen, unter dem sich die Brustwarzen spannten, prall vom Zyankali ihrer zehnjährigen Ehe, am liebsten ins Feuer werfen würden. Und jene ehemaligen Regieassistenten, Kellner und Metzgergesellen, die noch Jahre später schweißgebadet aufschreckten, wenn sie im Traum den Mandelduft der Brüste wahrnahmen, und die morgens im Bad ihrer eigenen Tochter ins Gesicht schlugen und herumbrüllten, daß ich diesen Fummel bloß nie wieder an dir sehe, denn das unglückselige Kind probierte gerade vor dem Spiegel ein Secondhand-Seidenkostüm an – auch sie hätten dieses Kostüm gern im Feuer gesehen. Nun, mit so etwas hatte die Konfektionsindustrie der DDR bestimmt nicht gerechnet. Den Designern hatte lediglich eine solide Sommerbekleidung vorgeschwebt, zu der man natürlich eine Bluse trug, sagen wir, eine cremefarbene, worin dann irgendwann einmal Büroangestellte zwischen achtzehn und fünfunddreißig am Wochenende ins Kino gehen würden. Aber meiner Mutter war bereits in der Umkleidekabine am Alexanderplatz aufgegangen, daß in diesen paar Gramm Seide weit mehr steckte, und die Lust wurde ihr nicht einmal dadurch verdorben, daß sie schon den dritten Monat nicht mehr menstruiert hatte.

Wir können gehen, sagte sie nach ein paar Minuten zum Taxifahrer, denn die Erdarbeiten interessierten sie nicht sonderlich, und ehe die Totengräber die Grube wieder zugeschaufelt hatten, saß sie schon im vielfach erprobten Ledersessel des Genossen Fenyő und fragte, ob die Partei denn jetzt zufrieden mit ihr sei, denn es stimme zwar, daß der Briefwechsel nicht erfolgreich gewesen sei, aber sie habe daraus ihre Konsequenzen gezogen, ihre Tochter sei nicht einfach nur ein verirrtes Schaf, sondern eine gemeine Vaterlandsverräterin, die sich nicht gescheut habe, im Interesse ihrer Karriere nicht nur die eigene Mutter, sondern die gesamte Arbeiterklasse skrupellos zu verraten. Ein niederträchtiger Niemand, eine billige kleine Nutte sei sie. Und wie Genosse Fenyő sicher bereits wisse, habe sie nicht einfach nur den Kontakt zu ihr abgebrochen, sondern ihre Tochter sei für sie von jetzt an tot. Damit, so sei sie überzeugt, werde sie als Mutter wie als Schauspielerin wieder der sozialistischen Moral entsprechen. Der Parteisekretär dachte zunächst, meine Mutter wolle sich über ihn und über alles, was er repräsentierte, lustig machen, und versicherte der Genossin, die Sozialistische Arbeiterpartei Ungarns werde dieses Verhalten nicht tatenlos hinnehmen, bald aber wurde ihm klar, daß von Zynismus keine Rede sein konnte, daß diese Frau es vollkommen ernst meinte. Und da spuckte er meiner Mutter ins Gesicht.

Vor dem Künstlereingang ließ sie noch ihr Arbeitsbuch in den Gully fallen wie leeres Staniolpapier, in dem keine Cognac-Kirschen mehr waren, aber zu Hause hatte sie kaum mehr die Kraft, die Fensterläden zuzuziehen. Irgendwie stieß sie sich die Sandalen von den Füßen, knöpfte sich das Kostüm auf und legte sich aufs Bett.

Bring mir ein feuchtes Tuch, ich habe Migräne, sagte sie.

Ich ziehe aus, Mutter, sagte ich.

Aha, sagte sie, und während sie ins Bad wankte, um sich ein feuchtes Tuch zu holen, packte ich etwas saubere Unterwäsche in meine Tasche.

Von der Tür aus sah ich, wie sie im verdunkelten Zimmer auf dem Bett lag, inmitten der als Weérsche Erbschaft ausgegebenen Requisiten. Das schwarze Seidenjäckchen war ihr vom Bauch gerutscht, anstelle ihres Gesichts war da nur ein feuchter Lappen. Ihre Nacktheit war wie die einer Toten, an der sich nur noch der Leichenwäscher und Gott erfreuen. Es hätte mir nicht einmal etwas ausgemacht, wenn mir statt einer Träne die Spucke von Genosse Fenyő aus den Augen getreten wäre, hätte ich nur überhaupt etwas empfinden können. Aber ich hatte nur das Gefühl, gleich zu ersticken. Und mich retten zu müssen, jetzt oder nie. Wenn ich wenigstens hassen könnte, dachte ich. Hassen wie Judit, dachte ich. Oder wie diese mit Beruhigungsmitteln vollgepumpten Ehefrauen, die so gerne endlich durch das kleine Fensterchen eines Krematoriums zusehen würden, wie sie in ihrem Seidenkostüm verkohlt, während sie das Gesicht ihres Mannes an das feuerfeste Glas drükken, schau sie dir nur gut an, noch kannst du hineinkriechen und ficken.

Ich gehe jetzt, Mutter, sagte ich noch einmal, aber nicht zu ihr, sondern zu dem Lappen, der ihr auf dem Gesicht klebte.

Ich schließe ab, sagte ich, dann schloß ich sie ein und lief zur Ringstraße, dabei wußte ich noch gar nicht, wohin ich gehen sollte. Später fiel mir ein, daß mir die Krémers kürzlich ihr Bauernhaus angeboten hatten, ich könne jederzeit kommen.

Damals waren gerade Bauernhäuser in Mode, mit ihren Lehmmauern und ihrer frischen Luft, mit den geraniengeschmückten Leiterwagen im Hof, die Bauern wunderten sich nur, wie begeistert diese Budapester Intellektuellen den Dreck bearbeiteten, wie fachkundig sie den eingefallenen Lehmofen ausbesserten, den braun angemalten Heuwagen mit Geranien behängten, wie erfinderisch sie aus dem stinkenden Krautfaß einen Gartentisch machten oder Stühlchen aus Bottichen, Leselampen aus zerbrochenen Tongefäßen. Wie begeistert die Kleinen im Backtrog herumpanschten, während ihr Vater mit der Eisenfeile die Sense schärfte und ihre Mutter die Backschaufel mit Bootslack bestrich. Die Bauern wunderten sich nur, wie die Sprecherin gleichzeitig im Fernsehen die neuesten Nachrichten verlesen und im benachbarten Garten die Zwiebelsetzlinge pflanzen konnte, und dann fragten sie über den Zaun, wie denn das gehe, wie das überhaupt möglich sei. Und die Sprecherin erklärte, daß es aufgezeichnet werde, denn heutzutage sei die Technik schon weiter, so was sei leicht zu bewerkstelligen, worauf die Bauern sagten, das verstünden sie durchaus, darum gehe es nicht, sondern wie man schon am Freitag die Samstagsnachrichten verlesen könne. Woher man die im voraus wissen könne? Worauf die Ansagerin verlegen wurde und sich erkundigte, wie denn hier die Erde beschaffen sei, ob es reiche, zwei Steckzwiebeln in jedes Löchlein zu stopfen oder besser drei? Worauf die Bauern sagten, die Erde, die ist noch gut, wir tun immer eine rein.

Es wäre sicher gut, vorher anzurufen, dachte ich und kramte ein Zweiforintstück hervor, aber dann fiel mir ein, daß sie sich bestimmt nach meiner Mutter erkundigen würden. Wie es uns geht, was es bei Judit Neues gibt und dergleichen. Ich muß mir also noch etwas einfallen lassen, dachte ich. Ich kann ja schlecht sagen, daß meine Mutter verrückt geworden ist, dachte ich. Das kann ich einfach niemandem sagen, nie. Man kann doch von seiner Mutter nicht sagen, daß sie wahnsinnig ist, dachte ich und versuchte, mir etwas einfallen zu lassen, und als es anfing zu regnen, stellte ich mich unter das Vordach eines Zeitungskiosks, von dort aus beobachtete ich die Straßenbahnen, und ich wußte immer noch nicht, was ich sagen sollte, wenn sie sich nach meiner Mutter erkundigten. Und als die zehnte Bahn vorbeigefahren war, wußte ich, daß ich niemals über meine Mutter würde reden können, mit niemandem. Dann steckte der Zeitungsverkäufer zwischen Tagespresse und Kreuzworträtseln den Kopf aus dem Fensterchen und fragte, was ich eigentlich wolle, ich aber sagte, Entschuldigung, ich warte auf jemanden, und verlangte eine FilmTheaterMusik. Und als er mir das Blatt mit dem Wechselgeld in die Hand drückte, wurde mir plötzlich klar, daß es nichts gab, wo ich hätte hingehen können. Genauer, daß es ganz egal war, wohin ich ging, überall, von Kamtschatka bis Feuerland, würde ich stets eine FilmTheaterMusik verlangen, wenn der Zeitungshändler mich erschreckte. So ähnlich wie auf dem Land rekrutierte Soldaten noch an der Front, wenn sie den Schützengraben ausheben, etwas Erde in die Hand nehmen, einen Klumpen zerbröseln und prüfen, ob der Boden eher für Weizen oder doch mehr für Gerste geeignet ist.

Eine halbbetrunkene Frau um die fünfzig schwankte über die Fahrbahn, in rotem Jerseykleid, barfuß. Die Autos hupten, einige Fahrer fluchten, die Frau aber spuckte sie an und brüllte, eine-Hurrrre-bin-ich. Aus ihrem schütteren Haar hatte der Regen die Dauerwelle herausgewaschen, die Tropfen perlten über die fingerdicke Schminke wie über ein Wachstuch. In der einen Hand hielt sie eine Wodkaflasche und ihre Schuhe, in der anderen eine Krähe. Eine-Hurrrre-bin-ich, sagte sie immer wieder, auch als sie schon auf der anderen Seite angelangt war, jetzt aber nicht mehr keifend, sondern einfach so, vor sich hin, monoton, wie beim Beten eines Rosenkranzes. Sie warf den Vogel auf den Gehsteig und versuchte, sich die Schuhe anzuziehen, verlor das Gleichgewicht und fiel gegen einen Strommasten. Schließlich setzte sie sich an den nassen Straßenrand, während die Krähe neben ihr auf dem Asphalt verzweifelt mit den Flügeln schlug. Bis sie es geschafft hatte, den Riemen an ihrem Knöchel zuzuschnallen, war der Vogel verendet. Die gebrochenen Flügel klebten reglos am Asphalt, als wären sie im Pech steckengeblieben, sie aber merkte es erst, als sie sich die Schuhe fertig angezogen hatte. Rebeka wacht auf, sagte sie, hob den nassen Federklumpen hoch und wollte nicht glauben, daß es vorbei war. Dann versuchte sie, dem toten Vogel Wodka einzuflößen, und als schon die ganze Flüssigkeit daneben gegangen war, als es nicht mehr den geringsten Zweifel gab, packte sie die Krähe wutentbrannt am Kopf und begann, sie auf den Boden zu schlagen, und brüllte, Rebeka fliegt! Rebeka fliegt! und der Gehsteig war schon voller Blut, weil der Kopf des Vogels halb abgerissen war.

An der Haltestelle hielt eine Frau ihrem gebannt herüberschauenden Kind sofort die Augen zu, sieh da nicht hin, so eine garstige Frau, sagte sie, aber das Kind wollte alles sehen, bis es eine Ohrfeige bekam und die Mutter es zum anderen Ende der Fußgängerinsel zerrte. Der Zeitungsverkäufer brüllte aus dem Kiosk, wenn du hier nicht sofort abzischst, befördere ich dich unter die Straßenbahn, aber die Frau hörte einfach nicht auf, bis der Mann schließlich herauskam und sie an den Haaren packte.

– Lassen Sie sie sofort los, sagte ich, dabei mische ich mich sonst nie in solche Straßenszenen ein.

– Halt's Maul, sonst kriegst du auch noch eine, sagte er.

– Lassen Sie sie los, habe ich gesagt, wiederholte ich, aber schon viel leiser.

– Dann schaff sie hier weg, mitsamt ihrem Scheißvogel, sagte er wütend, ging fluchend in die Bude zurück und knallte die Tür zu.

Die Frau umklammerte meine Beine wie einen Baumstamm, und ich wußte nicht, was ich sagen sollte. Mir fielen lauter Sachen ein wie »hören Sie doch auf« oder »beruhigen Sie sich«, und irgendwann hatte ich nur noch das Gefühl, daß ich von nun an mein ganzes Leben hier an der Ringstraße Ecke Bérkocsis-Straße stehen würde, mit dieser in der Pfütze knieenden Nutte. Am liebsten wäre ich abgehauen, es wäre sicher besser gewesen, das Ganze dem Zeitungshändler zu überlassen, doch dann packte ich die Frau am Arm, um mich wenigstens aus ihrer Umklammerung zu befreien.

– Hiev mich hoch, sagte sie, und ich stellte sie auf die Füße, dann wartete sie, an den Strommast gelehnt, bis ich den Krähenkadaver in die FilmTheaterMusik gewickelt hatte. Sie klemmte sich den Packen unter die Achsel, hakte sich bei mir ein, und wir gingen zum Platz hinüber. Ich suchte uns eine Bank, an der die Bretter noch nicht kaputtgetreten waren, aber sie wollte sich nicht setzen.

– Ist nicht gut hier, sagte sie.

– Wo wohnen Sie denn? fragte ich, und sie deutete mit dem Kopf auf eine der Nebenstraßen und warf dann die Krähe in einen Abfalleimer.

Das Zimmer war gegenüber den Gemeinschaftstoiletten, an der Hintertreppe, zuerst mußte die Frau aber noch auf eines der Klos steigen, um die als Wohnungsschlüssel dienende Klinke vom Wasserbehälter herunterzuholen, dann gelangten wir endlich in die zur Heimstätte avancierte Waschküche. Seit die Hajdu-Waschmaschinen in Umlauf gekommen waren, hatte der Bezirksrat mit großem Elan sämtliche Waschküchen, von denen die Salpetersäure noch etwas übriggelassen hatte und in denen gerade noch Platz war für ein ungemachtes Bett, einen kleinen Tisch, zwei Sessel mit geborstenen Armlehnen, einen Schrank und einen Gaskocher mit Kartusche, zu Notunterkünften deklariert.

Um den Kocher und den Wasserhahn herum verdeckten die Umschlagseiten bunter Magazine den abblätternden Putz. Hier und da hatte sich eine Reißzwecke gelöst, so daß die Schlagersängerinnen und Fotomodelle, die gerade die Frühjahrskollektion präsentierten, schlaff herunterhingen, hinter den Covergirls der Romanzeitschrift Rakete mit den gewagten Decolletés kamen die feuchten Ziegelsteine zum Vorschein, aber trotzdem roch es nicht modrig, sondern wie in einem Vogelhaus. Die Frau öffnete den Kleiderschrank, und plötzlich war das Zimmer von Vogelgezwitscher erfüllt. Fünfundzwanzig Vogelbauer reihten sich auf Regalen nebeneinander, und vom Licht wurden die Kanarienvögel und Wellensittiche, Zwergmöwen, Zebrafinken und Lachtauben munter, aber es gab auch gemeine Tauben, Turteltauben, Amseln und eine Menge Spatzen, und alle flatterten hilflos gegen die Käfigtürchen, denn ihre Flügel waren gebrochen.

– Hast du Zigaretten? fragte die Frau, und ich sagte, sie seien mir ausgegangen, worauf sie sich hinkniete und mit der Hand unter dem Bett herumtastete, bis sie das Einweckglas voller Kleingeld gefunden hatte und mir einen Haufen Zwanzig- und Fünfzigfillérstücke in die Hand drückte.

– Bring »Schwalbe« mit, sagte sie.

Die Verkäuferin war schon beim Ausfegen. Da müssen Sie früher kommen, sagte sie, die Kasse ist geschlossen, und ich sagte, das könne sie ja morgen früh eintippen, aber ihrer Meinung nach ging das nicht, denn was, wenn ich Kontrolleur sei, dann werde sie gefeuert, und ich sagte, daß ich kein Kontrolleur bin, sondern daß meine Mutter nicht selbst einkaufen gehen könne, weil ihr der Flügel gebrochen sei, und da lachte sie und ließ mich unter dem halb heruntergelassenen Rolladen herein, dabei hatte ich nur aus Versehen Flügel gesagt statt Bein. Dann kaufte ich vier Brötchen und zweihundert Gramm Pariserwurst. Als ich zurückkam, lag die Frau auf dem Bett und schaute den im Kleiderschrank zwitschernden Vögeln zu, so wie andere fernsehen oder vom Fenster aus die Straße beobachten, was draußen in der Welt so vor sich geht.

– Haben Sie Hunger? fragte ich und stellte das Essen auf den kleinen Tisch.

– Iß nur, ich eß heute nicht, sagte sie, zündete sich eine Zigarette an und starrte unverwandt auf die Vögel. Draußen schlug die Klotür, dann mischte sich das Stöhnen eines Mannes unter das Zwitschern der Spatzen und Kanarienvögel.

– Das ist der Nyitrai, sagte sie, der hat seit zwei Wochen

Verstopfung, jeden Abend plagt er sich hier mit seiner Scheiße ab, und dann rief sie mit heiserer Stimme hinüber, er solle doch endlich Rhizinus nehmen, worauf er zurückschrie, halt die Schnauze, sonst zeig ich dich bei der Sitte an, du Nutte.

– Das tut er sowieso nicht, winkte sie ab, als wollte sie nur mich beruhigen, ich solle doch bleiben und in Ruhe essen, dann drückte sie die Zigarette aus, zündete den Gaskocher an und machte Wasser warm. – Von kaltem Wasser werden sie krank, sagte sie, streute aus einer Tüte Körner in die Käfige und murmelte, Rebeka ißt.

– Wo kommen die alle her? fragte ich.

– Von überall. Die besseren sind Geschenke von der Kundschaft. Nur bringen die welche mit gebrochenen Flügeln, die sind billiger, oder sie kriegen sie umsonst. Auch egal, hier können sie sowieso kaum fliegen.

– Und die Krähe?

– Hab ich gerade auf dem Platz gefunden. Die hat irgendein Hund erledigt.

Mit dem kleinen Finger prüfte sie, ob das Wasser schon gut war, füllte die Tränken und zündete sich wieder eine Zigarette an.

– Fickst du? fragte sie.

– Nein, sagte ich.

– Du bist ein richtiger Herr. Gehst sicher ins Anna.

– Nicht deshalb, sagte ich.

– Dabei macht es nur dreihundert. Ich war auch im Anna.

– Ich noch nicht.

– Bist du verheiratet?

– Ich bin nicht verheiratet.

– Und wenn du verheiratet bist, kannst du es doch noch wollen. Die sind am schärfsten darauf.

– Kann ich hier schlafen? fragte ich

– Macht auch dreihundert. Aber nur heute nacht, morgen habe ich Kundschaft. Der Postbote kommt jeden Dienstag.

– Gut, sagte ich.

– Er hat den Kanarienvogel mitgebracht. Aber du zahlst jetzt, im voraus.

– Klar, sagte ich und gab ihr drei Hunderter, sie nahm die Scheine und steckte sie in den Schrank, hinter ein Vogelbauer.

– Da wird es nicht geklaut. Wenn einer da rumkramt, wachen alle auf von dem Krach. Die sind besser als ein Hund.

– Sind Sie das, fragte ich und zeigte auf das Foto über dem Bett.

– Meine Mutter.

– Sie sehen ihr ähnlich. Sie war eine sehr schöne Frau, sagte ich.

– Du brauchst mir keine Komplimente machen. Für die dreihundert kannst du ruhig wollen. Und wenn du Kundschaft wirst, bringst du mir einen Vogel mit.

– Ich habe keine Komplimente gemacht. Sie ist wirklich schön.

– Stimmt. Soll sie nur schön da hängen und alles sehen ... Na, ziehst du dich endlich aus?

– Ich will wirklich bloß schlafen.

– Deine Frau hat dich rausgeschmissen, was?

– Ich habe keine Frau, sagte ich.

– Du brauchst nicht von ihr reden, wenn du nicht willst.

– Warum glauben Sie mir nicht, daß ich keine Frau habe? fragte ich.

– Von mir aus kann ich es ja glauben, sagte sie. – Aber gerade die lassen sich immer am meisten bitten. Und dann kommen sie doch dauernd an, weil ihre Frauen das Sperma ausspucken. Als wäre es nicht egal, woraus Scheiße wird.

Sie machte die Schranktür zu, damit die Vögel still würden.

– Da, trink das, sagte sie und drückte mir eine halbvolle Flasche Wodka in die Hand, die sie unter dem Gaskocher hervorgekramt hatte, dann zerrte sie sich das dunkelrote Jerseykleid vom Leib, öffnete ihren BH, und aus den Körbchen kippten ihre riesigen Brüste, gingen auf wie ein zusammengeknüllter Schwamm oder eine vom Regen welke Schneeballblüte. Bestimmt kommt der Postbote deswegen hierher, dachte ich. Der hat bestimmt auch psychische Probleme, dachte ich. Krüppel flüchten sich gern zwischen solche riesigen Brüste, dachte ich. Der Typ im Rollstuhl, der jeden Sonntag in die Richtung fährt, der kommt sicher immer hierher, dachte ich. Mit einer Hand dreht er die Pedale, mit einem Bein lenkt er das Dreirad und fährt seelenruhig bei Rot durch, dem ist sowieso alles egal, dachte ich. Der fährt dem Verkehrspolizisten extra über die Füße und brüllt ihn an, verpiß dich, Scheißbulle, und der springt lieber einfach nur beiseite. Verlangt nicht einmal den Personalausweis, er ist doch nicht blöd. Der weiß, daß es sich nicht lohnt, sich mit einem abzugeben, dem sowieso alles egal ist, dachte ich. Wird gleich morgen ausprobiert, dachte ich. Bei Rot über die Straße gehen, und wenn keiner den Ausweis verlangt, ist eigentlich schon alles egal, dachte ich und sah der Frau zu, wie sie sich die Schuhe von den Füßen stieß. Die waren voller Schlamm, also holte sie unter dem Kissen ein Taschentuch hervor, spuckte hinein und rieb sich die Füße ab, dann warf sie den Lappen unters Bett.

– Na, kommst du endlich? fragte sie.

– Ich schlafe lieber im Sessel, sagte ich und nahm einen kräftigen Schluck aus der Wodkaflasche, um schneller müde zu werden.

– Du kannst dich ruhig ausziehen, ich klaue nicht, sagte sie.

– Ich weiß, sagte ich.

– Mach dann das Licht aus, sagte sie und zog sich die Decke über.

Ich schob die Sessel zusammen, zog mich aus, dann nahm ich einen Schluck aus dem Wasserhahn an der Wand, weil mir der Wodka im Hals brannte.

– Warum wollen Sie, daß Ihre Mutter alles sieht? fragte ich, als es schon dunkel war.

– Schlaf wenigstens, wenn du schon nicht fickst, sagte sie.

Ich konnte es kaum erwarten, bis der Zug endlich durch die Plattenbausiedlungen und die drittklassigen Grünanlagen gezuckelt war, denn Vorstädte widern mich an. Dabei sind sie vermutlich gar nicht übel. Vermutlich ist für viele die Gartenstadt Kleinpest besser als die große Ringstraße, und die Havanna-Siedlung ist allemal besser als nichts. Mich hingegen überfiel immer die Panik, wenn ich hier in irgendeiner Plattenbauwohnung aufwachte. Ich glaubte, ich würde nie nach Hause zurückfinden, und im Laufe der Jahre füllte sich meine Schublade mit Papierschnipseln, auf die irgendwelche Wegbeschreibungen gekritzelt waren. Sogar welche, die ich mit abgebrannten Streichhölzern gezeichnet hatte, weil sich beim Bett kein anderes Schreibutensil fand. – So ist das doch ziemlich klar, Liebster, nicht wahr. Du nimmst diese Straße, beim ABC-Supermarkt biegst du rechts ab, dort schmeißt du dann den Zettel samt Adresse und Telefonnummer hübsch in den Mülleimer, ich mag es nämlich nicht, wenn ich beim Ficken mit der Telefonseelsorge verwechselt werde. Natürlich sind da auch noch welche auf Herzchenservietten und aus einem Heft gerissenen Seiten oder auf Stoffetzen, mit Lippenstift, beim Frühstückskaffee. – Das hebst du dir auf, Schatz, nicht wahr, und hier sind Adresse und Telefonnummer. Du gehst also diese Straße entlang, beim ABC-Supermarkt biegst du links ab, und dort ist dann die Haltestelle. Aber jetzt beeil dich, denn gleich kommt mein Vater von der Nachtschicht, oder mein

Mann aus Leningrad. Und dann rannte ich, um die Nachtlinie noch zu erwischen, genau wie damals, als ich die zum Model avancierte Lehrerin mit der Telefonseelsorge verwechselt und ihr beim Ficken versehentlich ins Gesicht geheult hatte. Also wenn man, so gesehen, nach jedem Geschlechtsverkehr, egal wie, einen Fluchtimpuls verspürt, dann ist es eigentlich schade um die vielen rausgerissenen Seiten und Herzchenservietten.

Und trotzdem ist es sehr verständlich, daß du wegen Eszter Schiß hattest, Mutter. Daß du es lieber gehabt hättest, wenn sich weiterhin Einweg-Stadtpläne mit vertrockneten Abschiedsrosen und blonden Haarlocken angesammelt hätten oder die auf meinen Rücken geschriebenen Sonette mit ihren Schüttelreimen. Wenn sich die Nie-wieder-Telefonnummern weiter angehäuft hätten, die von ihren Kettchen gerissenen Kreuzchen, Goldherzchen und Davidsternchen. Die Abiturfotos und Sternzeichenanhänger. Genauso viele Fische wie Skorpione, aber das ist kein Zufall, Mutter. Und natürlich sind auch von den anderen Sternzeichen genauso viele da, und fast zu jedem gibt es ein Stück Unterwäsche oder wenigstens eine ausgeleierte Kassette mit Chansons von der Piaf.

Eine solche Sammlung von Nichtigkeiten ist zweifellos beruhigender als Eszter, Mutter. Eszter contra Goldherzchen oder Kassette Marke Orwo mit heimlich aufgenommenem Stöhnen auf Seite B, die einem beim Abschied in die Tasche gesteckt wird wie ein handliches Souvenir, damit man fern von Angyalföld etwas hat, womit man sich einen runterholen kann. – Du denkst dann an mich dabei, nicht wahr? Und ich lüge, natürlich, denn in solchen Momenten gibt es nichts Erniedrigenderes als die Wahrheit. Es gibt keine Entschuldigung dafür, daß uns jetzt vor jener Berührung graut, nach der wir uns noch zwei Stunden zuvor, im Trolleybus oder im Polski Fiat, so sehr gesehnt haben, schließlich ist es mindestens ein halbes Jahr her, seit uns jemand in seine Untermiete nach Újpest oder in seine Villa auf dem Sashegy abgeschleppt hat.

Also wenn es so ist, daß einem nach dem Samenerguß die glatte Muskulatur nur noch das Nichts ins Hirn pumpt, kann man aus irgendeinem Grund trotzdem nicht sagen, daß man sich diese Schreie auf Seite B nie mehr anhören würde. Daß einem dabei nichts einfallen würde als das Licht der Neonreklame der Staatlichen Lotterie, wie es hereinschien und nach dem Koitus plötzlich das ganze Zimmer schimmelfarben werden ließ. Wie einem auch von den Sonetten auf dem Rücken mit ihren Schüttelreimen nichts einfällt als das Kratzen der Bleistiftspitze, und vom halb abgerissenen Kragen, daß es das beste Hemd war, das man hatte. Aber ich sehe ein, daß dieses Jahrzehnt mit all den one-night-stands viel weniger beunruhigend war als Eszter, Mutter.

In Rákosrendező setzten sich drei Männer ins Abteil, Bahnarbeiter, die sogar in der Stadt immer mit dem Zug unterwegs sind. Wegen einer Bremsscheibe oder um sich Werkzeug auszuleihen, nehmen sie den Personenzug zum Ostbahnhof, trinken dann beim Kiosk für Reiseproviant ein, zwei Gespritzte, bis der nächste Zug fährt, und auf diese Weise dauert der Weg ja wirklich mindestens anderthalb Stunden, aber das kümmert keinen. Das Zugfahren ist in die Arbeitszeit einkalkuliert, schließlich geht es den Eisenbahnern mit dem Bus oder dem Trolleybus nicht anders als den Matrosen mit dem Festland. Sie werden seekrank, sobald sie an Land gehen. Genauso haben die Eisenbahner einen Horror vor dem städtischen Nahverkehr. Das weiß ich von einem Schaffner, der erzählte, er zum Beispiel könne überhaupt nicht mehr mit Kopfkissen schlafen. Seine Frau macht ihm seit dreißig Jahren das Bett, wie es sich gehört, und er wirft seit dreißig Jahren das Kissen auf den Boden und schiebt sich seine Eisenbahnertasche unter den

Kopf, weil er sich das schon so angewöhnt hatte, als er noch Junggeselle war. Die Frau wiederum arbeitet im Hotel Hajnal, weshalb man von ihr nicht erwarten kann, daß sie kein Kissen hinlegt, schließlich regiert die Macht der Gewohnheit. Also bei ihnen hat es, Gott sei Dank, in den dreißig Jahren nur einmal Streit gegeben, als ihr erster Urlaub in die Binsen ging, nur weil er keine Eisenbahnertasche dabeihatte und im Erholungsheim der Gewerkschaft vier Nächte lang nicht schlafen konnte. Bis zum Morgen wälzte er sich hin und her, knetete sein Kissen, versuchte es auch mit dem Bastkorb seiner Frau, in dem sie die Decke zum Strand mitnahmen, doch auch der taugte nichts, so daß sie am fünften Tag wieder nach Hause fuhren. Da wäre die junge Ehe beinahe draufgegangen, aber dann sah die Frau doch ein, daß sie Unrecht gehabt hatte, denn es gibt keinen Schaffner auf der Welt, der ohne Tasche schlafen könnte.

Einmal habe ich mich mit einem Zugführer unterhalten, den man für berufsunfähig erklärt hatte, weil er nach seinem ersten Selbstmörder nicht mehr fähig war, in eine Lokomotive zu steigen. – Ich bekam einen Krampf in der Hand, ich konnte einfach den Haltegriff nicht mehr loslassen, verstehen Sie? Ich stand auf der Treppe und weinte, dabei hatte die Ampel die Strecke schon freigegeben. Dann kamen der Fahrdienstleiter und der Bahnhofsvorsteher, und zu zweit kriegten sie es irgendwie hin, meine Finger von der Eisenstange zu lösen. Der Arzt überwies mich noch am selben Tag nach Budapest ins Eisenbahnerkrankenhaus, dabei haben die meisten Lokomotivführer schon fünf-, sechsmal einen Menschen umgebracht. Das ist einkalkuliert. Auch bei der Ausbildung sagen sie einem, daß man davon nicht viel Aufhebens machen soll, denn es gibt viele, die vor den Zug springen wie Rehe oder Hasen, und da sind sie selbst schuld. Es ist nicht unser Problem, wenn es jemanden ausgerechnet danach drängt. Da ist es am besten, zu hupen und dann weiterzufahren, als sei nichts geschehen. Ich aber habe nicht einmal gehupt. Ich war einfach gelähmt, verstehen Sie? Hinter der Kurve bei Tatabánya stand diese Frau mit den beiden Kindern, sie hielt sie nicht einmal umarmt, sie standen einfach so nebeneinander wie Pappeln, und alle drei sahen mir in die Augen, verstehen Sie? Dieses sechsjährige Mädchen sah mich an wie einen Weihnachtsbaum voller Geschenke. Dann brachten sie am nächsten Tag die Aufnahmen vom Unfallort in der Zeitung und einen Artikel, der Mütter wie diese verurteilte, und der Journalist drückte dem Zugführer, den der Vorfall ja gewiß erschüttert habe, sein Mitgefühl aus. Und ich wollte den Journalisten aufsuchen und ihn fragen, ob er schon einmal eine Mutter mit zwei Kindern auf den Schienen hat stehen sehen. Ich wollte eine Richtigstellung. Er sollte schreiben, daß sie wie Pappeln dagestanden hatten und daß ich nicht gehupt hatte, aber die Kollegen überredeten mich, es seinzulassen. Misch dich da nicht ein, sagten sie, es ist schon schlimm genug, und du weißt selbst, daß du ganz umsonst gehupt hättest. Und am nächsten Tag konnte ich den Dienst nicht antreten, weil meine Hand sich am Haltegriff der Lokomotive festgekrallt hatte, so daß sie mich dann sogar für berufsunfähig erklärten. Seither züchte ich im Keller Austernpilze. Und ich fragte ihn, warum er sich dann trotzdem in einen Zug setzte, und er sagte, das sei nicht wie mit den Zigaretten, daß wir sie an Sylvester einfach weglegen. Denn wer Eisenbahner ist, kann ohne Züge nicht leben. Ich habe eine Freikarte, und jeden Sonntag setze ich mich in den Personenzug, fahre bis Debrecen oder Miskolc, und weil ich dort nichts zu tun habe, komme mit dem Abendzug zurück.

Als die drei Bahnarbeiter hereinkamen, holte ich schnell mein Buch aus der Tasche, das ich vom Pfarrer bekommen hatte, um mich in die Ecke zu verkriechen und so zu tun, als ob ich lese, denn ich hatte keine Lust auf Gespräche, und wer liest, wird meistens in Ruhe gelassen. Er wird nicht gefragt, wohin er fährt, ob er Familie hat oder dergleichen. Wer ein Buch in der Hand hat, ist in Wirklichkeit gar nicht da. Dem muß man kein Teegebäck oder etwas zu trinken anbieten, denn das Buch macht einen unsichtbar. Wenn man liest, reden die Leute nicht einmal leiser. Also holte ich das Buch hervor, und vielleicht war ich sogar irgendwie neugierig, was für einen Autor mir Vater Lázár anstelle der Bekenntnisse in die Hand gedrückt hatte und woher er sich so sicher war, daß ich noch nie von ihm gehört hatte. Nicht daß ich die Kirchenliteratur eingehend kennen würde, aber auf diesem Gebiet beläßt man es besser bei Vermutungen, als sich sicher zu sein, Vater. Und als ich in dem Buch blätterte, fühlte ich mich irgendwie beschämt, weil ich auf meine Weise immerhin jemanden glauben gemacht hatte, daß aus der Tiefe des Betontabernakels doch noch etwas Gottgefälligeres zum Vorschein kommen könne als ein Kelch voll vergifteter Hostien. Ich blätterte in dem leeren Heft mit dem schwarzen Ledereinband, doch außer einem blassen Schamgefühl regte sich nichts. Ich fürchte, Vater, ich werde eine Enttäuschung sein, genau wie die Zigeunerbengel für die holländische Hilfsindustrie. Schon sind die ganzen Pullover voller Dreck, dachte ich. In diesen Pullovern werden sie jetzt die gestohlenen Pferde schinden, und sie werden darin auf den Stufen der Treppe herumsitzen, die ins Nichts führt, dachte ich. Was vielleicht weniger schlimm ist, als wir glauben, dachte ich. Es stimmt zwar, daß dem Schiffer, der nicht weiß, wo der Hafen ist, kein Wind günstig weht, doch wenn es Pferdefleisch gibt, warum sollten wir dann unbedingt neugierig auf das andere Ufer sein, dachte ich. Obwohl dieses Heft wirklich ein nettes, ja, einfallsreiches Souvenir ist, dachte ich. Und ich habe guten Grund anzunehmen, daß sogar Kains Weizen dem Herrn wohlgefälliger ist als alles, was ich je zu Papier bringen werde, Vater. Und das ist recht so, man kann dem Herrn deshalb nichts vorwerfen. Der Herr kann nichts dafür, daß ich selbst in Bestform nichts als tönend Erz bin. Denn entweder kann er für alles etwas oder für fast nichts, und dann bleiben wir doch lieber bei letzterem, Vater.

Werde doch blind, sagte ich zu mir, kaum zehnjährig, und tappte mit geöffneten Augen in der Wohnung umher wie jemand, der wirklich nicht sieht. Drei Tage lang goß ich den Tee daneben und lief gegen den Türpfosten. Ich mußte mich nicht einmal anstrengen. Ich sah zwar, aber das störte mich überhaupt nicht. Nur Judit wußte, was los war.

– Ich bin blind, aber sag's keinem, sagte ich.

– Gut, sagte sie und übte weiter für ihr Schulkonzert, und ich sah durch meine Mutter hindurch wie durch Milchglas, während sie in ihren Persianer schlüpfte. Dann holte sie noch hastig den Aufschnitt und die Schmelzkäseecken aus dem Kühlschrank und rannte ins Theater.

– Montag ist Ruhetag, sagte Judit, zehnjährig.

– Sie proben bestimmt, am Freitag ist Premiere, sagte ich, zehnjährig.

– Montags ist nie Probe. Das ist der Sonntag für Schauspieler, wie für die Juden der Samstag der Sonntag ist.

– Dann ist heute nicht Montag, sagte ich, worauf sie die Geige weglegte und den Kalender unserer Mutter vom Tisch nahm.

– Sieh doch, Montag, sagte sie.

– Ich kann nicht sehen, sagte ich.

– Entschuldige, sagte sie. – Hier, Montag 20 Uhr, T.

– Siehst du, Tragödie des Menschen.

– Thomas Effenbach, sagte sie.

– Tragödie des Menschen, sagte ich.

– Thomas. Die Tragödie des Menschen mußte doch abgesetzt werden, als die Gorkij-Abonnenten der Truppe stehend Beifall klatschten.

– Dann jemand anderes. Sie hat doch versprochen, daß Effenbach nie wieder herkommt.

– Die haben nur geprobt. Was stört es dich, wenn sie zu Hause proben? Du rennst doch auch nicht gleich auf die Bühne, wenn du willst, daß sie aufhören.

– Weil ich nicht schlafen kann, wenn die hier rumbrüllen. Und sie soll mich nicht anlügen. Meine Mutter soll mir nichts vorlügen. Außerdem ist Effenbach gar kein Schauspieler, sondern nur Journalist.

– Kritiker. Das ist fast wie Schauspieler, sagte sie.

– Trotzdem. Nachts soll er allein proben.

Sie führte mich an der Hand in die Küche, schmierte mir Schmelzkäse auf mein Brot und legte es mir in die Hand, als wäre ich ein echter Blinder, dann ging die Tür auf, und unsere Mutter erschien, doch sie grüßte nicht einmal, legte auch den Pelzmantel nicht ab, sondern eilte ins Bad.

– Na siehst du, heute keine Vorstellung, sagte Judit, und wir ließen unser Abendessen stehen und gingen in unser Zimmer.

– Sie hat Migräne, du darfst jetzt nicht üben, sagte ich.

– Spielen wir Karten, sagte sie.

– Kann ich nicht, sagte ich.

– Dann laß uns Domino spielen. Da kannst du tasten.

Etwa zehn Minuten später schaute sie doch herein, mit der einen Hand preßte sie sich das feuchte Frotteetuch auf ihre pochende Schläfe, mit der anderen umklammerte sie die Klinke, die Sehnen spannten sich, wie wenn man krampfhaft ein Messer hält, und so war ihre Hand noch schöner, und für einen Moment vergaß ich sogar, daß ich blind war. Das war der einzige Augenblick, in dem ich ins Schwanken geriet, aber dann sah ich wieder durch sie hindurch, als wäre sie Milchglas. Ich sah ihr nicht in die Augen, sondern in die Ferne dahinter.

– Untersteh dich, mir noch einmal in mein Leben zu pfuschen! Ich dulde es nicht, wegen meines Rotzbengels je wieder erniedrigt zu werden! sagte sie und knallte die Tür zu.

– Das ist jetzt wegen Effenbach, sagte Judit.

– Macht nichts. Wenigstens kommt er nicht mehr. Ziehst du mir meinen Pyjama an?

– Wie lange bist du noch blind?

– Weiß noch nicht.

– Warum bist du nicht lieber taub? Das merkt sie eher.

– Nicht unbedingt. Außerdem könnten wir uns nicht unterhalten.

– In der Schule kannst du nicht blind sein.

– Ich gehe nicht in die Schule. Morgen früh mache ich mir Nasenbluten, mit Hypermangan.

– Soll ich hierbleiben? Ich muß sowieso üben.

– Geh lieber. Vivaldi mag ich sowieso nicht.

– Der ist aber nicht schlecht, sagte sie. – Als Blinder kannst du nicht lesen. Eigentlich kannst du gar nichts tun. Taub könntest du lesen und würdest mein Üben nicht hören.

– Dann würden sie mir die Ohren ausspülen. Oder aufstechen, wie dem Laci Örvös vor Weihnachten.

– Sie bringt dich sowieso zum Arzt.

– Aber sie leuchten nur hinein und verschreiben mir Augentropfen.

– Woher weißt du das?

– Hat Elemér erzählt, als er seine Brille bekam. Sie erweitern dir die Pupillen mit irgendwelchen Tropfen, und einen Tag lang siehst du alles verschwommen, als hättest du Tränen in den Augen.

– Der Arzt wird wissen, daß du siehst.

– Woher?

– Du mußt blinzeln, wenn er dir in die Augen leuchtet. Ein echter Blinder blinzelt nicht.

– Wetten, daß ich nicht blinzle. Laß uns »Wer lacht, hat verloren« spielen. Um was wetten wir?

– Wenn ich nicht blinzle, bist du eine Woche lang die Jüngere.

– Darum wette ich nicht mehr. Das haben wir ja schon entschieden.

– Gut, dann klaust du mir Blutpatronen aus Mutters Garderobe. Das Hypermangan wird mir in der Nase brennen.

– In Ordnung. Und wenn ich gewinne?

– Dann mache ich dir nächste Woche deine Ungarischhausaufgaben.

– Und Sprachkunde, sagte sie.

– In Ordnung, sagte ich.

Am nächsten Tag klaute Judit im Theater eine ganze Schachtel Blutpatronen für mich, weil ich durch sie hindurchsah wie ein echter Blinder. Meine Augen zuckten nicht einmal, als sie mir mit den Noten vor der Nase herumwedelte.

– Du hast gewonnen, sagte sie und zog mir den Pyjama an, aber meine Mutter bemerkte erst nach zwei Tagen, daß ich blind war.

– Wir sollten zum Arzt gehen. Schrecklich, wie oft dir die Nase blutet. Du fehlst ja ständig, sagte sie.

– Ich hole es nach, sagte ich und wollte mit dem kleinen Löffel auf das weiche Ei klopfen, schlug aber daneben.

– Was ist los mit dir? fragte sie.

– Nichts, gleich klappt es, sagte ich und schlug wieder daneben, während ich durch das Blau ihrer Augen hindurch ins Nichts blickte.

Gereizt nahm sie mir das Ei weg, schlug die Schale auf und stellte es wieder vor mich hin, aber meine Hand fand den Salzstreuer nicht. Vorsichtig tastete ich auf dem Tisch umher, damit ich die Teetasse nicht umstieß, langte in die Butter, und meine Mutter wurde immer nervöser, aber es kam ihr noch immer nicht in den Sinn, daß ich blind geworden sein könnte.

– Da, wisch dir die Hand ab, sagte Judit und brachte mir das Küchentuch, ich aber griff in die falsche Richtung und wartete ab, bis sie mir den Lappen in die Hand drückte.

– Was soll das alles? fragte meine Mutter.

– Schon seit drei Tagen sieht er nichts, sagte Judit.

– Was soll das heißen, er sieht nichts? Warum sollte er nichts sehen?

– Weil er blind geworden ist. Wenn Effenbach hier ist, starrt er stundenlang in die Lampe, sagte Judit.

– Um Gottes willen! schrie meine Mutter, sie sprang auf, kniete vor mich hin, nahm meinen Kopf in ihre Hände, aber ich blickte immer noch durch das Blau ihrer Augen ins Nichts.

– Er hat Nasenbluten vom Hypermangan, sagte Judit, weil er sich blind nicht in die Schule traut.

– Um Gottes willen, zieh dich sofort an, sagte meine Mutter.

– Er kann nicht. Seit drei Tagen ziehe ich ihn an, sagte Judit.

– Warum habt ihr nichts gesagt? Was bildet ihr euch ein, einfach nichts zu sagen? sagte sie, und jetzt hätte ich sie einmal wirklich weinen sehen können, aber ich war ja blind. Ich ließ es zu, daß sie mich anzog, daß sie mir den Pyjama herunterzerrte, mir das Erstbeste überzog, was ihr in die Hände fiel, und mir die nackten Füße in die Winterschuhe steckte.

– Wir wollten Sie vor der Premiere nicht stören, sagte Judit kalt und aß ihr Toastbrot weiter. Übrigens hat er keine Socken an, sagte sie und weidete sich an der Verzweiflung meiner Mutter.

– Dann bring doch welche, brüllte meine Mutter.

– Sie sind alle schmutzig, log Judit.

– Dann bring eben schmutzige, sagte sie leise, rief ein Taxi und trug mich zum Wagen.

– Ins Pál-Heim, sagte sie zum Fahrer, wie wenn es gar

nicht ihre Stimme wäre. Ich aber wußte schon an der Üllőer Straße, daß ich es nicht schaffen würde, beim Arzt in die Lampe zu schauen, ohne zu blinzeln. Ich konnte meiner Mutter auch nicht mehr durch das Blau ihrer Augen starren. Als sie meinen Kopf wieder in die Hände nahm, blieb mein Blick an ihrer Iris hängen, die mich blendete, und mein Gesicht war schon voller Tränen, dabei wäre es so gut gewesen, wenigstens bis zum Krankenhaus durchzuhalten, doch ich sah bereits wieder. Zuerst sah ich nur, wie sich ihr Gesicht glättete, dann, wie es versteinerte.

– Kehren Sie um, sagte sie nach vorne zum Fahrer, im gleichen Ton wie zehn Jahre später, als sie einen Sarg aus der Requisite zum Kerepeser Friedhof transportieren ließ. Schweigend gingen wir nach Hause, dort sagte sie nur, daß ich ja nicht versuchen solle, sie noch einmal zu erpressen, dann ging sie grußlos.

Die drei Streckenarbeiter regten sich über die abziehenden sowjetischen Truppen auf. Daß wegen der Truppenbewegungen der gesamte ungarische Transportverkehr lahmgelegt sei, Nacht für Nacht Geisterzüge durchs Land rattern und alles mitnähmen. Ja, diese große Freiheit wird noch ihren Preis haben. Bis der letzte Waggon Záhony passiert hat, ist hier alles den Bach runter. In den Munitionskisten eine Lage Handgranaten zur Tarnung, darunter stapelt sich, reiner Beschiß, das ganze in den Kasernen rausgerissene Parkett. Sogar die Fenster mitsamt Stock haben die mitgehen lassen. Eine Lage Fenster, eine Lage Decken, damit das Glas nicht bricht, selbst die Armaturen haben sie abmontiert und die Duschrosetten. Die Tellerminen sind mit Aspirin vollgestopft, die Gewehrläufe mit Kugelschreiberminen und die Treibstofftanks der Boden-Boden-Raketen angeblich mit Szegediner Paprika. Die nehmen sogar Paráder Mineralwasser und Bocischokolade mit. Wenn es ginge, würden sie die gesamte ungarische

Lebensmittelindustrie verladen. Der ganze Schrott aber, der bleibt hier. Den Diesel haben sie in die Zala fließen lassen, um Platz zu machen für den Würfelzucker. Die vielen Ölfässer sind voll mit teurem ungarischen Zucker, während sich die Fische lieber ans Ufer setzen, um nicht am Öl zu ersticken. In der Umgebung von Pécs haben sogar die Sechsjährigen ausgemusterte Gasmasken, die gehen so in den Kindergarten, wie Ufos, und es ist lebensgefährlich, die Kinder auf die Wiese zu lassen, denn unter den Buschwindröschen liegen jede Menge Zündsätze. Eine Lehrerin hat dem Reporter unter Tränen erzählt, wie sie einen Erstkläßler um einen Radiergummi bat, und sein Federmäppchen sei voller Maschinengewehrkugeln gewesen. Wie HB-Bleistifte hätten sich die scharfen Geschosse aneinandergereiht. Und dann durchsuchte sie die Schultaschen und fand mehr Munition als Bücher und Hefte. Dreißig Geschosse gegen eine Handgranate, das sei der Kurs, sagten die Erstkläßler und beklagten sich, daß sie nur den Rest abbekommen hätten, weil die Viertkläßler die Grube gefunden und irgendwo sogar ein Maschinengewehr ergattert hätten. Stellen Sie sich vor, mit einem Maschinengewehr kann man viel besser Bäume fällen als mit einer Kettensäge. Der Papa quält sich mindestens zwei Minuten mit einer Buche ab, natürlich nur, wenn der Motor nicht absäuft, aber der Pongrác aus der 4b hat in drei Sekunden ein ganzes Magazin in den Baum gejagt, und schon kippt der um. Wir haben es gestoppt, keine Sorge, wir haben uns an die Seite gestellt.

Die hätten alle im Bauch ihrer Mutter krepieren sollen, dort in der Taiga, sagte der eine Streckenarbeiter. – Kriegen hier vierzig Jahre den Arsch nicht hoch und können dann immer noch nicht mit Anstand nach Hause gehen. Denen wird keine Macht der Welt Zivilisation beibringen. Schlimmer als die Zigeuner. Die flanieren wenigstens nicht im Panzerwagen rum. Die fressen, was sie klauen, und basta.

Während die uns hier dermaßen ausnehmen, daß du noch jahrelang Überstunden schieben darfst. – Aber wenigstens herrschte Ordnung. – Du bist wohl nicht ganz dicht, Kumpel. Wo herrschte hier Ordnung? Wann war hier Ordnung? – Schon gut, ich sag ja nur, daß es eine Armee gab. Da kannst du nichts gegen sagen. Es gab Düsenjäger und Panzer und alles, aber bald gibt's gar nichts mehr. Der ungarische Soldat kann seit vierzig Jahren nicht mal mehr laufen. Der grinst nur den Helikopter an wie ein albanischer Esel, wenn die Slowaken kommen oder die Rumänen. Ein Hof ohne Hofhund, sage ich. Und du weißt selbst, was das taugt. Da kann jeder rein. Ist es denn nicht egal, ob sie Whisky saufen oder Wodka? Du kriegst sowieso nichts ab. Da ist es schon besser, wenn hier einer rumhockt, an den wir uns gewöhnt haben. – Ich hab mich an die bestimmt nicht gewöhnt. – Warum? Die haben doch gar nicht viel Wind gemacht. Sind uns nicht ständig auf den Pelz gerückt, haben nie deine Frau belästigt, wir wußten nicht mal, wo sie wohnen. Haben sich schön hinter das Schild »Fotografieren verboten« verzogen. Meinst du, mit dem Neger wird es besser? In fünf Jahren ist auch dein Enkel Mestize oder Mulatte oder weiß Gott was. – Der Neger kommt hier nicht her. Das ist schon vorbei, hast du das nicht kapiert? Genau darum geht es doch. – Wenn er nicht kommt, um so schlimmer, dann geht alles den Bach runter. Dann hissen die Rumänen übermorgen ihre Trikolore auf unserem Parlament, wie neunzehnneunzehn. Ich mochte den Russen auch nicht, ehrlich. Die haben meinen Bruder abgeschossen, sechsundfünfzig. Mit einer Panzerfaust. Der ist zusammengeschrumpft wie ein Säugling. Ein fieses Ding, diese Panzerfaust, wenn sie die Kabine voll trifft, macht sie Brikett aus dir. Trotzdem sage ich, wenn sie schon mal hier sind und wir uns an ihre Visage gewöhnt haben, wäre es besser, sie würden bleiben.

Seit der Abzug begonnen hatte, hörte man fast nur noch solche Gespräche, im Lebensmittelladen, in der Kneipe, in der Straßenbahn, genau wie damals, als die Republik ausgerufen wurde. Auch da hat jeder politisiert. Es gab welche, die wollten Neutralität, mit vielen Bankhäusern wie in der Schweiz, andere ein Königtum, denn die Krone haben wir ja und der König lebt auch noch. Spricht perfekt Ungarisch. Man müßte einfach nur die vielen Gemälde aus der Burg räumen und Otto von Habsburg heimholen. Das ist wenigstens ein echter Herr, nicht so ein Dahergelaufener wie die anderen, die Traditionslosen. Und auch Großungarn kam wieder ins Gespräch. Der Gebühreneintreiber sah ziemlich gute Chancen für eine Revision des Trianon-Beschlusses. Die Franzosen hätten selbst gesagt, daß der im Grunde genommen ungerecht gewesen sei. Daß es ein abgekartetes Spiel war. Die Rumänen hatten eine Waggonladung Nutten hergekarrt, und während die alten Säcke ihren Champagner tranken und die Grenzlinien neu zogen, fummelten die Mädchen unterm Tisch an ihnen herum. Die Dokumente sind aufgetaucht, Herr Schriftsteller, das Ganze wird neu aufgerollt.

Und es gab welche, denen alles egal war, nur bewahre uns Gott vor den Juden, sonst sind wir geliefert. Sie werden die Kinder ungarischer Mütter mit staatlicher Unterstützung abtreiben lassen, und in fünfundzwanzig Jahren zieht die Regierung aus Tel Aviv Knall auf Fall nach Budapest um. Das ganze Wespennest mitsamt Wüste und Totem Meer lassen die stehen und eröffnen in der Kleinen Tiefebene einen Kibbuz nach dem anderen. Schon jetzt scharwenzeln sie hier ums Feuer herum. Die Kastanien dürfen dann wir für sie herausholen, aber das bißchen, was vom Reich unseres ersten Königs Stephan noch übriggeblieben ist, lassen die ja schon lange auf den Hund kommen. Vom Pflichtunterricht in Religion ist noch nichts in Sicht, aber die jüdische halbe Stunde im Fernsehen, die gibt es schon. Und das ist nur, was sichtbar ist. Was der Ungar direkt erfährt. Denn von den heimlichen Geldern aus New York kriegen wir natürlich nie etwas mit. Von irgendwas müssen die diese Massen von Wahlplakaten mit dem Bild des Rabbi ja wohl bezahlt haben, aber für die Protokolle der Weisen von Zion, nicht wahr, für die gibt's nicht einen Pfennig.

Und selbstverständlich waren da welche, die darauf warteten, daß endlich der Briefträger mit den geheimen Geldern aus New York kam, mit deren Hilfe man sich wieder hochrappeln würde, mit denen man die Kultur finanzieren könnte. Denn das ist wirklich zuviel, diese zähnefletschende Bande reinrassiger Ungarn und ihre Machenschaften, entschuldige mal. Nur gut, daß man nicht auf offener Straße gelyncht wird, aber viel fehlt nicht dazu. Die kommandieren einen doch gleich ans Donauufer ab wie die Pfeilkreuzler. Daß uns Gott vor denen bloß bewahre. Hat es denn nicht gereicht, was wir bis jetzt abbekommen haben? Wenn bloß endlich dieser Postbote mit dem geheimen Geld käme und man statt dieses blutrünstigen Gegeifers endlich ein bißchen Europa auf die Beine stellen könnte. Eine Schande. Bei Gott, es ist wirklich eine Schande.

Andere wiederum schworen darauf, daß sich nichts geändert habe und sich auch nichts ändern werde, solange es noch Kommunisten auf Erden gibt. Die Simulanten, sie tun nur so, als würden sie die Macht abgeben. Sie blenden den Westen mit ein bißchen Pressefreiheit, aber in Wirklichkeit unterwandern sie alle neuen Parteien. Die haben sich gründlich abgesichert, das ganze Geld gehört ihnen. Da sind zum Beispiel die zahllosen staatlichen Erholungsheime aus dem Sozialismus. Soll bloß keiner behaupten, daß es ein Regime gibt, das diese Erholungsheime ohne Schießerei übergibt, ohne daß es sich vorher abgesichert hat. Ein Ammenmärchen. Diese ganze Wende ist ein abgekartetes Spiel.

Und natürlich gab es welche, denen zufolge es zwar stimmt, daß die Diktatur des Proletariats einer gewissen Reformierung bedarf, vor allem aber müßte man dieses ganze Gesindel an die Wand stellen. Was bilden die sich überhaupt ein? Das hätten die sich damals nicht getraut. Profitarier aller Länder, vereinigt euch – was soll das? Daß die sich nicht schämen? Wer hat denn dieses Land nach fünfundvierzig aufgebaut? Wer hat hier die Schwerindustrie hochgezogen? Selbst in der mongolischen Wüste fahren ungarische Busse, ungarische Bahnschwellen stützen die Schienen in Afrika, das Gehäuse der TU-152 wird aus ungarischem Aluminium hergestellt, und dann heißt es, Profitarier aller Länder, vereinigt euch? Wo bleibt denn die Polizei? Was soll das heißen, die Arbeiterwehr wurde demobilisiert? Was soll das heißen, die sowjetischen Truppen haben keine Zeit, weil sie gerade beim Einpacken sind?

Dinge dieser Art waren also überall zu hören. Sogar die Bettler politisierten. Sie standen bei den Demonstrationen herum, trotteten den enthusiastischen Trauerzügen der Wiederbeerdigungen hinterher, verteilten gegen Tagesgeld Flugblätter, und nachts sammelten sie die Riesenplakate ein, weil man sich damit gut zudecken konnte. Zeitschriftengründer sprachen von Auflagenzahlen, höher als die Anzahl derer, die in diesem Land lesen können, schließlich müsse ja auch die Diaspora berücksichtigt werden. Fünfzehn Millionen Exemplare sind ein Klacks, daß bloß die Druckmaschinen nicht ausgerechnet jetzt ihren Geist aufgeben. Das Handwerk erlebte einen ungeahnten Aufschwung, alles mögliche wurde produziert, von neuen Abzeichen bis zu neuen Straßenschildern, und bildhübsche Gymnasiastinnen verkauften Konservenbüchsen mit dem letzten Hauch des Kommunismus, denn die Konservenfabrik Globus hatte mit mehreren Tausend leeren Leberwurstdosen die Revolution unterstützt. Und jeder hatte mindestens drei Zukunftsvisionen, eine schöner als die andere. Vielleicht das erste Mal seit tausend Jahren herrschte so etwas wie eine paradiesische Idylle, wenn auch nur für kurze Zeit. Denn jeder wollte sich das Mikrofon schnappen, aber niemand griff nach seinem Revolver, als würde fortan nur noch der natürliche Tod walten, höchstens noch Mord aus Leidenschaft. Nur ein einziges Mal war ein Wasserwerfer zu sehen gewesen, in einer Nebenstraße, aber dann stellte sich heraus, daß er voll heißem Tee war. Die Demonstranten standen vor dem Wasserwerfer Schlange, bekamen russischen Tee in Plastikbechern und gingen dann zurück zum Parlament. Ist das nicht wunderbar, Herr Schriftsteller? Doch, das ist es, Herr Hausmeister.

– Laß mich in Frieden, murmelte die Frau im Halbschlaf über die Schulter, ich aber hörte nicht auf, dicht an ihren Rücken geschmiegt, mühte ich mich ab, wenigstens zwischen ihre Schenkel zu dringen, dann stieß ich auf die müde Scheide.

– Schlaf lieber, wenn du nicht kannst, sagte sie.

– Gleich, sagte ich.

– Dann beeil dich, sagte sie, und ich versuchte, mich zu beeilen. Ich krallte mich an ihren welken Schneeballblütenbrüsten fest und rammelte wie ein Hund.

– Genau wie du, dachte ich. Noch zwei, drei Spielzeiten, dachte ich. Und genauso schlaff, dachte ich. Riecht nach Ammoniak, dachte ich, und als es endlich klappte, schnarchte sie schon asthmatisch. Als ich aufwachte, lag ich eingekeilt zwischen ihrem glitschigen Schoß und dem feuchten Putz, minutenlang wagte ich nicht, mich zu rühren. Ich konnte mich nicht erinnern, wann ich aus den Sesseln ins Bett geraten war. Ich hatte Kopfschmerzen, und der Wodka brannte mir immer noch im Hals, als hätte ich eine halbe Flasche Ätznatron getrunken. Dann kroch ich irgendwie hinaus und suchte beim Schein der Streichhölzer nach meinen Kleidern, während die Frau weiterschlief, die Knie angezogen, wie ein greiser Säugling. Über ihr hing das Bild ihrer Mutter, die aus irgendeinem Grund selbst im Tod noch dem Postboten zuschauen mußte und mir und den fünfundzwanzig verkrüppelten Vögeln.

Draußen schlug die Klotür, ich wartete, bis Nyitrai mit seiner Scheiße niedergekommen war, denn ich wollte niemandem begegnen, dann kramte ich drei Schwalbe-Zigaretten hervor und schlich mich wie ein Dieb aus der Waschküche.

Es dämmerte schon, auf kleinen Lastwagen wurde frisches Gemüse geliefert, hinter der Markthalle knüppelten drei Männer auf die Fische ein. Einer zog die Karpfen mit dem Netz aus der Zisterne, warf sie auf eine Ladefläche, und die beiden im Overall schlugen auf die Köpfe der Fische ein, bis sie nicht mehr zuckten.

– Der Rest geht zu den Lebendfischen, sagte der mit dem Netz, dann kletterte er von der Zisterne herunter und zündete sich eine an. Die beiden stützten sich auf die Stöcke und ruhten ein wenig aus, dann fingen sie an, die Kadaver in die Kiste zu werfen.

Ich setzte mich auf einen der Betontische und rauchte. Alles hatte noch zu. Es mußte etwa halb sechs sein oder noch nicht einmal, ich hatte am Abend vergessen, meine Uhr aufzuziehen. Rebeka fliegt, dachte ich und sah, wie die Fische mit ihren eingeschlagenen Köpfen in der Luft schwammen.

Dann machte in der Straße gegenüber endlich ein Kellerausschank auf. Noch zehn Minuten, rief die Frau von innen, so daß ich noch zehn Minuten lang vor dem quergestellten Besen herumstand. Wir waren schon zu dritt, als die Schankwirtin uns hereinließ. Der eine hatte Gasrohre geschultert, die aus einem abgerissenen Haus stammten, der andere hatte vier Stapel der Abendzeitung dabei. Die Annahmestelle öffnet erst um sieben, mit der Schlepperei hätte es also noch Zeit gehabt, so aber konnte Jolika sich wenigstens überzeugen, daß der erste gespritzte Weißwein abgedeckt war. Daß die vielen Gasrohre sogar noch für einen halben Magenbitter »Unicum« reichten. Nur mich musterte sie mißtrauisch. Wortlos stellte sie das Glas vor mich hin, man sah ihr an, daß es nicht üblich war, im dunklen Anzug herzukommen.

Schließlich aber fand sie sich mit dem Anzug ab, und von da an ging ich fünfzehn Jahre lang regelmäßig in die »Balkanperle«. Ich hatte keinen Stammplatz, keinen eigenen Krug oder so, ich kam nur auf einen Gespritzten vorbei oder bestellte auch mal nichts, sondern machte mich hinten in der Toilette frisch. Manchmal wechselte ich ein paar Worte mit Jolika, und noch nach Jahren hielt sie auf ihre Weise Abstand. Ich wußte genau, selbst wenn ich mir einen Trainingsanzug besorgte und zwei Packen Tageszeitungen meinen Gespritzten abdeckten, würde sich daran nicht viel ändern.

– Sie haben einen Kopf wie diese Trübsal blasenden Grafen, die in den Kostümfilmen bis zum frühen Morgen russisches Roulette spielen, sagte sie einmal, und ich war froh über ihre Unverblümtheit.

Einmal brachte sie zum Gespritzten auch die Zeitung mit und warf sie auf den Tisch.

– Sind Sie das? fragte sie und zeigte auf das Foto neben dem Interview.

– Ja, sagte ich.

– Und worüber schreiben Sie? fragte sie.

– Über alles mögliche. Schwer zu sagen.

– Ach was. Versuchen Sie es wenigstens, sagte sie nervös.

– Ich schreibe Geschichten. Die ich so aufschnappe, sagte ich, denn das schien mir am einfachsten.

– Haben Sie auch über mich geschrieben? fragte sie und

preßte ihren Zeigefinger auf mein Foto, als drückte sie einen Käfer auf die Tischplatte, als würde sie, noch ein falsches Wort, den Chitinpanzer zerquetschen.

– Nein, Jolika, über Sie habe ich nicht geschrieben, sagte ich.

– Dann ist ja gut, sagte sie, Ihr Gespritzter ist heute gratis.

Aber das war Jahre später; damals, im Morgengrauen, konnte von Geschichten, Interviews, Novellen und Fotos mit Rasterfehler noch keine Rede sein. Damals, im Morgengrauen, sehnte ich mich nur danach, daß die Übelkeit ein Ende nähme, denn ich erinnerte mich immer deutlicher, wie ich auf diese unglückselige Frau gekrochen war wie Efeu. Wie eine Nacktschnecke auf die Wunde des morschen Obstbaums. Wie der Postbote und andere Kundschaft, nur damit auch ich mich einspritzte. Obwohl ich eigentlich gar nicht wollte. Ich hatte überhaupt nicht gewollt, nur daß man früher oder später doch vom Sessel unter die Bettdecke hinüberkriecht, auch dann, wenn der Ammoniakgeruch nicht gerade stimulierend auf den Geschlechtstrieb wirkt.

– Wo finde ich die Toilette? fragte ich die Wirtin.

– Gegenüber vom Luftschutzkeller, sagte sie und nahm den Schlüssel von der Wand.

– Macht einen Forint, fügte sie hinzu, und seien Sie so freundlich und nehmen Sie Ihre Tasche mit. Ich will hier keine Mißverständnisse.

Also nahm ich meine Tasche und tastete mich zwischen den leeren Kisten und Aluminiumfässern bis ans Ende des Flures vor, wo der Luftschutzkeller begann.

Der Bezirksrat vergab Lizenzen nur unter dieser Auflage: achtzig Quadratmeter »Balkanperle«, achtzig Quadratmeter Luftschutzkeller, wo die Hausgemeinschaft im Notfall Unterschlupf finden kann. Jolika hatte dem Abteilungsleiter vergeblich erklärt, er solle sich doch bitte mal den Keller ansehen und dann einen Filmbericht über Boden-Boden-Raketen, er würde in diesem Haus keinen finden, der nicht den massiven Müllcontainer vorziehen würde. Der Abteilungsleiter sagte nur, er hätte nichts dagegen, wenn der halbe Bezirk schon heute in die Müllcontainer zöge, dort gehöre der Müll schließlich hin, aber Vorschrift sei Vorschrift. – Ich war drauf und dran, ihm den Papierkorb wie einen Nachttopf über den Kopf zu stülpen. Seine Fresse in die weggeworfenen Bittgesuche, Wohnungsanträge und Sandwichreste zu drücken, aber mir fiel ein, daß mir nur noch diese eine Unterschrift fehlte. Und ich lachte über den guten Witz und sagte, entschuldigen Sie, Genosse Abteilungsleiter, ich wollte Sie nicht belehren, nur wäre es gut gewesen, für die Fässer noch mindestens zehn, fünfzehn Quadratmeter mehr zu haben. Und als ich, nach anderthalb Jahren, endlich alle Genehmigungen in der Tasche hatte, war mir längst entfallen, was für Tapeten ich eigentlich wollte, was für Tischdecken und was für eine Theke. So vielen Gaunern bin ich mein ganzes Leben nicht begegnet. Hier ein bißchen Osterschinken, da ein bißchen jugoslawische Cremeseife, einen Stempel auf den Antrag kriegt man sowieso nur, wenn man ihnen in den Arsch kriecht. Oft mußte man sogar dem Pförtner was geben, damit er einen überhaupt zum Büro vorließ. Glauben Sie mir, in diesen anderthalb Jahren hatte ich nur mit einem einzigen anständigen Menschen zu tun, als ich nämlich den Namen genehmigen lassen wollte und angeben mußte, warum ausgerechnet »Perle von Mangalia«, denn so hätte es eigentlich heißen sollen, nicht »Balkanperle«, warum also nicht »Jolis Keller« oder »Jolis Weinstube«. Und ich war blöd genug hinzuschreiben: weil ich einmal einen rumänischen Geliebten hatte, der Radu Perla hieß.

Ich solle am Abend herkommen, ich solle ihm versprechen, daß ich kommen würde, denn er wolle mir etwas

Schönes zeigen, hatte er mir am Strand von Mangalia halb auf russisch, halb auf rumänisch erklärt, und ich sagte, es wäre besser, wenn er mich in Ruhe ließe, denn der Koloß dort sei mein Vater, was natürlich nicht stimmte. Mein Vater hockte den ganzen Tag im Hotel, weil er die Rumänen und die Hitze nicht ertrug. Aber meine Mutter hatte das Meer sehen wollen, und im IBUSZ-Reisebüro hatten sie gesagt, Rumänien sei immer noch besser als Bulgarien. Wenn man vorsichtshalber am Fleisch roch und das Gemüse wusch, könne nichts passieren. Kurz, ich sagte diesem Jungen halb auf russisch, halb auf ungarisch, daß ich nicht blöd sei, ich wisse ziemlich genau, was er mir unbedingt zeigen wolle, aber ich achtete darauf, ihn nicht völlig zu vergraulen, denn so ein schönes Gesicht hatte ich bis dahin nicht mal auf Filmplakaten gesehen. Und in der Nacht, als ich aus dem Hotel abgehauen bin, konnte ich es kaum glauben. Wir saßen einfach nur am Ufer und sahen zu, wie das Meer leuchtete. Beim Schein der Wellen hätte man sogar lesen können. Irgendwelche Algen oder Tang schwammen auf dem Wasser, jedes Jahr im Juli werden sie von der Strömung hergetrieben, und die Schaumkronen strahlten wie Johanniskäfer. Bis dahin hatte ich geglaubt, man könne nur vor Schmerz und Trauer weinen. Sogar diesem Jungen kamen die Tränen, dabei hatte er das oft genug gesehen, er hätte sich längst daran gewöhnen können. Dann stand er auf und ging ins Meer, als gehöre es ihm. Für einen Moment tauchte er unter, und grünliches Licht perlte ihm über den Rücken. Seine Wirbelsäule und seine Schulterblätter leuchteten. Allen, denen es überhaupt je vergönnt gewesen ist, dürfte Gott wohl so erschienen sein. Dann stand auch ich auf und ging ihm nach. Er mußte mich gar nicht rufen, er hörte meine plätschernden Schritte und wußte, daß ich ihm nachkam. Ich vergaß sogar, daß ich eigentlich Angst hatte, denn ich war noch nie mit einem Mann zusammengewesen. Ich spürte nur, daß ich die einzige Frau auf der Welt war, die jetzt in hellgrünes Licht gekleidet wurde. Die ein leuchtendes Meer als Brautschleier trug. – Wie heißt du? fragte ich, als rund um unseren Schoß das Wasser rot wurde. – Perla, sagte er. – Was bedeutet das? fragte ich, aber er konnte es mir nicht erklären. – Warte, sagte er und löste sich aus meiner Umarmung, dann tauchte er unter, und ich heulte schon fast, jetzt aber nicht mehr vor Wonne, sondern aus Verzweiflung, denn es war, als habe ihn das Meer für Stunden verschlungen. Als er wieder hochkam, gab ich ihm eine Ohrfeige, aber er lachte nur. Dann brach er mit den Zähnen eine Muschel auf. – Das ist Perla, sagte er, und küßte mich, und ich schmeckte sie in meinem Mund, die Perle. Die hier an der Kette hängt.

Das eine können Sie ja schreiben, wenn Sie meinen, das ist schön.

Darum also »Balkanperle«. Dabei bekam ich damals, im Morgengrauen, eine saftige Ohrfeige, und auch ein halbes Jahr später, als ich beim Freundschaftsspiel vor den Augen meines Vaters den Rumänen die Daumen drückte. Aber glauben Sie mir, wem eine Perle in den Mund geküßt wurde, der scheißt darauf. Mein Mann zum Beispiel war der größte Ungar aller Zeiten, trotzdem schleuderte er mich im vierten Monat auf den Boden wie ein Stück Dreck. Sie mußten das Kind samt Gebärmutter herausholen, er bekam ein Jahr auf Bewährung und warf mich aus der Wohnung, mit zwei Koffern und einer Unipress-Kaffeemaschine, na egal. Ehrlich, wie ich bin, trug ich ein, daß ich einen Geliebten namens Perla gehabt hatte, aber der Mann im Büro schüttelte nur den Kopf und sagte, das würde so nichts. – Warum? fragte ich. – Wenn ich sie nach meinem Mann nennen würde, wegen dem meine Gebärmutter in der Mülltonne des János-Krankenhauses gelandet ist, wäre das vielleicht besser?

Worauf er sagte, das sei etwas anderes, denn es sei doch

immerhin eine gesetzliche Verbindung gewesen, aber mit dieser Begründung hier würde die zuständige Abteilung meinen Antrag sicher ablehnen. Doch als Privatmensch würde er mich vollkommen verstehen, denn auch er sei schon mal am Meer gewesen. Und warum sollte eine gemütliche Weinstube auch nicht »Perle von Mangalia« heißen dürfen? Er mache mir den Vorschlag, uns eine andere Begründung auszudenken, mit vereinten Kräften natürlich, und selbstverständlich eine, die wenn auch nur annähernd, doch der Wahrheit entspräche. Wie wäre es, wenn wir zum Beispiel schrieben, daß wir mit diesem Namen einen Beitrag zur rumänisch-ungarischen Freundschaft leisten wollten? Daß diese Weinstube dem gleichen Ziel diene wie der Péter-Gróza-Damm und das Restaurant Bukarest. – Was würden Sie davon halten, liebe Jolán? fragte er. – Das wissen Sie genau, sagte ich. – Kann ich dann schreiben? fragte er und spannte schon das leere Blatt in die Schreibmaschine ein. Also wie gesagt, von etwa fünfzig Beamten war er der einzige, der nicht die Hand hinhielt, aber auch das war nicht viel wert, denn statt Mangalia mußte es schließlich Balkan heißen, weil das allgemein verständlicher sei.

Zuerst zeichnete ich den Kopf mit leuchtenden Hörnern, dann die ganze Gestalt, und schließlich hängte ich ihr zwei Tafeln um den Hals, was aber ein bißchen aussah wie ein im Brustkorb sich öffnendes Bogenfenster mit zwei Flügeln. Dann malte ich mit Raben-Tusche den Hintergrund schwarz, mit dem Nagellack meiner Mutter den Umhang rot, die Hörner bekamen einen Stich Gelb, damit sie stärker leuchteten, das Ganze war also fast fertig, aber an die Tafeln wagte ich mich immer noch nicht heran. Schließlich nahm ich meinen ganzen Mut zusammen und schrieb mit dem Lidstift neunmal, DOCH, DOCH, DOCH. Der Platz von *Dusollstnichttöten* blieb schließlich leer, und dadurch geriet die Komposition ein bißchen durcheinander, aber ich hatte das Gefühl, daß es so besser war.

– Wie ist der Titel? fragte Judit.

– *Meine Gesetzestafeln*, sagte ich.

– Und warum hat er eine Geige in der Hand?

– Ich weiß nicht. Das ist mir eben eingefallen.

– Schön, nur hast du Moses zwei linke Füße gemalt. Macht übrigens nichts, zu einem Moses mit zwei linken Füßen passen die Geige und der kaputte Bogen sowieso besser, sagte sie.

– Ich wollte eine Peitsche zeichnen, aber der Stiel ist zu lang geworden. Und die linken Füße sind auch Zufall. Ich versuche, es noch zu verbessern.

– Laß lieber, so gefällt es mir besser. Schenkst du es mir? fragte sie.

– Ja, klar, aber zeig es nicht herum, sagte ich.

– Ich zeige es nicht herum, ich klebe es in meinen Geigenkasten.

Schon holte sie den Papierkleber und bestrich die Rückseite des Bildes, dann ließ sie es ein bißchen trocknen.

– Komm, entschuldigen wir uns, sagte ich, denn unsere Mutter sprach seit Tagen nicht mehr mit uns.

– Bereust du? fragte sie, während sie Moses mit ihren Fingernägeln glattstrich.

– Nein.

– Ich auch nicht. Wozu dann?

– Das heißt, ich habe es bereut. Aber es war gut, solange sie es geglaubt hat und mich mit dem Taxi ins Krankenhaus brachte. Und daß sie im Morgenrock war und mir um ein Haar keine Socken angezogen hätte.

– Warum hast du dann angefangen zu heulen? Der Arzt hätte es sogar geglaubt.

– Ich weiß nicht.

– Hattest du Angst?

– Nein.

– Dann hat sie dir leid getan.

– Nein.

– Sonst heult man doch nicht.

– Doch. Beim Üben heulst du auch manchmal.

– Das ist was anderes.

– Das ist gar nichts anderes. Ich hab geheult und fertig. Komm, entschuldigen wir uns.

– Ich entschuldige mich nicht. Du kannst ja, wenn du unbedingt willst.

– Zu zweit wäre es besser.

– Ich habe gesagt, nein.

– Sie hat morgen Premiere.

– Na und. Ich habe Sonntag Konzert.

– Sie wird nicht hingehen, wenn wir uns bis dahin nicht entschuldigen.

– Gut, entschuldige dich. Ich stell mich daneben, sagte sie.

– In Ordnung, sagte ich.

– Ich möchte mich entschuldigen, ich werde auch nie wieder blind, sagte ich beim Frühstück zu meiner Mutter.

– Aha, sagte sie und blickte nicht einmal auf, sondern schmierte sich ihr Scheißbrot weiter. – Kommt heute abend ins Theater, ich schicke ein Taxi.

– Am Sonntag ist Konzert, sagte Judit.

– Um fünf habe ich Aufwärmprobe, sagte meine Mutter.

– Es beginnt um drei, sagte Judit.

– Na gut, sagte meine Mutter. – Nur besprich mit denen, daß du nicht als letzte drankommst. Diese Konzerte sind schlimmer als Elternabende. Wie hältst du so viele Unbegabte aus?

– Aber Grossmann ist ziemlich talentiert. Er reift nur langsam, sagte Judit, zehnjährig. Dieses ›ziemlich talentiert‹ sagte sie genau wie unsere Mutter, und trotzdem bedeutete es etwas völlig anderes.

– Die ziehen dich runter. Ich sorge dafür, daß du ab Herbst aufs Konservatorium kommst, sagte meine Mutter.

– Ich möchte lieber nicht, sagte Judit.

– Darüber reden wir noch. Zieht euch heute abend was Ordentliches an. Für halb sieben schicke ich das Taxi, sagte meine Mutter, an der Tür wandte sie sich noch einmal um und sagte zu mir, nach der Vorstellung solle ich mich auch bei Effenbach entschuldigen, wegen neulich.

Eigentlich müßte ich das Theater hassen. Ich müßte die nach Schweiß riechenden Garderoben hassen, das Labyrinth der Requisitenkammer, den tosenden Beifall und zehn Minuten später die Stille über den dreihundert leeren Sitzen. Die vom Schnürboden heruntergelassene Herbstlandschaft, den Lampenpark mit seinen Sensorenschaltern. Bei hundert Watt Abenddämmerung, bei tausend Sommernachmittag. Den grabähnlichen Souffleurkasten, wo für zwei Kinder gerade noch Platz ist, aber die dicke Putzfrau zwängt sich besser nicht rein. Ich müßte die Schreckschußpistolen aus der Requisite hassen, die Samoware und Teeservice. Die nach Mottenkugeln riechenden Togen und Soldatenjacken. Die historischen Lakaienwesten mit dem Etikett der Kleiderfabrik Roter Oktober.

Mir müßte übel werden von dem ganzen Trubel im Schauspielerclub, von den Blicken, wie sie aus der Rolle fallen, von den geklauten Bühnengesten, von den billigen Witzen.

– Ein Königreich für ein bißchen Salz, Jenő, Liebster, und besorgen Sie mir doch bitte noch ein wenig Meerrettich zu den Würstchen. Und der liebste Jenő nickt, aber sofort, Herr Künstler, ich muß nur erst noch den Eierlikör der gnädigen Frau Künstlerin anschreiben.

– Am Vierten, Jenő, Liebster. Bis zum Vierten brauchen Sie mich gar nicht erst zu fragen, ob Sie anschreiben sollen.

– Selbstverständlich, Frau Künstlerin, es wird gar nicht erst gefragt.

– Wo zur widerspenstigen Muschi bleibt der Meerrettich, Jenő, Liebster. Ich werde erwartet. In zwei Minuten muß ich auftreten. – Aber dann kann er nicht mal mehr herunterschlucken, denn der Tesla-Lautsprecher bittet Herrn Richard den Dritten auf die Bühne.

Mit der Peitsche müßte ich die Gymnasiastinnen verjagen, die vor dem Künstlereingang herumlungern und Coriolan beim Autogrammegeben Liebesgedichte in die Tasche schmuggeln, in der Hoffnung, daß es, wenn schon nicht mit der Hochschule, so doch wenigstens mit einer Anstellung in der Garderobe klappt. Die vor dem Spiegel üben, wie sie dem Herrn Künstler Újhelyi den Mantel um die Schultern legen, ihm das Aluminiumschwert reichen, und es kommt ihnen gar nicht in den Sinn, daß ihn, Coriolan, selbst ein komplettes Mädchenwohnheim völlig kaltlassen würde. Daß er etwas darum gäbe, wenn er auch nur ein einziges Mal dem jungen Mann aus dem Mantel helfen könnte, der seit drei Tagen neben dem Parkverbotsschild herumsteht und auf die Frau Künstlerin Weér wartet, aber ein Autogramm von ihr ist nicht in Sicht, da die Frau Künstlerin entweder in Begleitung davonrauscht, oder es heißt, nächstes Mal, Goldstück, ich bin in Eile. Denn die Schriftzüge der Frau Künstlerin Weér muß man sich verdienen. Wer keine Ausdauer hat, nicht mindestens zwei-, dreimal am Ausgang steht, der hat die filigranen Buchstaben der Frau Künstlerin nicht verdient. Und sie weiß natürlich auch, bei wem man den Bogen wie weit spannen darf. Diesem Jungen hatte sie beispielsweise auf den ersten Blick angesehen, daß er auch noch in einem Monat hier stehen würde. Ist er nicht süß?

Der Herr Künstler Újhelyi hingegen verteilt halbe Stunden lang Autogramme an werdende Schauspielschülerinnen oder Garderobieren. Plaudert mit ihnen, lobt ihre Frisur und hat stets ein, zwei goldene Sentenzen über das wahre Wesen des Theaters parat. Dann rennt er wie angestochen an dem Gymnasiasten vorbei, der auf meine Mutter wartet, denn selbst ein längerer Blick ist mit der sozialistischen Moral unvereinbar. Wenn das ans Licht käme, wenn nicht geflissentlich darüber hinweggesehen würde, dann wäre das schlimmer, als wenn sich die Tochter in den Westen absetzt. Dann darf man bis zum Irrsinn im Gefängnis von Vác sitzen oder lebenslänglich in der Irrenanstalt von Buda.

– Wie ist es möglich, Genosse Újhelyi, daß ein so gutaussehender, reifer Mann wie Sie noch nicht geheiratet hat?

– Ich bemühe mich, mein Leben ganz dem Theater zu widmen, Herr Parteisekretär.

– Ach was, Genosse Újhelyi. Selbst die Priesterschaft lehnt sich gegen das Zölibat auf. Die Natur des Mannes fordert ihren Tribut. Ein Gläschen Cognac gefällig?

– Danke, Herr Parteisekretär.

– Finden Sie nicht, daß das Idol unserer Gymnasiastinnen endlich eine Familie gründen sollte? Wenn es wenigstens irgendeinen unmißverständlichen Flirt gäbe. Eine kleine Romanze mit der Souffleuse oder dergleichen. Nur weil dieser große Arbeitseifer leicht mißverstanden werden kann.

– Jawohl, Herr Parteisekretär.

– Das ist ein Wort, Genosse Újhelyi. Und glauben Sie mir, auf uns können Sie zählen. Was würden Sie zum Beispiel von einer Prämie halten oder einem Gedenkring? Nur damit Sie die paar Forint zusätzlich nicht brauchen und Ihrem minderjährigen Untermieter in aller Ruhe kündigen können. So ein jugendlicher Untermieter tut ja einer gesunden Paarbeziehung nicht gut, nicht wahr, Genosse Újhelyi?

– Jawohl, Herr Parteisekretär.

– Na, noch ein letztes Schlückchen! Heiligsakra, davon verstehen die Franzosen wirklich was.

– Jawohl, Herr Parteisekretär.

Und Coriolan ging nach Hause wie zu seiner Hinrichtung. – Ein Stück Scheiße bin ich. Scheiße, Scheiße, Scheiße! schluchzte er. – Aber das halte ich nicht aus. Die machen mich fertig, verstehst du denn nicht?! Pack zusammen und geh zurück nach Szeged. Das sind keine Menschen. Die sind schlimmer als tollwütige Hunde! Ja, ich habe kein Rückgrat, aber ich will nicht krepieren! Ist das denn so eine Schande? Verschwinde! Nimm den Koffer und hau ab! Verschwinde endlich! brüllte Coriolan seinen kaum sechzehnjährigen Untermieter an, dann schlug er die Tür zu und schluchzte bis in die Morgendämmerung an der Bahre der Männerliebe, schließlich fielen drei Vorstellungen aus, weil ihm plötzlich klargeworden war, daß es sich ohne Rückgrat nicht lohnt. Daß es Dinge gibt, die man sich nie verzeiht. Und dann nähten sie ihm im Korányi-Krankenhaus die Pulsadern zu, damit er wieder zum Schwert greifen konnte.

– He, würden Sie mal endlich rauskommen? fragte die Schankwirtin und schlug gegen die Tür, weil ich seit mindestens einer halben Stunde am Kotzen war.

– Sekunde, sagte ich und schüttete mir kaltes Wasser ins Gesicht.

– Machen Sie mir bloß keine Dummheiten, sagte sie, ich will hier weder Rettungswagen noch Polizei.

– Mir ist nur schlecht, zu viel getrunken.

– Bestellen Sie nicht Gespritzten, sondern Bier, sagte sie und stellte einen Krug Kőbányai vor mich hin. – Trinken Sie langsam, Sie haben doch Zeit, oder?

– Ich habe Zeit, sagte ich und trank langsam.

Unter der Treppe stapelte sich eine Fuhre Zeitungsbündel, genug für einen kleineren Lieferwagen, wie anderswo die Mäntel in der Garderobe. Nur wurden hier keine Nummern ausgegeben, allerdings wußte auch so jeder, welcher Packen seiner war: Die Volksstimme oder Funk und Bild. Jedes Papierbündel war gründlich mit einem dicken Draht umwickelt, denn Draht wiegt mehr als Schnur, was natürlich auch der Typ an der Annahmestelle weiß, aber er sagt nichts und drückt bei den paar erschwindelten Gramm ein Auge zu. Nur wenn ein Stein oder eine andere Mogelpakkung im Bündel ist, macht er nicht mit. Einen Stein spürt er sofort. Dazu braucht er nicht einmal eine Waage, seine Arme sind in dieser Hinsicht präziser als jedes Meßgerät. Mit geschlossenen Augen kann er sagen, ob das ein Jahrgang Blatt der Frau ist, verschnürt, oder ein Jahrgang der Romanzeitschrift Rakete, mit Draht, sie brauchen gar nicht erst zu versuchen, ihn mit einem Stein oder einer zerbrochenen Herdplatte zu bescheißen, denn das ist eine Frage der Ehre. – Wollen Sie mich für blöd verkaufen, Karcsi. In dem Packen hier sind mindestens vier Schachteln Schuhcreme. Den machen wir mal hübsch auf. Und in der Tat, zwischen der Volksfreiheit vom 8. und vom 9. September stecken doch wirklich vier Schachteln Schuhcreme, voll nassem Sand, und es gibt nichts Peinlicheres als das. Die anderen in der Schlange sind empört, alles, was recht ist, aber was zuviel ist, ist zuviel, zwei verkrümeln sich mit den Füles-Kreuzworträtseln vom Vorjahr, als wären sie nur gekommen, um sich ein wenig umzusehen, und in der Toreinfahrt nebenan untersuchen sie dann das Paket, ob nicht zufällig Müll zwischen die Kreuzworträtsel geraten ist. Sagen wir, ein paar Dachziegel, mit denen sie der sozialistischen Papierindustrie Schaden zufügen würden. Was die Maschinen zum Stehen bringen würde. Doch so ein Versuch war zwecklos, also reihten sich an der Treppe lauter korrekte Zeitungsstapel, wie Mäntel in den Garderoben besserer Restaurants, während ihre Eigentümer in aller

Stille den ersten Gespritzten oder Schnaps kippten. Mit dieser Stille beginnen die Tage. Jeder hat noch das Gefühl, es wäre besser gewesen, gar nicht erst aufzuwachen, ein solches Leben gehöre auf den Müll, wie der Abteilungsleiter im Bezirksrat sich Jolika gegenüber ausdrückte. Aber dann geht der erste Gespritzte doch irgendwie runter, und Jolika dreht das Radio an, und auf Kossuth kann man die Sportnachrichten hören. Und dann ist es eben doch nicht egal, ob man Jenő Knézi zuhört oder den Würmern im neuen Zentralfriedhof. Darin dürfte sich der Genosse Abteilungsleiter vielleicht doch getäuscht haben. Nach einem großen Gespritzten und den Sportnachrichten sieht man schon klarer: Das Fradimatch war wieder ein abgekartetes Spiel. Dieses ganze Pokalspiel ist ein Schwindel, genau wie der Fünfjahresplan. Was soll das, daß der Törőcsik gefoult wird, und von wegen Vorteilsregel, aber wir dürfen keine Herdplatte zwischen die Ausgaben vom Volkssport legen?

Die Schankwirtin hatte sich damit abgefunden, daß ich seit Stunden in der Ecke herumsaß und nichts Ordentliches bestellte. Ab und zu leerte sie den Aschenbecher, einmal brachte sie gesalzene Erdnüsse.

– Was ist, hat Ihre Frau Sie rausgeschmissen? fragte sie.

– Ich habe keine Frau, sagte ich.

– Nur weil Sie mir so aussehen, sagte sie und ging zurück zum Tresen.

Dann war die Mittagschronik zu Ende, und sie stellte das Radio leiser, denn es begann »ZehnMinutenSpielundMusik«, es fragt: György Czigány, es antwortet: Frau Juhász aus Kecskemét.

– Heute vor hundertachtzehn Jahren wurde in Dresden das folgende herausragende Werk der Romantik uraufgeführt …, sagte György Czigány.

– Der wievielte ist heute? fragte Judit.

– Der siebte, sagte ich.

– Dann die Dantesymphonie, sagte Judit, obwohl sie die Platte noch gar nicht aufgelegt hatten.

– Warum hast du dich nicht zum Mitspielen gemeldet? Du könntest jeden Tag eine Torte gewinnen, sagte ich.

– Wenn ich Torte essen will, geh ich in die Konditorei, sagte Judit.

– Nicht wegen der Torte, das weißt du genau, sondern damit du gewinnst, sagte ich.

– Ich hab auch so gewonnen. Wozu dann hingehen? sagte Judit.

– Großartig. Applaus für Frau Juhász, sagte György Czigány.

– Siehst du, du hast nicht gewonnen, sagte ich.

– Anscheinend ist es dir sehr wichtig, was das Radio sagt.

– Ich kann es nicht ausstehen, wenn du so tust, als wäre es dir egal.

– Ich tue nicht so, es ist mir egal. Was ist daran nicht zu verstehen?

– Wozu spielst du dann Geige? Oder warum nicht nur zu Hause? Wenn es total egal ist, warum stellst du dich dann auf die Bühne?

– Das ist etwas völlig anderes, sagte Judit.

– Das ist überhaupt nichts anderes, sagte ich.

– Hör auf, wenn ich Geige spiele, ist das nicht »ZehnMinutenSpielundMusik«, klar?!

– Zahlen bitte, sagte ich zur Wirtin, aber den Gespritzten berechnete sie nicht.

Seit Jahren war der Kerepeser Friedhof der einzige Ort in der Stadt, wo ich dem Grün des Rasens oder dem Knistern des Laubes unter meinen Sohlen Glauben schenken konnte. Wo ich das Gefühl hatte, daß die Natur ihre Arbeit tat. Die zementverstärkten Felsen der Budaer Berge, die extrafrische Luft am Aussichtspunkt auf dem Jánosberg und die

Bootsfahrten im Stadtpark haben mich immer kaltgelassen. Die Natur als Vergnügungspark hat mich nie interessiert. Dann schnitt sich Coriolan zum zweitenmal die Adern auf, jetzt aber viel geschickter, und als ich hörte, daß wir uns betroffen, doch ohne zu verstehen, hier einfinden und daß der Grund für deine schmerzliche Entscheidung für ewig ein dunkles Geheimnis bleiben wird, sagte ich zu Judit, ich würde gern eine Runde spazierengehen. Irgendwie arbeiteten wir uns aus der Menge heraus, und während die fünf Redner mit hemmungsloser Unverblümtheit einen Toten anlogen, versuchte ich, möglichst weit von der Künstlerparzelle wegzukommen.

– Du regst dich auf, als würdest du nie lügen, sagte Judit.

– Sag bloß, du findest das nicht zum Kotzen.

– Warum? Hast du gedacht, die stellen sich an die Grube und entschuldigen sich dafür, daß es nicht ratsam ist, in Ungarn schwul zu sein?

– Trotzdem muß man einem Toten nicht ins Gesicht lügen.

– Aber es ist nun mal so, daß du nur lebst, solange du, egal wem, ins Gesicht lügen kannst, ohne mit der Wimper zu zucken. Und wenn es nicht mehr geht, holst du dir schön deine Rasierklinge.

– So ein Quatsch.

– Komm, du findest auf diesem Friedhof keine einzige Leiche, die ihr Leben nicht als potentieller Selbstmordkandidat gelebt hätte. Es ist einfach nur ein bißchen Krebs, ein Flächenbombardement oder Altersschwäche dazwischengekommen. Du hattest keine Zeit, deine Portion Lügen aufzubrauchen und dich vor dir selbst zu ekeln.

– Weißt du was? Dann geh schön nach Hause, und schneid sie dir auf. Wenn es nur eine Frage der Zeit ist, dann nimm dir eine Geigensaite und schneide dir damit die Pulsadern auf!

– Wie originell!

– Es ist mir scheißegal, ob das originell ist! Was ist, warum gehst du nicht? Wenn du das Ende schon kennst, wozu noch warten? Willst du deine ganze Portion Lügen aufbrauchen oder was?

– Ich habe sie schon aufgebraucht. Ich habe nur noch Angst, sagte sie und ließ mich stehen.

Irgendwo bei den Gräbern aus dem Zweiten Weltkrieg holte ich sie ein.

– Was ist los? fragte ich.

– Nichts, sagte sie.

– Das ist nicht wahr.

– Gut. Dann kann ich anscheinend noch lügen, ohne mit der Wimper zu zucken, sagte sie.

– Ich dachte, mich belügst du nicht.

– Dann frag besser nicht.

– Bis jetzt warst du noch nie zynisch. Soviel Blödsinn auf einmal hast du noch nie von dir gegeben.

– Ich bin sicher in der Pubertät. Da macht man zuviel Aufhebens um seine Möse, sagte sie.

– Du redest genau wie Mutter, sagte ich, und da stellte sich Judit plötzlich vor mich hin und wollte mir eine pfeffern, aber ihre Hand blieb in der Luft hängen.

– Daß du nie wieder wagst, mich mit unserer Mutter zu vergleichen. Nie wieder. Hast du verstanden?

– Ja, sagte ich.

Wir verzogen uns in ein Gebüsch, denn die Trauergemeinde löste sich auf, und wir wollten niemandem begegnen. Wie nach einer Premiere fanden sich kleinere Grüppchen zusammen und werteten die Redner aus. Die meisten Punkte erhielt übereinstimmend Herr Künstler Réthy. Was der doch immer noch für ein charmanter Mann ist, dabei ist er inzwischen eher Lear als Oberon. – Na neee! Das ist doch nicht dein Ernst! Kinder? Er hat doch schon zwei Enkel! Also wirklich, das ist unverantwortlich. Dann brachte jemand sein Mitgefühl für Herrn Újhelyi zum Ausdruck. Und was für einen Coriolan er doch abgegeben hatte! Das jagte einem Schauer über den Rücken. Und ausgerechnet im besten Mannesalter. – Na neee! Das ist doch nicht dein Ernst! Daß er schwul war? Ach was, das ist nur so ein Mythos. Das hat er doch selbst gestreut, um sich interessanter zu machen. Man muß nicht auf alles reinfallen. Der hat die Frauen nur so vernascht. Du hast doch gesehen, wie hier ein ganzer Schwarm Mädchen schniefte. Und es gab welche, die meinten, daß es so besser für ihn sei, und solche, nach deren Meinung der Schauspieldirektor, wenn er auch nur einen Funken Verstand besitzt, umgehend den Bojár aus Kaposvár herlocken müßte.

Dann verlief sich nach und nach das Publikum, und auf dem Friedhof blieben nur wir beide zurück.

– Sei mir nicht böse, sagte ich.

– Ich bin dir nicht böse, ich mag jetzt nur nicht reden, sagte sie, hakte sich bei mir ein, und wir gingen stumm über die unkrautüberwucherten Pfade.

In der Dämmerung verblaßten die Statuen unter den Pappeln. Als habe es vor hundert Jahren einen Erlaß gegeben, daß über die Gräber betuchterer Familien anstelle der gequälten Christusfiguren von nun an Kunstwerke wachen sollten, welche die Unvergänglichkeit geschlechtlichen Verlangens suggerierten. Ab tausend Kronen Einkommen aufwärts: Aphrodite, von fünfhundert bis tausend: Christus mit Kreuz, der Rest: ein Kreuz, ohne Christus. Aber fast alle Steine waren bereits von Efeu überwuchert. Ranken schlängelten sich über marmorne Schöße, Akazien und Linden unterminierten Pantheone, Wurzeln zwängten sich durch die zerborstenen Abdeckungen der Gruften, und das war sehr viel beruhigender, als daß der Herr Direktor Várkonyi eventuell den Bojár aus Kaposvár herlocken würde. Und von da an ging ich jede Woche auf den Kerepeser

Friedhof, denn das war der einzige Ort in der Stadt, wo man das Gefühl hatte, daß die Natur es noch einmal zu etwas bringen würde.

Zahlen bitte, sagte ich zur Wirtin. In einem Schnellrestaurant nahm ich dann irgendeinen Gemüseeintopf zu mir und versuchte von neuem, die Alternativen aufzulisten, wohin ich denn gehen könnte, doch vom Bauernhaus der Krémers bis hin zu meinen Verflossenen schien mir alles lächerlich. Ehe ich noch den Bohneneintopf mit Frikadelle aufgegessen hatte, war bereits offensichtlich, daß es nur einen einzigen Ort gab, wohin ich gehen konnte: den Kerepeser Friedhof, um mir anzusehen, womit wir von jetzt an leben mußten. Weil ich von Feuerland bis Kamtschatka überall eine FilmTheaterMusik verlangen würde, wenn der Zeitungshändler mich erschreckte, und weil es etwas anderes ist, mit einer Meistergeige wegzugehen als mit einer Tasche voll sauberer Unterwäsche.

Mag sein, Mutter, daß man seinem Schoß alles verzeiht, doch die Herzkammern sind weitaus empfindlicher als die Klitoris, dachte ich. Hat dort das Unkraut erst einmal Wurzeln geschlagen, geht die Selbstachtung früher oder später den Bach runter, dachte ich. Das müßtest du eigentlich wissen, denn als deine Selbstachtung den Bach runterging, schluchzten durchschnittlich zweihundert Leute im Zuschauerraum, dachte ich. Das hier dauert allerdings nicht nur mal eben von sieben bis neun, und fertig, dann schminkst du dich ab, dachte ich. Wenn du deiner Tochter wirklich einen Grabstein hast aufstellen lassen, dann gibt es keine Schminke, mit der du dich wieder menschenfarben tünchen könntest, dachte ich, und zum dritten Mal schon suchte ich den gesamten Friedhof ab, fand aber nichts.

Unter jedem Stein lagen echte Tote, solche, denen eine Kugel, Krebs oder Altersschwäche ein Ende bereitet hatte.

Staubgewordene, die von dort unten dem Gerappel der Fasane, dem Seufzen der Ventile in der Gummifabrik und dem Stöhnen verliebter Gymnasiastinnen friedlich lauschen, während sich ein Quietschen nähert, denn im Laufe der Zeit ist am Fahrrad des Friedhofwächters die hintere Nabe eingerostet. – Verflucht noch mal, ihr habt sie doch nicht alle?! Das ist hier kein Bordell! Hier ruhen große Dichter wie Endre Ady und Mór Jókai! Los verschwindet, treibt es auf dem Neuen Zentralfriedhof! und während das Mädchen seine Unterwäsche in Ordnung bringt, verbittet sich der junge Mann diesen Ton, soweit ich mich erinnern kann, sind wir nicht per Du. Im übrigen solle der Herr Wächter sich beruhigen, denn Mór Jókai würde sich vermutlich kaum, Endre Ady sogar gewiß nicht daran stören, daß wir uns hier lieben. Was doch wohl haarscharf etwas anderes ist als ficken. Ganz zu schweigen davon, daß auch ich bald hier ruhen werde, irgendwo zwischen Endre Ady und der Gummifabrik, nur daß ich testamentarisch dafür sorgen werde, daß Seelenschinder wie Sie sich meinem Grabe gar nicht erst nähern dürfen, und das unverschämte Lachen des Mädchens, das geht ja noch, aber das mit dem Seelenschinder, das ist zuviel des Guten. Da wirft selbst der Herr Wächter sein Rad zu Boden, schnappt sich ein Kreuz und jagt ihnen hinterher, über die Soldaten der Roten Armee hinweg Richtung Ausgang.

Ein Wächter im Trainingsanzug radelte mir auf dem Pfad entgegen, eine Baskenmütze auf dem Kopf, ein Militärfernrohr um den Hals, mit dem man Grabschänder und Unzuchttreibende ausspähen kann und all diejenigen, die zum Schlafen herkommen, bis ihnen vom Bezirksrat irgendeine Waschküche zugewiesen wird.

– Falls Sie es nicht wissen sollten, das hier ist ein Ort der Andacht, mein Herr. Wären Sie bitte so freundlich, das Rauchen zu unterlassen, sagte er.

– Verzeihung, sagte ich und trat die Zigarette aus, obwohl ich wußte, daß er seine auch gerade erst weggeworfen hatte.

– Ich suche jemanden, sagte ich.

– Hier finden Sie niemanden mehr, in zehn Minuten schließen wir.

– Judit Weér. Sie wurde gestern vormittag beerdigt, sagte ich.

– Suchen Sie sie bitte morgen. Dürfte ich Sie jetzt bitten, den Friedhof zu verlassen.

– Meine Schwester, sagte ich.

– Parzelle elf, hinten bei der Gummifabrik. Aber beeilen Sie sich, um acht lassen wir die Hunde los.

Ich bin heimgekommen, Mutter, sagte ich an der Tür, aber sie antwortete nicht. Sie lag in derselben Haltung auf dem Bett, wie ich sie am Tag zuvor zurückgelassen hatte, nur das Handtuch auf ihrem Gesicht war beim Trocknen faltig geworden. Mit der Zeit verschrumpelte ihr ganzer Körper. In fünfzehn Jahren hatte der Faden des Nichts sie völlig umwoben wie eine Spinne den Rosenkäfer, doch unter dem Netz der Falten schimmerte immer noch der wunderbare Chitinpanzer durch.

Ich bin heimgekommen, Mutter, sagte ich noch einmal, dann nahm ich ihr das Handtuch ab, denn ich dachte, sie schläft, aber sie war wach. Ihr Blick ging ins Leere. Und als ich das eingefallene Gesicht erblickte, war mir bereits klar, daß es überhaupt keinen Sinn hatte, etwas zu sagen. Ich ging in die Küche, um Tee zu kochen, und sie kam mir hinterher, obwohl sie sich kaum auf den Beinen halten konnte.

Wo warst du, mein Sohn? fragte sie, vielleicht das erste Mal im Leben.

Ist doch egal, sagte ich.

Das hat sie verdient. Wenn wenigstens auch sie dort in der Erde verrotten würde, mitsamt ihren Noten. Soll sie verfaulen, wo immer sie ist!

Ich bin müde, sagte ich und wollte hineingehen, aber sie packte mich am Arm.

Du glaubst das alles? Du glaubst diesen Haufen Mist?

Ist doch egal, sagte ich.

Ist es nicht! Jede Zeile dieses Briefes war nichts als eine gemeine Lüge!

Sicher, sagte ich.

Ich habe sie nie zu etwas gezwungen!

Kann sein, Mutter, sagte ich.

Sie war eine erwachsene Frau. Sie hat immer nur getan, was sie wollte! Sie fickte, mit wem sie wollte! Und ich ficke auch, mit wem ich will!

Das weiß ich, sagte ich.

Und die Abtreibung, das ist auch eine gemeine Lüge! Es war eine einfache Untersuchung! Eine Routineuntersuchung, verstehst du?!

Wahrscheinlich, sagte ich.

Halt den Mund! Nicht wahrscheinlich! Jedes dreizehnjährige Mädchen wird zum Arzt geschickt, hast du verstanden?

Ich habe verstanden, Mutter, sagte ich.

Nichts verstehst du! Ich habe ihr beigebracht, wie man lebt! Eine Frau muß zu leben verstehen! Wie ich es gemacht habe, war es richtig!

Jetzt ist es schon total egal, Mutter, sagte ich.

Anfangs hatte es noch so ausgesehen, als würde sie nur wegen der Migräne nicht aus dem Haus gehen, doch dann wurden fünfzehn Jahre daraus. Heute vor zwei Wochen hat sie zum ersten Mal wieder ein Stück Himmel gesehen, weil ich sie im offenen Sarg auf den Hof habe bringen lassen.

– Wollen Sie ihr die Augen nicht schließen? fragte einer der Leichenträger.

– Nein, sagte ich.

– Aber das ist so üblich.

– Ich weiß, sagte ich.

– Ihre Augen waren schön.

– Das sind sie immer noch, sagte ich. Die Nachbarn standen auf dem Flur und wunderten sich, woher meine Mutter so plötzlich aufgetaucht war, schließlich hatten sie sie längst vergessen.

In den ersten Monaten hatten sie sich noch erkundigt, wie es der gnädigen Frau Künstlerin gehe, wir haben sie schon lang nicht mehr gesehen, sie wird doch nicht krank sein, und ich teilte ihnen mit, sie sei nicht krank. Dann fragten sie lieber nur noch den Gas- und Heizungsableser, und Karcsika beruhigte sie, ach was, von wegen Gehirnschlag, meine Mutter habe ihm gerade wieder die Zimmertür vor der Nase zugeknallt, und sie sei noch genauso schön wie in dem alten Film letzten Montag. Sie habe sich bestimmt nur zurückgezogen. Große Schauspielerinnen ziehen sich immer zurück und denken sich etwas aus, womit sie das Publikum dann überraschen; sie werden Tierschützer oder dergleichen.

Einige Wochen nach Judits Beerdigung hatte ich einen Traum. Ich war draußen auf einem Berggipfel, es begann zu dämmern. Unten, in der Tiefe des Tales, herrschte noch flockiger Nebel, aber hier oben bei den Zigeunern lagen in gleißendem Licht die schneeweißen Häuser. Voller Angst schlich ich an den verschlossenen Türen und den mit schwarzen Seidentüchern verdunkelten Fenstern vorbei, denn von einer Putzfrau im Theater wußte ich, daß die Zigeuner fremde Kinder im Stall festbinden und ihnen Pferdeblut zu trinken geben, und wenn ihnen dann vom Pferdeblut Flügel gewachsen sind, bringen diese Kinder die Toten in den Himmel oder in die Hölle, je nachdem, wer wohin gehört, denn nicht einmal diese Entscheidung überläßt der Zigeunerfürst Gott.

Wie gesagt, der Himmel war gleißend hell, trotzdem

bogen sich hinter den Häusern die Tannen im Wind. Weder die peitschenden Zweige noch das Ächzen der Baumstämme waren zu hören, so als gäbe es außer meinem wild pochenden Herzen nirgends einen Laut. Ich hatte den bald erwachenden Friedhof fast hinter mir gelassen, der Weg, der den Berg hinabführte, war bereits in Sicht, aber auf dem Hof des letzten Hauses stand ein Zigeunermädchen, Goldmünzen in das hüftlange Haar geflochten, ein blumengemustertes Tuch um die Taille, das Rot herbstlicher Preiselbeeren auf den Lippen. Ich wäre am liebsten vorbeigerannt, aber ihr Blick lähmte mich. Blei floß in meinen Adern, statt Speichel rann mir Schwefel durch die Kehle. Sie hielt eine kurze Peitsche in der Hand, neben ihr, auf einem Baumstumpf, schlief eine Eule in Menschengröße. In einer unverständlichen Sprache sagte das Mädchen mir etwas ins Gesicht, nur ein einziges Wort. Dann holte sie mit der Peitsche aus, worauf der Vogel unruhig zu werden begann und mit schwerem Flügelschlag in das schwarz verhängte Fenster flog.

Am nächsten Morgen kam Judits Antwort auf ihre eigene Todesanzeige. Verehrte Mutter, wenn Sie mich zu sehen wünschen, sollten Ihnen die Augen nicht geschlossen werden, wenn es soweit ist, schrieb sie, und von der Ansichtskarte aus Caracas blickte mich ein Zigeunermädchen mit einer Peitsche in der Hand an, Goldmünzen im Haar, ein blumengemustertes Tuch um die Taille, glühender Haß im Blick. Ich stand an den Briefkästen im Treppenhaus, minutenlang unfähig, mich zu rühren, schließlich steckte ich die Karte in die Tasche. Ich wußte, daß sie meiner Mutter auf gar keinen Fall in die Hände fallen durfte. In der Nacht suchte ich dann so lange im Werkzeugkasten, bis ich einen alten Schlüssel fand, mit dem ich meine Schreibtischschublade abschließen konnte. Ich verwahrte die Postkarte und suchte ein Versteck für den Schlüssel, aber nicht einmal hinter der Bodenleiste des Parketts war er sicher, so daß ich ihn mir an einer Schnur um den Hals hängte. Dort hing er jahrelang, wie ein etwas rostiges, aber wirksames Amulett, das an ein mißratenes Sternbild erinnerte.

Drei oder vier Briefe hatte ich Judit geschickt, doch alle waren zurückgekommen. Zerknittert, in einer Plastiktüte, mit zerlaufenem Poststempel, als hätte der Briefträger sie versehentlich in den Ozean fallen lassen. So schickte ich die nächsten gar nicht mehr ab, ich schrieb ihr nur alles, denn wie wir leben, kann man ohnehin kaum jemandem erzählen. Man kann ja von der eigenen Mutter schlecht sagen, daß sie verrückt sei. Daß sie auch nach Sendeschluß noch fernsieht, eine Sicherheitskette nach der anderen an die Tür montieren läßt oder beim Mittagessen aufsteht, als wollte sie sich nur eine Serviette holen, mit dem Fleischklopfer das Telefon zertrümmert und sich dann wieder hinsetzt, um die Tomatensuppe aufzuessen.

Ich schrieb ihr alles, wenn auch nicht wie in einem richtigen Brief, denn das hätte ohnehin keinen Sinn gehabt, sondern eher, als schriebe ich es für jene nieder, die eines Tages unsere Tür aufbrechen würden. Einmal vergaß ich, eine dieser Geschichten in der Schublade zu verschließen, und als ich am Abend nach Hause kam, sah meine Mutter mich an wie damals, als sie mich dabei erwischt hatte, wie ich Judits versteckten Brief las.

Was soll dieser Müll, mein Sohn, fragte sie, und ich schwieg, denn mir fiel nichts Passendes ein.

Wir standen im Flur, sie mit dem zerknüllten Blatt Papier in der Hand, ich voller Wut und Scham, und schließlich sagte ich, das ist eine Erzählung, Mutter, denn ich spürte, dies war das einzige, wo sie mir nicht reinreden konnte. Wenn es sein muß, montiere ich noch zwanzig Sicherheitsketten an die Tür, wenn es sein muß, lüge ich den Nachbarn vor, danke, es geht uns gut, aber was ich auf ein Blatt Papier, DIN A4, schreibe, geht niemanden etwas an, niemanden auf dieser verfluchten Welt.

Selbst deine Satzzeichen sind widerlich, sagte sie.

Mag sein, Mutter. Sie brauchen sie ja nicht zu lesen, sagte ich, und von da an ließ ich das Geschriebene auf dem Tisch liegen, und ehe Eszter kam, las es niemand, außer meiner Mutter.

Der erste Mensch, dem ich gesagt hatte, ich sei Schriftsteller, war ein Polizist. Es war gar nichts Besonderes vorgefallen, es war auch kein Nationalfeiertag. Eine simple Verkehrskontrolle im Frühherbst. – Guten Abend, Ihren Personalausweis bitte, dann nahm er das kleine englischrot eingebundene Büchlein, und ich machte meine Angaben: Geburtsjahr, Name der Mutter, ständiger Wohnsitz. Er suchte den Arbeitgeber, und es stellte sich heraus, ich hatte keinen Arbeitgeber. – Demnach asoziales arbeitsscheues Element, sagte er und legte das Kohlepapier in seinen Block ein, um mich zu registrieren, und mir fiel auch hier nichts Passendes ein, genau wie damals, als meine Mutter im Flur gefragt hatte, Wassolldiesermüllmeinsohn? Und ich sagte zu dem Polizisten, ich sei Schriftsteller, und er fragte, wie ich das nachweisen wolle, das könne ja jeder sagen. Er habe langsam die Nase voll, daß der eine Schriftsteller sei, der andere Maler, der dritte Artist, und kein Dokument weit und breit. – Sie legen es direkt darauf an, gegen das Gesetz zu verstoßen, und dann kommt natürlich das Gezeter, System hier, System da. So geht das nicht. So geht das ganz und gar nicht, verehrter Herr, denn was, wenn ich Sie jetzt schön registriere? Na, ich verrate es Ihnen. Dann werden Sie sich ab dem ersten als Hilfsarbeiter am Bau der Plattenbausiedlung von Gazdagrét beteiligen. Das heißt, für dieses eine Mal sehe ich davon ab, aber wenn Sie bis zum nächsten Mal Ihrer staatsbürgerlichen Pflicht noch immer nicht nachkommen und hier nicht ›Freischaffender‹ eingestempelt steht, werde ich kein Auge mehr zudrücken.

Verehrte Mutter, heute bin ich in Rom angekommen, schrieb ich und adressierte eilig den Briefumschlag, um bis halb drei beim Hotel Gellért zu sein, denn Judit hatte schon seit mehr als drei Monaten keine Zeile mehr geschickt, und endlich hatte ich jemanden gefunden, den ich bitten konnte, einen Brief außerhalb des Ostblocks abzuschicken. Eine human eingestellte Außenhandelskauffrau namens Anetta, die für tiefe Beziehungen schwärmte und überzeugt war, wenn ein Mann sich lieber über König Lear unterhielt als darüber, wie er wohne, dann sei das eine tiefe Beziehung. – Schade, daß du nicht nach Rom kommen kannst, dabei hättest du sicher so viel Interessantes zu erzählen. Nachts im Colosseum, wo damals die Frühchristen und die Gladiatoren, das wäre ja so dekadent, und ich lag auf dem Hundertwasserlaken, starrte die aus Holland mitgebrachten Van-Gogh-Drucke an und wartete auf den geeigneten Moment, um aufstehen zu können, ohne sie zu demütigen. Sie konnte ja nichts dafür, daß mir nach dem Koitus in der Arena des Colosseums dasselbe Nichts die Brust zersprengen würde wie hier, in der Béla-Bartók-Straße 4, auf dem Bett mit dem Hundertwasserlaken. Sie konnte nichts dafür, daß ich lieber über König Lear sprach als darüber, wo ich wohne oder was ich gestern nachmittag gemacht habe, weil ich schon eine tiefe Beziehung hatte.

Wowarstdumeinsohn?

Ich war nur spazieren, Mutter.

Wasch dich wenigstens, bevor du das nächste Mal heimkommst. Du stinkst nach Kölnischwasser.

Tut mir leid, Mutter.

Das ist wohl wieder so eine billige kleine Nutte. Die so ein Parfum benutzen, sind alle Nutten.

So hat das doch alles keinen Sinn, Mutter.

Du hast mir nicht zu sagen, was Sinn hat, wasch dir lieber den Vaginageruch ab, bevor du heimkommst, verstanden?

Ich habe verstanden, Mutter – und ich sagte zu dieser Anetta, ja, im Colosseum sei es wirklich ganz schön dekadent, und ging duschen und im Klo eine rauchen, denn im Zimmer ging es nicht. Das heißt, so stimmt das nicht, ausnahmsweise hätte ich auch im Zimmer eine rauchen können, wenn es unbedingt sein muß und wenn ich mit dem Hundertwasserlaken aufpasse, aber ich hatte das Gefühl, wer unter die Dusche geht, weil er schon eine tiefe Beziehung hat, dem stehen solche Privilegien nicht zu. So daß ich sogar die Lüftungsklappe über der Badewanne aufmachte, damit der Zigarettenrauch abziehen konnte, und während ich duschte, versuchte ich einen glaubwürdigen Grund dafür zu erfinden, warum ich Rebeka Weér einen Brief aus Rom nach Budapest schicken lassen wollte, wo ich doch noch nie in Rom gewesen war. Aber ich mußte etwas finden, denn Judit hatte schon den vierten Monat nicht geschrieben, und als ich aus der Dusche kam, war Anetta ganz begeistert, natürlich, sie würde ihn gleich am ersten Tag zur Post bringen, das sei ja total aufregend, sich mit seiner Tante so einen Spaß zu erlauben. Morgen abend würde die Delegation abfahren, aber vorher wolle sie noch ins Gellért in die Sauna, wie wäre es, wenn wir zusammen in die Sauna gingen? Zum Glück fiel mir ein, daß es keine gemischte Sauna war, und so verabredeten wir uns, morgen um halb drei vor dem Gellért, und am nächsten Tag nahm ich den Pelikan und begann zu schreiben, Verehrte Mutter, heute bin ich in Rom angekommen, dann klebte ich den Umschlag zu und machte mich zu Fuß auf den Weg über die Freiheitsbrücke.

Eine junge Frau stand am Geländer, das Haar offen, im grauen Trenchcoat, und schaute den treibenden Eisblökken zu. Die Sonne strahlte von unten die tiefhängenden Wolken an, der Wind ohrfeigte die Möwen, und in ihrem wehenden Mantel stand sie da wie eine Pappel.

Ich war spät dran, trotzdem blieb ich für einen Augenblick stehen. Zuerst achtete ich gar nicht auf ihr Gesicht, sondern auf ihre Hände, wie sie das Eisengeländer umklammerten. Dann vergaß ich Judits Brief und meine Mutter und die dreimal gesehene, human eingestellte Anetta, die die Sauna schon verlassen hatte und auf mich wartete, ein paar hundert Meter weiter, vor dem Hotel Gellért. Ich vergaß die als Weér-Erbe vorgegaukelten Theaterrequisiten und die Sicherheitsketten an der Tür, das unsägliche Grab im Kerepeser Friedhof, das der Efeu schon seit Jahren nicht überwuchern wollte, als habe jemand Salz auf die Erde gestreut. Ich sah der Frau im grauen Mantel zu und vergaß die Schauspielerin Ivett Bíró, die mir, sicherlich inspiriert von meiner Mutter, über die Krise in meinem vierzehnten Lebensjahr hinweggeholfen und nach einer Vorstellung der Möwe in der Garderobe eines angemieteten Restaurants einen Orgasmus hingelegt hatte, als habe sie seit zehn Jahren keinen Schwanz mehr gesehen. Und ich vergaß die Schauspielerin Mezei, die es sehr gern gehabt hätte, wenn ich ihr über die Krise in ihrem achtundvierzigsten Jahr hinweggeholfen hätte, aber es wollte partout nicht gelingen. Ich vergaß den Schubladenschlüssel, der mir um den Hals hing, und die Zigeunerin mit der Peitsche, die Zeitungsbündel in der Balkanperle und die fünfundzwanzig Vogelbauer, darin die fünfundzwanzig Vögel mit den gebrochenen Flügeln. Ich vergaß Genosse Fenyő, der meiner Mutter ins Gesicht gespuckt hatte, und Cleopatra, die im rubinbesetzten Büstenhalter durch die Innenstadt gerannt war. Ich sah nur diese Frau im grauen Trenchcoat an, die im Märzwind stand wie eine Pappel, während dreißig Meter unter ihr der Fluß seine gleißend hellen Eisblöcke trieb, und ich wußte nicht, was ich sagen würde, denn ich hatte noch nie jemanden auf offener Straße angesprochen. Immer hatte ich abgewartet, bis ich angesprochen wurde. Wie eine kultiviertere Nutte hatte ich mit dem Blick Zeichen gegeben, nur zu, aber ich hatte immer gewartet, monatelang, wenn es sein mußte, und deshalb wußte ich nicht, was ich jetzt sagen würde. Eigentlich empfand ich weder Mitgefühl noch Neugier. Ich wollte nicht wissen, warum sie dort stand oder warum sie sich doch nicht herunterstürzte, ich empfand nur Wonne.

– Na, gehen wir, sagte ich, nachdem ich lange genug in meiner Wonne gebadet hatte.

– Gut, sagte sie, nachdem sie mir in die Augen gesehen hatte.

Damals, im Café, hätte ich Eszter sitzenlassen sollen, mit den Cognacgläsern, die sich auf dem Tisch angesammelt hatten, und ihrem Überweisungsschein für die Biopsie. – Kann das weg? fragte die Kellnerin, und ich sagte, nein, und steckte den Überweisungsschein ein, als wäre er für mich. Einige Tage später war der Befund da, wonach Eszter Fehérs Gebärmuttergeschwür gutartig war. Daß sie nach einem Routineeingriff so funktionstüchtig sein würde wie bei allen achtundzwanzigjährigen Frauen: für eine Entbindung in gleicher Weise geeignet wie für eine Abtreibung, je nach Qualität der Beziehung.

Ich wartete draußen auf dem Flur, mit zwei Schachteln Zigaretten in der Tasche, denn ich wußte nicht, wie lange die Entfernung eines gutartigen Geschwürs dauert, aber schon nach der ersten wollte ich in den OP-Saal stürzen, damit sie sofort aufhörten. Dann ging endlich die Tür auf, und Doktor Vidák beruhigte mich, es sei alles in Ordnung, aber *das* dürfe man mindestens einen Monat lang nicht, Sie verstehen doch, oder?

– Ich verstehe, sagte ich und brachte Eszter zwei Tage später aus dem Krankenhaus in eine städtische Mietwohnung, neunter Bezirk, 32 m², ich schleppte sie wie eine Ehefrau nach der Entbindung über die nach Katerpisse stinkende Treppe in den dritten Stock hinauf, dabei kam ich jetzt das erste Mal zu ihr.

Wohingehstdumeinsohn?

Ich muß Brot holen, Mutter.

Wir haben noch Brot, gestern bist du auch erst um zehn heimgekommen.

Ich hatte zu tun, Mutter.

Ich kann so nicht leben, wenn du dich ständig herumtreibst.

Gut, ich werde versuchen, früher zu kommen, Mutter, sagte ich, dann montierte ich eines Nachts die beiden Sicherheitsketten an der Tür so um, daß ich sie mit einem kleinen Haken auch von außen aufmachen konnte, und nachdem meine Mutter eingeschlafen war, schlich ich mich aus der Wohnung wie aus einem Erziehungsheim, denn ich wollte nicht, daß sie mich fragte, Wohingehstdumeinsohn? Bis zum Morgengrauen lag ich neben Eszter auf einer Schaumstoffmatratze in der klösterlichen Stille der Mietwohnung in der Nap-Straße und war Doktor Vidák dankbar dafür, daß er *das* verboten hatte. Und statt die Tiefenstruktur des Lear zu analysieren, begann ich plötzlich von alldem zu erzählen, worüber ich seit fast einem Jahrzehnt mit niemandem mehr geredet hatte. Ich sprudelte nur so, wie ein Pumpbrunnen am Straßenrand, und sie bohrte nicht nach, fragte nicht. Sie drückte mich nur so fest an sich, daß ihr Schambein an meinem Schoß eine lila schimmernde Spur hinterließ.

– Ich möchte dein Zimmer sehen, sagte Eszter.

– Das geht nicht, sagte ich. – Außerdem gibt es nichts Besonderes zu sehen. Ein Schreibtisch aus einem russischen Theaterstück, ein ziemlich gutes Bett, ebenfalls aus einem Theaterstück, und ein Haufen Bücher, von denen ich, wenn's hochkommt, vielleicht ein Fünftel gelesen habe.

– Teppich?
– Kaufmann von Venedig.
– Leuchter?
– Irgendeine tschechische Komödie. An den Titel erinnere ich mich nicht mehr.
– Aussicht?
– Museumsgarten oder Fensterläden.
– Ich will mit dir schlafen.
– Das geht nicht, du bist krank, log ich schon seit Tagen, denn mir graute davor, daß ich danach wieder auf den geeigneten Moment zur Flucht warten würde, wie in der Garderobe des Restaurants Kárpátia oder in Kispest oder auf einem Hundertwasserlaken. Am liebsten wäre mir gewesen, Doktor Vidáks Verbot würde für das ganze Leben gelten. Wenn ich bis zum Morgengrauen angezogen hätte daliegen können, auf dieser 160 x 200 cm großen Matratze, um immer nur zu erzählen und zu erzählen, bis sie meine Stimme nicht mehr hörte. Ich sehnte mich nach nichts anderem, als daß sie meine Hand an sich drückte und ich durch ihren Morgenrock die Wärme ihres Schoßes spürte. Und als ihre Lippen zu beben begannen, wußte ich, daß sie die letzten Sätze schon nicht mehr gehört hatte. Und da verstummte ich und beobachtete nur ihren immer verzweifelter zuckenden Körper. Ich beobachtete, wie ihre Wirbelsäule sich spannte, wie wenn man jemand mit einem Stromschlag wiederzubeleben versucht. Wie eine Geigensaite, die bei der nächsten Berührung reißt. Ihre Wonne machte mir genauso angst wie ihr Stehen damals im Wind, dreißig Meter über den gleißend hellen Eisblöcken. Ich beobachtete das Gesicht unter dem zerzausten, schwarzen Haar, das langsamer werdende Keuchen der Brust, ich beobachtete, wie sie allmählich wieder zu sich kam. Noch bevor sie bis zu meinem Schoß vordringen konnte, nahm ich ihr Handgelenk und log, ich müsse jetzt gehen, denn meine Mutter würde gleich auf-

wachen. Und sie sagte, dann geh, und küßte mich auf die Augen.

– Ich möchte deine Mutter sehen, sagte sie.

– Das geht nicht, sagte ich. – Außerdem gibt es nichts Besonderes zu sehen. Wenn sie nicht Julia oder Laura Lenbach ist, sieht sie genauso aus wie ich.

– Das weiß ich.

– Woher?

– Ich war heute in der Bibliothek und habe ein paar Titelblätter herausgesucht.

– Du darfst noch nicht aus dem Haus.

– Ich bin nicht deine Mutter.

– Das weiß ich.

– Dann küß mich, sagte sie.

– Du bist noch krank, sagte ich.

– Du lügst, sagte sie und löste den Gürtel ihres Morgenrocks, und eigentlich sah ich sie jetzt, als ihr die schwarzweiße Seide von den Schultern glitt, zum ersten Mal nackt. Ich hätte am liebsten die Flucht ergriffen, aber sie hockte auf mir wie der Engel des Herrn auf den Ruinen von Ninive. Wie starrten einander an, während sie mir das Hemd aufknöpfte.

– Nicht, sagte ich.

– Schweig, sagte sie, und ihr Haar bedeckte mich, und ich spürte, wie sich mir die winzige Nabelgrube mit heißem Speichel füllte. Ihr Gesicht war an meinen Bauch gepreßt, um in der schäumenden Pfütze zu baden, um ihren Speichel auf meiner Haut zu verschmieren, bevor mich die Hitze durchdrang, und schon spürte mein Schoß ihren Atem.

– Nicht, sagte ich wieder, aber ihr Finger, von ihrem eigenen Schoß benetzt, legte sich auf meinen Mund, bohrte sich zwischen meine Lippen, um mich mit seinem Meeresgeschmack zu lähmen. Kroch an meiner Zunge entlang, immer weiter hinein bis zum Rachen, dann zurück, genauso langsam und unaufhaltsam, wie da unten eine einzige Geschmacksknospe an den sich spannenden Härchenadern entlangkroch. Dann spürte ich, wie ihre Lippen die Nervenenden der Begierde auf und ab glitten, und langsam begann ich zu vergessen. Ich vergaß alles, genau wie damals auf der Freiheitsbrücke, jetzt fielen mir weder meine verschließbare Schublade und die linkshändig gefälschten Briefe Judits ein noch die mit falschen Rubinen nach Hause stürzende Cleopatra, ja nicht einmal, ob es früher Morgen war oder schon Nachmittag. Und als ich dann auch vergessen hatte, wie man atmet, und meine Wirbelsäule sich straffte, hatten auch Eszters Lippen den Weg zurück vergessen. Plötzlich war ich weit unten, in der unwahrscheinlichen Tiefe des Rachens, und im nächsten Augenblick spürte ich die Nägel nicht mehr, die meine Brust entlangpflügten, ich hörte mein eigenes Schreien nicht, ich spürte nichts als das Pulsieren ihres Rachens, wie er allen Harz der Begierde eines ganzen Monats verschlang, und das rasende Getrommel des Herzens im Käfig meiner Rippen. Dann hörten auch Licht und Dunkel auf zu sein, Gottes Himmelsuhr blieb stehen, und stehen blieb in der Hölle der Requisitenwecker meiner Mutter.

Der Geschmack meines eigenen Spermas brachte mich wieder zu mir. Sie küßte mir meinen Samen in den Mund wie einen Kranz echter Perlen. – Ich liebe dich, sagte sie, und kaum waren ihre Finger wieder von meinen Lippen zu meinen Hoden gelangt, war ich tatsächlich schon zu dem fähig, woran mich vorhin noch die aufgestaute Sehnsucht eines Monats gehindert hatte. Meine Hand fand den Pfad, der an den Kerben der Wirbelsäule entlangführte, glitt dann in den Krater jenseits des letzten Wirbels hinab, um zwischen den Schamlippen meinem Schoß einen Weg zu bahnen. – Tut das weh? fragte ich, aber die Laute zu Worten zu ordnen überstieg bereits ihre Kraft. Keuchend entschlüpfte jeder einzelne Laut dem aufgelösten Netz des Bewußtseins. Ihre Zunge glitt noch einmal über den Bogen meines Gaumens, bohrte sich in den Spalt zwischen Lippe und Zahnfleisch, ihr Speichel rann mir in die Kehle, aber bis ich ins tiefste Innere ihres Körpers vorgedrungen war, bis ich das verzweifelte Pochen ihres Herzens von innen her spürte, hatte sie keine Kraft mehr zu küssen. Und ich mußte schon an den Requisitenwecker meiner Mutter denken, denn ich wollte, daß er noch nicht stehenblieb. Ich wollte bis ans Ende aller Zeiten hierbleiben, gefangen im Netz des aufgelösten Bewußtseins, den Schweißgeschmack der Brustwarze im Mund, aber es war mir nicht vergönnt. Tausend Hände packten mich am Arm und drückten meine Fingerspitzen auf die Glut des Kitzlers, und im nächsten Augenblick spürte ich schon, wie die mich umschließenden Muskeln zu pulsieren begannen, wie Eszter sich schluchzend an meine Rippen klammerte, und vielleicht spürte ich auch noch, wie sie halb ohnmächtig auf mich sank.

Jetzt müßte ich Wurzeln schlagen, dachte ich, wie die Eichen, dachte sie, lieber wie Zedern, die leben länger, dachte ich, ich liebe dich, dachte sie, schweig, dachte ich, ich dachte nur, dachte sie, du gehst daran zugrunde, dachte ich, das ist mir egal, dachte sie, so kann man nicht leben, dachte ich, ich will es so, dachte sie, schweig, dachte ich, ich schweige nicht, dachte sie, ich suche eine Krankenschwester für sie, dachte ich, an dem Tag hast du mich das letzte Mal gesehen, dachte sie, ich weiß, dachte ich, ich dachte nur, dachte ich, wenn du neben mir liegst, denk ja nicht daran, dachte sie, sei mir nicht böse, dachte ich, ich bin dir nicht böse, dachte sie, dann umarme mich, dachte ich, ich umarme dich ja, dachte sie, ich will hierbleiben, dachte ich, ich weiß, dachte sie, an einer Stelle, wie die Eichen, dachte ich, oder Zedern, die leben länger, dachte sie, mit Wurzeln, die dich umschlingen, dachte ich, dann umschling mich, dachte sie, aber auch so ist deine Hüfte schon ganz blau, dachte ich, mir egal, dachte sie, ich liebe dich, dachte ich, so werden wir dann leben, dachte sie, so kann man nicht leben, dachte ich, nur so lohnt es sich, dachte sie, ich habe Angst um dich, dachte ich, dafür gibt es keinen Grund mehr, dachte sie, das denke ich, dachte ich, es dämmert, dachte sie, umsonst schweigst du seit einem Monat, dachte ich, du mußt gehen, dachte sie, du hast mehr Angst als ich, dachte ich, das ist nicht wahr, dachte sie, doch, dachte ich, du mußt jetzt wirklich gehen, sie wacht gleich auf, dachte sie, ich weiß, dachte ich, dann geh, dachte sie und küßte mir den Schweiß der Wonne von der Stirn.

•

Wowarstdumeinsohn?

Ich hatte zu tun, Mutter.

Und ich hatte Schmerzen in der Herzgegend.

Tut mir leid, Mutter.

Du wirst auch nicht zu Hause sein, wenn ich krepiere.

Ich rufe einen Arzt, Mutter.

Untersteh dich, ich habe schon etwas eingenommen.

Dann ist es ja gut, Mutter, sagte ich, obwohl ich genau wußte, daß wir außer Vitaminen und Baldrian nichts in der Wohnung hatten, daß sogar das Aspirin ausgegangen war, aber ich wäre außerstande gewesen zu sagen, daß ich ihr den Schmerz in der Herzgegend noch nie geglaubt habe. Dabei hatte ich es zehnjährig noch gewagt, nachts rüberzugehen und ihr ohne Zögern zu sagen, daß sie jetzt endlich mit der Probe aufhören und dieser Effenbach hier verschwinden möge, weil wir schlafen wollen, Judit und ich müßten nämlich um sieben aufstehen.

– Außerdem bist du sowieso kein Schauspieler, sondern nur ein Scheißjournalist, sagte ich zu Effenbach, und ich verstehe bis heute nicht, warum ich mich dafür entschuldigen mußte, Mutter, er war ja wirklich ein beschissener

Journalist. Ein Provinzkritiker, der auf staatliche Bestellung seine zweispaltigen Gemeinplätze schrieb. ›Ein menschlich tiefes Werk‹, das vergesse ich nie, Mutter. Les Misérables als ›menschlich tiefes Werk‹, das habe ich besser behalten als das Einmaleins, aber bei der Premierenfeier bin ich dann doch zu diesem Kretin gegangen, weil du es so wolltest.

– Wegen neulich wollte ich mich entschuldigen, sagte ich.

– Ach was, das habe ich längst vergessen, sagte er.

– Ich nicht, sagte ich.

– Hör mal, du bist schon ein großer Junge, bald sogar ein richtiger Mann. Du müßtest wissen, daß ich deiner Mama nichts Böses tue.

– Natürlich, sagte ich.

– Dann tun wir, na, wie soll ich sagen, magst du einen Apfelsaft?

– Nein danke, sagte ich.

– Also, wenn sie schreit, dann nicht, weil ihr weh getan wird, sondern weil sie sich sehr freut. Du schreist bestimmt auch laut auf, wenn der Weihnachtsmann dir was Schönes bringt.

– Ach so, sagte ich.

– Ich sehe, du verstehst. Also, wir waren an der Stelle, daß schöne Frauen wie deine Mutter sich um so mehr freuen, je lauter sie schreien.

– Ja, genau, sagte ich.

– Du hattest natürlich völlig recht, ich bin kein Schauspieler, aber manchmal mag man nicht sagen, worüber man sich freut, denn man denkt, daß der andere das sowieso nicht verstehen würde, und dann sagt man lieber etwas, was nicht ganz stimmt ... bist du sicher, daß du keinen Apfelsaft willst?

– Ja, sagte ich. – Macht übrigens gar nichts, meiner Mutter ist es auch lieber, wenn wir denken, Sie proben.

– Das ist ihr lieber als was?

– Als wenn ich zum Beispiel reinkomme und sage, hört mit dem Gevögel auf.

– Donnerwetter, was für ein Kind! Mit dir kann man ja schon richtig wie von Mann zu Mann reden.

– Dann tun wir es doch, sagte ich. – Ich will nicht, daß du meine Mutter vögelst.

– Das sieht ja nicht gerade wie eine Entschuldigung aus.

– Du hast gesagt, wir sollen wie von Mann zu Mann miteinander reden.

– Bist du nicht ein bißchen frech?

– Nein, sagte ich. – Ich kann nur solche Schleimscheißer wie dich nicht ausstehen. Die Marzipan mitbringen, wenn sie zum Vögeln kommen. Ich hasse Marzipan.

– Geh bloß zu deiner Mama, bevor ich dir eine schmiere, sagte er, und ich hätte gern noch weitergemacht, zum Beispiel, daß ich ihn glatt umbringen würde, aber zum Glück kam der Genosse Regisseur Sárossy, um mit dem Genossen Kritiker Effenbach anzustoßen, während Judit mich wegzerrte.

Sei mir nicht böse, Mutter, daß ich aus diesem Provinzschreiberling einen veritablen Kritiker gemacht habe. Einen Kritiker, der es von da an durchaus zur Sprache brachte, wenn die Künstlerin Weér wie eine Schmierenkomödiantin gackerte, »laß deine Sorgen doch nur fahren in den Wind!« und »Das Beste scheint mir, blind zu leben«. Tatsächlich, wie kommt es, daß du als Iokaste am miserabelsten warst, Mutter? Daß sogar Thomas Effenbach das Blut in den Adern gefror, bei soviel Effekthascherei? Daß ausgerechnet diese dir auf den Leib geschneiderte Rolle zum einzigen großen Schandfleck wurde, zumindest was deine Bühnenlaufbahn betrifft?

Übrigens war diese Entschuldigerei vollkommen überflüssig, denn drei Tage später war schon der Gastregisseur

Jerzy Bukowski zur Stelle, der seinen Wodka englisch trank, bevor er ins Bett ging, nach dem Samenerguß aber schon polnisch schnarchte und es gern gehabt hätte, wenn wir von nun an immer zusammen wären, wie eine große Familie, denn er hatte einen Hang zur Idylle. Alle together umarmte er uns in der Badezimmertür, und aus seinen seit Tagen nicht gewechselten Unterhemden schlug uns eine widerliche Geruchsmischung aus russischem Wodka, ungarischem Gesichtswasser und polnischem Schweiß entgegen, aber er freute sich, als Judit zu ihm sagte, du stinkst, Jerzy, er verstand ja kein Wort. Und er freute sich, daß wir so schön blond seien, alle vier. Eine echte family. Und eigentlich freuten wir uns auch. Uns gefiel dieser penetrante, unorthodoxe Katholizismus, in dessen Geist er dir einen Klaps auf den Hintern gab, jetzt erst mal ordentlich frühstücken mit den Kids, der Mrożek hat Zeit, die Kollegen have to wait eine halbe Stunde. Mir gefiel, wie er sagte, was soll dieser Mackó-Schmelzkäse schon wieder, und daß er wegen ein paar Bauernwürsten und zwei Flaschen Wodka in den Laden rannte, solange die Eier kochten. Eigentlich tat es uns leid, daß er in einem Monat nach Warschau zurückgehen würde, zu seiner Frau und den Kindern, die auch alle blond waren und deren Foto an unserem Kühlschrank klebte, damit Jerzy sie nach dem Abendessen anschauen und einfach so, aus einer Laune heraus, ein bißchen traurig sein konnte, wie schade es sei, daß sie so weit weg waren, wo wir einander doch alle so liebhätten. Das gäbe eine big family, a very big, seine Tochter spiele Klavier, deine Violine, und die Jungs spielen nichts, sogar das würde passen.

Ja, Mutter, eigentlich tat es mir leid, daß Jerzy Bukowski wieder zurückmußte, weil ihn heimliche Ideale erwarteten, der unorthodoxe Katholizismus, das unorthodoxe Theater und seine unorthodoxe Familie. Ich kann nicht behaupten, daß ich ihn gemocht hätte, aber wenigstens erzählte er einem nicht, wie sehr sich die Mama nachts über den Weihnachtsmann freut. Und das ist ja auch schon was.

– Wie wäre es, wenn wir zu euch hochgehen würden? fragte Eszter.

– Ich weiß nicht, sagte ich. – Es ist mehr als zehn Jahre her, daß jemand Fremdes in der Wohnung war. Nur mit dem Gebühreneintreiber hat sie sich abgefunden.

– Hat bei euch nie jemand geklingelt?

– Natürlich. Mindestens drei Leute. Ungefähr so vielen war die Neuigkeit entgangen, daß es mittlerweile in keinerlei Hinsicht vorteilhaft ist, bei der Künstlerin Rebeka Weér zu klingeln. Es ist beschissen, wenn man ausschließlich Liebhaber und Bekannte hat.

– Sprich nicht so häßlich.

– Es ist wirklich beschissen. Das kann ich nur unterstreichen. Also in den ersten Wochen gab es noch drei Uneingeweihte, meine Mutter wußte mit der Präzision eines Chirurgen, wem sie an der Tür was sagen mußte, damit ihm die Lust auf weitere Visiten fürs Leben verging. Bei der einen lobte sie den Ehemann, bei der anderen ließ sie ihren Liebhaber grüßen, bei der dritten reichte es, über ihren Friseur herzuziehen. Eigentlich ist der Mensch kein allzu kompliziertes Tier. Na, und sie kann auch ziemlich wirkungsvoll formulieren. Nur der Bezirksarzt hat es geschafft, er kam bis ins Zimmer, weil meine Mutter dachte, ich hätte ihn gerufen. Um sie ins Irrenhaus sperren zu lassen. Dabei war er nur gekommen, weil die Frau Künstlerin Weér seit einigen Monaten vergessen hatte, irgendwelche Papiere zu unterschreiben.

– Und?

– Nichts. Meine Mutter freute sich maßlos über den unverhofften Besuch und klagte, sie habe neuerdings Schmerzen in der Kreuzgegend. Sie zeigte ihm auch, wo, und dafür war ihr der Herr Doktor sehr dankbar. Ich wurde in den Laden geschickt, um eine Flasche Rosé und etwas Gebäck zu holen, und sie entschuldigte sich für das Chaos, das Künstlerleben sei nun mal so, ein einziges Gehetze, dann lobte sie das Tweedjackett des Herrn Doktor und gab ihm ein Autogramm auf den Rezeptblock.

– Der Arzt hat ihr aber sicher auch Richtofit Sportsalbe verschrieben.

– Hat er. Dann schloß mich meine Mutter im Klo ein, zog sich Gummihandschuhe an und leitete über das Kabel des Bügeleisens Strom in die Klinke an der Eingangstür, damit ab sofort jeder verreckte, der sie auf mein Geheiß in die Irrenanstalt bringen sollte. Zum Glück hatte sie die Phase mit der Erdung verbunden, und es gelang ihr nur, die Sicherung rauszuhauen.

– Das ist ja schrecklich.

– Man gewöhnt sich daran, sagte ich. – Gott sei Dank vergißt sie nie, die Gummihandschuhe anzuziehen, wenn sie elektrische Dinge repariert. Mit Lebensgefahr ist sie ausgesprochen pingelig. Wenn übrigens der Fernseher und der Haartrockner auch mit Pedal betrieben werden könnten, säße ich heute noch auf dem Klo.

– Du bist verrückt. Wie kann man darüber lachen? fragte sie, aber da mußte sie schon selber lachen.

– Nur wenn ich weiß, daß Eszter Fehér mich gleich umarmt, sagte ich, und da umarmte sie mich, und ihre Zunge rang minutenlang mit meiner im Dunkel unserer Mundhöhlen, aber dann überließ ich ihr den Sieg. Von den Lippen bis zur Kehle durfte sie jedes Gebiet erobern, denn ich hatte inzwischen den Schlitz an ihrem Sommerkleid gefunden. – Du bist wirklich verrückt, hier geht es nicht, sagte sie, aber ich spürte schon, wie ihre Brustwarzen prall wurden, ich spürte, wie der Kitzler steinhart wurde, ganz wie jene Kristalle, die unten, in der Tiefe des Bergwerks, weicher sind als ein Meeresschwamm, aber sobald das Sonnenlicht sie trifft, härter werden als Rosenquarz. Ich spürte die Finger an meiner Hose, wie sie sich hineinzwängten, und ich hörte, wie ihr Herz klopfte. Der gesamte gastronomische Betrieb Ostbudapests, der dank einer außergewöhnlichen göttlichen Vorsehung den ganzen Vormittag über von niemandem betreten wurde, hallte vom Hämmern ihrer Herzklappen wider. – Weiter, keuchte sie, im Schutz des Ecktisches in dem riesigen Saal, und als meine Hand am tiefsten Punkt im Labyrinth ihrer Lust angekommen war, preßte ich ihr die andere auf den Mund, denn ich wußte, daß von ihrem Aufschrei das gesamte Personal hereinstürzen würde. Daß die Kellner sofort zur Stelle wären und die Küchenmädchen angerannt kämen, doch selbst dann gäbe es kein Zurück mehr. Ich wußte, daß nicht einmal ein ganzes Polizeibataillon sie aufhalten könnte. Noch eine Bewegung und sämtliche Ölquellen Kuwaits und sämtliche Geysire Islands würden gelb vor Neid. Plötzlich wurden die an der Heizung festgebundenen Plastikblumen lebendig, das Linoleum mit dem Marmormuster und die kubistische Deckenverschalung begannen zu wogen, die Neonbeleuchtung glühte auf, und die wehenden Nylonvorhänge loderten, als habe man über das Kabel eines Bügeleisens Strom ins Restaurant Rosmarin geleitet, dessen Schließung kurz bevorstand. Dann wackelten die Wände, der ganze Sozrealismus mit den beiden Bierkrügen und dem vollen Aschenbecher wurde in seinen Grundfesten erschüttert, dann sank Eszter auf den Tisch, und auch ich wäre auf ihre Schultern gesunken, wenn im fernen Dämmerlicht nicht die durch und durch anthropomorphe Gestalt Gottes aufgetaucht wäre und gefragt hätte, ob wir noch etwas wünschten, und ich sagte, ich wisse es nicht, oder doch, er solle noch zwei von dieser Sorte bringen.

– Weiter, flüsterte Eszter, das Gesicht immer noch in ihrem Arm vergraben, aus Angst, ihr Gesichtsausdruck würde alles verraten. Daß allein schon ihr Blick öffentliches Ärgernis erregen würde, während ich merkte, wie sie mit der anderen Hand unter dem Tisch hastig Ordnung zu schaffen versuchte.

– Anderthalb Jahre auf Bewährung, sagte ich, als wir endlich wieder allein waren.

– Nur? Für mich zehn Jahre verschärfte Einzelhaft, sagte sie lächelnd und strich mir mit dem glitschigen Finger über die Lippen, bevor sie mich küßte, obwohl ich gerade sagen wollte, dann für mich lebenslänglich.

– Warum möchtest du sie sehen? fragte ich, bereits auf der Straße.

– Ich weiß nicht, sagte sie.

– Sie haßt dich auch so genug, ohne dich je gesehen zu haben.

– Das denke ich mir. Hast du ihr von mir erzählt?

– Nein. Sie kennt nur deinen Geruch.

– Wen ich nur vom Geruch her kenne, den würde ich noch mehr hassen.

– Du bist nicht meine Mutter, sagte ich.

– Ich glaube, in Wirklichkeit möchte ich gar nicht sie sehen. Das heißt, ich möchte sie schon sehen, aber das ist etwas anderes. Es ist eher Neugier. Über die setzt man sich leichter hinweg. Angst ist viel schlimmer.

– Du brauchst keine Angst vor ihr zu haben.

– Ich glaube, ich habe weniger Angst vor ihr als vor ihrem Sohn. Daß du ihr hilfst. Daß du sie einsperrst wie ein Gefängniswärter.

– Gehen wir, sagte ich und nahm ihre Hand, dabei wußte ich, daß meine Mutter mit der Präzision eines Herzchirurgen genau den Satz finden würde, mit dem man die zum Leben erwachten Nylonvorhänge, die wogende Zwischendecke und das von Sperma verätzte Linoleum des Restaurants Rosmarin aus der Herzkammer herausschneiden konnte. Ich hatte ein flatterndes Gefühl im Magen, aber ich ließ es zu, daß Eszter in der Unterführung am

Ring Blumen kaufte. Wir kamen bis an die Tür. Meine Mutter sah sie nur von oben bis unten an, aber sie wollte nicht einmal ihren Namen wissen.

– Ich dulde es nicht, daß du mich deinen Nutten vorführst. Bring sie ins Hotel garni wie die anderen, sagte sie und knallte die Tür zu, und ich sah, wie die Tränen den letzten Rest Licht aus Eszters Augen spülten. Daß dieses ›Wie-die-anderen‹ mehr weh tat, als ins Gesicht gespuckt oder geohrfeigt zu werden.

Ein Acker, von Stacheldraht umzäunt, in der Ferne Wachtürme. Regelmäßige, rechteckige, dunkel gähnende Gruben, soweit das Auge reicht. Vor jeder Grube ein Emailtäfelchen, darauf der Zeitpunkt der Pflanzung. Ein Arzt in Uniform führt mich über das Gelände. Er erklärt mir, was ich zu tun habe, bevor ich den Dienst antrete. An einer Grube bleibt er stehen und zeigt in die Tiefe. – Auf die müssen Sie besonders achtgeben, von der erhoffen wir uns das meiste, sagt er. Unten fuchtelt eine blinde Greisin mit einem weißen Stock herum.

– Wach auf, du mußt los, sagte Eszter.

– Ich gehe nicht, sagte ich.

– Natürlich gehst du.

– Ich hätte schon vor zehn Jahren nicht nach Hause gehen dürfen.

– Kann sein. So aber mußt du jetzt nach Haus gehen.

– Ich hasse sie.

– Du sollst sie nicht an meiner Stelle hassen wollen, sagte sie.

Wowarstdumeinsohn?

Unterstehen Sie sich, das noch einmal zu fragen, Mutter.

Untersteh du dich, deine Nutten herzubringen. Ich brauche kein Publikum.

Eszter, Mutter! Eszter Fehér. Lernen Sie das jetzt gefälligst, auf der Stelle! Prägen Sie sich das ein, besser als Ihren eigenen Namen!

Das hier ist meine Wohnung! Hier nenne ich sie, wie ich es will!

Irrtum, Mutter!

Eine Nutte! Nutte, verstehst du?! Die letzte Nutte! So eine ist gerade gut genug, dir Erleichterung zu verschaffen!

Ich bitte Sie inständig, schweigen Sie, Mutter!

Die schämt sich nicht, hier herumzuschnüffeln! Ist ein paarmal gefickt worden, und schon schneit sie hier mit Blümchen rein!

Ich habe gesagt, schweigen Sie!

Ich weiß, daß du seit Monaten diese Schlampe fickst! Glaub bloß nicht, daß ich das nicht weiß! Das Eszterchen! Die will mich zugrunde richten!

Sie kann man nicht mehr zugrunde richten, Mutter!

Quatscht dir den Kopf voll! Du hast es nie gewagt, so mit mir zu reden, bis dieser Blutegel sich an deinem Schwanz festgesaugt hat!

Ich habe einen Fehler gemacht, Mutter! Alle haben einen Fehler gemacht, die sich nicht getraut haben, so mit Ihnen zu reden. Das gesamte ungarische Theaterleben hat einen Fehler gemacht. Genosse Fenyő war die einzige Ausnahme!

Schweig!

Selbst Judit hat sich nur im Brief getraut! Nur vom anderen Ende der Welt hat sie sich getraut zu schreiben, daß …

Halt den Mund!

Es ist völlig egal, ob ich den Mund halte! Ich würde ohnehin nichts Neues sagen, nur, wovon Sie wahnsinnig geworden sind!

Verschwinde in dein Zimmer!

Wer zehn Jahre lang nicht ans Tageslicht geht, ist wahnsinnig, Mutter! Eine gemeine Irre, verstehen Sie?! Krepieren Sie doch endlich! Kratzen Sie doch endlich ab! brüllte ich und knallte die Tür zu, dann lag ich zitternd auf dem Bett und wartete, daß mir die Adern platzten oder daß ich wenigstens erstickte, denn ich hatte etwas gesagt, was ein Mensch niemals aussprechen darf.

Etwa zehn Minuten später klopfte sie an. Da stand sie, den Morgenrock zurechtgerückt, frisch gekämmt, mit angemalten Lippen, und fragte, Wowarstdumeinsohn?, als erinnerte sie sich an nichts, ich aber hätte fast losgeheult. Ich hatte zu tun, Mutter, sagte ich, ich habe eine Tomatensuppe gekocht, sagte sie, dann servierte sie die labbrige Brühe, und unsere Löffel schlugen gleichzeitig an die Teller, gleichzeitig brachen wir ein Stück Brot ab, gleichzeitig schluckten wir den Bissen. Und ich wußte schon, daß sie nicht nur so tat, sondern daß sie sich tatsächlich an kein einziges meiner Worte erinnerte. Und von jetzt an würde sie sich auch an nichts mehr erinnern, weshalb wir nach einer völlig anderen Ordnung leben sollten als bisher.

Bring mir morgen etwas Obst mit, sagte sie.

Gut, ich kaufe Äpfel, sagte ich.

Lieber Trauben. Darauf habe ich Lust, auf Trauben.

An einem Freitag brachte Eszter aus der Bibliothek eine Remington-Schreibmaschine mit, kaufte fünfhundert Bogen Möwe-Papier, Blaupapier und einen Haufen Butterkekse, dann stellte sie zwei Kannen Eistee auf den Tisch.

– Ich will dich nicht sehen, sagte sie und stellte zwei Armsessel mit dem Rücken zueinander.

– So ist es, als würde ich der Wand vorlesen, sagte ich.

– Genau, sagte sie, und ich fing an, der weißen Wand meine Geschichten vorzulesen.

Am Klappern der Schreibmaschine erkannte ich, wo sich die Wortstellung änderte oder ein Adjektiv wegfiel, und da spürte ich auch schon, daß jenes Adjektiv an dieser Stelle nichts zu suchen hatte, und ich las die *Geschichte des*

Leihträumers, die *Geschichte des Lastentransports* und die *Geschichte des Geigendiebes* weiter, und während der Nachmittag die Wände grau färbte, mußte ich ab und zu die Augen schließen, denn die Zeilen verschwammen. Die *Geschichte der Kinderheilkunde* bestand anstelle von Wörtern schon aus schwarzen, sich krümmenden Fadenwürmern, und ich war ganz verzweifelt, weil ich merkte, daß ich auch mit geschlossenen Augen lesen konnte. Daß ich mich an die vor Jahren geschriebenen Sätze besser erinnerte als an den Geschmack des soeben in den Tee getauchten Butterkekses. Ich sagte zu Eszter, hören wir auf, das hat sowieso keinen Sinn. Es gibt nichts Erbärmlicheres, als die wirren Ausgeburten seines Hirns mit Freiheit zu verwechseln. Aber sie antwortete nicht, sondern holte zwei neue Bogen hervor, legte das raschelnde Blaupapier dazwischen, ich hörte, wie das Papier zweimal auf dem Tisch aufschlug, wie sie es in die Maschine einspannte und darauf wartete, daß ich einen Schluck Tee trank und mit der *Geschichte der Schauspielkunst* fortfuhr, aber als ich damit fertig war, konnte sie nicht mehr. Sie mußte sich ein feuchtes Taschentuch um die Handgelenke wickeln, und ihre Fingerkuppen begannen vom Maschinenschreiben schon hart zu werden. Also holte ich die Niveacreme aus dem Bad und rieb ihr die Hand ein, dann den ganzen Arm. Jetzt drehte sie sich um, damit ich auch an ihre Schulterblätter und an ihre Taille rankam.

– Noch ein bißchen weiter unten. Ausgerechnet dein Lieblingswirbel tut mir weh, sagte sie und knüllte sich das Kissen unter den Bauch. – Ich müßte mir einen ordentlichen Stuhl besorgen. Bis dein Buch fertig ist, kannst du mich wieder ins Krankenhaus bringen.

– Ich will kein Buch, sagte ich.

– Keine Widerrede. Reib mich lieber überall ein, sagte sie, und nach und nach rieb ich ihr den ganzen Körper ein, vom Hals über die Hüften ganz bis zu den Zehen, dann fand ich zwischen den gespreizten Schenkeln den Weg zurück zu den benetzten Schamlippen, aber ich achtete darauf, sie nicht zu berühren.

– Überall, sagte sie unter ihrem breit auseinanderfallenden Haar hervor, aber immer noch berührte ich die pulsierende Klitoris nur mit dem Atem, weil ich das reine Verlangen noch länger genießen wollte. Sie ertastete die Dose, dann schmierte sie sich ein haselnußgroßes Stück Creme in den Anus. – Hier auch, flüsterte sie, während ihr Finger immer weiter nach innen glitt und der malvenfarbene Muskel langsam nachgab, und da bohrte sich auch mein Finger an ihrem entlang hinein, um das hier und da bereits gesprungene Siegel der Angst endgültig aufzubrechen.

– Gott, das tut ja weh, stöhnte sie, als ich einzudringen versuchte, und ich hätte es auch aufgegeben, wenngleich ich eigentlich gar kein Gespür mehr dafür hatte und mir nur aus einem entfernten Winkel meines Gehirns heraus jemand Schonung diktierte. Aber sie umklammerte mit beiden Händen meine Hüften und entließ mich nicht aus dem Druck des Anus. – Ich will es. Ich will es so, keuchte sie, und ihre zehn Fingernägel gruben sich in mein Fleisch, dann zerrte sie mich in sich, als würde sie sich einen Speer in den Körper rammen, und an dem Wimmern des verwundeten Tieres spürte ich bereits, daß die Qual der Wonne Raum geben mußte. Daß die Wonne im Grunde veredelter Schmerz ist.

Wie die Pompejaner, von denen tief unten in der Lava nur ein menschengroßer Hohlraum übriggeblieben ist, so lag sie auf der schwarzen Matratze, das Kissen vom Schoß umschlungen, noch halb ohnmächtig, aber schon mit den Streifen des halbgetrockneten Spermas auf den Schenkeln und den halbgetrockneten Tränen im Gesicht. Aus dem Fenster des gegenüberliegenden Hauses fiel die Spiegelung der Sonne herein, tauchte das Zimmer in Rot, dann war wohl eine Wolke gekommen oder jemand hatte drüben das Fenster geöffnet, denn plötzlich wurde es dunkel. Ich lag da, bohrte meinen Nacken in das Tal der Hüfte und betrachtete die gelblichen Wasserflecken an der Decke.

– Du hast doch mit ihr geschlafen, oder? fragte sie, und einen Moment lang verstand ich nicht, wovon sie redete. Dann log ich und sagte nein.

Wahrscheinlich hätte sie mir ins Gesicht brüllen sollen, lüg mich nicht an. Und ich hätte ihr erzählen sollen, daß damals, nachdem Cleopatra im Kostüm einer drittklassigen Revuetänzerin durch die Innenstadt gerannt war und Antonius ihr den Dreck und den nach Mandeln duftenden Schweiß abgewischt hatte, die ausrangierte Künstlerin Weér ein bißchen zu spät ins Bad geeilt war. Nur ein paar Bewegungen später, als in einer tschechischen Tragikomödie gerade noch erträglich gewesen wären, aber auch die waren schon mehr als genug, um einander wochenlang nicht mehr in die Augen schauen zu können. Und daß Cleopatra am nächsten Tag die erste Nebenrolle ihres Lebens nicht beim Frühstück durchlesen wollte, sondern die Kanne Pfefferminztee mit in ihr Zimmer nahm und hinter verschlossener Tür büffelte. Eigentlich waren es unsere unmenschlichsten Tage, in denen wir uns am menschlichsten benahmen, Mutter. Damals, als das Brot bei unserer bloßen Berührung vertrocknete und aus den Hähnen Dreckwasser strömte. Dann kam endlich ein Brief von Judit, und irgendwie gelang es uns, zu den Sätzen zurückzufinden, die Sicherheit bedeuten:

So gesehen ist die Metropolitan gar nicht mal schlecht. Aber daß du immer noch nicht flüssig lesen kannst, ist schon schlimm, mein Sohn. Kein Wunder, daß du kein Abitur gemacht hast.

Ich bin in Algebra durchgefallen, Mutter.

Aha, dann hättest du wenigstens zum Ersatzabitur gehen können.

Ich gehe nächstes Jahr, Mutter. Aber dann hatte ich keinen Grund mehr zu gehen, denn in einer zur Gruft für zwei Personen avancierten Eigentumswohnung braucht es kein Abitur. Ja, Mutter, eigentlich war es völlig überflüssig, deine Tochter auch noch zu beerdigen. In Wirklichkeit hast du den Platz für die Vorhängeschlösser bereits mit jener Bewegung bezeichnet, mit der du die Hand des Antonius von deinem Bauch zur schlüpfrigen Scheide der trauernden Cleopatra geführt hast.

– Frag mich nicht aus. Das ist meine einzige Bitte, frag mich nicht aus, sagte Eszter, und ich hatte die letzten Jahre mit Judit bestens gelernt, keine Fragen zu stellen. Viele Kilometer waren wir zu Fuß von einem Kai in Pest bis zu einem Aussichtspunkt in Buda gegangen, ohne daß ich auch nur eine einzige Frage gestellt hätte. Nachts aus dem Fenster beobachtete ich Autos mit westlichen Nummernschildern, und am Morgen stellte ich keine Fragen. Ich holte ihr die Briefe ohne Absender und Briefmarke aus dem Kasten und stellte keine Fragen. Nur vor dem Konzert in Belgrad fragte ich sie, warum sie weinte. Nachts übte sie im Theater, weil die Akustik dort besser war als in den Probenräumen der Musikakademie. Nach dem Applaus bauten die Bühnenarbeiter Rom ab und gingen nach Hause, wir beide aber blieben dort. Sie auf der Bühne, im Dämmer einer 60-Watt-Birne, ich im Zuschauerraum, mit dem zur Bundeslade umfunktionierten Geigenkasten, darin seit fast einem Jahrzehnt meine Gesetzestafeln und Moses mit den beiden linken Füßen, der eine Peitsche umklammert hielt. Bei *Dusollstnichttöten* war das Papier schon ganz durchgescheuert, weil Judit manchmal DOCH eingefügt hatte, es dann aber wieder wegradierte, und nach einer Weile hielt die aufgeklebte Heftseite diese Unentschlossenheit nicht mehr aus.

Mit dreizehn, als meine Mutter sie zur Routineuntersuchung gebracht hatte und sie wegen einer Mandeloperation eine Woche lang nicht in die Schule gehen konnte, mußte sie das erste Mal radieren. Dann radierte sie noch zwei Schachteln Eunochtin aus, die sie vor Angst ausgekotzt hatte. Drei Jahre Stille radierte sie aus und dann einen schwulen Ballettänzer. Sie radierte den Herrn Künstler Réthy samt Familie aus, einen Krebsforscher, einen Gymnasiallehrer und einen Jagdflieger mitsamt seiner bei einer Wehrübung explodierten Maschine. Dann noch einmal den Herrn Künstler Réthy, aber nicht mehr mit Familie, sondern mit unserer Mutter, und von da an mußte sie unsere Mutter noch viermal ausradieren. Da duzten sie einander schon, nur hatte ich es nicht gehört, und als Frau Künstlerin Weér zu ihrer Tochter sagte, daß sie es zu dritt am liebsten mag, da riß das Papier, und das als Judit begonnene und als Rebeka beendete Porträt der Bildhauerin Agnes Raimann mußte sie bereits vom Furnier des Geigenkastens abradieren, dabei hatte unsere Mutter Frauen immer verabscheut, nur dieses eine Mal war sie über ihren Schatten gesprungen. Sie hatte sich sozusagen ganz ihrer Spielerleidenschaft hingegeben, und nach der Magenspülung brachte sie ihrer Tochter Sapphos Fragmente mit ins Krankenhaus – Mutter, der Rocken dreht sich nicht –, und ich dachte immer noch, es seien drei Tage Musikfestival in Sopron, als wohnten wir gar nicht unter einem Dach. Und als mir zufällig Judits Brief in die Hand fiel, den sie auf Notenpapier geschrieben hatte, verstand ich erst, was der Satz bedeuten sollte, untersteh dich, mich noch einmal mit unserer Mutter zu vergleichen.

Bis zur ihrer Reise nach Belgrad dachte ich, es sei besser, wenn ich keine Fragen stellte. Es sei besser, wenn sie wenigstens mir nichts vorlügen mußte. Ich setzte mich in die dritte Reihe und sah ihr zu, wie sie auf der Bühne stand, im Dämmerlicht der 60-Watt-Birne, und hörte mir Paganinis h-moll-Violinkonzert an, und beim zweiten Satz flossen ihr die Tränen schon in Strömen.

– Du gewinnst bestimmt, sagte ich.

– Ich weiß, sagte sie.

– Trotzdem hast du Angst, sagte ich.

– Sehr, sagte sie.

– Du kommst zurück, nicht wahr? fragte ich.

– Schweig, sagte sie, und sie stand so allein auf der Bühne, als hätte Gott vergessen, um sie herum eine Welt zu erschaffen.

– Das ist nun mal so. Bitte frag mich nicht aus, sagte Eszter, als ich wissen wollte, warum sie Angst vor Ärzten hatte; und ich steckte die Überweisung für die Biopsie in die Tasche, bevor die Kellnerin sie wegwerfen konnte, und beschloß zu warten. Schon fast ein Jahr besaß ich einen Schlüssel zu ihrer Wohnung, wußte aber noch immer kaum mehr, als daß sie eine halbe Stelle in der Filiale der Szabó-Ervin-Bibliothek im sechsten Bezirk hatte und daß nichts Erwähnenswertes geschehen war, bis ich auf der Freiheitsbrücke zu ihr gesagt hatte, na, gehen wir.

Anfangs hatte ich noch gedacht, ich würde mir wenn nötig diese Stille noch jahrelang anhören, doch unmerklich nistete sich die Angst in meiner Brust ein, und meine Vorstellung verfing sich allmählich in Schlingpflanzen. Wessen Leben von der Stadtteilbücherei erfüllt ist, der liebt nicht, als wollte er daran sterben, dachte ich, und vom liebevollen Papa war ich binnen weniger Minuten beim abendlichen Lärm im Café Anna angekommen, wo erstklassige, echtungarische Frauen mit den klassenfremden, aber zahlungskräftigen Gästen Cognac tranken. Denn das ist das erste, was einem vom Meskalin des Mißtrauens aufgeweichten Gehirn dazu einfällt. Als hätte eine Frau außer einer entgleisten Vergangenheit keinen anderen Grund zu schweigen. Und an einem Vormittag, als ich wußte, daß sie arbeitete, ging ich in die Wohnung hinauf, zog die dicken Vorhänge zu und begann zu suchen. Meine Schublade ist wenigstens voller kleiner, auf Fetzen gekritzelter Stadtpläne und abgerissener Medaillons, dachte ich und sah die Rechnungen Stück für Stück durch. In meiner Schublade stapeln sich wenigstens die an Nirgendwo-Hotels adressierten Briefe meiner Mutter, dachte ich. Und ich mache sie nicht auf, dachte ich. Auch Judits Brief war mir nur zufällig in die Hände geraten, dachte ich. Ja, ich hatte Kopfweh und suchte nach Tabletten. Bloß so ein verfluchtes Quarelin, dachte ich. Aber ich habe nie in ihren Sachen herumgeschnüffelt, dachte ich. Und ich werde auch nie jemanden ausfragen, dachte ich. Aber sosehr ich auch suchte – nichts, nur ein paar Kinoprogramme und der bekannte Abschlußbericht aus dem Krankenhaus. Als gäbe es keinen Familienfotoapparat auf der Welt, nur den Paßbildautomaten. Als hätte niemand jene Fotos im Badeanzug oder jene unterbelichteten Halbakte gemacht, wie sie sich doch immer zuunterst in den Schubladen einer Frau finden. Nun blätterte ich alle Bücher und Alben durch, aber nirgends auch nur eine gepreßte Blume. Dann nahm ich mir die Regale im Kleiderschrank vor: die Unterhosen und Handtücher, Strümpfe und Nachthemden. Ich untersuchte die Etiketten in den Sommerkleidern, wo sie hergestellt worden waren, durchsuchte die drei Handtaschen und die Tasche ihres einzigen Wintermantels, schließlich zog ich immer verbissener die Kartons aus dem Einbauschrank im Flur. In dem einen Schuhcreme und Bürste, in dem anderen Medikamente, in einer Holzkiste etwas Werkzeug, Hammer, Beißzange, Glühbirnen, aber kein einziger Gegenstand, der irgendeinen Hinweis darauf gegeben hätte, was einem Menschen in gut dreißig Jahren alles widerfahren war. Womit ihr Leben vergangen war, bis jemand auf einer Brücke zu ihr gesagt hatte, na, gehen wir.

Dann schlug irgendwo eine Tür, ich rannte zurück ins Zimmer und legte mich auf die Matratze, als würde ich schlafen. Ich werde sagen, meine Mutter, ja, meine Mutter hat die ganze Nacht herumgebrüllt, dachte ich. Daß ich seit heute früh hier schlafe, dachte ich, weil ich zu Hause nicht einmal mehr schlafen kann, dachte ich – dann merkte ich, daß es nur der Nachbar war, Eszter war ja heute bis zwei weg, ich hatte also noch eine Stunde. Und ich fing an, das Badezimmer zu durchsuchen, dabei kannte ich es schon besser als unseres zu Hause. Ich untersuchte alles, vom Zahnputzbecher bis zum Schächtelchen mit den Tampons, nur wußte ich nicht, was ich eigentlich suchte, und wenn ich etwas fände, was ich dann damit anfangen würde. Was würde das denn an den Fingern ändern, die sich an meinen Schulterblättern festklammerten, am Klappern der Schreibmaschine bis in die Morgendämmerung oder daran, daß ich die Klinke am OP-Saal umkrallt hatte und am liebsten hineingerannt wäre, damit sie sofort damit aufhörten, weil ich wußte, wie ihr davor graute. Daß es fast egal war, ob gutartig oder bösartig, sie sollten nur ihre Gebärmutter nicht mit Gummihandschuhen anrühren und auch kein Stück davon in den Abfalleimer werfen. Was ich auch finden würde, es würde nichts an ihrem Stöhnen ändern, das zwischen den Felsen der Irhás-Klamm widerhallte, oder an der moralischen Mißbilligung der Aufseherin im Museum für Schöne Künste und am verkohlten Rührei, dachte ich – aber mir fiel ein, daß ich die eine Tasche nicht gründlich genug durchsucht hatte, also ging ich in das kleine Zimmer zurück und kramte die schwarze Handtasche hervor, und während ich die zerknüllten Papiertaschentücher und die abgefahrenen Buskarten ausschüttete, brannte mir plötzlich etwas im Nacken, und ich hatte das Gefühl, vor Scham zu ersticken.

– Ich bin nur gekommen, um das hier zu holen, sagte sie und nahm das Manuskript meines Buches vom Schreibtisch. – Schließ ab, wenn du fertig bist.

Ich schloß die Tür ab, warf den Schlüssel in den Briefkasten und dachte, daß ich nie mehr den Mut haben würde, ihr unter die Augen zu treten, aber länger als drei Tage hielt ich es nicht aus. Bis zum Abend stand ich vor der Bibliothek herum, anstelle von Blumen ein Paar Hirschlederhandschuhe in der Tasche, ausnahmsweise keine Theaterrequisiten, sondern das einzige, was neben drei silbernen Teelöffeln, einer spätromantischen Landschaftsmalerei und einigen verblichenen Fotografien vom einstigen Großungarn der Weérs übriggeblieben war, sozusagen eine Zugabe zur Violine. Ich hatte keine Ahnung, wer E.W. gewesen sein mochte, wessen Monogramm in das Hirschleder eingebrannt worden war, genau wie man damals Hammel markierte, damit das Vermögen selbst dann nicht geschmälert wurde, wenn der mit einem Brandmal versehene Hirte unter den mit einem Brandmal versehenen Bäumen einschlief. Ich wußte also nicht, wer E.W. gewesen war, nur daß ich das gesamte Großungarn hergeben würde, wenn Eszter Weér mir verzieh. Dann trat sie aus der Tür, ich aber, den ganzen Plunder vergessend, wandte mich wortlos zum Gehen, nicht ein Funken Wut noch Mitleid, nur Gleichgültigkeit. Eine kalte Gleichgültigkeit, der gegenüber weder das verkohlte Rührei noch meine Hand, mit der ich die Klinke zum OP-Saal umkrallt hatte, ein Argument gewesen wäre. Und ich war schon auf dem Ring, als sie mich von hinten am Arm packte und umdrehte wie eine Lumpenpuppe.

– Das hast du vergessen, sagte sie, drückte mir den Schlüssel in die Hand und ließ mich mitten auf der Straße stehen, und ich sah, wie sie bei Rot hinüberlief, um die gerade einfahrende Straßenbahn zu erreichen.

Zum ersten Mal, seit Judit abgehauen war, weinte ich, an der Ecke Lenin-Ring, Straße der Volksrepublik, einen Elzett-Schlüssel in der Hand, im Vergleich zu dem der von Petrus nur eine blasse Fälschung, ein billiger Kellerschlüssel war. Ja, ich hatte das Gefühl, im Vergleich zum Lenin-Ring und der gesamten Ungarischen Volksrepublik war jetzt selbst das Himmelreich des gütigen Gottes nur irgendwo dort unten, in der Lehmschicht unter der gelben Metro.

– Du wirst nichts finden in meinen Schubladen. Gar nichts, verstanden?

– Verstanden. Aber ich habe alles ...

– Das bist du. Und auch du hast nicht alles. Ich hasse es zu lügen, zwing mich also nicht dazu. Weder hat mich mein Vater vergewaltigt, noch war ich eine Nutte, noch habe ich einen Liebhaber. Das war es doch, was du herausfinden wolltest.

– Ich wollte nur wissen ...

– Ich bin keine andere als die, die du kennst, und die bin ich, seit ich dich kenne, sagte sie, dann schlüpfte sie in ihre E.W.-Hirschlederhandschuhe und begann, mir das Hemd aufzuknöpfen.

Mit Hilfe irgendwelcher Archivdokumente versuchte sie, den Stammbaum der Weérs zusammenzustellen, damit ich meiner Mutter etwas zu Weihnachten schenken konnte, worüber sie sich freute, nur ist es ja unvorhersehbar, worüber sich eine verwirrte Seele wirklich freuen kann. Schon früher wußte eigentlich nur Judit, was unserer Mutter gefiel.

– Schenk ihr deine Bilder, hatte sie gesagt, denn ich malte manchmal, einfach nur Bilder im Postkartenformat, mit allem, was mir in die Hände geriet, sogar mit den Lippenstiften und Nagellacken meiner Mutter. Manchmal verschmierte ich so viel Farbe auf dem Papier, daß es wie ein Relief wirkte. Das war keine Absicht, ich konnte nur nicht gut zeichnen und mußte das Ganze mehrmals übermalen, bis es ungefähr so war, wie ich es mir vorgestellt hatte, dann fixierte ich es mit Haarspray. Ich mochte die Bilder, aber noch wichtiger waren mir die Titel. *Fliehendes Wappentier*, *Der junge Erlebnisanalytiker*, *Wenn es Gott gibt, wozu braucht es mich?*, *Mann, sein eigenes Tier schleppend*, solche Titel gab ich ihnen.

– Ihr Parfum kauft sie sich selbst. Gib ihr deine Bilder, sagte sie.

– Damit würde ich uns Weihnachten verderben, sagte ich.

– Du irrst dich. Sie würden ihr gefallen.

– Daß du sie magst, ist etwas ganz anderes.

– Wovor hast du Angst?

– Ich habe keine Angst. Nur wird sie sich eben nicht freuen.

– Es wird Zeit, daß du deine Mutter endlich kennenlernst. Mir zuliebe, sagte sie und kaufte ein Album, und dann suchten wir gemeinsam die Bilder aus, und das Album bekam den Titel *Mißgebärer und Mißgeburten*, denn das paßte ihrer Meinung nach am besten.

Als hätte sich ein ganzer Wald zur Stadtbesichtigung eingefunden, so standen die Christbäume unter der Fabulon-Reklame am Kálvin-Platz im Matsch, und der Verkäufer fluchte, warum denn kein Arsch rechtzeitig einkaufen könne, verdammte Scheiße, er müsse doch noch heim nach Bicske. Und eine alte Frau sagte, nur weil es heute billiger sei, man hätte auch gestern das Meter ruhig schon für hundert abgeben können, dann müsse der junge Mann jetzt, mit Verlaub, nicht fluchen wie ein Droschkenkutscher. Nur wissen Sie, vierundvierzig, als wir Weihnachten im Keller verbrachten, selbst da war keiner so unverschämt, für einen Tannenzweig den Preis für drei Sack Kartoffeln zu verlangen, der kleine Frici Berek sagte damals, daß er die Rechnung im nächsten Jahr stellen werde, wenn wir dann noch lebten, und er wünschte uns frohe Weihnachten, wissen Sie. Und der Verkäufer sagte, der muß wohl ein ganz schöner Idiot gewesen sein, und gehen Sie nur hübsch nach Hause, sonst brennt ihr Beugel noch an, dann hielt er den Baum, den ich ausgesucht hatte, an die Meßlatte.

– Zweihundertsechzig, sagte er.

– Zweieinhalb Meter, sagte ich.

– Plus zehn für die Schnur, sagte er.

– Dann binden Sie ihn eben nicht zusammen, sagte ich, und bis ich zu Hause angekommen war, hatte ich alles voller Tannennadeln. Während Judit sie mir aus dem Haar klaubte, bat ich sie, sich bis zum Abend etwas einfallen zu lassen, unsere Mutter würde nämlich garantiert einen Wutanfall bekommen, wenn sie meine Bilder sah. Ich will nicht, daß sie sich wegen ein paar Ausgeburten meiner Phantasie am Heiligen Abend in den Pelzmantel wirft. Aber Judit sagte, du kennst sie wirklich nicht, für deine wirren Ausgeburten würde ich sogar eine Stradivari hergeben. Dann kramte ich die kleine Axt hervor und schlug den Baumstamm zurecht, damit er in den Ständer paßte, und als wir die Kerzen anzündeten und meine Mutter das Päckchen in die Hand nahm, war mir schon so schlecht, als hätte ich madiges Fleisch gegessen. Am liebsten hätte ich den Weihnachtsbaum umgeworfen, damit ich, während sie das Feuer löschten, den Dreck verschwinden lassen konnte, denn genausogut hätte ich ihr gleich ins Gesicht spukken können.

– Das ist ja entzückend. Ich wußte gar nicht, daß du so geschickt bist, mein Sohn. Und diese Titel, die sind genial. Ich werde dafür sorgen, daß sie dich an der Akademie aufnehmen, sagte sie, und statt erleichtert zu sein, hatte ich plötzlich das Gefühl, daß ich sie gleich mit bloßen Händen erwürgen würde. Ihr die vierundzwanzig Bilder und all die Konturstifte, Kreiden und Lidschatten einzeln in den Rachen stopfen würde. Daß ich ihr die Raben-Tusche ins Gesicht schütten und die Haarspraydose durch die Vagina bis zum Herzen hochschieben würde. Das Fischmesser zitterte mir in der Hand.

– Ich freue mich, daß es Ihnen gefällt, Mutter, sagte ich, und eine Gräte blieb mir im Hals stecken. Würgend rannte ich ins Bad, Judit kam mir hinterher, klopfte mir auf den Rücken, und als es mir gelungen war, den Bissen auszuspucken, sah sie mich zufrieden an.

– Siehst du, ich habe recht gehabt, sagte sie.

Wir ließen das Konzert des chinesischen Violinenvirtuosen über uns ergehen, der mit seiner fernöstlichen Kampftechnik und seinen schweißtriefenden Schläfen wie ein Taifun zwischen dem dreißigsten und vierzigsten Breitengrad über die Erde fegte und dessen Spiel von Peking bis Paris kein Auge trocken ließ – um in etwa das Plakat und den Kulturbericht im Fernsehen zu zitieren. Und tatsächlich lief der ganzen Musikakademie eine Gänsehaut über den Rücken. Bei einem Organisten habe ich das mal erlebt: wie sein Spiel Frauen in der Menopause zu Tränen rührte, weil seiner Seele nicht einmal die zehntausend Orgelpfeifen genug waren. Diesem Chinesen genügten die vier Saiten genausowenig, so daß er verstohlen eine reißen ließ, denn drei, das macht gleich mehr her, das ist schon ein Pakt mit dem Teufel, und schon klatschten die alten Frauen dazwischen, und als er den Bogen hätte austauschen müssen und die Wirkung abwartete und den Beifall, da wäre ich am liebsten hinausgegangen, aber ich habe es mir angewöhnt, weder im Konzert noch im Theater aufzustehen. Genaugenommen nur im Konzert, denn ich bin schon seit mehr als zehn Jahren nicht mehr in ein Theater gegangen, was einmal jemanden zu der Bemerkung veranlaßte, das sei wohl nur so eine Allüre, worauf ich sagte, das stimme schon, sie sei aber überzeugend einstudiert, und von da an vögelten wir nicht mehr miteinander. Eszter und ich ließen also den Chinesen und das Schlangestehen an der Garderobe über uns ergehen, dann stolperten wir im abendlichen Dezembermatsch zur Straße der Volksrepublik, um eine gemütliche Bierstube zu finden, und wir ahnten, daß die Straße in Wirklichkeit schon Andrássy hieß, aber wir wagten es noch nicht, uns allzusehr zu freuen, denn solange in den Kasernen das Parkett noch nicht herausgerissen, die Tellerminen noch nicht mit Szegediner Paprika gefüllt waren und die Munition noch nicht an die Grundschüler ausgegeben wurde, war noch alles möglich.

– Schon mit zehn verstand Judit mehr von Musik, sagte ich.

– Ich weiß, sagte Eszter.

– Woher denn? Du hast sie doch noch nie gehört.

– Weil sie deine Schwester ist.

– Du bist voreingenommen.

– Bin ich.

– Wie sehr? fragte ich.

– Ein bißchen mehr als sehr.

– Und morgen auch noch?

– Du darfst hoffen. Aber nur, wenn ich ein Geschenk bekomme.

– Du bekommst nichts. Besser nicht. Übrigens wird der Vollmond schon eingepackt. Der Himmel ist bewölkt, damit du es nicht merkst.

– Ich möchte keinen Vollmond.

– Warum?

– Weil er abnimmt.

– Das überlaß mir.

– Ich will ihn trotzdem nicht. Er füllt das ganze Zimmer

aus, und wir dürfen ins kleine Zimmer gehen. Ich brauche etwas, das auch ins kleine Zimmer paßt.

– Davon brauchst du gar nicht erst zu träumen. Da paßt nichts rein.

– Doch, schon.

– Dann sag es mir.

– Ein Baby.

Ich zündete mir eine Zigarette an, dann fingerte ich an den Streichhölzern herum, damit ich sie nicht ansehen mußte.

– Über ein Geschenk sollte man übrigens nicht im voraus reden.

– Ich möchte ein Kind von dir.

– Du weißt, daß das noch nicht geht.

– Aber sicher doch. Mir fehlt längst nichts mehr.

– Der Arzt meint auch, daß wir noch warten sollen.

– Das hat er vor fast zwei Jahren gesagt.

– Ja, aber zwei Jahre sind nicht so lang.

– Warum sagst du nicht, daß du Angst hast, ein Kind zu bekommen?

– Weil das so nicht stimmt.

– Sondern?

– Ich mache mir nur Sorgen um dich. Ich mag dich nicht im Krankenhaus sehen.

– Leg die Streichhölzer weg.

– Schließlich hast du vor nichts so sehr Angst wie vor dem Krankenhaus.

– Unsinn. Zum Beispiel vor dir.

– Ach was. Ich habe nur gesagt, daß ich mir Sorgen mache. Wegen einer einfachen Kontrolluntersuchung bist du tagelang blaß wie die Wand.

– Sonst hast du bessere Vergleiche.

– Warum bist du so zynisch? Was ist denn so schlimm daran, daß ich mir Sorgen mache?

– Ich war noch nie zynisch. Ich habe nur gesagt, Gott

sei Dank hast du sonst bessere Vergleiche als ›blaß wie die Wand‹.

– So haben wir noch nie miteinander geredet, sagte ich.

– Weil du mich noch nie angelogen hast.

Wir schwiegen.

– Sei mir nicht böse, sagte sie. – Bestellst du mir noch ein Bier?

– Ja. Nur laß uns nicht streiten. Das ist schrecklich.

– Ich wünsche es mir so.

– Aber ich nicht, sagte ich.

– Jetzt bist du wenigstens ehrlich. Ist das schwer?

– Ja.

– Es müßte sich nichts ändern. Oder fast nichts.

– Das gibt es nicht. Alles würde sich ändern.

– Ich möchte ja nur ein Kind. Ich will nicht mal, daß du zu mir ziehst.

– Ich weiß, sagte ich.

– Was macht dir dann angst?

– Ich will nicht noch einen Weér, sagte ich.

– Unsinn. Es wäre nicht nur ein Weér. Du bist ja auch kein reiner Weér, sagte sie, und der Rauch erstarrte mir in der Lunge.

– Hör auf, ich will keinen Weér und fertig!

– Ich verstehe. Schrei nicht so.

– Verstehst du nicht! Niemals, von niemandem! Weder einen reinen noch einen unreinen! Verstehst du?!

– Ja. Ich verstehe, sagte sie leise.

Und am nächsten Tag hatte sie ihren Vollmond, und sie freute sich darüber. Wir suchten die nach Ungarn benannten Krater und wo die Apollo gelandet war, wo der Stützpunkt Ruhe war, dann glitt die Mondkugel über ihren Bauch, über die Oberschenkel, machte einen Bogen um unsere Kleider auf dem Teppich, um die beiden Gläser und den Kuchenteller, schob auf ihrem Weg eine Mandarine beiseite, um dem zweihundertjährigen Schachbrett auszuweichen, das ich statt des Babys bekommen hatte, und kullerte zwischen raschelndem Geschenkpapier unter die brennenden Kerzen am Weihnachtsbaum. Doch weder sie noch ich gelangten zur Schwerelosigkeit. Irdischer Schweiß füllte das Becken des Mare Tranquillitatis. Wir schwiegen.

– Ich muß gehen, sagte ich.

– Dann geh, sagte sie und küßte mich auf die Augen, und ihr Gesicht war weiß wie die Wand, allerdings habe ich manchmal bessere Vergleiche. Dann tappte ich im Dezembermatsch nach Hause. In den stärker belebten Zimmern Kerzenlicht oder blinkende Weihnachtsbaumlichter, anderswo Kerzenlicht plus Fernseher, und nur ein betrunkener Zigeunerprimas und eine alte Frau, die ihren Hund ausführte, übertraten das Ausgehverbot.

Wowarstdumeinsohn?

Ichhattezutunmutter.

Um diese Zeit ist jeder zu Hause bei seiner Familie. Das gehört sich so.

Ich weiß, darum habe ich mich beeilt, Mutter. Dann schmückte ich den Tannenzweig in der Vase mit den drei Christbaumkugeln und dem vertrockneten Weihnachtskonfekt: Als hätte das noch der kleine Friciberek gebracht, vierundvierzig.

Hier, ein Brief von Judit, Mutter. Sie hat ihn einem Bekannten mitgegeben.

Bisher hat sie noch nie jemandem etwas mitgegeben.

Jetzt bot es sich an. Sie ist in Nizza dem Frici Berek über den Weg gelaufen.

Wer ist das, mein Sohn?

Sie kennen ihn nicht, Mutter, sagte ich, dann nahm sie die Weltkarte und den Filzstift, und während sie Nizza suchte, um ein Kreuzchen zu machen, zündete ich die Kerzen an und holte den Stammbaum der Weérs, den ich nach Eszters Notizen aus dem Archiv gezeichnet hatte, weil wir hofften, daß sich die verwirrte Seele darüber am meisten freuen würde. Aber das Gesicht meiner Mutter verfärbte sich grau, und da wußte ich bereits, daß die Realität die Hölle der Wahnsinnigen ist. Daß sie mir nie verzeihen würde, daß wir nur von der Nebenlinie abstammten und das halbe großungarische Reich irgendeinem Cousin sechsten Grades zukam.

Ist dir nicht einmal Weihnachten mehr heilig?! Ich lasse mich nicht ausplündern, nimm das zur Kenntnis! Ich weiß, daß du mich mit deiner Nutte ausrauben willst! Erst fickst du sie, dann tauchst du mit dem Dreckstück hier auf! brüllte sie und warf mir das Bild ins Gesicht wie einen Haufen Scheiße. Ich fühlte nichts. Ich holte Handfeger und Kehrschaufel, um die Splitter des an meiner Stirn zerschellten Glases zusammenzukehren, und legte mich dann hin.

Das könnt ihr euch abschminken, sagte sie

Niemand will Sie ausplündern, Mutter.

Hyänen! Aber glaub bloß nicht, daß ich das mitmache!

Das glaube ich doch gar nicht, Mutter.

Ich zeige dich an!

Schreiben Sie nur, ich bringe es zur Post, Mutter.

Gar nichts schreibe ich. Bei Kádár, da zeige ich dich an! Der erledigt dich schon.

Kádár ist doch tot, Mutter.

Ja?! Na, wir werden schon sehen, sagte sie und fing an, der Reihe nach die von Motten befallenen Kleider aus dem Schrank zu zerren, bis ihr schwarzes Seidenkostüm zum Vorschein kam. Sie begann sich anzuziehen, der Faden des Nichts umwob sie bereits wie eine Spinne den Rosenkäfer, aber die Fahrgäste hätten noch immer verlangt, der Bus Nummer sieben solle Cleopatra nicht überholen, und Mütter, die gerade aus dem Kaufhaus der Jungpioniere traten, hätten ihren Kindern immer noch die Augen zugehalten, die von Beruhigungsmitteln völlig zerstörten Schauspielergattinnen hätten ihren Männern das Gesicht immer noch an das Fensterchen am Ofen gepreßt, damit diese auch im Traum noch zusahen, wie ihr Flittchen in ihrem Seidenkostümchen verkohlte.

Was tun Sie, Mutter?

Jetzt hast du Schiß, was? Ich laß dich einlochen. Wegen Urkundenfälschung lasse ich dich einlochen und diese Schlampe auch, sagte sie und riß die Zeichnung aus dem Rahmen, steckte sie in ihre Tasche, damit ich den Beweis nicht vernichten konnte. Und als sie in ihren Persianer schlüpfte, zitterte mir schon die Kehrschaufel in der Hand, und ich hatte das Gefühl, daß ich sie im nächsten Moment erwürgen würde. Daß ich ihr die ganzen dreizehn Jahre in den Rachen stopfen würde, mitsamt dem Stammbaum der Weérs und den Glassplittern.

Nie! Niemals, du Hure! brüllte ich, packte sie am Arm und warf sie aufs Bett.

Niemals, verstehst du? keuchte ich, und während ich den Persianer von ihr zerrte, lachte sie mir ins Gesicht.

Wie ein zerschlagenes Ei, aus dem ein wildes Tier die Eizelle herausgefressen hat, lagen zerrissen die Fetzen der Mondkugel auf der Matratze. Ich stand in der leeren Wohnung herum, und plötzlich wurde mir klar, warum sie sich anstelle des Vollmonds ein Baby gewünscht hatte, und ich glaubte, daß ich sie beide noch rechtzeitig finden würde.

Ich telefonierte die Krankenhäuser durch, im Kútvölgyi hatte ich Glück, aber als ich dort ankam, sagte die Schwester, daß sie von der Gynäkologie bereits auf die Psychiatrie verlegt worden sei, Besuchszeit erst wieder morgen. – Sie ist meine Frau! brüllte ich den Pfleger auf dem Flur an. – Ich laß dich feuern, wenn du mich nicht zu ihr läßt! Ich bin Schriftsteller, ich kann dich feuern lassen, du Scheißkerl! – und sie lag auf Nummer vierzehn, am vergitterten

Fenster, die Gliedmaßen fixiert, und sie sah durch mich hindurch wie durch Milchglas.

Von meiner Mutter hatte ich gelernt, daß man mit Cognac und Markenzigaretten einiges bewirken kann, und so erreichte ich, daß sie in ein leeres Zimmer verlegt wurde. Sogar die Gurte durfte ich ihr abnehmen, aber drei Tage lang zeigte sie keinerlei Regung. – Zwei – das war alles, was ich ihr manchmal vom Mund ablas, aber sie sagte es nicht zu mir. Dann kam sie mehr oder weniger aus dem durch die Beruhigungsmittel verursachten Dämmerzustand zu sich, und am Neujahrstag nahmen sie ihr die Infusion ab, und wir konnten schon im Zimmer auf und ab gehen.

– Setzen wir uns, sagte ich, denn ihr zitterten die Beine.

– Noch nicht. Das tut so gut, sagte sie, dabei hielt nur noch ich sie. Wir drehten noch eine Runde, fünf Schritte bis zur Tür, fünf bis zum Fenster, dann nahm ich sie auf die Arme und legte sie wieder aufs Bett.

– Laß dich von denen nicht schocken, sagte sie.

– Nein, sagte ich.

Mit den Fingern kratzte sie die abblätternde Ölfarbe von der Wand. Sie brach ein Stückchen ab, steckte es in den Mund, spuckte es wieder aus.

– Ich hatte sie vergessen, sagte sie. – Nicht wahr, du weißt, daß ich sie nur vergessen hatte.

– Was hast du vergessen?

– Die Pille einzunehmen, sagte sie und begann endlich zu weinen.

In langen härenen Gewändern standen wir an der Donau, mitten in einem Sumpfgebiet. Ein Boot glitt flußabwärts, darin ein Kind von etwa sieben Jahren, ebenfalls im härenen Hemd, die Augen verbunden. Als es auf gleicher Höhe mit uns war, nahm der Junge die schwarze Binde ab und musterte uns. Weder eine Forderung nach Rechenschaft noch ein Vorwurf lag in seinem Blick. Er schaute uns einfach nur an, band sich dann das Tuch wieder um, und der Kahn glitt weiter, verschwand bereits im Dunst, als mir plötzlich klar wurde, daß niemand ruderte. Daß vorhin der Fluß stehengeblieben war.

Oft mußte ich ihr bis in die Morgendämmerung meine Träume erzählen. Sie legte sich neben mich, und hätte uns jemand sehen können, er hätte es für die vollendete Idylle halten müssen, dabei hatte es gar nichts Idyllisches. Am meisten erinnerte es mich daran, wie Männer ihrer neuen Geliebten von ihren Verflossenen erzählen, meist auf Zureden der Frau, sie will alles wissen, und der Mann tappt in die Falle. Wenn ihm das eine oder andere Detail nicht mehr einfällt, dichtet er etwas dazu, und auf einmal bemerkt er, daß die Frau sich die Lippen blutig gebissen und den Zigarettenstummel im Aschenbecher zerbröselt hat. Ja, im Grunde ähnelte unser Ritual diesem am meisten. Niemals fragte sie mich über meine früheren Geliebten aus, aber auf meine Träume war sie ganz versessen, und ich hatte lange Zeit geglaubt, es sei wegen meiner Mutter, daß sie darauf eifersüchtig war. Dann stellte sich heraus, daß sie sie nur hören wollte, weil sie sich seit Jahren an keinen einzigen ihrer eigenen Träume erinnern konnte und ihr deshalb war, als habe man sie um ihr halbes Leben gebracht.

– Von mir hast du fast noch nie geträumt, sagte sie.

– Weil ich mich spezialisiert habe. Ich befasse mich nur mit Albträumen, sagte ich, und den mit dem Boot erzählte ich ihr lieber nicht, denn das war es wohl kaum, wonach sie sich sehnte.

– Wann hattest du den ersten, fragte ich.

– Frag mich nicht aus, sagte sie.

– Das ist aber jetzt wirklich etwas anderes. Ich muß es endlich wissen.

– Es ist überhaupt nichts anderes. Es ist genau dasselbe, verstehst du? Genau dasselbe.

– Herrgott noch mal, das kann einen ja wahnsinnig machen, sagte ich.

– Ganz ruhig, dich wird schon nichts wahnsinnig machen, sagte sie.

– Das hat jetzt mehr weh getan, als wenn du mir ins Gesicht geschlagen hättest.

– Mich macht auch nichts wahnsinnig. Besser so?

– Nein. Schlag mir lieber ins Gesicht, aber schweig nicht wie ein Grab.

– Deine Vergleiche werden immer mieser, sagte sie. Geh jetzt, ich bitte dich.

– Ich gehe nicht. So hast du noch nie mit mir gesprochen.

– Dann gewöhn dich daran, und geh endlich.

Grußlos trat ich aus der Tür, aber ich kam nur bis zum Haustor.

Ein Mann war gerade dabei, den Weihnachtsbaum an einem Seil vom zweiten Stock herunterzulassen. Die trokkenen Nadeln wirbelten in den Matsch, und als der Baum unten ankam, prüfte eine auf dem Gehsteig wartende Frau, ob in den roten Stanniolpapierhüllen nicht zufällig ein Weihnachtskonfekt übriggeblieben war, und dann schnitt sie mit einer Nagelschere das Seil durch wie eine Nabelschnur und schmiß den Baum zwischen zwei parkende Autos.

– Schick das Kind mit dem Besen runter, rief sie dem Mann zu, der sich aus dem Fenster lehnte.

– Ach laß doch, sagte der Mann.

– Nein. Frau Dorak soll nicht wieder meckern, daß ich den Dreck liegen lasse.

– Dann schmeiß ich ihn dir runter, sagte der Mann.

– Nein, bloß nicht, er fällt noch auf den Wagen, und als ich mich umdrehte, kam auch schon das Kind die Treppe heruntergerannt, den Besen zwischen den Beinen, einen Cowboyhut aus Wachstuch auf dem Kopf, den wahrscheinlich das Christkind gebracht hatte, und ich hörte noch, wie seine Mutter sagte, hier, nimm, und ihm das letzte Weihnachtskonfekt in die Hand drückte.

Eszter lag auf der Matratze, ihr ganzer Körper wurde vom Weinen geschüttelt.

– So will ich nie wieder aus dieser Tür treten, sagte ich und legte mich neben sie. Sie vergrub sich in meinem Wintermantel, blieb mit ihrer Stille aber auch dort allein, als hätte Gott vergessen, um sie herum eine Welt zu erschaffen.

– Großartig, großartig! Nur noch ein bißchen mehr Spektakel, schließlich ist das ja Paganini, sagte Lehrer Vágvölgyi.

– Das Stück ist von Paganini, spielen tue ich, sagte Judit, doch der Lehrer bat sie, sich ihre geistreichen Bemerkungen für später aufzusparen, für die Journalisten, worauf Judit das Instrument aufs Pult legte. – Bitte sehr, dann spielen Sie es doch selbst erst mal so wie ich und machen dabei Faxen. Ich höre, sagte sie, und als sie sah, wie allen das Blut in den Adern gefror, spazierte sie aus dem Saal, doch niemand wagte es, sie hinauszuwerfen, denn dann hätte man sie nicht nach Belgrad schicken können. Im letzten Monat ging sie gar nicht mehr zur Akademie, da sie zwölf Stunden täglich übte. Die Noten waren für sie wie eine Art Hohlraum von der Größe eines Menschen in den Tiefen der erkalteten Lava, den sie mit sich selbst füllen mußte. Darum schrieb und malte sie die Partitur mit allen möglichen Zeichen und Bemerkungen voll. Schnellzug bei Zugló um halb drei, Mutters Agonie (zweiter Aufz.), Greco: Büßende Magdal. – die ganzen Noten waren voller solcher Dinge, schon Wochen bevor sie die Geige überhaupt in die Hand nahm.

– Jetzt reicht's. Du krepierst noch daran, sagte ich.

– Davon bin ich noch weit entfernt, sagte sie, dann

tauchte sie einen Keks in ein Glas gesalzene Milch, legte ihn sich auf die Zunge, rieb den Bogen neu ein und begann von vorn. Interessanterweise fiel ihr nie ein, verstohlen eine Saite zu reißen zu lassen und dann die Wirkung abzuwarten. Wer sie nur ein paar Minuten lang spielen sah, auf den wirkte es sicherlich langweilig, daß jemand auf der Bühne stand wie eine Pappel, doch wurde dieser Anblick mit der Zeit immer furchterregender, und schließlich wünschte man sich schon, daß sie endlich zusammenbrach. Daß ihr das Rückgrat gebrochen würde, daß man sie mit der Axt fällte, nur daß sie nicht länger so dastand, die Beine zusammengepreßt, die Augen geschlossen, denn das machte einen wahnsinnig.

Und je wütender meine Mutter fragte, Wassolldiesermüllmeinsohn, je schwerer Eszter dann auf der Schreibmaschine die Buchstaben fand, um so sicherer wußte ich, daß meine Geschichten etwas taugten, zumindest dazu, daß jeder in diesem Punkt oder jenem Komma seine eigene Stille heraushören konnte. Und ich wußte auch, daß ich mehr nicht erwarten durfte, schließlich höre ja auch ich nur meine eigene Stille in, sagen wir, den Pausenzeichen der *Notizen aus Bor*, und das ist auch in Ordnung so. Dennoch fürchtete ich mich vor dem Buch, denn ich stellte es mir vor wir einen Leichenhohlraum in Pompeji, mit dem jeder tun kann, was er will. Man kann sich nackt hineinlegen, man kann ihn aber auch mit dem billigsten Modelliergips ausgießen, und es war nicht leicht, sich darein zu fügen. Es ist nicht so einfach, einen Satz in die Welt zu entlassen – und als ich vom Verlag den Brief bekam, doch nicht im Frühjahr, da das Budget modifiziert worden sei, aber auf jeden Fall im Herbst, schließlich seien die Gutachten großartig, die Lektorin Éva Jordán wünsche mir weiterhin gute Arbeit, hatte ich das Gefühl, daß mein Begräbnis bei lebendigem Leibe aufgeschoben worden sei. Eszter hingegen tobte, als ginge es gar nicht um mein

Buch, und ich konnte sie kaum davon abbringen, in den Verlag zu gehen und zu fragen, was sie sich eigentlich einbildeten.

– Du bist ein wenig voreingenommen, sagte ich.

– Du irrst dich. Mich macht es einfach rasend, daß irgendein Saufbruder sein Gekritzel fertig hat, und schon ändert sich die Budgetplanung. Daß das immer noch so läuft.

– Kann sein, daß es ein Saufbruder ist, aber ein Gekritzel ist es nicht unbedingt.

– Aber doch.

– Aber nein.

– Sei bloß still. Ich hasse es, daß es in diesem Land mehr Schriftsteller gibt als Leute, die die Rechtschreibung beherrschen.

– Ich weiß auch nie, ob *laß mich* oder *lass mich*.

– Komm jetzt nicht damit. Ich wäre dir dankbar, wenn du mich endlich umarmen würdest.

– Wie dankbar?

– Im Rahmen des Möglichen ziemlich, sagte sie und umarmte mich, dann half ich ihr in den Mantel, denn seit dem Kútvölgyi-Krankenhaus war es dies, was ›im Rahmen des Möglichen‹ bedeutete. Und daß sie auf der Insel die Zweige umkrallte und alle Knospen herunterfegte.

– Ich hab beim alten Rosenberg ein Bild gesehen, sagte ich.

– Aha, sagte sie.

– Judits Geld ist gerade gekommen. Ich kaufe es morgen.

– Diese Judit ist gar nicht so blöd, sagte sie.

– Was soll das jetzt?

– Nichts. Sie ist nur ziemlich clever und schickt, was monatlich für Schloß und Riegel anfällt.

– Meine Mutter kannst du hassen. Aber laß Judit in Frieden.

– Sei mir nicht böse. Übrigens hasse ich deine Mutter nicht.

– Du weißt genau, daß Judit ...

– Klar. Ich habe doch gesagt, du sollst mir nicht böse sein. Was für ein Bild hast du gesehen?

– Egal. Ein Landschaftsbild. Es hat mir einfach gefallen.

– Zeig es mir, bevor du es mit nach Hause nimmst.

– Ich wollte es für hier.

– Ich habe sie mir schon abgewöhnt, sagte sie.

– Landschaftsbilder? fragte ich.

– Gemälde.

– Wann hast du sie dir abgewöhnt?

– Ist doch egal, sagte sie.

– Natürlich, sagte ich und war mir jetzt ganz sicher, daß sich ein ergrauter Aasgeier über sie hergemacht haben mußte, als sie noch ein junges Mädchen war, so ein Ersatzmaler und Ersatzvater, der sie mit seiner letzten Manneskraft zurechtgestutzt hatte, sie dann sitzen ließ, an ein Krankenhausbett gefesselt, damit Abtreibung und Schocktherapie in aller Ruhe durchgeführt werden konnten, ja, denn mit über sechzig ist es durchaus angenehm, wenn sich jemand findet, der selbst unser Rülpsen als Offenbarung begreift und sich stundenlang mit unserem schlaffen Schwanz abgibt, nur favorisieren wir es nicht, wenn der kleine Fratz dann trächtig wird. – Ich empfinde schon Terpentin als Gestank, mein Goldstück. Vollgeschissene Windeln kann ich nun wirklich nicht gebrauchen, hier hast du zweitausend Forint, bring das in Ordnung. Ach wo, was soll ich dort? Du bist schließlich schon ein großes Mädchen. Außerdem habe ich keine Zeit, aber dafür gibt's dann eine Ausstellung im Ernst-Museum, alles nur mit dir – und wegen der Vernissage kann er sie auch nicht in der Psychiatrie besuchen, doch er ist sehr traurig, und das sehen ihm die Kollegen und die Kritiker an, ein weiterer Pluspunkt. Aber ich werde ihn suchen und umbringen, dachte ich. Ich gebe nicht auf, bis ich ihn herbeigeschafft habe, dachte ich. Ich traue mich glatt, ihn umzubringen, dachte ich. Wenn es sein muß, lasse ich ihn unter der Erde hervorkratzen und zerschlage ihm die Knochen, dachte ich. Ich bestreue sein Grab mit Salz. Ja, ich bestreue es mit Salz und pisse darauf.

Eigentlich nichts Besonderes, nur ein kahler Acker unter schwülem Himmel, als hätten Bühnenarbeiter gerade eine überdimensionierte Bühne abgeräumt. Weder Krähen noch Dämmerung, noch Schilf, nicht einmal das Ende der Welt. Öl, Leinwand, mit dem schwarzen Rahmen vielleicht gerade mal vierzig auf sechzig Zentimeter. Sicher das Werk eines lokalen Kleinmeisters, inspiriert durch *Angelus* von Millet, nur hatte er mit der Darstellung von Menschen schon immer seine Mühe, und so ließ er Mann und Frau lieber weg und auch die Schubkarre, und der Sarg ist ja auch auf dem Original nicht zu sehen – blieb also nur die Bühne, und eigentlich hatte er vorgehabt, die Leinwand neu zu grundieren, weil das so ja wohl etwas wenig war, nur kam ihm dann etwas dazwischen.

– Das war es doch, nicht wahr? fragte Eszter und holte das Bild hinter dem Schreibtisch hervor.

– Ja, sagte ich, vor Verblüffung fiel mir nichts anderes ein.

– Dann bring den Hammer und einen Nagel.

– Woher wußtest du das?

– Entweder habe ich gute Beziehungen zu den Trödlern, oder ich kenne dich. Womöglich beides. Übrigens war es kein Kunststück, zwischen den Zigeunerinnen mit Mandoline und den röhrenden Hirschen das hier rauszufischen, sagte sie und umarmte mich.

– Danke, sagte ich.

– Wohin hängen wir es? fragte sie.

– Küß mich, sagte ich.

– Zuerst den Hammer.

– Ich will dich lieben, sagte ich.
– Das geht bestimmt noch nicht, sagte sie.
– Du lügst, sagte ich, und wir sahen einander fest in die Augen, während ich ihr den Gürtel am Morgenrock löste, und da sah ich sie nach zwei Monaten zum ersten Mal nackt. Wenn wir das Umziehen im Krankenhaus nicht zählen, oder als ich sie auf den Armen zum Pinkeln trug, zum Klo am Ende des Flurs in der Psychiatrie, das nach gechlorter Scheiße roch, denn sie hielt es lieber zurück, bis ich kam, nur damit Schwester Bertuska nicht die ungewaschene Bettpfanne unter sie schob. Sie wäre am liebsten geflüchtet, aber ich saß auf ihr wie ein wahnsinniger Engel, der es sich in den Kopf gesetzt hat, den versehentlich kaputtgeschlagenen Vollmond bis zum letzten Krater wieder zusammenzufügen.
– Nicht, sagte sie.
– Schweig, sagte ich, und schon begannen ihr die Brustwarzen von meinem Atem zu glühen. Mein Gesicht war an ihren Bauch gepreßt, und bis ich ihren Schoß erreichte, zitterte sie bereits am ganzen Körper.
– Nicht, sagte sie wieder, aber mein Finger, von ihrem Schoß benetzt, legte sich auf ihren Mund, bohrte sich zwischen ihre Lippen, um sie mit dem eigenen Meeresgeschmack zu lähmen. Meine Zunge kostete die glitschigen Nervenenden der Begierde aus, und auch sie begann langsam zu vergessen. Zuerst meine Mutter und das Hotel garni, dann die Ruinen des Bolyai-Kraters und des Mare Tranquillitatis, und als ihr nicht einmal mehr einfiel, ob es früher Morgen war oder schon Nachmittag, als sie sogar vergessen hatte, wie man atmet, vergaß auch meine Hand ihre Kraft, und im nächsten Moment spürte sie weder meine Finger, wie sie ihr die Klitoris zerquetschten, noch die Nägel, die ihr die Brust entlangpflügten. Sie hörte ihr eigenes Schreien nicht, sie spürte nichts außer dem rasenden Getrommel des Herzens im Käfig der Rippen, dann hörten

auch Licht und Dunkelheit auf zu sein, Gottes Himmelsuhr blieb stehen, und in der Hölle zerschmolzen die medizinischen Geräte von Dr. Vidák.

Ich küßte ihr die Gischt ihres Schoßes in den Mund wie Perlen. – Ich liebe dich, sagte ich und wußte, daß jetzt die wirkliche Eszter Fehér auferstand. Die nicht mehr die Knospen von den Zweigen des Goldregens fegen würde. – Tut es weh? fragte ich, aber die Laute zu Worten zu ordnen überstieg bereits ihre Kraft. Keuchend entschlüpfte jeder einzelne Laut dem aufgelösten Netz des Bewußtseins. Ihre Zunge glitt noch einmal über den Bogen meines Gaumens, bohrte sich in den Spalt zwischen Lippe und Zahnfleisch, ihr Speichel rann mir in die Kehle, doch wie die mich umschließenden Muskeln zu pulsieren begannen, packte sie mich mit tausend Händen und schleuderte mich von sich, und ich spürte nur noch, wie sie mein Gesicht mit Fäusten schlug.

– Du Scheiße! Scheiße! Scheiße! brüllte sie, und ich ließ es zu, daß sie mich weiter schlug, dann sank sie schluchzend auf mich.

Wowarstdumeinsohn?

Das wissen Sie genau, Mutter.

Ich sehe, ihr prügelt euch schon.

Ich bin auf der Straße angepöbelt worden, Mutter.

Verkauf mich nicht für blöd.

Wir prügeln uns nicht, und wir werden uns auch nie prügeln. Ich habe doch gesagt, daß ich auf der Straße angepöbelt worden bin, Mutter.

Die hat sich also dick machen lassen. Dick machen, was?

Ich bitte Sie, schweigen Sie, Mutter.

Die kleine Sau. Hab ich's doch gesagt, oder?

Sagen Sie jetzt lieber nichts, Mutter.

So eine ist nur dafür gut, daß du dir einmal Befriedigung verschaffst.

Seit meiner Kindheit befriedige ich mich in der Badewanne, Mutter.

In jenen Tagen begann das Taubensterben. Die ersten Kadaver sah ich auf dem Gutenberg-Platz, vier oder fünf wilde Tauben lagen auf der Fahrbahn und an der Bordsteinkante, als wären den Pfützen Flügel gewachsen, aber eigentlich fiel es gar nicht auf, denn im Frühjahr kippen sie sonst auch immer um wie die Fliegen. Den Winter überstehen sie irgendwie, zur Schneeschmelze fangen sie dann an von den Dächern und Fenstersimsen zu purzeln. Es kommt auch mal vor, daß die Kadaver irgendwo den Schornstein verstopfen, und eines Morgens wacht nur die sechsmonatige kleine Ági auf, weil die Großmutter vergessen hat, im Kinderzimmer einzuheizen, und drei Wochen lang fällt es weder im Gasthaus Kispipa noch in der Teppichabteilung des Lotto-Kaufhauses, noch im Seniorenclub »Leben für die Jahre« auf, daß die Bodnárs unentschuldigt fehlen. Bis also die Mieter reklamieren, daß da etwas nicht stimmen könne, weil schon bald Ostern sei und der Nachbar seit dem vierten April die Kleider seiner Schwiegermutter nicht mehr in den Hof geschmissen habe, hat auch die kleine Ági schon zu verwesen begonnen. Und da sagen die Behörden, geben wir ihnen doch noch ein paar Tage, vielleicht nach den Feiertagen, dann brechen sie endlich die Tür auf, und die Bodnárs kommen ins Abendblatt auf die Titelseite, als eine Art authentischer Lebensbericht zwischen die jüngsten Ergebnisse der Marsforschung und den Bericht über die Frühjahrsfeldarbeiten, aber zu dem Zeitpunkt hat selbst das Zeitungspapier schon Leichengestank.

– Pfui. Schau lieber nach, was sie über den Dürrenmatt schreiben. Und versuch ein bißchen verständlicher zu lesen, sagte meine Mutter.

– Interessant, ich verstehe das ganz gut: Vier Leute sind

gestorben, stimmt allerdings, keiner von ihnen war Kossuth-Preisträger, sagte Judit.

– Anscheinend habe ich nicht so einen feinen Sinn für Tragödien, sagte meine Mutter.

– Über die Premiere gibt's nur eine kurze Meldung, sagte ich.

– Bei niemandem sind alle Sinne perfekt. Ich zum Beispiel höre ziemlich gut, dafür sehe ich manchmal wochenlang nicht, was um mich herum vor sich geht, sagte Judit und räumte die Teller ab.

– Eine Frau sollte lernen, auch im Dunkeln zu sehen, sagte meine Mutter.

– Wenn du es eilig hast, mache ich den Abwasch, sagte ich zu Judit.

– Danke. Das ist übrigens gar nicht so übel. Wenn ich jemanden umbringen wollte, würde ich das ziemlich sicher auch so machen, sagte Judit.

– Ich schau noch die Volksfreiheit durch, sagte ich, fand aber immer noch nichts.

– Ein paar Taubenkadaver in den Kamin, und in den Nachrichten würde das garantiert nicht fehlen, sagte Judit.

– Sehr einfallsreich. Vorausgesetzt, du kannst eine Taube fangen, sagte meine Mutter.

– Wenn die Inspiration groß genug ist, gelingt es früher oder später. Die Bouletten waren wieder hervorragend. Danke für das Mittagessen, sagte Judit, dann verschwand sie schnell, und bis zum Ende der Heizperiode wurde unter dem Vorwand, aus der Mietergemeinschaft seien Anzeigen eingegangen, der Kamin im Zimmer meiner Mutter fünf- oder sechsmal kontrolliert.

Ich hatte, wie gesagt, auf dem Gutenberg-Platz zum erstenmal welche gesehen, dann auf dem Blaha Lujza, dort war der Gehsteig schon ganz schwarz. Die Leute murrten, was zum Teufel, oder wo bleibt denn die Straßenreinigung? Für die einen waren die Kommunisten schuld, die anderen meinten, die Ultrarechten, doch die Mehrheit war überzeugt, daß die Epidemie mit dem Atomkraftwerk von Paks in Zusammenhang stand, und am nächsten Tag erschienen die ersten politischen Analysen, welche die Auswirkungen einer möglichen Massendemonstration auf die ungarische Energieindustrie einzuschätzen versuchten. Das Fernsehen berief sich auf inoffizielle Quellen, Journalisten, die nach den Ursachen forschten, spürten jeden auf, der sich sachkundig zu dem Thema äußern konnte, und es gab sogar schon Leute, die sich in der Hauptsendezeit an ähnliche Taubensterben erinnerten. Allein der militärärztliche Dienst begnügte sich mit der Feststellung, daß von einer Epidemie allem Anschein zum Trotz keine Rede sein könne, daß aber die Eltern ihre Kinder möglichst nicht mit den toten Tauben spielen lassen sollten – und ich ging gerade mit Eszter zur Markthalle, als ich auf dem Platz eine alte Frau erblickte, die den Tauben aus einer Plastiktüte Körner streute und dabei ständig ›Rebeka ißt‹ murmelte.

– Das ist sie, sagte ich zu Eszter.

– Wer? fragte sie.

– Die Frau dort bei der Schaukel. Sie vergiftet die Vögel.

– Ach was, sagte sie.

– Ich kenne sie, sagte ich. – Bei ihr habe ich die fünfundzwanzig Vogelbauer im Kleiderschrank gesehen.

– So habe ich sie mir nicht vorgestellt, sagte sie. – Und überhaupt, wer mit verkrüppelten Vögeln zusammenlebt, der streut doch den Tauben keine vergifteten Körner hin. Das ist Unsinn.

– Du irrst dich, sagte ich, dann gingen wir einkaufen.

Als der Brief kam, der mich für den sechsten einbestellte, erbrach ich zwei Tage lang sogar den Frühstückskaffee. Die möglichen Fragen ging ich der Reihe nach durch und formulierte im voraus möglichst unpersönliche Antworten. Im äußersten Fall würde ich sagen, lassen wir das Ganze, dachte ich, und statt in den Paternoster zu steigen, nahm ich lieber die Treppe, um Zeit zu schinden, dabei war ich noch nie mit einem Paternoster gefahren. Bevor es hieß, bitte sehr, hatte ich noch bemerkt, daß auch hier die Türklinke aus Aluminium war.

– Éva Jordán, sagte die Frau, und während wir uns die Hand gaben, musterte sie mich von Kopf bis Fuß. – Kaffee? fragte sie, und ich sagte, gerne, dann setzte ich mich in einen der Sessel und dachte, daß sie wohl noch nicht dazu gekommen waren, die Sitzgarnitur aus Kunststoff und die Erika-Schreibmaschine auszuwechseln, und sie orderte im Büro nebenan zwei Kaffee.

– Ihr Buch gefällt mir, sagte sie, und ich sagte, danke, obwohl es mir von dem Moment an, als sie mich wie eine Qualitätsware begutachtet hatte, lieber gewesen wäre, es hätte ihr nicht gefallen. Ich hatte schon immer eine Abscheu vor Frauen, die zwar zehn Jahre von ihren fünfzig erfolgreich übertünchen, aber einem die Hand reichen wie ein Soldat. Die in fünf Minuten das Rad an ihrem Polski Fiat wechseln können, ohne daß ihnen Margret Astor von den Nägeln abblättert, und die selbst nach einem angenehmen Fick oder einer unangenehmen Scheidung noch genau wissen, was der Sinn des Lebens ist. Auch ihre verrauchte Stimme irritierte mich. Es soll ihr nicht gefallen. Dir nicht, dachte ich, und während sie den Ordner hervorkramte, starrte ich den Kalender an, der am Aktenschrank hing: Dezember, Schneewehen in der Pußta, dabei hätte man längst zu den Binnengewässern im April umblättern müssen.

– Natürlich werden wir noch ein wenig Arbeit damit haben. Ein bißchen habe ich darin herumgekritzelt, ich hoffe, das macht nichts, sagte sie, und ich warf einen Blick in das Manuskript, an den Rändern gab es mit schwarzem Kugelschreiber geschriebene Bemerkungen, hier und da

Unterstreichungen, Fragezeichen, und ich hatte nur das Gefühl, diese Frau zerkritzelt einfach, woran Eszter wochenlang getippt hat.

– Kein Problem, sagte ich.

– Ich denke, Sie schauen es sich am besten durch, und dann unterhalten wir uns.

– Gut, sagte ich.

– Rufen Sie mich zu Hause an. Wenn möglich, noch am Wochenende, sagte sie und schrieb ihre Telefonnummer auf die Mappe. – Hier kann man sowieso nicht arbeiten.

– Gut, sagte ich.

– Was möchten Sie trinken?

– Tee, sagte ich und steckte das Manuskript ein, dann stand ich auf, um so schnell wie möglich hier herauszukommen. Dann gaben wir uns wieder die Hand. Ihre Hand ist fünftausend Jahre alt. Die kann man wenigstens nicht übertünchen, dachte ich.

– Wie geht es Ihrer Mutter? fragte sie, und ich wurde plötzlich zu Stein, auf meiner Liste der möglichen Fragen hatte ich die hier doch tatsächlich vergessen. Gegen diese Frage war ich mit keinerlei Antwort gewappnet. Am liebsten hätte ich ihr ins Gesicht geschlagen.

– Woher kennen Sie meine Mutter? fragte ich.

– Ich habe einmal ein Interview mit ihr gemacht.

– Sie irren sich bestimmt, sagte ich.

– Da haben Sie sicher recht. Ihr Händedruck gefällt mir, sagte sie, und erst jetzt bemerkte ich, daß ich ihre Hand noch immer zusammenpreßte wie ein Bagger. Daß ihre knochigen Finger gleich knacken würden. Grußlos trat ich aus der Tür und stieg in den Paternoster, vergaß aber, im Erdgeschoß auszusteigen, und da ich nicht wußte, wie er funktioniert, klammerte ich mich, als ich in den stockdunklen Maschinenraum kam, verzweifelt am Griff fest, ich glaubte, das Abteil würde gleich auf dem Kopf stehen und ich hinausstürzen. Ich glaubte, die Zahnräder würden mich mitsamt meinem beschissenen Manuskript zermalmen.

– Um Gottes willen, was ist denn mit dir los? fragte Eszter.

– Nein, das ..., sagte ich

– Nicht wahr, sie haben es dir doch nicht zurückgegeben?

– Ich verlange es zurück.

– Ich flehe dich an, sag endlich, was passiert ist.

– Ich will nicht.

– Was willst du nicht?

– Das alles, sagte ich und kuschelte mein Gesicht zwischen ihre Brüste, aber ich konnte immer noch nicht richtig erzählen, wie es im Verlag gewesen war, nur daß der Aufzug mich in den Keller gefahren hatte, mich zermalmen wollte, denn die wüßten alles, sogar meine Mutter würden sie kennen. Dann spürte ich ihre Hand an meiner Scham. – Beruhige dich, sagte sie. – Gut, sagte ich und begann, ihren Schoß zu suchen, aber sie legte meinen Arm zurück an ihren Hals. – Warum? fragte ich. – Sei still, sagte sie und schloß mir die Augen wie einem Toten, dann lehnte sie ihren Kopf an meine Brust. – Nicht, sagte ich, als ihre Nägel über die angespannten Adern glitten, aber sie antwortete nicht. Ihre Finger umklammerten mich, und ich wußte, daß sie die Augen offen hatte. Ich spürte, daß sie meinen Schoß betrachtete, und ihr Handgelenk bewegte sich dabei kaum. – Nicht, sagte ich wieder. – Laß es einfach geschehen, sagte sie, dann strich ihre Hand über meinen nassen Bauch, als würde sie einem Kranken den Schweiß von der Stirn wischen.

– Und? Geht es dir schon besser? fragte sie.

– Deine Wonne fehlt mir, sagte ich.

– Für mich ist es jetzt besser so.

– Sie fehlt mir trotzdem.

– Erzähl mir lieber, wie es im Verlag war.

– Ich will es zurück.

– Richtig. Sonst würde ich dich ja gar nicht wiedererkennen.

– Glaub mir, es reicht mir völlig, wenn du es liest. Irgendwann wird es sowieso publiziert.

– Mach weiter. Ich mag es, wenn du so redest. Es ist Unsinn, aber ich mag es.

– Diese Kulturfotze hat auch noch vollgekritzelt, was du getippt hast.

– Nur weiter, tu dir keinen Zwang an.

– Interessiert dich denn gar nicht, wie sie ist?

– Wenn ich mich recht erinnere, war ich es, die dein Manuskript abgegeben hat. Und sie ist überhaupt keine Kulturfotze. Sie ist so eine agile jüdische Journalistin.

– Laß die Juden.

– Ich darf.

– Warum?

– Ist halt so. Also ich sehe, sie gefällt dir. In Zukunft achte ich darauf, daß du satt geworden bist, bevor du zu den Arbeitsessen gehst.

– Mir wird schon von ihrem Geruch schlecht, und überhaupt, ich gehe zu keinem Arbeitsessen.

– Dann führe ich dich an der Leine hin.

– Ich beiße jeden.

– Allen voran die Kulturfotze.

– Ich bin nicht wählerisch.

– Du kriegst einen Maulkorb. Übrigens hattest du recht, sagte sie.

– Womit hatte ich schon wieder recht? fragte ich.

– Damit, sagte sie und zog die Zeitung aus ihrer Tasche, und zwischen den Berichten über die Geliebten des stellvertretenden Ministers und über Unregelmäßigkeiten bei der Privatisierung beruhigte eine Titelüberschrift in fetten

Lettern die Leser, *Taubenmörderin richtete sich selbst!* Nach intensivierten Ermittlungen hat die Polizei den Leichnam der ehemaligen Prostituierten Rebeka V. (69) entdeckt, die den Taubenbestand im achten Bezirk mit vergiftetem Weizen ausgerottet und dann selbst eine tödliche Menge des in Jugoslawien hergestellten Rattengiftes zu sich genommen hat. Die Experten sind ratlos, denn nach Auskunft der Nachbarn sowie aufgrund der in der Wohnung vorgefundenen Beweisstücke muß die Täterin Vögel geliebt haben. (s. Artikel auf S. 16)

Wowarstdumeinsohn?

Im Verlag, Mutter.

Ich gebe mein Einverständnis nicht.

Ich brauche Ihr Einverständnis nicht, Mutter.

Einen Verbrecher, einen gemeinen Verbrecher hat sie aus dir gemacht, diese Hure!

Lassen Sie Eszter in Frieden, und lassen Sie mich arbeiten, Mutter.

Du bist ja gar kein Schriftsteller! Weißt du, was du bist?! Ein Metzger! Das bist du! Ein Metzger!

Mag sein, Mutter.

Du schreibst mit dem Blut anderer!

Ich schreibe mit schwarzer Tinte, Mutter!

Das ist keine Tinte, das ist mein Blut!

Wenn es Blut ist, so ausschließlich mein eigenes, Mutter.

Du besudelst mich!

Ich habe noch nie jemanden besudelt, Mutter.

Doch, du besudelst mich mit meinem eigenen Blut!

Schweigen Sie, Mutter!

Ich schweige nicht! Mörder! Muttermörder! Du besudelst mich!

Halten Sie das Maul! Verschwinden Sie aus meinem Zimmer!

– Ihren Tee habe ich schon gekühlt. Ich hoffe aber, daß Sie ihn wenigstens mit Wodka trinken.

– Mit Zitrone, sagte ich und nahm die antiken Möbel, die fernöstlichen Teppiche und die zeitgenössischen Gemälde in Augenschein. Eigentlich war es genauso eine Gruft wie unsere, nur nicht mit gestohlenen Requisiten vollgestopft, dachte ich und machte auf dem Tischchen zwischen dem Aschenbecher von Zsolnay und den Meißner Teetassen Platz für das Manuskript.

– Die Musik stört Sie doch nicht, sagte sie.

– Die Musik nicht, sagte ich.

– Bach?

– Das ist gut, sagte ich.

– Das letzte Mal waren Sie etwas gereizt, als Sie gingen.

– Ich hatte einen schlechten Tag.

– Ich bin froh, daß es nicht an mir lag.

– Sie haben nichts Verletzendes gesagt.

– Ihr Tee wird warm. Möchten Sie wirklich nichts dazu?

– Nein, sagte ich.

– Übrigens ist es durchaus in Ordnung, wenn ein Schriftsteller mal gereizt ist.

– Nicht nur Schriftsteller sind zuweilen gereizt, sagte ich, aber ich spürte, daß ich unnötig arrogant war. Sie kann schließlich nichts dafür, daß mich sogar ihr Geruch irritiert, dachte ich. Auch ich irritiere viele, dachte ich. Die meisten können schon meine Art zu grüßen nicht ausstehen. Oder wie ich ein Glas Soda zum Kaffee bestelle, dachte ich.

– Macht nichts. Mit Begabungen hat man mehr Nachsicht.

– Ich glaube nicht, daß Begabung zu allem berechtigt, sagte ich.

– Zum Glück meinen Sie das selbst nicht ernst.

– Doch, ich meine es vollkommen ernst, sagte ich.

– Dann betrügen Sie sich meisterhaft.

– Da haben Sie sicher recht, sagte ich.

– Sind Sie Jude?

– Meines Wissens nicht, sagte ich verblüfft, denn das hatte man mir zwar schon ins Gesicht gebrüllt, aber gefragt hatte es mich noch keiner.

– Ich weiß. Ich wollte nur sehen, wie es ist, wenn man Sie aus dem Konzept bringt, sagte sie und holte mir eine Serviette, damit ich den verschütteten Tee abtupfen konnte.

– Manchmal sind auch meine Reaktionen ganz menschlich, sagte ich und wäre am liebsten sofort aufgestanden, aber ich spürte, daß das jetzt lächerlich wäre, und so tat ich noch zwei Stück Zucker in meinen restlichen Tee.

– Deshalb ist Ihre Prosa gut, sagte sie, dann holte sie das Manuskript, und wir gingen den ganzen Text durch. Am Anfang machte es mich noch wütend, daß sie mehrere Dutzend Fehler bemerkt hatte, die mir entgangen waren, daß ich nicht gründlich genug gewesen war, daß ich die redundanten Elemente nicht ausgemerzt hatte, aber nach einer Weile lief alles wie ein Routineeingriff, wo die Ärzte nicht viel zu streiten haben. Zwei Erzählungen wollte sie weglassen, womit sie eigentlich recht hatte, zur dritten Tasse Tee bat ich um einen Wodka, und die von mir für wichtig gehaltenen Germanismen blieben stehen, denn es gibt Dinge, die ohne Germanismen für den Arsch sind, selbst wenn das den stilistischen Regeln widerspricht, der Satz verliert einfach seine Spannung, und bevor wir dann den Umschlag besprachen, machte sie Toasts, und am Ende vergaß ich meinen Füller bei ihr.

– Na, hast du sie gebissen? fragte Eszter.

– Du hast mich hingeschickt, jetzt darfst du raten, sagte ich.

– Wirklich?

– Ich beiß dich gleich, wenn du nicht damit aufhörst.
– Lieber nicht. Ich blute auch so schon genug.
– Du hast versprochen, daß es heute vorbei ist.
– Ich habe dich reingelegt. Ausgerechnet heute blute ich am stärksten.

– Ich werde den gregorianischen Kalender verbieten. Ich will, daß die Monate dreihundertfünfundsechzig Tage haben.

– Es reicht, wenn du zwanzig Jahre wartest. Dann habe ich das Klimakterium hinter mir.

– Ich glaube, jetzt legst du mich wirklich rein. Zeig das blutige Bettlaken her, sagte ich, aber im nächsten Augenblick hätte ich mir am liebsten die Zunge abgebissen. Ihr Gesicht wurde plötzlich ganz grau, als hätte man sie auf frischer Tat ertappt, sie ging wortlos ins Bad, und ich hörte, wie sie den Wasserhahn aufdrehte. Ich zündete mir eine Zigarette an, rauchte dann noch eine. Wenn sie wenigstens die Tür zugeknallt hätte, dachte ich.

– Darf ich reinkommen? fragte ich.

– Klar, sagte sie, sie lag im eiskalten Wasser. Sie hatte überall Gänsehaut. Winzige Bläschen klammerten sich am Flaum der Oberschenkel und an den lila erstarrten Brustwarzen fest. Sie betrachtete ihren Körper wie einen fremden Gegenstand, bei dem man nicht weiß, wozu er gut ist, trotzdem fällt es einem schwer, auf ihn zu verzichten.

– Komm, sagte ich, und sie ließ es zu, daß ich sie aus der Wanne hob, dann trocknete ich sie ab und brachte sie ins Zimmer, aber sogar unter der Decke zitterte sie noch.

– Ich möchte eine Zigarette, sagte sie, und ich zündete ihr eine an, aber sie zerbrach sie.

– Nicht wahr, du glaubst, daß ich dich nicht mehr ..., sagte sie.

– Das glaube ich nicht, sagte ich.
– Ich liebe dich, sagte sie.
– Ich weiß, sagte ich.

– Warum schlägt Gott mich dann damit? fragte sie und umschlang meinen Hals, dann begann sie endlich zu schluchzen. – Warum bringt er mich nicht lieber um?! Soll er mich doch umbringen! Soll mich doch endlich einer umbringen!

Am Nachbartisch saß ein schmächtiger Mann um die fünfzig, in Turnschuhen und kariertem Jackett, und er las schon seit einer halben Stunde in einem Buch aus der Vorkriegszeit, dann legte er sich mit Joli an, in seinem Bier sei eine Fliege, dabei hatten mehrere Leute gesehen, daß er sie selbst aus einer Streichholzschachtel hervorgeholt hatte.

– Machen Sie das im Schnellrestaurant. Da können Sie von mir aus Fliegen ins Kürbisgemüse schmeißen, sagte Jolika und bestand darauf, daß er bezahlte. – Ein Kőbányai. Sie können gern die ganzen Fliegen essen, wenn Ihnen danach ist, aber das Bier bezahlen Sie, das garantiere ich Ihnen. Und jemand sagte, man solle die Polizei verständigen, aber Jolika setzte ihn wieder an seinen Platz. Sie wolle hier keine Polizei, das erledige sie auch ohne Gummiknüppel, packte den Bierkrug am Henkel und schlug ihn mit dem Boden in ihre linke Hand, als prüfe sie nur das Gewicht, ob es sich lohnte, damit zuzuschlagen, oder ob sie besser den Aschenbecher nahm.

– Vierzehnfünfzig, sagte sie, und der Mann kramte in seiner Jackentasche, er drohte damit, beim Gesundheitsamt Anzeige zu erstatten und das Drecknest hier schließen zu lassen. – Waschen Sie sich die Hände, bevor Sie hingehen, sagte Jolika, dann steckte sie die Neunfünfzig ein, weil sie wußte, daß der Mann vergeblich weiterkramen würde.

Sie hätte ihn besser in Ruhe gelassen, dachte ich, dabei hatte Jolika völlig recht. Neunfünfzig reichen für ein Glas Bier, und da soll man keinen Krug bestellen. Dann regte es mich auch schon auf, daß ich ihn im ersten Moment trotzdem laufen gelassen hätte. Ich trank aus und löschte die Zigarette, zahlte und fuhr mit der Straßenbahn Nummer sechs zum Oktogon und ging zu Fuß die Andrássy hinunter bis zur Oper. Als ich sah, daß Licht brannte, wäre ich fast wieder umgedreht. Ich hätte anrufen sollen, dachte ich, und dann dachte ich, lieber morgen, aber dann hatte ich das Gefühl, jemand beobachtet mich, wie ich da herumstehe, daß ich einfach lächerlich war, und ich ging die Treppe hoch, wartete ein bißchen und klingelte zweimal kurz.

– Ich dachte schon, Sie kaufen sich lieber einen neuen Füller, sagte sie, während sie den Schlüssel umdrehte. – Sie kommen gerade richtig. Sie sprechen doch Französisch?

– Nein, sagte ich.

– Englisch?

– Kaum, sagte ich.

– Das müssen Sie lernen, sagte sie und stellte mich ihren Gästen vor. – Sie sind von einem Pariser Verlag, ich empfehle ihnen gerade Bücher. Von Ihnen war auch die Rede, fügte sie hinzu, und ich setzte mich auf die mit einem Überwurf bedeckte Récamiere, weil die beiden Franzosen in den Sesseln saßen. Während sie in die Küche ging, warteten wir stumm, denn wir hatten einander nichts zu sagen, aber zum Glück kam sie gleich mit einer Kanne Eistee zurück.

– Er ist der einzige ungarische Schriftsteller, der ausschließlich Eistee trinkt. Aber natürlich ist nicht das der Grund, warum es sich lohnt, ihn zu publizieren, sagte sie auf englisch, damit auch ich es verstand, und ich fühlte mich wie ein wildes Tier im Käfig, dem man in aller Ruhe Kekse zuwerfen kann. Die beiden Männer lächelten, dann wechselten sie ins Französische, und am liebsten hätte ich sofort meinen Füller verlangt, aber ich spürte, daß das jetzt nicht ging. Dann erhoben sich die Gäste, und es war ganz offensichtlich, daß ich nicht mit ihnen gehen konnte, so gaben wir uns mit einem Au revoir die Hand, dann hörte ich, wie sie wieder den Schlüssel im Schloß umdrehte.

– Sie waren ihnen sehr sympathisch. Daraus kann noch was werden, sagte sie und setzte sich wieder neben mich auf die Recamière.

– Das ist vielleicht noch ein bißchen früh, sagte ich.

– Das überlassen Sie besser mir, sagte sie. – Kann ich Ihnen jetzt Wein einschenken?

– Danke nein. Ich bin nur wegen meines Füllers gekommen.

– Deswegen wären Sie doch nie im Leben heraufgekommen, sagte sie und goß Rotwein in meinen Tee, und ich dachte, daß ich jetzt eine Streichholzschachtel voller Fliegen in die Tasse werfen und ihr das Ganze ins Gesicht kippen müßte, und ich spürte, wie mir mit dem Wein auch die Insekten die Kehle hinunterrutschten.

– Da haben Sie sicher recht, sagte ich und stand dann auf, während sie sitzen blieb, so daß ihr Gesicht fast nur noch durch die Hose von meinem hartgewordenen Glied getrennt war. In meinem Magen begannen die Schmeißfliegen zu tanzen. Meine Brust und mein Gehirn summten mir schon, ich spürte, wie sie an mir fraßen, alles in meinem Innern vertilgten und anstelle des Herzens nur noch ein Stummel an der Aorta hing.

– Untersteh dich, mir in mein Leben zu pfuschen. Weder auf ungarisch noch auf französisch, sagte ich und erkannte meine eigene Stimme nicht.

– Na, was ist? Fickst du mich endlich? fragte sie und griff mir in die Eier, und im nächsten Moment riß ich ihr den Pullover vom Leib. Dann stieß ich sie aufs Bett, und während ich ihr mit der einen Hand den Rock runterriß, war sie schon an meiner Hose. Sie machte nicht mal meinen Gürtel auf, das Eisen scheuerte ihr den Bauch blutig. Ihre Haut war bitter. Sie roch bitter und nach Mandeln, wie die Bettlaken meiner Mutter. Und als ich ihr zwei Finger in den Hintern schob, als würde sie von beiden Seiten gefickt, wand sie sich bereits vor Schmerzen.

– Untersteh dich, mir reinzupfuschen, verstehst du? Nie! Nie wieder, du Hure! brüllte ich ihr ins Gesicht und drückte ihr mit einer Hand den Hals zu.

– Weiter! Mach mich fertig, fick mich zu Tode! brüllte sie. – Meinen Kitzler! Reiß mir den Kitzler raus! brüllte sie, und ihr Schrei war, wie wenn Eis zerspringt, und ich spürte nur noch, wie mich das Nichts durchdrang und mir die Adern zersprengte.

Ich ließ sie auf dem Bett zurück wie einen Putzlumpen. Das Sperma troff aus ihr auf den zerknüllten Überwurf, ein Bein hing auf den Boden, der Schuh war runtergefallen. Ihre Hüfte zuckte noch, aber sie hatte schon aufgehört zu wimmern, und ich zog meinen Reißverschluß zu, nahm eine Zigarette aus der Schachtel und machte das Licht aus. Dann kam ein Taxi, mit dem Fahrer unterhielt ich mich über die Wende. Er war unzufrieden mit den Kommunisten, warum die sich nicht alle die Kugel gaben, das sei doch das mindeste, aber ich war nicht einverstanden, jeder habe schließlich das Recht, seine Fehler einzusehen, um dann die Tür hinter sich zuzumachen und sich nie wieder blicken zu lassen. Sollen sie doch mit ihrer Schande in Frieden leben, sagte ich zum Taxifahrer, und er sagte, daß ich mir keine Hoffnung machen solle, denn wer ein Verbrecher sei, der werde sich nie im Leben auch nur eine verfluchte Sekunde lang für etwas schämen, das habe der liebe Gott sich nun mal so ausgedacht. Dann mühte ich mich mit den beiden Sicherheitsketten ab, doch es gelang mir nicht, sie auszuhängen, so daß ich schließlich zweimal kurz klingelte, weil meine Mutter die Tür nur öffnete, wenn sie wußte, daß ich es bin.

Bis zum folgenden Nachmittag feilte ich an einem Text herum. Als mir schien, daß er fertig war, ging ich zu Eszter hinüber, genau wie immer, denn was geschehen war, war nicht mir geschehen.

– Badest du mich? fragte ich.
– Dann warte, sagte sie.
– Ich warte, sagte ich, und sie ließ Wasser in die Wanne und warf einen grünen Würfel hinein, von dem die Wanne sich mit Schaum und das Badezimmer mit Tannenduft füllte.
– So eine Schweinerei, ich sehe ja gar nichts von dir, sagte sie, weil der Schaum mich bedeckte, und ich tauchte mit dem Kopf unter und hatte schon bis hundertzwanzig gezählt, aber sie zerrte mich immer noch nicht heraus.
– Wenn es nach dir ginge, könnte ich wohl auch da unten bleiben, sagte ich, als ich es nicht länger aushielt.
– Um dich mache ich mir keine Sorgen. Du überlebst selbst am Meeresgrund wie eine Perlenmuschel, sagte sie.
– Danke, wenigstens nicht wie ein Blutegel! sagte ich, dann trocknete sie mich ab, und als ich den Stöpsel herauszog, quoll der Schaum durchs Abflußgitter und überschwemmte das halbe Badezimmer. Wir versuchten ihn einzusammeln und in die Wanne zurückzuwerfen, dann holte ich eine halbvolle Weinflasche aus dem Kühlschrank und las die am Nachmittag beendete Geschichte vor.
– Gut. Nur ist es schade, Gemeinheit mit Aufrichtigkeit zu verwechseln, sagte sie.

Ich stand nicht vor dem Haustor herum, ich beobachtete nicht, ob mich jemand beobachtete, und klingelte nicht zweimal kurz, wie sie mir schon beim erstenmal am Telefon gesagt hatte. Einmal lang, wie überall, reicht völlig, dachte ich, und so mußte ich eine Weile warten.
– Zweimal kurz, sagte sie, als sie die Tür zumachte.
– Besser so, sagte ich.
– Nächstes Mal schließ bitte ab, sagte sie und gab mir einen Schlüssel, und ich legte ihn auf die Gasuhr.
– Siezen wir uns lieber, sagte ich.
– Wie Sie meinen. Tee? Ich meine, lauwarmen.

– Auch keinen lauwarmen. Ich bin nur wegen meines Manuskripts gekommen.

– Machen Sie sich nicht lächerlich, sagte sie und sank in einen der abgewetzten Sessel.

– Ich halte es aus, sagte ich. – Geben Sie es zur Post, wenn Sie im Verlag sind.

– Es ist schon im Satz, in einer Woche kommen die Korrekturen.

– Ich mache keine Korrekturen.

– Tut mir leid, aber Sie bekommen es nicht zurück. Übrigens hat meine Arbeit nichts damit zu tun, mit wem ich ins Bett gehe. Ich hatte gehofft, das sei Ihnen klar.

– Das ist mir klar. Meine Arbeit aber schon, sagte ich.

– Selbstverständlich. Nur ist es auf die Dauer nicht gerade glücklich, sich in die Hosen zu machen, sobald Sie statt Ihrer beiden schönen Augen einen tollwütigen Köter im Spiegel erblicken.

Ich wollte mir eine anzünden, und sie sah zufrieden zu, wie mir ein Streichholz nach dem anderen abbrach.

– Ihre Freundin ist übrigens sehr sympathisch, sagte sie.

– Nicht meine Freundin, sagte ich.

– Entschuldigung: Geliebte. Ich hatte nicht die Absicht, Ihr Verhältnis herabzusetzen. Ich wollte nur sagen, daß es dem armen Mädchen sicher zu schaffen machen würde, wenn sich herausstellte, daß Sie außer Haus ein erstklassiges Raubtier sind.

– Das brauchen Sie gar nicht erst zu probieren, sonst erwürge ich Sie. Lassen Sie Eszter aus dem Spiel, sagte ich und erhob mich.

– Sie haben mich mißverstanden, sagte sie und schenkte ein. – Nicht ich muß sie aus dem Spiel lassen, sondern Sie. Frauen ertragen es im allgemeinen zu teilen, solange sie so tun können, als wüßten sie es nicht.

– Sie teilt nicht, sagte ich und nahm das Glas, das sie mir reichte, und als der Schnaps im Hals brannte, war keine

Spur von Haß mehr in mir. Ich maß sie wie eine übertrieben restaurierte Statue, der man das Knistern der Holzwürmer aber noch anhört. Das kupferrote Haar irritierte mich nicht mehr, auch nicht der Mandelgeruch, der ihrer Haut entströmte, noch die rot leuchtenden Krallen an den fünftausendjährigen Fingern. Ich hatte das Gefühl, ich würde diesen Luxuspuff reiner verlassen, als ich bei meiner Geburt gewesen war.

– Jede Frau muß teilen, sagte sie und sah mir in die Augen. – Ihre Mutter zum Beispiel mußte mit mir Ihren Vater teilen.

Der Schlag traf sie am Kinn. Sie stürzte in den Sessel, aber ich zerrte sie an den Haaren zu Boden und drehte sie mit einem Stoß auf den Bauch.

– Wie dein Vater! röchelte sie.

– Untersteh dich, über meinen Vater zu reden! Nicht einmal seinen Namen will ich hören, verstehst du?! brüllte ich, zwängte ihr mit den Knien die Beine auseinander und griff ihr zwischen dem zerrissenen Stoff hindurch in die Fotze.

– Weiter, keuchte sie.

– Niemals, du Sau! Und auch den meiner Mutter nicht!

– Zerreiß mich! Zerreiß mich doch! schrie sie und machte sich irgendwie frei. Ihre Nägel kratzten mir den Oberschenkel auf, rissen den Reißverschluß auseinander und umklammerten die haßerfüllten Hoden. Ich spürte, daß ich ihr im nächsten Moment den ganzen Dreck meiner Geschlechtsdrüsen in den Hals schleudern würde, aber dann entriß ich mich ihrem Mund, weil ich mich auf keinen Fall in dieses keuchende Stück Fleisch ergießen wollte.

– Spieß mich auf!

– Niemals!

– Fick mich! Fick mich richtig!

– Niemals! Niemand muß mit dir teilen! keuchte ich

und preßte ihre Hüften nach unten, um ihr meine fünf Finger bis zum Magen hinaufzustoßen. Als zerschlüge ich eine Steinmauer, so zerrte ich an ihrem mit Eiterpikkeln bedeckten Hintern, solange sie nur zu winseln fähig war. Eins, zwei, drei, kerbte ich eine Zeitlang in meine Hirnrinde, dann preßte sie sich den Teppich zwischen die Beine, und ich nahm eine Zigarette aus der Schachtel und schlug die Tür hinter mir zu.

Meine Mutter schälte ihren Frühstücksapfel in der Küche. Die rote Schale kringelte sich wie ein Bandwurm.

Wer ist diese Éva Jordán, fragte ich, und das Messer stockte in ihrer Hand. Sie starrte auf mein zerknittertes Hemd und die zerrissene Hose, und ich dachte schon, sie würde nicht antworten.

Du Bastard! Verschwinde in dein Zimmer, du Tier! brüllte sie, und der halbgeschälte Apfel explodierte am Türstock wie Ekrasit.

Gut, sagte ich und ging. Müßte mir wenigstens mal die Zähne putzen, dachte ich, als ich mich auf dem Bett ausstreckte. Mein Mund schmeckte nach rohem Fisch, meine Handgelenke taten weh, an meinen Händen klebte getrockneter Vaginalschleim, als hätte ich eine Hautkrankheit, doch eine Minute später war ich schon eingeschlafen.

Als ich aufwachte, war alles dunkel wie ein Fluch. Ich tastete nach dem Lichtschalter und sah auf die Uhr, mir fiel ein, daß Eszter um sechs vor der Bibliothek auf mich wartete. Ich sage, ich hätte Fieber bekommen, dachte ich und suchte nervös in einer der Schubladen, und zwischen den Stiften fand ich eine alte Tafelkreide, aber ich brachte sie nur zur Hälfte runter. Dann geriet mir eine Schachtel Blutpatronen in die Finger, und mir fiel ein, daß eine Prügelei viel besser war. Ja, daß ich als Jude beschimpft und verprügelt worden sei – und ich zerkaute alle Kapseln und schmierte mir die Farbe um den Mund, aber dann wurde mir klar, daß das nicht den geringsten Sinn hatte. Wenn sie um sechs auf mich gewartet hatte und es jetzt zehn war, ich aber jetzt verprügelt worden war, wo war ich dann um sechs gewesen, also aß ich den Rest Tafelkreide samt Papier, dabei erbrach ich schon roten Kalk, und das Wasser rann in Strömen von mir.

Das ist meine beste Hose gewesen, dachte ich, ist auch egal jetzt, dachte ich, morgen ziehe ich eine dickere an, dachte ich, eigentlich wäre es schön, dies und das über meinen Vater zu wissen, dachte ich, wenigstens, wie er ausgesehen hat, dachte ich, morgen frage ich diese Schlampe, dachte ich, das schadet ja nicht, dachte ich, aber vorher schneide ich ihr die Krallen, dachte ich, oder lieber doch nicht, ihre Nägel sind gut, dachte ich, vielmehr müßte man ihr die Haare von der Möse kratzen, dachte ich, und ich bräuchte einen künstlichen Schwanz, dachte ich, vielleicht einen Ochsenziemer, dachte ich, es geht nichts über einen getrockneten Stierschwanz, dachte ich, weil meinen wirst du nicht anfassen, dachte ich, das ist sicherer als das Vaterunser, dachte ich, es gibt noch genug Schriftsteller, die werden dich schon richtig bumsen, dachte ich, wir machen es lieber nur so, dachte ich, und untersteh dich, noch mal über meinen Vater zu reden, weil dann reiß ich dir den Kitzler raus, dachte ich, ich werde dich hin- und herzappen wie einen Farbfernseher, dachte ich, übrigens ist das gar nicht so übel, eine Frau zu schlagen, dachte ich, unser Vater war gar nicht so blöd, dachte ich, nur ins Kinderbett zu kotzen wäre nicht nötig gewesen, dachte ich, von einem Vater ist das nicht gerade schön, dachte ich, und die junge Mutter zu Brei zu schlagen, dachte ich, glaub bloß nicht, daß ich mich nicht erinnere, dachte ich, an alles erinnere ich mich, du Schwein, dachte ich, und ich habe gesehen, wie du meine Mutter in den Arsch gefickt hast, dachte ich, mit einem halben Jahr ist man nicht mehr blöd, dachte ich, man kann nur noch nicht mit dem Küchenmesser umgehen, dachte ich, aber glaub bloß nicht, daß ich dich nicht kenne, dachte ich, wie meine Westentasche kenne ich dich, dachte ich, du frustriertes Arschloch, dachte ich, wahrscheinlich kam er aus einer untersten Unterschicht, dachte ich, die Mesalliance hat ihn überfordert, dachte ich, obwohl auch die junge Mutter eine ganz schön große Nutte war, dachte ich, sicher hat sie auch schon zu sechst gefickt, dachte ich, das ist keine Schande, auch ich würde ficken, dachte ich, mindestens mit dreien auf einmal, dachte ich, diese Sau könnte wirklich manchmal zu meiner Mutter auf Visite kommen, dachte ich, und Eszter auch, dachte ich, wenn es einzeln geht, warum dann nicht auch alle miteinander, dachte ich, nein, Eszter lieber nicht, dachte ich, schließlich bin ich kein Tier, dachte ich, Eszter ist ausgesprochen sensibel, dachte ich, nicht so wie wir, dachte ich, dann schon lieber Judit, dachte ich, sie trägt ihr Herz sowieso im Geigenkasten, dachte ich, obwohl sie, das ist wahr, jeden Tag zwölf Stunden übt, dachte ich, plus die Auftritte, dachte ich, so eine hat keine Zeit, zu dritt zu bumsen, dachte ich, seit mehr als zehn Jahren hatte sie nicht einmal Zeit, einen Brief zu schreiben, dachte ich, aber daß ich unserer Mutter die Augen nicht schließen soll, das zu schreiben warst du dir nicht zu schade, dachte ich, na, das kannst du vergessen, dachte ich, mit einem Hammer werde ich sie ihr schließen, dachte ich, und dann werfe ich die ganzen Requisiten aus dieser Gruft hier raus, dachte ich, rauswerfen werde ich sie, und drüben wird dann das Kinderzimmer sein, dachte ich, und ich werde dir nicht in dein Kinderbett kotzen, dachte ich, und die junge Mutter beim Stillen nicht in den Arsch ficken, dachte ich, ich bin ja kein Tier, dachte ich, in Wirklichkeit habe ich diese Mumie gar nicht gefickt, dachte ich, ich habe ihr nur reingelangt, dachte ich, auch meine Mutter nicht, dachte ich, obwohl es schon schade war, das auszulassen, dachte ich, das nächste Mal soll unser Schwanz nicht auf Sensibelchen machen, dachte ich, wenigstens einer von uns hätte einen Orgasmus haben können, dachte ich, sagen wir: ich, dachte ich, nein, ich auf keinen Fall, lieber sie, dachte ich, vielleicht frustriert mich nur, daß ich meine Mutter nicht befriedigen konnte, dachte ich, das ist schon beschissen, dachte ich, wie gekonnt sie dabei den Schwanz gestreichelt hat, dachte ich, und sie hat sich wenigstens rasiert, dachte ich, wirklich, es könnte sein, blöd wie sie ist, daß sie sich heute noch rasiert, dachte ich, ich müßte es mir mal anschauen, dachte ich, wenn sie ihre Titten bloß nicht salzen würde, dachte ich, sie könnte auch ruhig abkratzen, dachte ich, ihre Kleider würden Eszter genau passen, dachte ich, das ist nicht anstößig, meine Liebe, dachte ich, Gemeinheit habe ich nie mit Anstößigkeit verwechselt, dachte ich, du bist es, die Blutegel und Perlenmuscheln durcheinanderbringt, dachte ich, diese Kleider sind sehr wohl gut, dachte ich, man müßte sie vielleicht nur am Busen etwas enger machen, dachte ich, immerhin hättest du ein paar mottenzerfressene Persianer, dachte ich, darin würdest du zur Abtreibung gehen, dachte ich, es wäre schon nicht verkehrt gewesen zu sagen, Sorry, aber heute gehe ich zur Ausschabung, dachte ich, schließlich war es ja mein Samen, den sie dir aus dem Arsch gekratzt haben, dachte ich, und es wäre nicht verkehrt, mich endlich deinem Papa vorzustellen, dachte ich, einfach weil es so üblich ist, dachte ich, wir rauchen Zigarre, während du schön die Klappe hältst, dachte ich, und der Alte erzählt hübsch, warum seine Kleine eigentlich stumm ist, dachte ich, aber dieses Spielchen machst du nicht länger mit mir, dachte ich, es wird kein Fragmichnichtaus mehr geben, dachte ich, sonst garantiere ich für nichts, dachte ich, denk bloß nicht, ich trau mich nicht, dich zu schlagen, dachte ich, ich trete dir dein ganzes problematisches Vorleben aus dem Leib, dachte ich, und ich werde mit deinem Blut schreiben, dachte ich, du kannst es dann in die Maschine tippen, dachte ich, und einen Verlag dafür suchen, dachte ich, du wolltest ja einen Schriftsteller, dachte ich, jawohl, du hast mich dorthin geschickt, dachte ich, du hast mich zu dieser Nutte geschickt, dachte ich, das hast du jetzt davon, dachte ich, doch ich werde keinen Kalk mehr frühstücken, dachte ich, nur daß Judit nichts merkt, dachte ich, das war ihre Kreide, dachte ich, morgen klaue ich ihr wieder welche, dachte ich, untersteh dich, wieder in meiner Schublade zu kramen, sagte sie, ich klau wirklich welche, und ich schreibe auch die Ungarischhausaufgabe, sagte ich, es interessiert mich nicht, was du schreibst, sagte sie, Entschuldigung, sagte ich, du warst schon immer ein Ekel, sagte sie, das ist nicht wahr, sagte ich, ein mieses kleines Nichts, sagte sie, ich bin nicht Niemand, sagte ich, wo hast du meine Geige hingetan, fragte sie, ich habe sie nicht angerührt, sagte ich, bring sie sofort her, sagte sie, ich bring sie nicht, sagte ich, mein Zug fährt gleich, sagte sie, ich bleibe nicht allein hier, sagte ich, dann lerne Geige spielen, sagte sie, du gehst nirgendwohin, sagte ich, dafür habe ich keine Zeit, sagte sie, sie ist in der Wäsche, sagte ich, du Loser, sagte sie, du bist unfähig zu lieben, sagte ich, na, darin sind wir uns ähnlich, sagte sie, jawohl, ich hätte sie verstecken müssen, dachte ich, unter die Wäsche legen, dachte ich, nie im Leben findet sie die dort, dachte ich, dort würde ich sie zuerst suchen, sagte sie, zwischen deinen Taschentüchern voller Spermaflecken, sagte sie, das geht dich nichts an, sagte ich, schon wahr, jeder soll nach seiner Façon selig werden, sagte sie, wenigstens betrügt mich meine Geliebte nicht mit meiner Mutter, sagte ich, du kannst es besser andersrum, sagte sie, schweig! sagte ich, von hinten, wie unser Vater, sagte sie, halt den Mund! sagte ich, nur daß dein Vater wenigstens einen richtigen Ständer hatte, sagte sie, halt den Mund oder ich bring dich um! sagte ich, du bringst jeden um, du bist so mutig, sagte sie, verschwinde! sagte ich, hab keine Angst, ich schließe dir nur die Augen, sagte sie, laß mich los, du Schlange! nicht die Augen! meine Augen nie!

Als ich die Fensterläden öffnete, wußte ich nicht, wie viele Tage ich mich in dem nach Fieber und Erbrochenem riechenden Zimmer herumgewälzt hatte. Eszter stand unten, auf dem Gehsteig gegenüber. Am liebsten hätte ich das Fenster wieder zugemacht, aber sie hatte mich schon bemerkt. Ich winkte, sie möge warten, dann zog ich mich hastig um und wollte schon losgehen, als mir einfiel, was wohl wäre, wenn sie heraufkäme. Nein, unmöglich. Sie würde niemals heraufkommen, dachte ich, sonst wäre sie ja längst heraufgekommen. Nein, jene halbe Minute hatte ihr fürs Leben gereicht, dachte ich, während ich meine zerfetzten Kleider und das vollgekotzte Laken unters Bett stopfte, und mir fiel ein, daß mein Gesicht voller künstlichen Bluts war und daß sie es wahrscheinlich gesehen hatte. Ja, sie hatte gesehen, wie ich aussehe, und ich ging ins Bad, um mir die Farbe abzuwaschen – und meine Mutter saß vor dem Spiegel wie eine Statue. Sicher sitzt sie schon die ganze Zeit dort, dachte ich. Das muß Scheiße sein, dachte ich. Es war überflüssig, sie zu fragen, wer diese Frau sei, dachte ich. Und das Brot dürfte ihr seit Tagen ausgegangen sein, dachte ich – und vom Flur aus sagte ich ihr noch, ich gehe zu Eszter, Mutter, weil ich wollte, daß sie wußte, daß ich nicht zu der Frau ging, und dann sagte ich noch, daß ich vorher Brot holen würde.

– Seit wann stehst du hier? fragte ich.

– Seit zwei, sagte sie und schluckte an ihren Tränen.

– Wie spät ist es jetzt? fragte ich.

– Halb sechs, sagte sie, begann aber immer noch nicht zu weinen.

– Komm, ich muß meiner Mutter Brot einkaufen, sagte ich und legte ihr den Arm um die Schultern, dann gingen wir schweigend zum Laden. Ihr Haar war zu einem Knoten aufgesteckt wie bei einer Witwe, sie hatte Ringe unter den Augen, und ich dachte, daß ich eigentlich ruhig in meinen nach Vagina riechenden Klamotten hätte kommen können, ich würde ihr ja sowieso alles erzählen. Ich wollte nur rasch einkaufen, dann würde ich sie nach Hause begleiten und ihr das Ganze erzählen. Ja, ich würde es ihr so erzählen, wie ich ihr sonst meine Träume erzähle. Der Unterschied ist nur, daß das hier vor dem Einschlafen passiert ist, dachte ich, und der Korb war bereits voller ungenießbarer Konserven und unbrauchbarer Suppenpulver, als ich die blau angelaufenen Bißspuren an meinem Handgelenk sah. Schnell zog ich den Ärmel meines Jacketts herunter, und da wußte ich schon, daß ich Eszter sonstwas ins Gesicht lügen würde, wenn es sein mußte, ein Leben lang.

– Hast du mir nichts zu sagen? fragte sie, als wir zu Hause angekommen waren.

– Ich habe Fieber bekommen, sagte ich.

– Wenn ich wenigstens gewußt hätte, was dir fehlt. Ich dachte, ich gehe ein, dort unter dem Fenster.

– Ich sage doch: Ich habe Fieber bekommen. Ich habe die Kreide meiner großen Schwester gegessen.

– Und warum?

– Ich hatte Lust darauf. Ich wollte Fieber bekommen, und das ist mir zu gut gelungen. Das ist alles.

– Ich bin sogar im Verlag gewesen, ob sie etwas von dir gehört haben, sagte sie, und mein Magen zog sich zusammen.

– Untersteh dich, da noch mal hinzugehen! Verstanden?! Ich brauche kein Kindermädchen! Ich kann meine Sachen selber regeln! brüllte ich, und sie sah mich versteinert an. – Mir reicht's! Es reicht schon, daß meine Mutter ständig fragt, wowarstdu und wannkommstdu! Verschon wenigstens du mich damit! Ich hatte Fieber! Ich habe Kreide gegessen und Fieber bekommen, wie damals in der

Schule, wenn ich schwänzen wollte! Ich will abhängen, verstehst du?! Ich habe keine Riesenansprüche, ich will einfach nur abhängen. Und wenn es nicht anders geht, dann eben an der Kette der Klospülung! Verstehst du?! Frag nicht so viel, und steh mir nicht unterm Fenster rum! Ich frage ja auch nicht! Ich erkundige mich nicht, womit du dein Leben hingebracht hast, bevor du in der Klapsmühle gelandet bist! Ich werde nie in die Klapsmühle kommen, klar?! Mein Leben kann man in Ruhe erzählen! Klar?! Steh mir nicht unterm Fenster rum, solange ich nicht mal weiß, wer dein Vater ist! Solange ich nur raten darf, wer dich in deiner Kindheit in den Wahnsinn gefickt hat! brüllte ich.

– Komm nie wieder her, sagte sie leise, und ich dachte, gleich gehe ich ihr an die Gurgel, dann trat ich so fest gegen den Schreibtisch, daß er sich in der Luft drehte und mit der Platte auf den Boden krachte. Ich warf den Wohnungsschlüssel nach ihr und war schon im Flur, als der Holzkoffer der Schreibmaschine an meinem Nacken zersplitterte. Als ich zu mir kam, saß sie auf mir und bearbeitete mein Gesicht mit den Fäusten.

– Mich hat keiner in den Wahnsinn gefickt, verstehst du?! Du hast deine eigene Mutter in den Wahnsinn gefickt! Ich weiß, daß ihr miteinander gefickt habt! Ich weiß es! Laß mich in Ruhe, du Dreckskerl! Untersteh dich, mich als wahnsinnig zu bezeichnen! Verschwinde aus meiner Wohnung! Verschwinde endlich aus meinem Leben, du Schriftsteller! brüllte sie und grub ihre Nägel in mich, um mir das Herz herauszureißen und es mir in den Rachen zu stopfen.

– Laß mich los, du Schwein! brüllte sie, als ich ihr die Hand auf den Zementfußboden drückte.

– Ich bringe dich um, schrie sie, als ich ihr die Kleider vom Leib riß.

– Ich bringe dich um und deine Mutter auch! Rühr mich nicht an! schluchzte sie und spuckte mir ins Gesicht, aber unsere Hüften wanden sich bereits im Gleichtakt, sie biß mir die Lippen blutig, und ihre Beine, die mich umklammert hielten, drückten wie Handschellen aus Stahl.

Wahrscheinlich war es schon auf dem Heimweg von Bukarest, aber mit Sicherheit auf der Straße von Transfogaras. Wahrscheinlich war es wie eine Verkehrskontrolle, der Ranghöchste war aber mit Sicherheit nicht in Uniform. Und wahrscheinlich war es nachts, es hätte aber genausogut am Tag sein können.

Der Uniformierte verlangte nur den *buletin de identitate*, aber den beiden Zivilen genügte das nicht. Ihres Erachtens war es bedauerlich, sich so heftig auf die verfassungsmäßigen Rechte zu berufen, der Genosse Minister sei nach der gestrigen Audienz gar nicht zufrieden gewesen. So war der Herr Staatsanwalt wahrscheinlich nicht mehr am Leben, als er in den Wagen zurückverfrachtet wurde, sicher ist jedenfalls, daß der weiße Dacia, 1000 ccm Hubraum, mit stehendem Motor achtzig Meter in die Tiefe stürzte.

Adél Fehér hatte zunächst nur darauf bestanden, den Sarg öffnen zu dürfen, sie hätte auch gern auf einer Obduktion bestanden, schließlich berief sie sich auf die UNO und auf die verfassungsmäßigen Rechte und traf dann Vorkehrungen, damit man sie nicht ins Irrenhaus sperren konnte. Zum Beispiel schrieb sie viele Briefe an Bekannte im In- und Ausland, die letztendlich alle bei derselben Adresse landeten, und sie telefonierte viel, nur daß immer drei in der Leitung waren, wobei der dritte die ganze Zeit schwieg. Das heißt, als es tatsächlich schon riskant gewesen wäre, sie ins Irrenhaus zu sperren, halfen ihr zwei Männer in Zivil, sich aus Kummer um ihren Mann vor den 4 Uhr 20er Schnellzug zu werfen.

Dann hatte sich irgendein Fehler ins Getriebe eingeschlichen, denn die Behörde holte das Kind erst Tage später ab, dabei war das Waisenhaus von Marosvécs bereits im voraus benachrichtigt worden, daß bald eine neue Sechsjährige eintreffen würde.

Dann dauerte es noch ein gutes halbes Jahr, bis die Direktorin sich höherer Weisung zum Trotz dazu entschloß, das Kind Eszter Fehér jenem alten Herrn zu übergeben, der im gestärkten Hemd und mit Spazierstock allwöchentlich aus dem Nichts bei ihr aufgetaucht war.

Mór Fehér senior war sich über das Recht ebenfalls im klaren, doch berief er sich schon seit vierzig Jahren nicht mehr darauf. Er wollte seine Enkelin ausschließlich unter Berufung auf emotionale Gründe bekommen, die er, ebenfalls aus emotionalen Gründen, zum ersten Mal auf der Beerdigung von Mór Fehér junior gesehen hatte, wir sind nämlich nur halbe Ungarn, unsere andere Hälfte ist in Rauch aufgegangen, aber eine halbe Rumänin heiraten wir auch dann nicht, wenn sie reformiert ist, mein Sohn.

Etwa ein halbes Jahr später beschloß Genossin Porumb, daß mit etwas Papierarbeit selbst die heikelste Angelegenheit zu regeln sei, wenn es sich lohnte. In einem Waisenhaus ist es letztendlich egal, was für einen Namen man hat, viel wichtiger ist die Ordnung, und so wurde aus einem frisch eingetroffenen, stummen Zigeunermädchen eine Eszter Fehér, und die wirkliche durfte ihre Sachen packen. Die Richtigkeit ihrer Entscheidung wurde Genossin Porumb durch zwei silberne Obstschalen, ein Meißner Porzellanservice für zwölf Personen, eine Schaffhausen mit Goldgehäuse sowie durch drei Gemälde von Mednyánszky bestätigt, und zu spät wurde ihr klar, daß sie, wäre sie ausdauernder gewesen, wahrscheinlich noch viel mehr hätte herausholen können.

Der alte Herr saß mit dem Kind hinten, ein Mann, der nach Pferden roch, steuerte den uralten Pobeda. Alle paar Kilometer wechselten sie das Kühlwasser, dann bogen sie von der Landstraße auf Feldwege ab, vom Wasser des Maros kamen sie zu den Wassern kleiner Bachläufe, und so wurde es bereits hell, als sie irgendwo in einer gottverlassenen Gegend ankamen. – Ich muß Pipi, sagte Eszter Fehér vor dem Haus am Seeufer, und das war schon gut, weil sie zum ersten Mal seit einem halben Jahr überhaupt etwas sagte, und dann vergingen zwölf Jahre, ohne daß sich je irgendwo ein Fehler eingeschlichen hätte, denn die aus halbungarischen, halbaristokratischen Halbphilosophen hervorgegangenen Provinzfotografen, die auf der Landkarte vergessenen Dörfer und die Tannenwälder in dieser gottverlassenen Gegend sind eigentlich fehlerlos.

Dann schlich sich irgendein Fehler ins Fehlerlose ein, im Greisenkörper begannen die Gewebe zu wuchern, und als es keinen Zweifel mehr gab, daß es sich nicht lohnen würde, den nächsten Tag zu erleben, bestand der Alte darauf, daß Eszter den Tierarzt holte, mit dem sie immer Ultimo, manchmal auch Schach spielten, worin er allerdings keine große Leuchte war.

Womit Gott sich noch tagelang abgeplagt hätte, das brachte der Pferdedoktor zu einem baldigen Ende, dann half er, das Haus zu veräußern, und verlangte von den zehntausend Büchern nur ein paar wenige Bände, und schließlich brachte er auch noch in Erfahrung, zu wem man auf der Auswanderungsbehörde gehen mußte.

Nehmen wir Genosse Fenyő als Maßstab, so ist Genosse Vultur fast schon ein Mensch. Aus der einen Schublade holte er einen Reisepaß, in die andere legte er das Geld, das wird aber nicht reichen, sagte er und schloß die gepolsterte Tür, denn es war klar, daß man mit jemandem, der für einen Reisepaß den Gegenwert für eine halbe Plattenbausiedlung hinblättert, tun kann, was man will. Er fragte nicht lange, das Deflorieren war eine alte Schwäche von ihm, am liebsten mochte er es, wenn man ihm dabei das Gesicht mit den Fäusten bearbeitete. Aber er stand zu dem, was er speicheltriefend gekeucht hatte. Keine Sorge, wenn etwas passiert, werden dir die tüchtigen rechtsradikalen horthytreuen Ärzte drüben schon die jüdische Fotze auskratzen, mein Engel.

– Dann kam ich mit einem Koffer und elftausenddreihundert Forint am Westbahnhof an, und als ich schon den zweiten Tag an Gleis fünf auf einer Bank saß, wurde ich auf die Wache gebracht, dann ins László-Krankenhaus. Ich hoffe, jetzt fühlst du dich besser.

Wir lagen draußen am Ufer eines Baggersees. Es war schon dunkel, der Kiosk und der Bierverkäufer hatten längst geschlossen, nur unter den schmächtigen Akazien saßen noch ein paar Leute. Ein Papa platschte ein letztes Mal, um der Familie zu zeigen, was ein echter Kopfsprung ist, dann begannen auch sie zusammenzupacken. Die Männer machten das Feuer aus, die Frauen klappten die Campingstühle und das Tischchen zusammen, die Kinder preßten die Luft aus der Gummimatratze, dann verstauten sie alles in den beiden Zastavas, und wir blieben für uns allein. Ich lag auf dem Rücken, suchte am Himmel die Satelliten, aber es blinkten nur die Lichter eines Flugzeugs. Wahrscheinlich hätte ich Angst, dachte ich. Zumindest bis wir über den Wolken wären, dachte ich. Dort stellt man sich sicher vor, daß man dem Herrgott näher ist. Dann dachte ich daran, daß denen dort oben jetzt wirklich nur noch Gott blieb, denn nicht einmal eine Schäfchenwolke war unter ihnen.

– Ich will, daß du zu mir ziehst, sagte sie.

– Du weiß genau, daß das nicht geht.

– Doch, es geht. Ich habe nicht gesagt, sofort, oder daß du deine Mutter sich selbst überlassen sollst. Ich will nur, daß wir wie Menschen leben. Nicht nur wir, sondern auch sie.

– Selbst Christus konnte nur frische Leichen auferstehen lassen.

– Ich rede nicht von einer Leiche, sondern von deiner Mutter. Sie wird nie einen Schritt nach draußen tun, solange jemand da ist, der die Tür abschließt, der einkauft und ihr gefälschte Briefe schickt. Außerdem bin ich sicher, sie weiß, daß du es bist, der ihr schreibt.

– Wenn sie das wüßte, wüßte ich es auch.

– Kann sein. Ist auch egal. Ich will, daß du Judit nach Hause rufst. Sie ist die einzige, die ihr helfen kann.

Wind kam auf, ich breitete die Decke über mich und schwieg.

– Seinerzeit habe ich mich hier und da nach ihr erkundigt, aber niemand hatte auch nur von ihr gehört. Sicher hat sie ihren Namen geändert.

– Die Züricher Bank wird doch wohl sagen können, von wessen Konto sie das Geld überweist.

– Ausgeschlossen. Dann könnte sie noch am gleichen Tag dichtmachen.

– Ich kenne jemanden beim Roten Kreuz. Die finden sie überall.

– Mag sein, sie finden sie, aber sie dürfen die Adresse nicht weitergeben, wenn sie nicht einverstanden ist.

– Warum willst du sie nicht finden? fragte sie.

– Eigentlich will ich schon, sagte ich.

– Das war jetzt wie ein hundertfaches Nein, sagte sie.

– Doch. Ich will es.

– Wovor hast du Angst?

– Weiß nicht.

– Ich kann es dir sagen.

– Sicher, aber deshalb weiß ich es noch lange nicht.

– Hast du gesehen?

– Was?

– Eine Sternschnuppe.

– Nein.

– Such sie und hol sie ab. Schreib nicht, geh hin.

– Gut, sagte ich und stand auf, dann stapfte ich ins Wasser, traute mich aber nur so weit, wie ich noch den Schlamm unter meinen Sohlen spürte.

Eines Abends meldeten die Nachrichten, daß es Entschädigungen geben werde. Man wisse noch nicht, wann und wie viele Maschinenanlagen der Enkel von Manfred Weiß zurückbekommen würde und wieviel Gedeon Richter gehörten, ob nur Sibirien und Sechsundfünfzig Pluspunkte einbrachten oder ob auch Dachau zählte, aber etwas würde es geben, da könnten die verehrten Zuschauer ganz sicher sein. Ja, daß man sich in der Hauptsendezeit mit diesem Thema befasse, sei schon etwas. Man könnte fast sagen, mehr sei eigentlich gar nicht nötig. Da gibt es Ackerland, Wälder, zu Traktorenstationen avancierte Schlösser wie Sand am Meer, und alles wartet auf seinen einstigen Besitzer. Man möge jetzt bitte schön sämtliche Grundbuchakten und Kaufverträge unter der Sitzbank oder aus der Küchenanrichte hervorkramen. Und nachdem das alles vermeldet worden war, bat meine Mutter um das Révai-Lexikon und die Komitate Ungarns und die Atlanten und Heraldikbücher und begann aufzuschreiben, was ihr gehörte. Es kümmerte sie nicht weiter, daß der Blick aus einem der Schlösser auf das Radnai-Gebirge oder auf eine Plattenbausiedlung in Preßburg fiel, sie störte sich weder an Grenzen noch an Friedensabkommen. Sie ließ Museen ausquartieren und Altenheime schließen, sie listete alles auf, was in ihrer Vorstellung jemals den Weérs gehört haben könnte, eine endlose Liste längst umgebauter Straßen, längst zerbombter Fabriken und längst eingestürzter Bergwerke trug sie zusammen.

Gib mir den Taschenrechner, mein Sohn.

Bitte sehr, Mutter. Halten Sie ihn unter die Lampe, nur so funktioniert er, sagte ich, und sie rechnete aus, wieviel fünfzigtausend Hektar Weizen und wie viele Kubikmeter Holz die halbe Mátra und ein Viertel Bakony bedeuteten. Und es hätte nicht den geringsten Sinn gehabt, ihr zu sagen, daß uns diese achtzig Quadratmeter gehören. Daß schon meine Urgroßmutter kaum mehr gehabt habe und meine Großmutter nicht einmal soviel. Daß das eine Schloß im Ausland sei, das andere ein Waisenhaus. Und so blieb mir nichts anderes übrig, als die notwendigen Formulare zu besorgen und ihr beim Ausfüllen zu helfen, dabei war sogar ihr Personalausweis längst abgelaufen. Dann steckte sie die zentnerschwere Liste in einen Umschlag, was sie zusammengeschrieben hatte, war so umfangreich wie ein ordentlicher Familienroman, sie klebte eine alte Briefmarke darauf, und ich verschloß das Ganze in der Schublade.

Dann kam ein ebenso großer Umschlag, und anstelle des Absenders stand da nur, der Tee sei kalt gestellt, und zuerst wollte ich den Umschlag ungeöffnet zurückschicken, aber mir wurde klar, daß das lächerlich gewesen wäre, also kochte ich eine Kanne Pfefferminztee, stellte ein paar Packungen Kekse bereit und begann mit den Korrekturen. Es wäre viel besser gewesen, wenn Eszter dabei geholfen hätte, aber ich wollte nicht, daß sie wieder in die Nähe dieser Frau kam. Ich erwähnte die Fahnen mit keinem Wort, lieber las ich mein eigenes Buch mit dem Lineal wie ein Erstkläßler. Drei Tage gingen für die Korrigiererei drauf, weil die Setzerin verdammt noch mal nicht verstehen wollte, daß zum Beispiel Wowarstdumeinsohn in einem und der Herrgott auch in Flüchen groß geschrieben wird, und sei es auch nur aus Anstand. Als ich mit der Arbeit fertig war, steckte ich alles in einen Umschlag und brachte ihn zur Post, aber ein paar Tage später kam er zurück, weil ich ihn nicht an den Verlag, sondern versehentlich an das Amt für Entschädigung adressiert hatte, das Amt aber ganz richtig beschied, daß mein Antrag auf Schadensersatz ohne das erforderliche Formular nicht berücksichtigt werden könne, so daß ich mit dem Packen zur Andrássy-Straße ging, um ihn in den Briefkasten zu stopfen.

– Sieh an, sagte sie, als sie die Tür öffnete.

– Das paßte nicht in den Briefkasten, sagte ich, ohne mit der Wimper zu zucken, denn ich hatte draußen abgewartet, bis mein Erstickungsanfall vorbei war, und erst danach geklingelt.

Nach dem zweiten Klingelton dürfte sie unter der Dusche hervorgekommen sein. Der weiße Bademantel haftete an der künstlich braunen Haut, aus dem Turban, den sie sich um den Kopf gewickelt hatte, lief Wasser ihren Hals hinunter, aber selbst nach dem Baden kam der herbe Mandelgeruch aus allen Poren, wie aus den Bettlaken meiner Mutter im Wäschekorb. Als schwitzten beide Zyan aus. Als wären ihre Drüsen mit Gift gefüllt. Ich holte eine Flasche Wein aus dem Kühlschrank und zwei Gläser aus der Küche, ganz wie zu Hause oder bei Eszter.

– Um sieben gehe ich ins Theater. Kommst du mit? fragte sie und schüttelte das Fläschchen, zog ein Bein auf die Récamiere hoch und begann ihre Zehennägel zu lakkieren.

– Ich gehe nicht mal allein ins Theater, sagte ich.

– Pardon. Ich vergaß. Deine seelischen Wunden! Ruf übrigens nächstes Mal dieses unglückliche Mädchen wenigstens an, bevor du tagelang verschwindest. Es bringt mich ziemlich in Verlegenheit, wenn sie dich im Verlag sucht. Am Ende verplappere ich mich noch.

– Du würdest es nie wagen, dich zu verplappern, sagte ich.

– Wagen würde ich es schon. Siezen wir uns übrigens nicht? Ich könnte fast deine Mutter sein.

– Die Vergleiche solltest du besser lassen, sagte ich.

– Nur prügeln sollten wir uns nach Möglichkeit nicht. Alles andere ist in Ordnung, aber das mag ich irgendwie nicht.

– Dann stell dich beim nächsten Mal zuerst vor, wenn du für jemanden die Beine breit machst.

– Ich verstehe nicht, warum man daraus so eine Sache

machen muß. Du bist nicht der erste, der mit der Geliebten seines Vaters schläft. Es wird Zeit, daß du lernst, mit solchen Dingen geschickter umzugehen. Das ist mindestens so wichtig wie Englisch.

– Anscheinend habe ich ja noch menschliche Züge, sagte ich.

– Das kommt mir irgendwie bekannt vor. Dafür übrigens, daß du soviel Wert auf menschliche Züge legst, kannst du ganz schön hart zuschlagen. Da fällt mir ein: Gestern habe ich die Probeübersetzung nach Paris abgeschickt. Ich habe fast das Gefühl, die wollen dich haben. So viel rührende Unschuld zwischen zwei Buchdeckeln darf heutzutage schon als Kuriosum gelten.

– Das interessiert mich nicht, sagte ich.

– Natürlich nicht, sagte sie.

– Es ist wohl klüger, ich gehe jetzt, sagte ich.

– Wozu bist du eigentlich gekommen?

– Zum Ficken wahrscheinlich, sagte ich.

– Siehst du, Goldstück, das zum Beispiel ist wirklich ein menschlicher Zug. Kein Bock kann das der Ziege so schön sagen.

– Ich denke, das ist es, wofür du meinen Vater geliebt hast, sagte ich.

– Das ist ja lächerlich. Meine Katze habe ich geliebt. Nur wäre es schwierig gewesen, mit ihr zu ficken. Deine Mutter mochte ich auch, bis sie meine Katze durch den Fleischwolf drehte. Derselbe übrigens, mit dem sie euch die Babynahrung bereitete. Der Papa putzte die Möhren, ich kochte, die Mama pürierte. So war die Arbeitsteilung.

– Ich werde jetzt besser gehen, sagte ich und stand auf.

– Wie du meinst, Goldstück. Manchmal ist es durchaus von Vorteil, wenn man weiß, wieviel Wahrheit man verträgt. Übrigens ist auch mir nicht nach Sentimentalitäten.

– An Wahrheit vertrage ich durchaus mehr als das, sagte ich.

– Dann setz dich nur wieder. Meine Phantasie ist bei weitem nicht so lebhaft wie deine, auch wenn ich deine Windeln gewaschen habe.

– Mag sein, daß du meine Mutter gekannt hast, mag ja sogar sein, daß du mit meinem Vater ins Bett gegangen bist, aber daß du jemals Windeln gewaschen hast, glaube ich dir nicht, sagte ich.

– Ich habe ein Jahr, vier Monate und zwölf Tage bei euch gewohnt, Schatz. Nicht gerade idyllisch, aber es ging irgendwie.

– Interessant. Dabei erinnere ich mich sogar noch an den Kreißsaal, sagte ich.

– Dann erinnerst du dich sicher auch, daß jemand eure Windeln wechselte, wenn Mama in Provinzkulturhäusern Arbeiterlieder sang und Papa im Innenministerium falsche Zeugenaussagen und Verhörprotokolle schrieb.

– Mein Vater war Kritiker, sagte ich.

– Selbstverständlich, Goldstück: Dies ist ein gutes Geständnis, das ist kein gutes Geständnis. Na, du mußt nicht gleich den Kopf hängen lassen, letztendlich war nicht er es, der darüber entschied. Er war nur ein stiller Stasimann. Austoben konnte er sich zu Hause. Und wenn es dich beruhigt, es war Genosse Jordán, der ihn protegiert und als Aktenwurm im Innenministerium untergebracht hat, seiner Tochter zuliebe. Damit meine Freundin, die Klassenfeindin, leichter zu einer Wohnung kam.

– Dann hast du aus meiner Mutter eine Schauspielerin gemacht, denke ich.

– Nein, Schatz. Aber ein paar Jahre später wurde ich wegen deiner Mutter in sämtlichen Theatern gefeuert, was übrigens nicht so schlimm war. Von Dramaturgie verstand ich sowieso nie viel. Übrigens geht dich das überhaupt nichts an. Aber was leugnen, es überrascht mich selbst, daß sich mit dir gut bumsen läßt.

– Du bist lächerlich, sagte ich.

– Ich sehe, wir haben fast die Grenze des Erträglichen erreicht, sagte sie.

Egal, was sie sagt, ich rühre mich nicht von der Stelle, dachte ich.

– Das zum Beispiel ist ein spezifisch mütterlicher Zug, sagte sie, und wieder schüttelte sie die Flasche.

Egal, es interessiert mich nicht, dachte ich.

– Ihr hat die Wahrheit auch ziemlich viel Kummer bereitet. Wahrscheinlich ist sie darüber wahnsinnig geworden, sagte sie und legte ein Bein aufs Tischchen.

Ich werde nie wieder eine Frau schlagen, dachte ich.

– Wenn du pustest, trocknet es schneller, sagte sie.

– Such dir jemand anderen dafür, sagte ich.

– Als wärst du vorhin nicht deshalb gekommen.

– Schon vorbei, sagte ich.

– Ach was, Goldstück. An deiner Hose ist gleich ein Fleck.

– Dann wasche ich sie, sagte ich.

– Würdest du mir meine Tasche geben? fragte sie, und ich gab sie ihr. Sie suchte eine Weile darin herum, dann warf sie mir zwei Goliath-Batterien zu. – Etwas Männerarbeit. Tu sie in den aus Silikon. Draußen im Bad, sagte sie, und ich verstand einen Moment lang nicht, wer aus Silikon sein sollte, aber dann half sie mir auf die Sprünge, der künstliche Schwanz, Goldstück.

Als ich im Morgengrauen auf die regengepeitschte Andrássy-Straße trat, spürte ich nur noch Furcht, wie ein wildes Tier, wenn ein Ast knackt oder der Wind das Laub aufwirbelt, aber bald schon war ich mir sicher, daß sie mich töten will. Ja, sie will mich einfach kaltmachen. Sie rührt mir was in den Tee. Es gibt ein Mittel, das man im Labor nicht nachweisen kann und das erst spät wirkt, wie Rattengift. Das erst nach Tagen tötet, damit die anderen Ratten keinen Verdacht schöpfen, dachte ich, und das nächste Mal trank ich meinen Tee nicht. Dann dachte ich, sie sei krank. Bestimmt Syphilis. Solche Frauen haben alle Syphilis. Und sie sagt nichts, weil sie auf diese Weise gleich auch Eszter mit aus dem Weg räumen kann. Eszter dürfte sie mindestens so hassen wie meine Mutter, dachte ich. Sie hat sie nur nicht aufgesucht, weil sie noch niederträchtiger war, dachte ich. Sie will töten, nicht eine Szene, dachte ich, und als ich schon die sechzigste Stunde vor Angst nicht schlafen konnte, ging ich zum Bluttest, dabei hatte ich mich zum letzten Mal als Kind von einem Arzt anfassen lassen.

Und jedesmal verließ ich ihre Wohnung wieder zum letzten Mal, aber länger als eine Woche hielt ich es nie aus. Wie ein Morphinist mit der Nadel umzugehen lernt, so lernte ich die Kratzer an meinem Hals mit der Rasierklinge zu korrigieren, damit es aussah, als hätte ich mich beim Rasieren verletzt. Ich lernte, mich auf nie gesehene Bekannte, auf Verkehrsunfälle und wegen Bombenalarms steckengebliebene Metrozüge zu berufen. Oder mich am Waschbecken im Klo der Balkanperle frisch zu machen und mit dem Chlorgeruch einer halben Flasche Cremeseife den herben Mandelgeruch zu unterdrücken.

– Schrecklich, wie du wieder nach Chlor riechst, sagte Eszter.

– Dann bade mich, sagte ich, und als wir miteinander schliefen, schrie sie derart, daß die Nachbarn denken mußten, ich hielte ihr ein Messer an den Hals, doch soweit war ich noch nicht. Und als ich erfuhr, daß mein Vater den Umgang mit uns nicht etwa mied, weil er auf tragische Weise aus dem Leben geschieden war, wozu nichts mehr zu sagen ist, mein Sohn, sondern weil er als Begleiter einer Pressedelegation vergessen hatte, aus Houston zurückzukehren, dabei wäre er dafür verantwortlich gewesen, daß alle zurückkehrten, und als ich erfuhr, daß er von dem Erlös der aus dem Tresor des Genossen Jordán entwendeten Dokumente eine ziemlich lukrative Religion gegründet hatte und dann in die Schallplattenproduktion eingestiegen war, während sich Genosse Jordán – in Kenntnis der Spielregeln – mit der Dienstpistole in den Kopf geschossen hatte, fragte Eszter, um Gottes willen, was ist mit dir los, du siehst wieder aus, als hättest du Kreide gegessen.

So kann man nicht leben, nicht einmal ein Tier kann so leben, dachte ich. Ich muß ihr sofort den ganzen Albtraum erzählen, dachte ich, und als ich aus dem Tor trat, saß Eszter gegenüber, auf der Terrasse des Café Művész, in einem hellgrauen Kleid. Sie beachtete mich nicht, stand auf, legte das Geld auf den Tisch und enteilte, ich aber war unfähig, ihr hinterherzurennen. Mir wurde schwindlig. Wie wenn man zu plötzlich aufsteht. Dann verloschen die Straßenlaternen und die Lichter in den Schaufenstern, die Autos verstummten, und der Gehsteig versank unter mir. Ich stürzte in einen stockfinsteren Strudel, genauer: etwas stürzte, und auch nicht ins Stockfinstere, das wäre ja noch sichtbar. Leute kamen aus der Oper. Ein Mann sagte, laß ihn, der ist betrunken, aber ein anderer beugte sich herab und ertastete die Halsschlagader.

– Man sollte einen Rettungswagen rufen.

– Ich habe kein Kleingeld, sagte der andere, dann hörte ich eine Frauenstimme, sie habe welches, und ehe sie in ihrer Handtasche zu wühlen begann, konnte ich schon wieder sehen, wenngleich alles gelb-schwarz war, wie wenn einem mit einem Blitzlicht in die Augen geleuchtet wird.

– Nicht, sagte ich und versuchte hochzukommen.

– Bleiben Sie, wir rufen einen Arzt, sagte die Frau.

– Nicht nötig, sagte ich und hängte mich bei jemandem ein, und so gelang es mir endlich, auf die Beine zu kommen.

– So können Sie nirgends hin, sagte der Mann.

– Lassen Sie mich los! sagte ich und entriß ihm mein Handgelenk.

– Das darf ja wohl nicht wahr sein! hörte ich noch die

Stimme der Frau, aber da rannte ich schon los, und als ich sicher war, daß sie mich nicht verfolgten, stellte ich mich in eine Toreinfahrt, um zu verschnaufen.

Ich ging zu Fuß zur Nap-Straße, als zählte diese halbe Stunde noch, als könnte in dieser Zeit noch etwas geschehen. Ich hätte mir nicht verbitten sollen, daß sie einen Rettungswagen rufen, dachte ich. Ins Krankenhaus wäre sie sicher gekommen, dachte ich. Wenn wir am Tropf hängen, zählt das alles nicht mehr, dachte ich, dann brüllte mich ein Autofahrer an, hast du Tomaten auf den Augen, du Wichser?! Oder wenn sie anfangen zu schießen, dachte ich. Wenn die Russen doch Budapest zerschießen würden, dachte ich. Wenn geschossen wird, ist es schon total egal, mit wem wir ins Bett gehen, dachte ich. Wichtig ist nur noch, wen wir mit uns in den Keller zerren.

Sie lag auf der Matratze, als schliefe sie.

– Mich ekelt vor ihr, sagte ich, aber sie schwieg. Die Straßenlampe schien herein, dabei wäre es besser gewesen, nichts zu sehen. – Ich hasse sie, verstehst du? Nur kann ich nicht aufhören damit, sagte ich, und da erst öffnete sie die Augen.

– Womit willst du aufhören? fragte sie verschlafen, dann streckte sie die Arme aus, um mich zu umarmen. – Ich dachte schon, du kommst heute gar nicht mehr, sagte sie, und da ging mir plötzlich auf, daß sie ja gar kein hellgraues Kleid besaß.

Bevor ich das letzte Mal zur Jordán hinaufging, hatte ich alles genau festgelegt, auf Kästchenpapier, mit Winkelmesser und Lineal. Mit der Präzision eines Ingenieurs hatte ich die exakte Position für jedes Wort, für jede Bewegung berechnet, jeden Satz im voraus formuliert und einstudiert. Vor der Tür wiederholte ich alles noch einmal, dann klingelte ich und tat nichts dagegen, daß diese Visite genauso verlief wie alle anderen bisher.

Sie wollte gerade zu einem Stehempfang in einer Botschaft, wohin ich sie doch begleiten könne, schließlich werde meine gesunde Paarbeziehung davon keinen Schaden nehmen. Dann erzählte sie mir dies und das, kramte aus einer Schublade die Pistolenkugel hervor, die sich in die Wand gebohrt hatte, nachdem sie durch den Schädel des Genossen Jordán gezischt war. Sie war in Silber gefaßt, Gold könne sie nicht leiden. Eine Weile hätte sie sie auch getragen, eine Art Souvenir des Todes, damals habe sie noch zu Sentimentalitäten geneigt. Übrigens sei es längst nicht so einfach, eine verbrauchte Patrone zu besorgen, wie, sagen wir, mit zwei Bühnenarbeitern aus dem Lager einige der besseren Requisiten mitgehen zu lassen, das könne ich mir ja sicher denken, nicht wahr. Und natürlich wisse sie, daß sie mir mindestens genauso zustehen würde wie ihr, aber aus irgendeinem Grund hänge sie an solchen Erinnerungsstücken. Vielleicht irgendwann einmal, wenn ich es verdiente, sagte sie. Sie könne sicher sein, daß ich es bald verdienen würde, sagte ich und griff ihr zwischen die nach Zyan riechenden Brüste, und während ich ihr die Klamotten runterriß, wiederholte ich in Gedanken alles noch einmal, dann stand ich auf.

– Die Wahrheit ist, daß ich mich vor dir ekle, sagte ich und wischte mir die klebrigen Hände ab. Ich glaube, du hast an ein zahmes Haustier gedacht, als du dieses Spielchen angefangen hast. Da hast du dich aber geschnitten. Statt Foxi hast du eine Hyäne erwischt, sagte ich und zog mir den Reißverschluß hoch. – Wenn du das Gefühl hast, daß du es allein nicht schaffst, schicke ich dir gern jemand von der Straße hoch. Vielleicht kommst du gerade noch rechtzeitig zum Stehempfang, sagte ich und schlüpfte in mein Jackett.

– Du versuchst dich vor dir selbst zu ekeln, mein Goldstück, aber das ist nicht so einfach. Daran mußt du noch ein bißchen arbeiten. Du hast ja keine Ahnung, wieviel man seinem Schwanz verzeiht, sagte sie, und noch im Treppenhaus hörte ich ihr angestrengtes Kichern.

Wowarstdumeinsohn?
An sich bei Ihnen, Mutter.

Vermutlich hatte sie noch niemand im Bezirk gesehen, aber jeder hatte schon von ihr gehört. Dieses Mädchen sei die neue Wunderwaffe, ging das Gerücht, lebensgefährlicher als Napalm, wo sie zum Einsatz käme, klingelten die Kassen, die Leute rissen sich um Unterwäsche wie vierundvierzig um den Hitlerspeck – die Hausfrauen zweigten schon Haushaltsgeld ab, statt Pariseraufschnitt vom Geflügel kauften sie welchen vom Schwein und sparten sogar an der Sonntagsleberwurst, nur um genug für diesen Body beisammen zu haben, wenn es soweit war. Im Brustbereich Spitze, unten mit Druckknöpfen, es gibt kaum eine ramponierte Ehe, die man mit so einem Body nicht wieder einrenken könne. Dann tauchten am Montag früh in den Schaufenstern der Aranypók-Filialen die Poster auf, und wie nicht anders zu erwarten, drängten sich die Leute vor der lebensgroßen Naomi, und jeder suchte nach einer treffenden Bezeichnung. Von geiler Fotze bis Rehlein hörte Naomi sich alles mit unbewegter Miene an, doch die Kassen klingelten nicht übermäßig, da sich herausstellte, daß man für den Body mindestens ein halbes Jahr länger auf die Leberwurst verzichten mußte. Herr Ligeti jedoch hatte gute Beziehungen zu Aranypók, seine Schwiegertochter war Kassiererin in der Filiale in Újpest, und so war es ihm gelungen, eine lebensgroße Naomi zu besorgen, und als er mit Herrn Vértes den Kunstdruck auf dem Boden ausbreitete und je einen Bierkrug auf die vier Ecken stellte, damit er sich nicht zusammenrollte, sagte Jolika zunächst nur, das geht so bestimmt nicht; aber eine halbe Minute später standen schon welche auf den Tischen, weil man

Naomi von oben besser sehen konnte, und mehrere verlangten, Jolika solle Tesafilm holen und Rehlein an die Stelle vom Unikum-Plakat hängen, also nahm Jolika den Putzeimer und kippte ihn über Naomi aus, zerfetzte sie dann mit ihrem Schuhabsatz und brüllte, wer sich Nutten anschauen will, der soll doch auf den Platz hinaufgehen, und gleich schließt sie die Weinstube, sie will diese Visagen hier nicht länger sehen.

– Beruhigen Sie sich doch, sagte ich, während ich den Matsch aufwischte, der von Rehlein übriggeblieben war.

– Halten Sie bloß die Klappe, sonst werfe ich Sie auch noch raus, sagte sie und knallte mir den Aschenbecher hin. – Was bilden Sie sich alle überhaupt ein?

– Sie hat ihnen ja nur gefallen, sagte ich.

– Dürres Afrika, sagte sie.

– Ist eben ihr Geschmack, sagte ich.

– Würden Sie das vielleicht dulden? Wenn sie wenigstens schön wäre! Das würde ich ja noch verstehen. Denken Sie bloß nicht, das würde ich nicht verstehen. Aber überhaupt, was erlauben die sich für eine Frechheit? Gerade haben sie ihm die Prostata rausgenommen, da schleppt er dieses Ding hier an? Warum nimmt er es nicht mit nach Hause?! Soll er es doch mitnehmen und seiner Frau Ligeti hinpappen!

– Sie haben ja recht, Jolika, sagte ich, dann saß ich noch eine Weile herum, hörte mir die Mittagsnachrichten an, und erst danach konnte ich mich entschließen, das Paket, das ich schon morgens von der Post geholt hatte, endlich aufzumachen.

Ich empfand nichts. Es war genau so geworden, wie ich es mir vorgestellt hatte, dennoch glich es irgendwie nicht einem wirklichen Buch. Einem, das man unter W einordnen kann oder mit dem man, sagen wir, einen wackelnden Schrank stabilisieren könnte, wenn das Parkett sich gesenkt hat. Ich nahm die Rasierklinge aus meiner Brieftasche und trennte aus einem der Exemplare die vorletzte Seite heraus, weil ich nicht wollte, daß meine Mutter erfuhr, wer das Lektorat gemacht hatte.

– Was ist denn das, fragte Jolika.

– Das ist für Weihnachten, sagte ich, weil mir nichts Besseres einfiel, auf diese Frage war ich nicht vorbereitet.

– Bißchen früh, sagte sie.

– Ich mag nicht im letzten Augenblick herumrennen, sagte ich und schlug die Belegexemplare schnell wieder in das braune Papier ein, dann zahlte ich.

Wowarstdumeinsohn?

Mein Buch ist erschienen, Mutter.

Ich brauche es nicht, mein Sohn, sagte sie und schaute sich weiter ihre Freitagnachmittagssoap an, ich aber legte das mit der Klinge zensierte Exemplar auf ihren Tisch, zog die Tür zu und lauschte im Flur. Nach ein paar Minuten quietschten die Federn im Polstersessel, und unter die Seufzer der argentinischen oder brasilianischen Sklavin mischte sich das Rascheln der schnell durchgeblätterten Buchseiten. Dann hörte ich, wie sie einzeln umblätterte. Ich wußte, daß sie zuerst zu Seite vierunddreißig ging, zur *Geschichte der Schauspielkunst*, denn die hatte sie am liebsten.

Ich goß mir eine Tasse Kaffee ein, dann suchte ich bis zum Nachmittag nach Formulierungen, was ich Eszter ins Buch schreiben sollte. Die vielen Entwürfe hätten schon jetzt für eine Seifenoper gereicht, aber dann blieb von dem Ganzen nur *Für meine Frau* übrig, denn ich dachte, darüber würde sie sich am meisten freuen. Auf dem Kálvin-Platz kaufte ich eine Rose, und gegen Ende der Öffnungszeit ging ich ihr Richtung Bibliothek entgegen, doch ihre Kollegin sagte, sie sei schon vor drei Stunden gegangen, in Begleitung einer rothaarigen älteren Frau, und ich sagte, danke.

Ich ging die Andrássy-Straße hinunter bis zur Jordán, aber dort waren sie nicht, so trank ich im Művész einen Kaffee und aß ein Stück Kuchen, denn ich war ziemlich hungrig. Die Blume gab ich der Kellnerin, zum Dank, weil sie sich gemerkt hatte, daß ich keine Sahne mag, aber den Espresso mit einem Glas Soda trinke. Sie sagte, bisher habe sie geglaubt, ich sei der phlegmatischste Mann in der ganzen Stadt, worauf ich sagte, das gleiche hätte ich von ihr gedacht, dann verbesserte ich mich, daß ich natürlich nicht ihre Männlichkeit meinte, sondern wie sie mir das Glas Soda immer hinknallte, und dann lachten wir.

Ich steckte das Buch ein, denn ich wollte es Eszter schon noch geben, und ging zu Fuß zur Nap-Straße, damit sie, wenn sie dort waren, noch Zeit hätten, sich zu unterhalten. Wahrscheinlich habe ich mich noch nie in meinem Leben so leicht gefühlt. Auf dem Rákóczi-Platz fragte mich eine Nutte, ob ich nicht wegtropfen will, Nirwana hundert Pro, mit Rabatt, worauf ich sagte, das erlaubt meine Mama nicht, dann gab ich ihr Feuer, und wir unterhielten uns. Sie war ein sehr nettes Mädchen, sie log, sie würde das nur so lange machen, bis sie genug für ein Haus mit Garten irgendwo in der Wekerle-Siedlung zusammenhätte, und ich log, daß ich Theaterkritiken schreibe, tausend brutto zahlen sie für Komödien, tausendfünfhundert für Tragödien, denn über die gut zu schreiben ist schwieriger, im allgemeinen sind sie zum Lachen. Ich hätte gern weitergeplaudert, aber der Zuhälter tauchte auf, und das Mädchen bat mich, von der Bildfläche zu verschwinden, wenn ich nicht vögeln will.

Eszter fiel mir um den Hals und küßte mich ab. Ich war voller Lippenstift, seit Jahren hatte ich nicht mehr so viel Farbe an ihr gesehen.

– Gib schon her, sagte sie und begann in meiner Tasche zu wühlen, dann schaute ich zu, wie sie sich auf die Matratze warf und das Buch durchblätterte, daran schnupperte wie an einem Liebesbrief, um Kleber und Druckerschwärze zu riechen. Dann bemerkte sie auch die Widmung, für meine Frau, die ich vergessen hatte herauszutrennen.

– Ist das ein echter Heiratsantrag? fragte sie, und von der vielen Farbe waren ihre Tränen schwarz. – Ja, nur habe ich das Fragezeichen am Ende vergessen, sagte ich und spürte den herben Mandelgeruch, der den Wänden entströmte.

– Aber ich darf schon sagen, ja?

– Suchen wir erst einen Priester, der bereit ist, zwei Ungläubige zu trauen, sagte ich.

– Ich bin gar nicht mehr ungläubig, sagte sie und klammerte sich schluchzend an meinem Hals fest, und sogar ihre Haut hatte den Geruch dieser Frau eingesogen.

– Freust du dich? fragte ich

– Siehst du das denn nicht? Was soll ich denn noch tun, damit du es merkst?

– Du könntest dich beispielsweise in die Wanne stellen, damit ich dir die ganze Farbe abwasche, sagte ich.

– Das geht jetzt nicht. Wir müssen uns beeilen.

– Warum? fragte ich.

– Wir müssen um neun zum Abendessen. Du solltest dich auch noch ein bißchen frisch machen. Stell dir vor, deine Lektorin kam heute in die Bibliothek und hat uns zum Abendessen eingeladen, sagte sie und bedeckte mich wieder mit Küssen, dann ging sie schnell ins Bad, um von vorne damit zu beginnen, sich schönzumachen.

– Aha, sagte ich.

– Vor einer knappen Stunde ist sie gegangen. Wir haben uns den ganzen Nachmittag über dich unterhalten.

– Wirklich? sagte ich und sah ihr von der Tür aus zu, wie sie versuchte, sich die Nägel gleichmäßig zu lackieren, aber sie hatte keine Übung, der Pinsel fuhr immer über die Ränder.

– Übrigens ist sie sehr nett. Ich weiß gar nicht, was du gegen sie hast. Sie ist überhaupt nicht die arrogante Kulturfotze, wie du immer sagst.

– Schon möglich, sagte ich.

– Sie findet auch, daß du ein echtes Genie bist. Sie macht sich nur Sorgen, warum du nicht wenigstens Englisch lernst. Sie hat mich gebeten, mit der Peitsche hinter dir zu stehen, weil du nur dann dazu bereit bist.

– Mal sehen, sagte ich.

– Nicht mal sehen, sie hat völlig recht. Und man kann ganz hübsche kleine Peitschen bekommen, sagte sie und pustete sich auf die Nägel, damit der Lack schneller trocknete. Sie sagte, wahrscheinlich kommt bald die französische Ausgabe und vielleicht auch die deutsche.

– Das kann ich mir kaum vorstellen, sagte ich.

– Sehr richtig, bilde dir bloß nicht zuviel ein, sagte sie und wollte mich küssen, aber dann fiel ihr ein, daß die Farbe verschmieren würde und sie dann wieder von vorne anfangen konnte. – Was soll ich anziehen?

– Nichts, sagte ich.

– Ich kann doch schlecht im Unterrock gehen. Würdest du mir bitte das Schwarze mit den Spitzenärmeln holen?

– Nein, sagte ich.

– Bitte, wir müssen uns beeilen. Meine Nägel kleben noch.

– Wir gehen nirgendwohin, sagte ich und sah, wie ihr Blick gefror.

– Sie erwartet uns um neun, sagte sie, und wir starrten einander im Spiegel an.

– Es interessiert mich nicht, wie lange sie wartet. Du setzt dich mit dieser Frau nicht an einen Tisch.

– Doch, sagte sie und stellte die Farbe aufs Regal, wobei sie sogar darauf achtete, daß es nicht klirrte.

Minutenlang regte sich keiner von uns. Es wäre besser gewesen, der Spiegel wäre explodiert und hätte uns beide in Stücke gerissen, aber nichts dergleichen geschah. Nicht einmal unser Herzschlag war zu hören.

– Es ist überflüssig, sagte ich, nur weil die Stille unerträglich war.

– Seit einem halben Jahr, sagte ich, und noch immer starrten wir einander im Spiegel an.

– Ich habe dich nicht gefragt, sagte sie, dann nahm sie das Handtuch, rieb sich ab, und ihr Gesicht war wie das einer Toten.

– Ich wollte es dir schon erzählen, aber es geht nicht.

– Dann erzähl auch nicht, sagte sie.

– Es gibt auch nichts zu erzählen. Ich hasse sie! Seit ich das erstemal ihre Stimme gehört habe, hasse ich sie! Das ist alles!

– Schrei nicht so, sagte sie.

– Ein halbes Jahr schon ekelt mich das Ganze an!

– Ich verstehe, sagte sie.

– Du hast mich dorthin geschickt! Du hast dieses Scheißbuch gebraucht! Ich brauche es absolut nicht! Mir war nur wichtig, daß du dich an deinem Schriftsteller freust!

– Ich verstehe, sagte sie.

– Nichts verstehst du! Warum hast du mich zur Hure meines Vaters geschickt?! Du mußtest es doch wissen! Ja, du hast es sehr wohl gewußt!

– Ich habe es nicht gewußt, sagte sie.

– Lüg doch nicht! Das hast du so gewollt! Du wolltest mich in den Dreck ziehen, um über deinen eigenen Dreck keine Rechenschaft ablegen zu müssen! Ich habe nie wegen einem Reisepaß gefickt, und ich habe nie jemanden umgebracht!

– Ich verstehe, sagte sie.

– Klar verstehst du das, du Mörderin! Wer zuläßt, daß sein Großvater eingeschläfert wird, ist ein Mörder!

– Ja, sagte sie.

– Du hast deinen Großvater wegmachen lassen wie einen Bastard! Um ihn nicht pflegen zu müssen! Ich kümmere mich um meine Mutter! Starr mich nicht an, du Haufen Scheiße! Mich kannst du nicht in den Dreck ziehen! Starr mich nicht an, sage ich!

– Geh endlich, sagte sie, und da schlug ich ihr ins Gesicht, und schon quoll ihr das Blut aus dem Mund, aber sie stand immer noch da und schaute. Sie schaute mich an wie einen Gegenstand aus Metall, einen Spucknapf oder eine Arztzange, und da rannte ich aus der Wohnung.

In der Nacht trat jemand gegen die Wohnungstür, und als ich hinaus auf den Flur ging, stand schon meine Mutter da, völlig versteinert, und hielt den Hammer, der sonst am Garderobenhaken hing, fest umklammert.

– Ich verbiete dir aufzumachen, sagte sie.

– Gehen Sie nach drinnen, Mutter, sagte ich, überzeugt, Eszter würde mich angreifen, aber sie stürzte sich auf meine Mutter.

– Verrecken Sie endlich, Sie Dreckstück! Geben Sie mir Ihren Sohn zurück! brüllte sie, dann warf sie meine Mutter zu Boden. – Krepieren Sie endlich, schluchzte sie, ich konnte meiner Mutter den Hammer kaum entwinden, aber dann trennte ich die beiden irgendwie.

– Bring sie hier raus! Jag sie sofort weg! brüllte meine Mutter.

– Gehen Sie in Ihr Zimmer! sagte ich.

– Bring sie raus! Ich verlange, daß du sie auf die Straße wirfst!

– Geben Sie mir Ihren Sohn zurück! Geben Sie ihn zurück! Ich will nicht, daß er Huren fickt statt Sie! Ich will nicht daran krepieren, schluchzte sie, und meine Mutter hätte ihr am liebsten die Augen ausgekratzt.

– Verschwinden Sie! brüllte ich, dann stieß ich sie in ihr Zimmer und stemmte den Fuß gegen ihre Tür. Eszter bearbeitete mein Gesicht mit den Fäusten, irgendwann sank sie dann auf den Boden.

– Was willst du von mir? fragte ich.

– Bring sie aus meinem Haus! schrie meine Mutter und rüttelte an der Tür.

– Wenn Sie nicht endlich still sind, werfe ich Sie auf die Straße!

– Ihr seid krank! schluchzte Eszter.

– Hör auf und geh heim! sagte ich.

– Deine Mutter ist krank, versteh das doch! schluchzte sie und umschlang meine Beine.

– Schweig! sagte ich.

– Sie ist keine Nutte, sondern ein Krüppel!

– Halt den Mund! sagte ich, und meine Mutter begann wieder an der Tür zu rütteln und wiederholte ständig, wirf sie aus meinem Haus.

– Es bringt nichts, wenn du zur Nutte deines Vaters gehst! Nicht deine Mutter demütigst du, nur mich! Nur mich kannst du demütigen, einzig und allein!

– Nur mich selbst kann ich demütigen, einzig und allein. Wie konntest du das tun? Mein Gott, warum willst du mich umbringen?

– Raus hier!

– Verstehst du nicht, daß ich dich liebe? Ich liebe dich, einzig und allein!

– Halt's Maul, sage ich!

– Alle hassen dich! Entweder sie haben Angst vor dir, oder sie hassen dich! Auch deine Mutter haßt dich! Nicht mal deine Schwester braucht dich, nur ich, verstehst du das nicht?!

– Du sollst mich nicht lieben! Ist das klar? Verschwinde! brüllte ich und stieß sie irgendwie auf den Gang, und dort schluchzte sie noch eine Weile, das sind Tiere, Tiere sind das.

Am nächsten Tag, als ich hinüberging, wollte ich noch an der Tür umkehren, tat es dann aber doch nicht. Die Wände waren mit den Seiten meines Buches beklebt, die Möbel, die Fliesen, die Badewanne, der Spiegel mit meinen Geschichten tapeziert. Die Gläser waren in Geschichten verpackt, auch die Klinken, durch meine Geschichten schien die Sonne herein, und nur der Eimer mit dem Tapetenkleister und die Einbände lagen mitten im Zimmer. Sie schlief auf dem Steinboden in der Küche, in einem schwarzen Seidenkostüm, und ihre Haare waren blondiert wie die meiner Mutter.

– Einzig und allein ich, sagte sie, als ich sie rüttelte, aber ihre Lippen bewegten sich kaum. Während ich telefonierte, kniete sie sich hin und säbelte mit dem Brotmesser die restlichen Haarsträhnen ab.

– Was haben Sie mit ihr gemacht?

– Nichts, sagte ich.

– Aber versuchen Sie doch, sich zu erinnern, sagte er.

– Ich will zu ihr, sagte ich.

– Solange ich hier der Oberarzt bin, betreten Sie diesen Saal nicht.

– Wieviel verlangen Sie?

– Am liebsten würde ich Sie rausschmeißen wie ein Stück Scheiße, sagte er.

– Das dürfte Ihnen ein leichtes sein, sagte ich und stand auf.

– Setzen Sie sich, sagte er, und ich setzte mich.

– Was wollen Sie wissen? fragte ich.

– Am besten alles.

– Das ist verdammt viel, sagte ich. – Dafür sind Sie in einer zu guten Familie aufgewachsen.

– Verschonen Sie mich mit Ihrem abgeschmackten Humor.

– Erst will ich zu ihr.

– Das bringt nichts. Sie kann nicht sprechen. Darum bin ich gezwungen, Sie zu fragen.

– Was haben Sie mit ihr gemacht? fragte ich.

– Wir gar nichts. Sie dafür um so mehr. Aber leider kann ich sie vor Ihnen nur schützen, solange sie auf meiner Abteilung liegt.

– Dafür, daß Sie noch nichts Vernünftiges gefragt haben, wissen Sie schon ziemlich viel. Sie ist nicht drogenabhängig, wenn Sie das meinen.

– Ich bin neugierig zu hören, wie Sie gelebt haben, sagte er.

– Wie die Tiere, sagte ich. – Übrigens ist sie meine Geliebte.

– Das Wort benutzen Sie lieber nicht. Ich fürchte, Sie haben keine Ahnung, was Liebe ist.

– Kann sein, sagte ich. – Ich werde mich bemühen, es anders zu formulieren.

– Seit wann leben Sie zusammen?

– Wir leben nicht zusammen. Ich lebe mit meiner Mutter. Sie ist übrigens auch wahnsinnig.

– Was fehlt Ihrer Mutter?

– Bloß das Übliche. Sie hat ihre Tochter lebendig begraben, sie hat einen vielversprechenden Fick mit ihrem Sohn unterbrochen und so weiter. Seitdem geht sie nicht besonders oft raus.

– Lassen Sie das.

– Ich sagte doch, dazu sind Sie in einer zu guten Familie aufgewachsen.

– Lassen Sie diesen Ton.

– Lassen Sie mich zu ihr! Lassen Sie mich sofort da rein, Sie diplomierter Henker! brüllte ich und sprang ihn über den Tisch hinweg an. Ich zerriß ihm den Kittel, zerrte ihn aus dem Armsessel und preßte ihm den Kopf auf die Patientenkarte. Ich spürte, gleich würden meine Finger seinen Schädelknochen eindrücken, im nächsten Augenblick würde ich ihm das Gehirn herausreißen und es gegen die Wand pfeffern wie eine Handvoll Scheiße. Drei Pfleger stürzten ins Zimmer, drehten mir die Arme auf den Rükken, einer umklammerte meine Beine und hob mich hoch, ich aber brüllte noch immer, ich muß sie sehen, unterstehen Sie sich, sie mit Elektroschocks zu behandeln, ich sprenge sonst das Krankenhaus in die Luft, ich bringe sie um, diese ganzen Folterknechte, wenn sie auch nur einen Finger an sie legen, ich lasse alle Psychiater krepieren, wenn sie versuchen, mich mit Gleichstrom aus ihrem Gehirn zu brennen. Und die Pfleger standen mit mir einfach nur im Zimmer, wie mit einem Sack Zement und warteten, was der Arzt sagen würde, Gummizelle oder Spritze, und als ich nur noch keuchte, sagte er, sie könnten mich ruhig loslassen und gehen, denn jetzt würden wir vielleicht in der Lage sein, wie Menschen miteinander zu reden.

Ich bekam ein Glas Wasser, dann erzählte ich, was sich überhaupt erzählen läßt. Manchmal stellte er eine Zwischenfrage, was ich mir eigentlich von den gefälschten Briefen erwartete oder wovor ich Angst hatte, als meine Mutter aus der Wohnung gehen wollte, und warum ich es denn geduldet hätte, daß Eszter jahrelang über ihr Leben schwieg, also lauter Dinge, die man sich ohnehin fragt und die zu beantworten müßig ist, denn die armseligen Antworten taugen nur dazu, daß man genau versteht, warum Jolika Naomi Campbell zu Matsch verarbeitet, sie helfen aber verdammt wenig, um zu verhindern, daß man sein eigenes Leben zu Matsch verarbeitet. Dann schrieb er zwei Medikamente auf, und ich versprach, sie zu nehmen, aber mehr solle er nicht erwarten: Ich respektierte zwar sein Wissen, aber wir würden es miteinander zu nichts bringen.

– Wieso glauben Sie das? fragte er.

– Wenn auch nicht viel, doch so viel weiß ich von mir, sagte ich.

– Diese blinden Flecken verschwinden zu lassen würde allerdings nicht schaden, sagte er.
– Das mache ich schon selbst, sagte ich.
– Sind Sie sicher, fragte er.
– Ja, sagte ich.
– Und wenn es nicht gelingt? fragte er.
– Dann ist alles im Arsch, sagte ich.
– Halten Sie sie da raus, sagte er.
– Gut, sagte ich.
– Beenden Sie die geschlechtliche Beziehung, sagte er.
– Gut, sagte ich.
– Am besten wäre es, wenn Sie einander überhaupt nicht mehr sehen würden, sagte er.
– Daran würden wir beide krepieren, sagte ich.
– Sind Sie sicher? fragte er.
– Ja, sagte ich.
– Das ist nicht Liebe, sondern Obsession, sagte er.
– Das Wesen der Liebe ist die Obsession, sagte ich.
– Dichter irren oft, sagte er.
– Ich bin Schriftsteller. Allerdings können auch die irren, sagte ich.
– Ziehen Sie bei Ihrer Mutter aus, sagte er.
– Ich versuche es, sagte ich.
– Ich nehme an, Sie würden sie nicht in ein Heim geben, sagte er.
– Niemals, sagte ich.
– Das verstehe ich, sagte er, dann bat er mich, erst einen Tag später zu Eszter zu gehen.

Wowarstdumeinsohn?
Ich habe eine Wohnung gestrichen, Mutter.

Ihre Zimmergenossinnen ermunterten sie, los, es wird schon klappen, und irgendwie schaffte sie es aufzustehen. Die Frau, die gegenüber lag, machte nachts ins Bett, die am Fenster traute sich schon seit acht Jahren nicht mehr, ihr Kind anzufassen, denn sie hatte Angst, es mit ihrer bloßen Berührung umzubringen. Ansonsten war sie eine gute Mutter, sie schmückte den Weihnachtsbaum, ging zu den Elternabenden, und wenn ihr Mann keine Zeit hatte, begleitete sie ihre kleine Tochter zur Schule. Sie gingen nebeneinander auf der Straße, beinahe Hand in Hand, und sie war es, die Eszter jetzt am eifrigsten Mut machte, stehen Sie doch auf, meine Schöne, es geht Ihnen schon gut, erschrecken Sie doch den armen Mann nicht, na, halten Sie sich ganz ruhig an seiner Hand fest. Dann zog ich ihr meinen Mantel über den Morgenrock, und wir gingen in den Park, denn man konnte nur dort rauchen. Sie war kräftiger als nach der Abtreibung, allerdings hatten sie ihre Gebärmutter diesmal nicht angetastet.

– Geht es dir gut? fragte sie.

– Ja, sagte ich.

– Und deiner Mutter? fragte sie.

– Sie konnte sich schon am nächsten Tag an nichts mehr erinnern, sagte ich.

– Das ist gut, sagte sie, und unter unseren Schritten knirschte der Herbst, dann setzten wir uns auf eine Bank. Auf dem Kiesweg strebten Besucher auf den Gebäudekomplex B zu, damit auch sie noch ihre Kranken an die Sonne bringen konnten.

– Ich wollte deinen Großvater nicht ... also ich wollte über ihn nicht diese Dinge sagen.

– Ich weiß, sagte sie. – Hast du mir frische Unterwäsche mitgebracht?

– Natürlich, sagte ich, dann sahen wir einem Ehepaar zu, das einen Rollstuhl die Treppe hochzuschieben versuchte, was aber nicht gelang. Schließlich nahm der Mann den Alten auf den Arm, während die Frau den leeren Rollstuhl die Treppe hochzerrte, so gingen sie bis zum Lift.

– Ich habe die Wohnung frisch gestrichen, sagte ich.

– Danke, sagte sie.

– Von den Möbeln und vom Fenster habe ich es noch nicht richtig abgekriegt, sagte ich.

– Das mach ich schon, sagte sie, und ich dachte, sie wollte mit der Spitze ihres Pantoffels einen Käfer zertreten, aber sie schob nur das Laub zur Seite, damit der Käfer es nicht so holprig hatte. Irgendwie war es erträglicher gewesen, als sie noch die Knospen vom Zweig gefegt hatte.

– Gehen wir rein, du erkältest dich noch, sagte ich, nur um flüchten zu können.

– In Ordnung, sagte sie und warf die halbgerauchte Zigarette weg, dann gingen wir in den Krankensaal.

– Morgen versuche ich, früher zu kommen, sagte ich.

– Wie es für dich besser ist, sagte sie, dann deckte ich sie zu.

Noch Wochen später kam hier und da plötzlich ein halbes Wort oder ein halber Satz zum Vorschein. Anfangs ging ich jeden dritten bis vierten Tag hoch, dann bürgerte sich irgendwie der Montagnachmittag ein. Wir saßen im Sessel und tranken Tee, ich las meine Sachen vor und die Kritiken, die zu dem Buch erschienen waren, manchmal brachte ich Wein mit, aber trinken durfte nur ich, denn sie nahm noch ihre Medikamente.

– Wie geht es deiner Mutter? fragte sie.

– Ganz gut, sagte ich. – Neuerdings hat sie Angst, daß ich sie ins Krematorium bringe. Sie hat so einen Bericht gesehen, in dem gezeigt wurde, wie die Toten sich aufsetzen.

– Aha, sagte sie und tat sich Zucker in den Tee, und ich sagte ihr nicht, daß sie ihn schon zum dritten Mal zuckerte.

– Hast du dich mit dieser Frau getroffen? fragte sie.

– Nein, sagte ich.

– Wirklich nicht? sagte sie.

– Müssen wir darüber reden? fragte ich.

– Nein, sagte sie und holte eine Tüte Kekse oder Waffeln, weil mein Magen knurrte.

– Vom Roten Kreuz ist noch nichts gekommen? fragte sie.

– Nichts, sagte ich und stand auf, um zu gehen.

Ich wollte sie küssen, aber dann fiel mir ein, daß auch das unter die Rubrik geschlechtliche Beziehung fällt, also lieber nicht, und bevor ich nach Hause ging, setzte ich mich noch auf ein Glas Gespritzten in die Balkanperle.

– Sind Sie das? fragte Jolika und legte mir die Zeitung vor die Nase. Sie preßte den Finger auf das Bild mit dem Rasterfehler, als wäre es der Rücken eines Käfers, dem sie im nächsten Moment den Chitinpanzer zerquetschen würde.

– Ja, sagte ich.

– Seit wann sind Sie Schriftsteller? fragte sie.

– Weiß nicht genau, sagte ich.

– Lernt man das irgendwo? fragte sie.

– Nein. Ich glaube nicht. Vielleicht in Amerika, sagte ich, dann bezahlte ich und ging nach Hause. Von dem französischen Verlag war ein Brief gekommen, und ich wollte ihn gerade mit den Werbezeitschriften zusammen wegwerfen, als mir klar wurde, daß das lächerlich gewesen wäre, und so las ich mit Hilfe des großen Wörterbuches, welche Bedingungen sie mir anboten, und schrieb, ich hätte keine Bedingungen, ihr Angebot ehre mich sehr und ich wolle ihnen meinen Dank aussprechen. Dann schrieb ich meiner Mutter, aus Malmö, weil einen Tag später ein Bekannter von mir nach Malmö fuhr. Verehrte Mutter, wenn Sie mich sehen wollen, sollen Ihnen die Augen nicht geschlossen werden, wenn es soweit ist, schrieb ich, dann zerknüllte ich das Papier, weil mir einfiel, daß ich mit der linken Hand schreiben mußte und daß ich in Malmö drei Auftritte haben würde.

Das vergangene Jahr war ziemlich still verlaufen. Es gab ein Mädchen namens Noemi, bei dem ich manchmal vorbeischaute, nichts Besonderes. Wir hatten uns bei einer Preisverleihung kennengelernt, sie reichte auf dem Tablett den Sekt herum. Meine Mutter wußte gar nichts von ihr.

Der Jordán lief ich einmal im Skála Metró über den Weg, ich suchte gerade nach einem Weihnachtsgeschenk für Eszter. Sie sagte, das Abendessen sei schon kalt, ich sagte, das mache nichts.

Als der Brief vom Roten Kreuz da war, machte ich mich damit auf den Weg zu Eszter, aber mir fiel ein, daß Mittwoch war und wir uns immer nur am Montag trafen. Dann dachte ich, daß ich jetzt ausnahmsweise doch zu ihr gehen könnte, aber noch bevor ich geklingelt hatte, hörte ich, daß jemand bei ihr war. Ich lauschte eine Weile: Sie unterhielten sich nur. Der Mann erzählte vom Alpha Centauri, aber er war nicht gut zu verstehen. Eszters Stimme hörte ich kaum. Vom Gang rief eine alte Frau herüber, wen ich denn suche, so mußte ich gehen. Schließlich setzte ich mich in ein Kino, es lief irgendein Actionfilm, der Terminator oder etwas in der Art, ziemlich schrecklich.

Nach dem Kino ging ich noch einmal zurück, aber sie waren nicht mehr zu Hause.

Ich hatte befürchtet, Judit sei irgendwo hier in Europa. Ja, sie könnte sogar ohne weiteres in Wien leben, dachte ich, und das machte mir die größte Sorge: Daß ich mich womöglich schon morgen würde in den Zug setzen müssen. Im Grunde hatte ich gehofft, man würde sie nicht ausfindig machen, dabei stimmt es nicht, daß ich sie nicht gern gesehen hätte. Doch nach einem halben Leben als Fremder bei jemand anzuklopfen, dessen Schrift nicht einmal unsere Mutter von meiner zu unterscheiden in der Lage war, ist gar nicht so einfach. Ich wollte wenigstens den Montag abwarten, um nicht allein zu sein. Dann riß ich am Abend doch den Umschlag auf, und als ich las, daß sie vor zehn Jahren in Nizza beerdigt worden war, atmete ich auf.

Am nächsten Tag bestellte ich in der Széchényi-Bibliothek die alten französischen Zeitungen und erfuhr mit Hilfe der Rohübersetzung einer der Bibliothekarinnen: Die Welt nimmt fassungslos zur Kenntnis, daß nach dem Paganini-Konzert am gestrigen Abend Rebecca Werkhard, die kaum fünfundzwanzigjährige gefeierte Künstlerin, sich mit einer Geigensaite die Pulsadern aufgeschnitten hat. Die Ermittlung dauert noch an, um ihre Beerdigung kümmert sich ihre Plattenfirma in New York.

– Das ist es in etwa. Es gibt noch einen Nekrolog, aber der ist lang, sagte sie.

– Lassen Sie nur, sagte ich.

– Möchten Sie eine Kopie? fragte sie.

– Nein danke, sagte ich.

– Kann ich sie dann wegräumen? fragte sie.

– Gleich, sagte ich und betrachtete das vergilbte Bild mit dem Rasterfehler, und noch immer fühlte ich nichts. Sie war genau wie Rebeka Weér mit fünfundzwanzig. Sie wußte, warum sie den Namen ihrer Mutter angenommen hatte.

Am Montag ging ich zu Eszter. Sie sagte, ich hätte ruhig klingeln können, sie hatte nur mit einem Bekannten Tee getrunken. Ein Astronom, seit einigen Wochen komme er regelmäßig in die Bibliothek, dort hätten sie sich angefreundet, und ich sagte, schon klar, ich hätte auch nicht deswegen nicht geklingelt, sondern weil wir uns an den Montag gewöhnt hätten.

– Fahr nach Nizza, sagte sie.

– Ein Grab finde ich auch hier, sagte ich.

– Du weißt selbst, daß du hinfahren mußt, sagte sie.

– Du fährst auch nicht heim. Dabei könntest du, sagte ich.

– Das ist etwas ganz anderes. Vielleicht irgendwann mal, sagte sie.

– Wenn du meinst, komme ich mit, sagte ich.

– Das wäre für keinen von uns beiden gut, sagte sie. Und so lange könntest du deine Mutter gar nicht allein lassen.

– Natürlich, sagte ich und rechnete im stillen aus, daß im Vergleich zur westlichen Riviera die Ostkarpaten uns um mindestens soviel näher waren wie jetzt der Alpha Centauri dem Bolyai-Krater.

– Es gibt keinen Grund, warum ich hinfahren müßte. Ich empfinde nichts, sagte ich.

– Ich weiß, sagte sie.

– Es war besser, als sie noch lebte, sagte ich.

– Die Wahrheit ist immer besser, sagte sie.

– Natürlich, sagte ich. – Mich quält nur, daß die Geigensaite meine Idee war.

– Darauf wäre sie wahrscheinlich selbst nicht gekommen, sagte sie.

– Klar, sagte ich. – Und es ist auch ziemlich mies, daß unser Vater sie mitgenommen hat. Daß sie nichts davon gesagt hat.

– Das ist Unsinn. Sie hat euren Vater genauso zum letzten Mal gesehen wie du. Du solltest sie nicht beneiden, weil sie sich getraut hat, auf das Frachtschiff zu gehen.

– Ich beneide sie nicht, sondern ich weiß, daß unser Vater sie mitgenommen hat. Und er ist es auch, der seit zehn Jahren die monatliche Zuwendung schickt.

– Woher willst du das wissen? Es gibt nichts, was darauf hindeutet, sagte sie.

– Doch, sagte ich.

– Klar, sagte sie. Dann fragte sie, wie es meiner Mutter gehe, worauf ich sagte, eigentlich gut, nur ihre Einäscherungsphobie sei ziemlich hartnäckig, und neuerdings glaube sie an Gott. Dann trank ich meinen Tee und fragte noch an der Tür, wenn ich nun doch nach Nizza führe, ob sie dann mitkäme, und sie sagte, das wäre vermutlich für keinen von uns gut, aber dann küßte sie mich auf die Stirn.

Was soll dieser Krach, mein Sohn?

Das ist Musik, Mutter.

Mach das sofort aus. Ich will schlafen.

Das hat Zeit, schließlich haben Sie morgen wieder nichts vor, Mutter.

Ich werfe den Plattenspieler raus.

Was regen Sie sich so auf? Morgen erinnern Sie sich sowieso an nichts mehr, Mutter.

Ich dulde nicht, daß du so mit mir sprichst!

Seit fünfzehn Jahren sprechen wir so miteinander, warum wollen Sie es ausgerechnet jetzt nicht dulden? Holen Sie sich eine Tasse Tee, hören wir Musik, wenn Sie sich aus dem Fenster lehnen, können Sie sogar den Mond sehen.

Du bist ja gar kein Mensch mehr! Du bist genauso ein Abschaum wie deine kleine Schwester!

Meine große Schwester. Soviel könnten Sie sich mir zuliebe wirklich merken. Wie kommt es übrigens, daß Sie nie Selbstmord begehen wollten, Mutter?

Du Schwein! Wärt ihr nur beide in meiner Gebärmutter verrottet! Aber Gott wird schon noch Rechenschaft für alles verlangen, besser, wenn du das von mir weißt! Dich wird Gott strafen, mein Sohn!

Kann sein. Aber Sie könnten es doch wenigstens versuchen. Wirklich, warum zum Teufel bringen Sie sich eigentlich nicht um, Mutter?

Verschwinde aus meinem Haus!

Gerne, aber dann krepieren Sie am Hunger. Nicht einmal den Wasserhahn kriegen Sie ja mehr ohne mich auf, Mutter.

Mein Herz! ... Mein Herz tut weh!

Damit können Sie ruhig aufhören, Sie haben gar kein Herz. Und ich habe auch keins. Wo unser Herz sein sollte, ist nur Rotz. Rotz, verstehen Sie? Wir gehen daran zugrunde, daß wir nichts mehr empfinden, sagte ich, dann stellte ich den Plattenspieler vor mein Zimmer und drehte ihn leiser, denn er war tatsächlich sehr laut, und so kann ich nicht arbeiten. Als ich im Morgengrauen aufwachte, knisterte die Platte, weil der Arm nicht an seinen Platz zurückgeschwenkt war. Schrott, dieser Tesla, dachte ich, dann zog ich mich an und sah noch mal die Novelle über den geisteskranken Priester durch, der mit geheiligten Hostien, in Rattengift getaucht, die gesamte Gemeinde ausgerottet hatte. Für die Provinz wird das schon passen, dachte ich, dann bereitete ich ihr das Frühstück vor, und das Mittagessen stellte ich ihr in den Kühlschrank.

Wannkommstdumeinsohn.

Erst morgen abend. Ich habe eine Lesung auf dem Land, Mutter.

Neuerdings bist du jede Woche unterwegs.

Von Judits Geld können wir nicht leben, Mutter. Machen Sie sich dann die Suppe warm, und schalten Sie den Fernseher zur Nacht aus, sagte ich und hörte, wie sie die beiden Sicherheitsketten vorlegte. Dann ging ich zu Fuß zum Ostbahnhof, und als sich herausstellte, daß ich umsteigen mußte, hätte ich am liebsten noch am Schalter kehrtgemacht.

Irgendwann gegen Mittag kam ich von der Lesung zurück. Eszter arbeitete montags bis fünf, also trieb ich mich noch eine Weile am Bahnhof herum, dabei hasse ich den Ostbahnhof. Genauer: dieses geschäftemacherische Elend war mir schon immer ein Graus. All diese Gestalten, die, auf ihre Not pochend, um die Rucksäcke der Touristen herumschleichen, mit einem vor drei Jahren abgelaufenen Rezept herumwedeln, bitte, nur noch ein Zwanziger fehlt für das Medikament, und die dann für dich beten werden, Gott segne Sie und Ihre ganze Familie, doch hast du nicht genug Kleingeld dabei, spucken sie hinter dir aus, als berechtigte einen die Mittellosigkeit zu allem.

Schon seit geraumer Zeit ist der Ostbahnhof zum Mekka der Erniedrigten und Verschlagenen geworden, hier tummeln sich Schwarzhändler und Missionare, Geldwechsler und Krüppel aus eigener Produktion. Auf den ersten Blick kann man den Krüppel, der in die eigene Tasche wirtschaftet, von jenem unterscheiden, der für jemanden arbeitet. An der Form der Narbe läßt sich erkennen, welcher Arm oder Fuß beim Arbeiten an der Maschine und welcher im Holzschuppen mit der Axt abgetrennt wurde, als sich in den rumänischen Dörfern wie ein Lauffeuer die Freudenbotschaft verbreitet hatte, daß man gegen Prozente nach Budapest zum Betteln gehen könne. Ganze Transporte mit frisch Verstümmelten trafen ein. Manchmal wurden sie von den gleichen Lastwagen hergeschafft, die Hilfspakete nach Siebenbürgen oder Bukarest geliefert hatten. Die Unglücklichen wurden in irgendeinem Keller im achten Bezirk einquartiert, der Arbeitgeber verteilte Täfelchen wie »Ich bin ein Opfer Ceauçescus«, die man sich um den Hals hängen konnte, und am Abend kassierte er die achtzig Prozent plus Miete.

Schon seit geraumer Zeit mußten die importierten Krüppel sich mit einheimischen schwerbehinderten Rentnern und Verkäufern von verschimmelten Mandarinen und billiger Bettwäsche die Fußgängerunterführung teilen, aber man bekam dort auch Zigaretten ohne Steuerbanderole zum halben Preis und Wecker aus Hongkong, die »Für Elise« spielten, für noch mal die Hälfte. Hier öffneten die ersten chinesischen Imbißstuben, und hier konnte man anfangs mit kürzlich entlassenen Häftlingen um Geld Schach spielen. Sie breiteten das Wachstuchspielfeld auf einer

Mülltonne aus, rauchten Zigaretten und warteten auf arglose Klienten, auf jene, die noch Vertrauen in den »Königsinder« hatten, die einmal vorübergehend Kandidaten für die Meisterschaft gewesen waren, nur daß dann etwas dazwischenkam, und auf solche, die bei Landesturnieren schon mal gegen die achtjährige Judit Polgár hatten verlieren dürfen. Die alles über Schach wußten, außer daß im Gefängnis von Vác ziemlich effiziente Erziehungsmethoden eingesetzt werden, nämlich: Man kann zwischen Arschficken und Schach wählen, hat man sich aber einmal für Schach entschieden, gibt es kein Zurück mehr, doch lieber Arschficken oder so. Wer verliert, trinkt einen Liter Wasser, nach der dritten Partie überlegt man sich also schon genau, wie man mit dem Bauern zieht, denn der nächste Liter wird einem mit dem trichterförmig zusammengerollten Wachstuchspielfeld verabreicht. Und an sechs, sieben Litern Wasser kann man locker sterben, der Magen bläht sich auf wie ein über den Wasserhahn gestülpter Luftballon.

– Bitte sehr, mein Herr. Nein, fünfhundert kommt gar nicht in Frage. Tausend. Seien Sie so freundlich und legen ihn hierher. So, wir klemmen ihn schön unter den Mülltonnendeckel und los geht's – und man freut sich schon, denn wie kann einer auf den »Königsinder« nur so idiotisch reagieren. Drei Partien mit diesem Stümper, und schon ist das Geld für die Telefonrechnung beisammen. Wozu stellt sich so einer hierhin? Nur daß dann beim achten Zug der schwarze Läufer auf g3 den Bauern schlägt, und das war's dann auch schon. Und der einstige Kandidat für die Meisterschaft begreift einfach nicht, wie das Ganze möglich gewesen sein soll, dabei braucht es nur ein paar Becher Wasser und drei lebenslängliche Zellengenossen.

– Nanu, da hängen ja zwei Tausender aus der Mülltonne, sagt der Polizist und steckt sich den einen in die Tasche, weil er gerade gekommen ist, um das Platzgeld zu kassieren. Dann wählt er ein paar weniger vergammelte Mandarinen aus, zählt die Krüppel, dreizehn, das macht zusammen tausenddreihundert. Von den Ungarn verlangen wir nichts, es gibt ja schließlich noch Anstand auf der Welt, aber mit diesem Rumänenpack wird man einfach nicht fertig. – Wenn du nicht zahlst, *duteakasö*, sagt er, weil er am Imbiß für Reiseproviant ein paar grundlegende Sätze gelernt hat: ›Geh nach Hause‹ und ›hundert Forint‹ und dergleichen. – *Suteforint oder duteakasö*, habe ich gesagt, und er preßt den Gummiknüppel gegen das längst verjährte Pappschild »Ich bin ein Opfer der Revolution«, weil er nervös ist, weil er sich wieder dumm angestellt und die Hütchenspieler-Zigeuner verpaßt hat. Bis er unten an der Treppe ankam, war der kleine Schaumgummiball schon verschwunden, und die als Spieltisch dienenden Bananenkisten waren durcheinandergeworfen. Und die Schwarzhändler machen ihre mit Sportsocken gefüllten Reisetaschen einfach zu und behaupten dreist, daß diese fünfzig Paar Socken ihnen gehörten, weil sie dreimal täglich frische anzögen, neue natürlich.

– Wir mögen es so, Herr Wachtmeister. Saubere Socken, saubere Bettwäsche und viele Wecker, damit wir den Zug nicht verpassen. Was soll das heißen, daß wir für ein Paar Lederhandschuhe bleiben dürfen? Wissen der Herr Wachtmeister, was diese Handschuhe kosten? Im Kaufhaus Corvin finden Sie die nicht unter dreitausend. Höchstens eine China-Funzel, sonst gehen wir rüber zum Moszkva-Platz.

Also, tausend und tausenddreihundert macht zweitausenddreihundert, die Mandarinen circa zweihundert, macht insgesamt zweifünf, dazu die blinkende Taschenlampe circa fünfhundert, sind insgesamt dreitausend, und die Taschendiebe kommen erst noch.

Erst unten in der Unterführung fiel mir ein, daß ich das Hilfspaket von Vater Lázár, das Heft, im Zug vergessen hatte. Es fehlte mir nicht besonders, aber eigentlich war es ein ziemlich schönes Exemplar gewesen. Irgendwie komme ich auch mit dem Sirály-Papier aus, dachte ich. Möglich, daß es sogar in bessere Hände gerät, dachte ich. Vielleicht schreibt der Schaffner seine Memoiren hinein, dachte ich. Den der Rauch der Lokomotive streift, etwas in der Art, dachte ich. Es steht zu befürchten, daß selbst die von Rechtschreibfehlern wimmelnden Erinnerungen eines Eisenbahnschaffners Gott wohlgefälliger sind als alles, was ich je zu Papier bringen werde, dachte ich. Und es steht zu befürchten, daß, was im Himmel keinen Pfifferling wert ist, hienieden auch nicht mehr wert sein kann, dachte ich. Selbst wenn das Kritikerecho im großen und ganzen positiv sein sollte, dachte ich. Allerdings sind es in erster Linie ehrbare Familienväter, die in ihren Schubladen solche Hefte verbergen. In diese Art schwarzes Kunstleder pflegen sie zu notieren, daß sie gestern wieder beim Elternabend waren, daß sie heute den Kellner darauf aufmerksam gemacht haben, daß er versehentlich fünfhundert zuviel herausgegeben hat. Und während des Abendessens ist wirklich nichts passiert, was zu beanstanden gewesen wäre, es war ein durch und durch korrektes Arbeitsessen, erst an der Garderobe, als er seiner Kollegin in den Kunstpelzmantel half, da irgendwie, also das ist eigentlich völlig unverständlich, schließlich ist er derjenige, der sich seit zehn Jahren regelmäßig über die Arbeitsessen in den TV-Serien aufregt, Arbeitsessen am Samstag, die dann im Bett enden – denn im richtigen Leben läuft es nicht so, Schatz. Sei mir nicht böse, aber das sind doch nur Spinnereien, ich verstehe gar nicht, was dir an diesen Telenovelas so sehr gefällt.

Jetzt aber notiert er alles akribisch, vom Kunstpelz bis zum langstieligen Sektglas, als wären die paar Seiten die Goldreserve seines Lebens. Ja, er schreibt es auf, komme, was da wolle, damit die Verkalkung diesem einzigen Mittwoch der vergangenen zehn Jahre nur niemals etwas anhaben kann – denn sei mir nicht böse, Schatz, im richtigen Leben läuft es so und nicht anders. Ich mache den Kellner darauf aufmerksam, wenn er mir einen Fünfhunderter zuviel herausgibt, ich sitze den stinklangweiligen Elternabend ab, aber im Leben geht es doch vor allem um das eine: Weiter, weiter, fick mich zuschanden! Das ist es, was ich jeden Mittwochabend ins Ohr gekeucht kriegen will. Ja, von jetzt an lüge ich jeden Mittwoch, ich hätte mich mit meinen Kollegen vollaufen lassen und mich geschämt, betrunken nach Hause zu kommen. Daß sich jemand vor meinen Wagen geworfen hätte und ich bis frühmorgens auf der Polizei herumsitzen mußte. Daß ich einen Vorinfarkt gehabt hätte, daß ich eine Plastikbombe im Papierkorb gefunden hätte – nur mein Mittwoch geht niemanden was an. Der neue Teppichboden geht in Ordnung und die Skiausrüstung für die Kinder zu Weihnachten, und wenn es sein muß, verbringen wir ab jetzt in jeder Nebensaison zwei Wochen auf Ibiza, nur darfst du mich nicht fragen, wo ich mittwochs immer bin. Nie sollst du mich befragen, und dann geht unser Leben fast so weiter wie bisher, Schatz.

Und als er schon alles aufgelistet hat, was ihm von zehn Uhr abends bis zum Morgengrauen passiert ist, als er sogar die Wölbung der Nagelbetten schon zweimal beschrieben hat, als bereits offensichtlich ist, daß er bis zum nächsten Mittwoch nichts mehr zu schreiben haben wird, sucht er ein sicheres Versteck für den Schubladenschlüssel, doch hinter die Fußbodenleiste paßt er nicht, und der Kronleuchter wird immer abgestaubt, so hängt er ihn sich schließlich um den Hals, denn ihm fällt ein, daß er dort, wenn es sein muß, gut und gern jahrelang unbemerkt hängen kann, während er denkt, daß er, nur weil er seine Schublade verschließt, seine Familie sehr wohl liebhaben kann.

Dann natürlich, beim Frühstück, wird ihm plötzlich bewußt, daß seine Nerven nicht mitspielen. Daß er, ob es im richtigen Leben nun so läuft oder nicht, dieses Heft inklusive Kunstpelz und der langstieligen Sektgläser sofort wegwerfen müßte, denn seine Frau, das geht ja noch, sie schweigt wenigstens und ißt ihre verfluchten Haferflokken, als müsse sie das ihr Leben lang tun, aber man kann doch mit diesem Schlüssel um den Hals verdammt noch mal nicht das Kind zurechtweisen, daß es die Tischdecke nicht vollkleckern soll. – Was ist denn das, eine Plastikbombe, Papa? – Das ist wie eine richtige Bombe, nur aus Plastik. – Und ist morgen wieder eine Plastikbombe im Büro? – Nein, bestimmt nicht, mein Kind.

Ich kaufte ein Sandwich, sah mir zwei Schachpartien an, aber es war erst kurz nach halb zwei, also setzte ich mich ins Balkan. Zweifellos hatte sich das Straßenbild zu seinem Vorteil gewandelt, aber möglicherweise wäre es noch zu früh gewesen, anstelle der Altpapiersammlung ein italienisches Restaurant zu eröffnen, dachte ich. Vier Kilometer zu Fuß mit der freien Presse bis zur nächsten Müllverwertung, das ist schon ganz schön weit, dachte ich. Es stimmt zwar, daß man die Volksfreiheit von der Ungarischen Nation bisher nur dem Gewicht nach unterscheiden konnte und daß ohne Herdplatte eines für leichter befunden wurde als das andere, aber den Leiterwagen mit dem Neuen Ungarn mehr als vier Kilometer weit zu ziehen, das verdirbt doch das Straßenbild, dachte ich. Außerdem geht mich das überhaupt nichts an, dachte ich. Dieses Sozialgedusel könnte man ruhig weglassen, dachte ich. So viel bringt das für den Text auch wieder nicht, dachte ich.

– Sie sehen wieder aus wie ausgespuckt. Warum machen Sie keine Sommerferien? fragte die Schankwirtin.

– Wir haben Herbst, Jolika, sagte ich.

– Da können Sie aber doch noch gehen. Ein bißchen

frische Luft würde Ihnen wenigstens etwas Farbe verpassen. Fahren Sie mit der Schwebebahn auf den Jánosberg.

– Ich war schon an der frischen Luft. Ich komme gerade vom Land, sagte ich.

– Haben Sie geerbt?

– Ich habe nicht geerbt, ich habe gelesen.

– Dafür zahlen die doch auch, oder?

– Ja, sicher.

– Na, sehen Sie, was haben Sie dann? fragte sie, und ich sagte, eigentlich nichts, ich bin nur ein bißchen müde. Ich ging nach hinten zum Klo, um mir das Gesicht zu waschen, dann vergaß ich mich irgendwie vor dem zersprungenen Spiegel. Vom Scheitel bis zur Brust hatte sich flaumiger Schmutz in der Ritze festgesetzt.

Wenn ich für Physik nicht zu blöd wäre, dann wäre ich auch Astronom geworden, dachte ich. Und ich wüßte sogar, wieviel Kubikzentimeter dieser ganze kosmische Scheißhaufen mißt, Andromeda und Alpha Centauri inklusive, dachte ich. Und ich hätte freien Eintritt in die Stadtteilbibliotheken, dachte ich. Keiner würde sagen, daß ich dort nichts zu suchen hätte, dachte ich. Ungeniert würde ich dort täglich aufkreuzen, als wollte ich nur Zeitung lesen, dachte ich. Denn daß sich in der ganzen abgefuckten Szabó-Ervin-Bibliothek nicht ein einziges Fachbuch über Astronomie findet, ist ja wohl sonnenklar, dachte ich. Horoskope, ja, und Der Kosmos in der Westentasche und unter W meine Geschichten, dachte ich. Also untersteh dich, dort noch mal hinzugehen, sonst jag ich dir die Ratten an die Eier, dachte ich. Das ist übrigens Blödsinn, dachte ich. Sie unterhalten sich ja nur, dachte ich. Ja, sich unterhalten ist ziemlich wichtig, dachte ich. Eigentlich sind wir kaum unter Leute gegangen, dachte ich. Auch ich bin nicht wegen ihrem Arsch zu dieser Frau gegangen, dachte ich. Sondern um nicht im voraus zu wissen, wie der nächste Satz lauten würde, dachte ich. Denn nach ein paar Jahren kann man das schon ziemlich genau wissen, dachte ich. Und das ist in Ordnung so, dachte ich. Ja, es wäre besser gewesen, auf die stinklangweiligen Partys stinklangweiliger Bekannter zu gehen, dachte ich. Und ab und zu eine Reise, dachte ich. Das letzte Mal im Ausland war ich mit fünf, dachte ich. Beim Moskauer Filmfestival, dachte ich. Allerdings kommt man wegen meiner Mutter nicht so gut weg, dachte ich. Und vielleicht hätte ich darauf bestehen sollen, daß sie heimfährt, dachte ich. Schließlich ist das für sie die Wirklichkeit, dachte ich. Ich hätte es nicht zulassen sollen, daß sie den Fernseher ausschaltet, als die Hinrichtung dieser beiden Krüppel gezeigt wurde, dachte ich. Jawohl, sie muß zur Kenntnis nehmen, daß es vorbei ist, daß sie getrost nach Hause gehen kann, dachte ich. Ich hätte mich mit ihr in den ersten Zug setzen und sie in ihre Scheißberge bringen müssen, dachte ich. Sie muß genauso lernen, der Wirklichkeit ins Auge zu blicken, wie ich, dachte ich. Auch mich macht es nicht froh, daß mein Vater beim Staatssicherheitsdienst war, aber deswegen schieße ich mir noch keine Kugel in den Kopf, dachte ich. Judit hat sich die Adern auch nicht deshalb aufgeschnitten, dachte ich. Außerdem dürfte ihr unser Vater kaum erzählt haben, daß er als diplomierter Geisteswissenschaftler Verhörprotokolle schrieb, dachte ich. Sie ist daran krepiert, daß sie die Wirklichkeit nicht ertrug, dachte ich. Daß sie in Wahrheit bis in die letzte Faser ihrer Mutter glich, dachte ich. Werkhard, gar nicht schlecht, dachte ich. Nur daß man es mit einem Werkherzen nicht allzu lange macht, dachte ich, dann begann jemand gegen die Tür zu hämmern, hast du Verstopfung, brüllte er, oder was zum Teufel, ich aber sagte, Sekunde, und wusch mir das Gesicht.

– Na, endlich, sagte der Mann gereizt, als ich ihm die Toilette überließ.

– Entschuldigung, sagte ich, dabei gab es keinen Grund, sich zu entschuldigen. An Orten, wo es nur ein einziges Klo gibt, muß man gelegentlich warten, ich schlage ja auch keinem die Tür ein. Ich zahlte bei Jolika, und bevor ich zu Eszter aufbrach, hörte ich am Tresen noch die Fünfuhrnachrichten.

Sie unterhalten sich, vielleicht sind sie auch mal ins Planetarium gegangen, dachte ich. Etwas anderes fällt einem Astronomen kaum ein, dachte ich. Es fällt ihnen gar nicht ein, ohne Kieker zum Himmel hochzuschauen. Wolken können sie auch nicht leiden, weil sie ihnen die Sicht verdecken, dachte ich. Sie sitzen nur da und berechnen, wieviel Kubikzentimeter dieser kosmische Scheißhaufen mißt, dachte ich. Im Grunde genommen weiß ich mehr über dieses ganze verfluchte Himmelszelt als alle Astronomen zusammen, dachte ich. Ins Planetarium zu gehen wäre aber schon gut gewesen, dachte ich. Und in den botanischen Garten, dachte ich. Seit fünfunddreißig Jahren lebe ich hier und kenne die Stadt kaum, dachte ich. Vielleicht bin ich schon seit Jahren nicht mehr auf der ungeraden Seite der Bródy-Straße gegangen, dachte ich. Nicht als ob das von Belang wäre, man hat es sich eben so angewöhnt, das ist alles, dachte ich. Mit Judit konnte man noch spazierengehen, und eine Zeitlang auch mit Eszter, dachte ich. Nur hat sie sich dann auch die gerade Seite angewöhnt, dachte ich. Und daß man bei der Straßenbahn an der letzten Tür einsteigen muß, dachte ich. Als hätte sie nicht mindestens vierzig andere Türen, diese Scheißstraßenbahn, dachte ich. Aber du wirst platt sein, wenn du dahinterkommst, daß auch die Astronomen immer an der gleichen Stelle in die Sechs einsteigen, dachte ich. Und daß sie allen jungen Bibliothekarinnen immer dieselbe langweilige Dissertation wiederkäuen, dachte ich. Ich zumindest bin mit niemandem im Planetarium herumgetigert, dachte ich. Und auch mein eigener Geruch widerte mich an, dachte ich. Und ich habe mich wenigstens mit Tafelkreide vollgestopft, weil ich nicht den Mut hatte, ihr unter die Augen zu treten, dachte ich. Obwohl es wahrscheinlich besser gewesen wäre, ihr das Ganze zu erzählen, statt Kreide zu essen, dachte ich. Nur daß das gar nicht so einfach ist, dachte ich. Ist außerdem sowieso schon total egal, dachte ich. Zur Vergangenheit gibt es niemals eine Alternative, dachte ich. Nicht als hätte die Zukunft allzu viele, dachte ich. Man hat in etwa die Wahl zwischen der Violine und der Saite, dachte ich. Das ist übrigens Unsinn, dachte ich. Wenn auch nicht viel, doch ein, zwei Dinge entscheide schon noch ich, dachte ich. Beispielsweise kann ich jederzeit auf die ungerade Seite rübergehen, dachte ich. Oder wir sitzen nicht mehr beim Tee, ich lese ihr nicht mehr meine Sachen vor, sondern kaufe eine Flasche Wein, und wir machen einen Spaziergang auf die Insel, dachte ich. Vielleicht können wir irgendwo Abendessen gehen, dachte ich. Da kann mir niemand reinquatschen, weder ein Astronom noch ein Psychiater, mit wem ich Abendessen gehe, dachte ich. Wie sich dieser Montag eingebürgert hat, könnte sich ohne weiteres auch etwas anderes einbürgern, dachte ich. Wenn ich zum Beispiel gegen Ende der Öffnungszeit vor der Bibliothek auftauche, ist das, als würden wir uns zufällig begegnen, dachte ich. Anfangs nur alle zwei, drei Tage, dann hole ich sie einfach jeden Tag ab, dachte ich. Eigentlich könnte ich heute auch dort übernachten, unter irgendeinem Vorwand, dachte ich. Zum Beispiel wenn ich lüge und sage, daß meine Mutter ins Krankenhaus eingeliefert worden sei und ich es in der leeren Wohnung nicht aushalte, dachte ich. Es macht auch nichts, wenn sie weiß, daß es nicht stimmt, dachte ich. Das ist eine andere Art Lüge als die mit der Rasierklinge korrigierten Kratzspuren, dachte ich. Die eine oder andere Nacht könnte ich ruhig dort im kleinen Zimmer verbringen, dachte ich. Früher oder später käme sie sowieso rüber, dachte ich. Heute noch nicht, aber morgen bestimmt, dachte ich. Unlängst hat sie mich umarmt, und es fehlte nicht viel, da hätte sie mich auf den Mund geküßt, dachte ich. Obwohl der Arzt es verboten hat, dachte ich. Stimmt, aber damals hat sie mich wegen Judit geküßt, dachte ich. Aber wenn es wegen Judit ging, kann es ruhig auch wegen was anderem gehen, dachte ich. Schließlich kann man die Sehnsucht nicht auf ärztliche Empfehlung hin ausmerzen, dachte ich. Die Stelle, wo die Liebe war, kann man nicht einfach mit Fleckenreiniger bestreuen, dachte ich. Ja, ich werde einfach lügen und sagen, daß ich meine Mutter ins Krankenhaus gebracht habe, dachte ich – dann fand ich den mit Tesafilm an die Tür gepinnten Zettel, daß sie nach Hause gefahren sei.

Sie hatte irgendwie geschrieben, daß sie wahrscheinlich erst in zwei, drei Wochen zurückkommen werde und daß sie nur deshalb nichts gesagt hatte, weil sie sich bis zuletzt selbst noch nicht klar gewesen sei, sie habe sich ganz plötzlich entschieden, ich solle ihr nicht böse sein, etwas in der Art. Eine Weile stand ich noch vor der Tür herum, dann fragte die alte Frau auf dem Gang, wen ich denn suchte, als wüßte sie es nicht ganz genau, als hätte sie mich nicht vor ein paar Jahren als illegalen Untermieter angezeigt, und ich sagte, ich suche niemanden, Frau Koródi, schnappen Sie nur ruhig weiter frische Luft, und dann machte ich mich auf den Weg nach Hause. Ich versuchte mir zu sagen, daß das alles eigentlich nichts bedeutete. Ja, es sei sogar sehr gut, daß sie endlich nach Hause gefahren war, der Arzt hatte das seinerzeit schon mehrfach angesprochen. Und daß sie ganz sicher allein gefahren war. Wenn eine Abtreibung und eine Prügelei nötig gewesen waren, damit ich überhaupt etwas über ihre Vergangenheit erfuhr, dann war es einfach ausgeschlossen, daß sie jetzt einen Wildfremden mitnahm. Es ist eine Sache, nach einem halben Leben nach Hause zurückzukehren, und eine völlig andere, mit jemandem ins Planetarium zu gehen. Im Grunde ist es sogar besser, daß sie allein gefahren ist, dachte ich. Sie braucht jetzt nichts weniger als ein Publikum, dachte ich. Und für eine so lange Zeit hätte ich ja auch meine Mutter gar nicht allein hierlassen können, dachte ich. Obwohl das ziemlich viel lösen würde, dachte ich. Eine andere Frage ist, daß nicht sie allein daran krepieren würde, dachte ich. Was noch nicht unbedingt schlimm ist, dachte ich. Im Vergleich zu Judit haben wir ziemlich lang durchgehalten, dachte ich. Dabei waren wir es, die alles ausbaden mußten, dachte ich. Das ist übrigens Blödsinn, dachte ich. Ich kann gar nicht wissen, was sie ausgebadet hat, dachte ich. Der Herr Plattenproduzent hätte wenigstens mal eine Postkarte schicken können, dachte ich. Statt die Monatsmiete zu schicken, hätte er schreiben können, Ihrer Tochter ist das Werkherz stehengeblieben, dachte ich. Eigentlich wäre es auch an mir, meiner Mutter zu sagen, daß ihre Tochter seit zehn Jahren tot ist, dachte ich. Mein Gott, dann hat sie eben mit mir ihre Briefe gewechselt, so war's ja auch nicht schlecht, dachte ich. Und daß ich ihr vom Geld meines Vaters ihre Faltencremes kaufe, dachte ich. Es könnte sogar sein, daß sie sich freut, dachte ich. Vielleicht ist sie gar nicht wahnsinnig, sondern lebt nur zurückgezogen, dachte ich. Und in ihrer Freude überrascht sie das Publikum mit irgendwas, dachte ich. Sagen wir, indem sie in den Laden einkaufen geht, dachte ich. Der Verkäufer vielleicht weniger, aber ich wäre ordentlich überrascht, dachte ich. Schließlich bin seit fünfzehn Jahren ich das Publikum, dachte ich. Das Problem ist nur, daß es mich langweilt, dachte ich. Ansonsten ist es waschechtes Boulevardtheater, nur finde ich es verdammt langweilig, dachte ich. Wäre in dem Schaffner heute auch nur ein Funken Menschlichkeit gewesen, dann hätte er meine Fahrkarte beanstandet und mich einfach aus dem

Zug geworfen, dachte ich. Hinein in die ungarische Pußta, dachte ich. Und dann müßtest du dir das halbe Kilo Brot sehr gut einteilen, Mutter, dachte ich. Denn der liebe Gott wird kaum in den Laden einkaufen gehen, dachte ich. Dann ziehst du entweder dein mottenzerfressenes Kostüm an und wirst beim Lebensmittelhändler vorstellig, oder du verhungerst, dachte ich. Aber mit mir machst du das nicht länger, dachte ich. Es wird kein Wowarstdumeinsohn mehr geben, dachte ich. Weil du eine verpaßt kriegst, daß dir Hören und Sehen vergeht, dachte ich. Denk bloß nicht, ich traue mich nicht, dachte ich. Ich werde dich an deinen verfärbten Haaren packen und auf die Straße werfen, dachte ich. Ich zerre dich an deinem Kostüm bis in die Ostkarpaten, und du wirst ihr die Füße küssen, dachte ich. Auf allen vieren bedankst du dich bei Eszter, daß sie es nicht zugelassen hat, daß ich dich ins Irrenhaus stecke, dachte ich. Und ich verspreche dir, wenn ich erst anfange, mit deinem Blut zu schreiben, wird das Kritikerecho noch besser werden, dachte ich. Untersteh dich also, noch einmal zu sagen, daß ich sie ins Hotel garni bringen soll wie die anderen. Wirf mir nie wieder deinen wurmigen Apfel an den Kopf, wenn ich dich frage, wer diese Évajordán ist. Und frage nie, nie in diesem Scheißleben auch nur ein einziges Mal wieder, Wasistdasfüreinkrachmeinsohn? Tu bloß nicht so, als wüßtest du es nicht, sonst schmettere ich dir den Kopf gegen die Lautsprecher, Mutter! Deine Beschwerden in der Herzgegend interessieren mich nicht! Du wirst dir diese Platten anhören, bis du taub wirst!

– Guten Tag, grüßte Frau Berényi.

– Guten Tag, sagte ich.

– Wollen Sie nicht hereinkommen? fragte sie.

– Nein danke, sagte ich und hatte plötzlich ein Gefühl, als hätte ich mich selbst von allem abgeschnitten.

Was ich über Freiheit weiß, habe ich erfahren, als ich mich von Frau Berényi verabschiedete und in Richtung Kálvin-Platz ging. Zumindest wenn wir unter Freiheit nicht die Euphorie einfliegender Piloten verstehen oder das Wahlrecht oder daß wir nach unseren moralischen Normen urteilen und entscheiden dürfen, ja, diese Entscheidung sogar ausnahmsweise mit unseren geheimsten Träumen und Gefühlen übereinstimmt. Wenn Freiheit nicht die schwarze Tinte auf weißem Papier ist. Nicht die vier Saiten oder die zehntausend Orgelpfeifen. Nicht die Höhle des Einsiedlers und auch nicht jener Augenblick, in dem Gottes Requisitenwecker stehenbleibt und etwas den Rippenkäfig zersprengt. Am besten, wir stellen uns unter Freiheit einen Zustand vor, in dem uns nichts mehr mit der uns umgebenden Welt verbindet. Wir haben keine Sehnsüchte, keine Emotionen, keine Ängste mehr. Man könnte sagen: Für uns existieren weder Ziel noch Ziellosigkeit, und wir sind uns nicht einmal bewußt, daß uns dieses Vakuum nicht mehr stört. Freiheit ist ein merkwürdiger und vor allem eigenschaftsloser Zustand. Freiheit hat nichts mit Indifferenz zu tun, denn diese ist unweigerlich zynisch, sie hat auch nichts damit zu tun, daß alles egal ist, weil sich dahinter doch noch Scham oder Hoffnung verbirgt. Wenn bereits alles egal ist, so ist das noch sehr menschlich. Ich könnte auch sagen: Die Freiheit ist ein für Menschen ungeeigneter Zustand.

Als es zu regnen begann, verzog ich mich unter das Vordach eines Zeitungskiosks. Der Verkäufer redete mich an, ob ich etwas wünsche, ich sagte, nein. Auf der gegenüberliegenden Fußgängerinsel zerrte eine Mutter an ihrem Kind, weil der Bengel seine Kapuze nicht über den Kopf ziehen wollte, dann kam auch schon die Straßenbahn. Einige rannten, um sie noch zu erreichen, eine ältere Frau hielt sich die Handtasche über den Kopf und trippelte bei Rot über die Straße, die Autos hupten – verpiß dich, willst du draufgehen, oder was? An der Brandschutzmauer hingen Gebäudekletterer, sie brachten die neue Reklame an. Einer von ihnen stieß sich ab und beschrieb wie ein Pendel einen riesigen Halbkreis in der Luft, gab seinem Kollegen das Werkzeug und schwebte sodann mit demselben Schwung an seinen Platz zurück. Mir fiel nicht ein, was für eine Reklame hier ursprünglich hing, Totolotto oder Fabulon, dabei hatte ich sie mindestens zweimal täglich gesehen. Das regte mich immer mehr auf, ich mag nicht vergessen. Schließlich fragte ich den Zeitungsverkäufer, er sagte, Fabulon.

Der Kaffeeautomat in der Unterführung funktionierte, ich trank einen Espresso und überlegte mir, wer alles in Frage kam. Mit dem einen hätte ich mich über den Terror der Literaturzeitschriften, mit dem anderen über den Terror der Galerien unterhalten müssen – aber wenn du nicht dazugehörst, kannst du es vergessen, Kumpel, dann druckt dich die 2000 nicht mal als Kleinanzeige, und in der Kunsthalle hast du nicht mal als Aufseher eine Chance. Mit dem dritten hätte ich auch noch darüber reden müssen, was mit uns los ist – weil es so für euch beide schrecklich sein muß, da wäre es doch besser, wenn ihr definitiv Schluß macht, oder ihr entscheidet euch für ein Kind. Dann fiel mir ein, daß ich eigentlich noch den Schlüssel zur Nap-Straße hatte, dort würde ich jetzt länger bleiben können.

Ich dachte mir, die paar Tage würden dazu gut sein, mich durch ein dickeres Buch durchzuarbeiten, den Zauberberg oder den Mann ohne Eigenschaften, mit diesen Büchern kämpfte ich schon seit Jahren wie mit einer Mathematikaufgabe, aber weiter als bis Seite fünfzig war ich nie gekommen. Die Buchstaben verschwammen, der Kopf tat mir weh, es war immer, als würde ich Noten lesen. Das kann auch schrecklich sein, diese vielen Ameisen auf den fünf Linien. Vergeblich hatte ich Judit gebeten, es mir beizubringen, ein paarmal hatten wir auch damit angefangen, aber es hatte keinen Sinn. Sie sagte, für mich wären ein paar Tüten ausgeschütteter Linsen bestimmt übersichtlicher als das, was in ein normales Notensystem geschrieben sei, worauf ich sagte, das sei Blödsinn, schließlich wisse ich jeweils ganz genau, was man auf welche Linie schreiben muß und was das b und das Kreuz bewirken, nur sei ich einfach nicht fähig, alle Zeichen auf einmal zu beachten, sie aber sagte, genau davon rede sie ja.

Schwer zu sagen, was ich eigentlich gegen diese Bücher hatte. Selbstverständlich bereitete mir nicht ihr Umfang Probleme, denn so gesehen, sind auch die Karamasows keine Minutennovelle, trotzdem hatte ich sie der Anrichte in der Küche vorgelesen, als ich beschloß, laut lesen zu lernen. Es gibt wohl kaum eine Küchenanrichte auf der Welt, die sich soviel Johann Sebastian und Fjodor Michajlowitsch anhören mußte. Die Mama studierte die Desdemona ein, die Tochter spielte Geige, der Kleine las vor – mit den Liaisons Dangereuses setzte ich mich in das abgekühlte Badewasser meiner Mutter, um zu entspannen. Das ist eigentlich schön gewesen. Also, was die beiden besagten Bücher betrifft, könnte ich mich am deutlichsten so ausdrücken, daß sie mich einfach nicht interessierten. Der Unglückliche hatte noch nicht einmal die Hälfte dessen erzählt, was er von der Botanik, dem Wetter oder der Tuberkulose hielt, und schon langweilte es mich. Mir soll sich niemand fünfzig Seiten lang mit einer Krankenschwester über seine Fieberkurve unterhalten, nicht, weil es so etwas nicht gibt, sondern weil ich ihn, wäre ich die Krankenschwester, zum Teufel jagen würde. Das ist übrigens auch Blödsinn, denn Hochwürden Albert Mohos, bevor er verrückt wurde, hatte sich ebenfalls über sechzehn Seiten hinweg Dinge angehört wie »die-Frau-habe-ich-heute-wieder-in-die-Fresse-gefotzt« oder »ich-habe-am-Fastentag-Fleisch-gegessen« oder die ganzen Geschichten über

Hühnerdiebstahl. Dabei habe ich das geschrieben. Stimmt allerdings, daß auch ich zum Teufel gejagt worden bin. Die Frau hatte den Saal verlassen, als wäre es eine Infektionsstation. Recht hatte sie.

Schließlich versuchte ich mich am Zauberberg, vor allem, weil mich noch im Frühjahr eine Journalistin gefragt hatte, ob die Parallelität zwischen der *Geschichte der Pflegestation* und dem Zauberberg beabsichtigt sei, ich solle das aber bitte nicht mißverstehen, worauf ich sagte, natürlich sei sie beabsichtigt, schließlich wisse man ja, was man schreibe, in welchem kulturellen Kontext das stehe, was man tue, und das mit dem kulturellen Kontext, das war gut, denn die Frau stellte dann keine klugen Fragen mehr. Also fing ich wieder mit dem ersten Band an, und es freute mich, daß Eszter die gleiche Ausgabe hatte wie ich, die braune, denn an die hatte ich mich wenigstens schon gewöhnt, aber ehrlich gesagt konnte ich die Parallelen nicht so recht entdecken. Auf der Pflegestation krepieren ganz andere Menschen und aus ganz anderen Gründen, und niemand hat auch nur die geringste Lust, sich zu unterhalten, na, egal.

Übrigens amüsierte ich mich vier oder fünf Tage lang ganz gut in Davos-Dorf, nur gelang es mir nicht, in Erfahrung zu bringen, ob es einen Ort dieses Namens überhaupt gibt, denn Eszter hat keinen Atlas zu Hause. Doch war der werte Autor ein ziemlicher Pedant, er hätte es wohl kaum übers Herz gebracht, seine Leser vergeblich in Atlanten blättern zu lassen. Meiner Meinung nach hat er selbst seinen Hans Castorp den einschlägigen Namenslisten oder Todesanzeigen entnommen, sicher ist sicher, denn was, wenn es so einen Namen gar nicht gibt. Außerdem ist so etwas nur allzu verständlich, schließlich habe auch ich immer darauf geachtet, daß Judit nur von Orten schrieb, die im Weltatlas verzeichnet sind. Nicht, als sei mir im Laufe der Jahre nicht der eine oder andere eingefallen, etwa ein

Badeort am Ufer der Lethe oder etwas in der Art, aber den hätte meine Mutter vergeblich gesucht. Wenn die kleine Judit von der Antarktis schrieb, so war das völlig in Ordnung, das ist da unten, stimmt, es ist verdammt weiß, aber es ist da. Und was die Todesanzeigen betrifft, mein Gott, ich habe doch tatsächlich vergessen, sie mir anzusehen.

Das heißt, dieses Davos-Dorf ist gar kein so schlechter Ort, obwohl mir bis jetzt am besten gefallen hat, wie die tuberkulösen Frauen den tuberkulösen Herrn Albin auf der Dachterrasse beschwören, seine Pistole einzustecken und den Bademeister nicht wieder zu verjagen, wenn der ihn mit Alkohol einreiben möchte. Außerdem wüßte ich noch gern, ob der kleine Adonis sich eine Kugel in den Kopf jagt. Irgendwie interessiert mich das mehr als Hans Castorps Verwunderung über die Natur der Zeit. Wenn ich es mir recht überlege, ist auch Herr Füzesi immer verwundert, wie seltsam doch die Zeit bei der Verlängerung vergeht, von den Elfmetern gar nicht zu reden, und es gibt eine Frau im Trainingsanzug, Erzsi, die Jolika allwöchentlich ankündigt, daß sie sich erhängen will, vielleicht auch Gas, weil es dann nicht nur sie, sondern mit ein bißchen Glück den ganzen dritten Stock erwischt, und die Wahrheit ist, daß diese Erzsi mich immer viel mehr beschäftigt hat als die Erörterungen des Herrn Füzesi über das niederträchtige Wesen der Zeit.

Manchmal spielte ich auch Schach, auf dem Brett, das ich einmal von Eszter zu Weihnachten bekommen hatte. Es gelang mir, ganz gute Partien zu spielen. Man könnte meinen, daß es keinen Sinn hat, gegen sich selbst zu spielen, doch das ist nicht wahr. Wenn wir das Brett umdrehen, werden unsere bisherigen Vorstellungen im Nu zunichte, ich meine, wenn jemand nur soviel vom Spiel versteht wie ich. Einen besseren Kiebitz oder einen routinierten Gefängnisinsassen würde es wohl kaum in Verlegenheit bringen, wenn er das gleiche von der anderen Seite her sieht, aber ich habe in den letzten Jahren nur mit Eszter gespielt, dann hörte auch das auf. Als Kind habe ich gern mit Judit Schach gespielt, nicht nur wegen des Spiels, sondern weil ich das Schachbrett lange Zeit besser überblicken konnte als, sagen wir, eine Tüte verschütteter Linsen. Was sich interessanterweise mit der Ausbildung der sekundären Geschlechtsmerkmale änderte. So sehr, daß es, als Judit nach der angeblichen Mandeloperation aus dem Krankenhaus nach Hause kam, nicht mehr viel Sinn hatte, mit ihr Schach zu spielen. Und auch Eszter konnte ich nur wenige Male schlagen, wobei sie, wie sich später herausstellte, über Jahre hinweg jeden Samstagabend mit diesem Pferdedoktor gespielt hatte, der dann ihren Großvater einschläferte.

So aber, allein, habe ich es jetzt zum ersten Mal versucht, dabei liegt das ziemlich auf der Hand. Es ist kein bißchen absurder als, sagen wir, mit sich selbst Liebe zu machen oder den morgendlichen Kaffee allein zu trinken. Wie gesagt, es gelang mir auch, einige ganz gute Partien zu spielen. Einmal hatte ich mit Weiß einen Damentausch erzwungen, Schwarz hatte wirklich kaum eine andere Wahl, aber ein paar Züge später war bereits klar, daß es besser gewesen wäre, den Läufer zu opfern, denn durch den Tausch hatte Weiß sich die Schlinge selbst um den Hals gelegt. Ich unternahm einen Versuch, einen Bauern rechts außen ins Spiel zu bringen, doch Schwarz begann ein teuflisches Manöver, ging mit dem König los, spazierte schön langsam Feld für Feld hinter die Verteidigung, schlug dann auf A8 mit dem Turm den Bauern und stieß damit seinem Elfenbeinkollegen den Schemel unter den Füßen weg.

Mit dem tranigen Castorp und den zweiunddreißig Figuren kam ich eigentlich ganz gut aus. In Wahrheit war Clawdia Chauchat jedoch weitaus gegenwärtiger als Hans Castorp, worüber zu reden nicht schwierig wäre, wenngleich es auch nicht eben viel darüber zu sagen gibt. Außer vielleicht, daß – als sie zum hundertsten Mal die Glastür des

Speisesaals hinter sich zugeschmettert und im weißen Sweater, das geflochtene Haar ordnend und stützend, sich an den »guten« Russentisch gesetzt hatte, sobald also diese östliche Frau mit dem Kirgisengesicht wieder und wieder auftauchte, Herrn Settembrinis Erörterungen über die Beschaffenheit der richtigen Denkungsart mich zu irritieren begannen. So sehr, daß man, als Madame Chauchat wie zufällig im Warteraum vor dem Röntgenzimmer erschien und, die Beine übereinanderschlagend, leicht nach vorne gebeugt in einer Illustrierten zu blättern begann, bereits zu der Ansicht neigte, daß das Leben womöglich auch anders hätte verlaufen können. Ja, wenn man, sagen wir, vor etwa fünfzehn Jahren beispielsweise ihr begegnet wäre, wenn, sagen wir, nicht eine halbbesoffene Nutte über die Fahrbahn geschwankt wäre, einen Schuh und einen halbtoten Vogel in der Hand, sondern diese Clawdia, sie und niemand anderes, na egal, ich sollte wohl zurücknehmen, was ich über die einschlägige Namensliste geschrieben habe. Also, auf meine Weise ging es mir eigentlich ganz gut. Ich kaufte immer nur im 24h-Laden an der Ringstraße ein, nachts, weil ich nicht wollte, daß die Nachbarn mich sahen.

Als ich nach Hause kam, stand die Tür halb offen. Zwei Männer in Anzügen saßen in der Küche, offensichtlich schon eine ganze Weile. Sie gossen sich einen Nescafé auf und rauchten. Selbst als ich hereinkam, standen sie nicht auf.

– Sind Sie der Angehörige? fragte der Untersetzte und bat mich um meinen Ausweis. Es war ganz offensichtlich, warum sie hier waren und daß wir die Formalitäten hinter uns bringen mußten. Der Hagere schob mir mit dem Fuß den Hocker hin, dann winkte er, ich solle mich setzen.

– Darf ich eine rauchen? fragte ich, als wäre ich hier nicht zu Hause.

– Selbstverständlich, sagte er und reichte mir die Zigarettenschachtel.

– Danke, ich habe selbst welche, sagte ich.

– Lassen Sie nur, die werden Sie noch brauchen können, sagte er, und seine Stimme hatte nichts Drohendes, trotzdem nahm ich lieber eine von seinen. Wir rauchen sowieso die gleichen, dachte ich. Man sah, daß er der Ranghöhere war, obwohl sie vergessen hatten, sich vorzustellen, was bei dieser Sorte übrigens keine Seltenheit ist. Ich hätte mich gefreut, wenn wir das Ganze schnell hinter uns gebracht hätten, schließlich würde ich ohnehin nichts leugnen.

– Eine sehr schöne Wohnung, sagte der Untersetzte, aber zuvor hatte er noch den anderen angeschaut und seinen zustimmenden Blick abgewartet, als handelte es sich um eine wesentliche Bemerkung, die nur mit Anweisung von oben erlaubt war. Ich hätte mich mehr gefreut, wenn der andere die Unterhaltung gesucht hätte. Er sah viel intelligenter aus als dieses Schweinsgesicht, wenngleich man seinem wächsernen Blick ansah, daß er ein Sadist war.

– Ja, sagte ich, dabei hatte ich keine große Lust auf derlei Geplauder.

– Und die Einrichtung ist auch hübsch.

– Das meiste sind Requisiten, sagte ich.

– Aber mit fünfhundert monatlich kommt man schon aus, sagte er, und davon wurde ich ein bißchen nervös, denn es ging sie nichts an, wovon wir lebten.

– Ja, sagte ich kurz angebunden. Ich wollte ergänzen, seit meine Sachen veröffentlicht werden, seit ich Lesungen habe und Ausstellungen eröffne, verdiene ich auch einigermaßen, aber ich beschloß, die Unterhaltung nicht zu verkomplizieren.

– Sogar zu zweit, sagte er.

– Sogar zu zweit, sagte ich, und von dieser geschmacklosen Anspielung begann sich mir der Magen zusammenzuziehen, und eigentlich wollte ich sie mir verbitten, aber dann ließ ich es doch lieber bleiben.

– Machen wir eine Pause, unterbrach der Hagere und bot mir noch eine Zigarette an. Während ich rauchte, war nur das Ticken des Weckers zu hören. Ich versuchte, mich wieder zu erinnern, in welchem Stück diese Uhr eine Rolle gespielt hatte, und ständig kam mir »Viel Lärm um nichts« in den Sinn, dabei konnte es das nicht gewesen sein.

– Eine sehr schöne Wohnung, sagte der Untersetzte, als ich den Stummel ausdrückte.

– Das stimmt, sagte ich.

– Und die Einrichtung ist auch hübsch.

– Das meiste sind Requisiten, sagte ich, und mir fiel erst jetzt auf, daß vorhin genau das gleiche abgelaufen war, dabei saßen wir wohl kaum hier, um über die als Weér-Erbe ausgegebenen Requisiten meiner Mutter zu plaudern.

– Aber mit fünfhundert monatlich kommt man schon aus.

– Ja, wie ich schon gesagt habe.

– Sogar zu zweit.

– Sogar zu zweit. Auch das habe ich schon gesagt.

– Machen wir eine Pause, unterbrach der Hagere wieder, aber ich nahm die Zigarette nicht, und während wir schwiegen, machte es mich ganz nervös, daß mir immer noch nicht einfiel, in welchem Stück dieser Wecker vorkam. Und warum wir das Ganze nicht endlich hinter uns brachten. Sollen sie mich doch anständig verhören, und dann lebenslänglich für mich, oder fünfzehn Jahre, ich würde schließlich ohnehin nicht leugnen.

– Eine sehr schöne Wohnung, fing der Untersetzte wieder an, und am liebsten wäre ich aufgestanden mit der Bemerkung, na, gehen wir, aber ich wußte, daß das nicht möglich war. Und mir fiel ein, daß ich damals auf der Freiheitsbrücke zu Eszter genau dasselbe gesagt hatte, allein deshalb konnte ich das jetzt nicht zu den beiden Schergen sagen.

– Das hat doch keinen Sinn, sagte ich lieber.

– Und die Einrichtung ist auch hübsch.

– Wir haben schon oft genug erwähnt, daß das nur Requisiten sind.

– Aber mit fünfhundert monatlich kommt man schon aus.

– Was wollen Sie, fragte ich den anderen, aber sein Gesicht zeigte nicht die geringste Regung. Er nahm gerade einen Schluck Kaffe aus der Teetasse meiner Mutter, seine Augen glänzten wächsern, und er schwieg.

– Sogar zu zweit, sagte der Untersetzte.

– Natürlich auch zu zweit. Wenn Sie nachrechnen, stellen Sie fest, daß das hier einem Ärztegehalt entspricht, sagte ich.

– Machen wir eine Pause, sagte der Hagere und stellte die Tasse ab.

– Machen wir keine Pause! Sagen Sie endlich, was Sie wollen, und dann gehen wir, sagte ich und wollte aufstehen, aber der Vorgesetzte bedeutete mit dem Kopf, besser nicht, also blieb ich auf meinem Platz. Bis die Zeit abgelaufen war, saßen sie nur da und schauten, und wir hörten dem Wecker zu.

– Eine sehr schöne Wohnung, fing er wieder an.

– Und die Einrichtung ist auch hübsch, und mit fünfhundert monatlich kommt man sehr wohl aus. Wie lange soll dieser Blödsinn noch dauern?

– Und die Einrichtung ist auch hübsch, sagte er.

– Würden Sie jetzt endlich damit aufhören? Sind Sie blöd, oder halten Sie mich für blöd?!

– Aber mit fünfhundert monatlich kommt man schon aus.

– Ja! Wir sind mit fünfhundert Franken monatlich sehr gut ausgekommen! Sogar für völlig überflüssige Kosmetika hat es gereicht und für einen Feuerlöscher! Wir sind gut ausgekommen! Es hat genau gereicht!

– Sogar zu zweit.

– Hören Sie auf, Sie Idiot!

– Machen wir eine Pause, sagte der Hagere und bot mir wieder Zigaretten an, wie jedesmal, aber jetzt nahm ich eine, weil ich vor Nervosität zitterte, und es tat gut. Ich versuchte mich zusammenzureißen und sagte mir, daß ich meine Selbstbeherrschung nicht verlieren durfte. Was auch immer sie wollten, ich mußte kühlen Kopf behalten. Es war ein Fehler gewesen, daß ich nicht auf die Frage geantwortet hatte. Ja, das war ein Fehler. Ich war in die Falle gelaufen. Ich hatte ihre Spielregeln akzeptiert.

– Eine sehr schöne Wohnung, fing der Untersetzte wieder an.

– Ja, sagte ich.

– Und die Einrichtung ist auch hübsch.

– Mir gefällt sie auch, dabei sind es nur Requisiten, sagte ich.

– Aber mit fünfhundert monatlich kommt man schon aus.

– Ja, ziemlich gut, sagte ich.

– Sogar zu zweit.

– Selbstverständlich sogar zu zweit, sagte ich.

– Machen wir eine Pause, sagte der Hagere. Ich nahm die Zigarette, hörte dem Wecker zu und spürte, daß das jetzt gut gewesen war. Vielleicht hatte ich nur den Fehler gemacht, daß ich nicht wortwörtlich dasselbe geantwortet hatte wie zuerst. Dann dachte ich wiederum, daß sie sich daran vielleicht auch nicht mehr so genau erinnerten, also wäre es vielleicht am besten, wenn ich mich an das letzte Muster hielt.

– Eine sehr schöne Wohnung, sagte er.

– Mir gefällt sie auch, dabei sind es nur Requisiten, sagte ich, aber in dem Moment fiel mir auf, daß ich einen Fehler gemacht hatte, denn das hätte ich ja auf die Einrichtung antworten müssen. Ich versuchte, meine Unsicherheit zu vertuschen, und riß mich zusammen.

– Und die Einrichtung ist auch hübsch, sagte er.

– Mir gefällt sie auch, dabei sind es nur Requisiten.

– Aber mit fünfhundert monatlich kommt man schon aus.

– Ja, ziemlich gut.

– Sogar zu zweit.

– Sogar zu zweit. Machen wir eine Pause, sagte ich, aber ich wußte bereits, daß ich damit alles verdorben hatte. Daß meine ganze Mühe vergeblich gewesen war, schließlich mußte das der Hagere sagen. Das durfte nur er sagen. Ich durfte mich nicht einmischen, wann wir eine Pause machen sollten.

– Machen wir eine Pause, sagte der Hagere, als sei nichts geschehen, dabei hätte es mich mehr gefreut, wenn er es angesprochen hätte. Wenn er mir, sagen wir, keine Zigarette gegeben hätte. Dann dachte ich, daß es sicher bald vorbei sein würde, schließlich sind das ja auch nur Menschen, auch sie halten das nicht lange aus. Und daß diese Pausen eigentlich ganz gut waren, da konnte man sich wenigstens ein bißchen sammeln, aber in dem Augenblick fing alles wieder von vorne an.

– Eine sehr schöne Wohnung.

– Ja.

– Und die Einrichtung ist auch hübsch.

– Ja, aber es sind nur Requisiten. Jedenfalls das meiste.

– Aber mit fünfhundert monatlich kommt man schon aus.

– Ja.

– Sogar zu zweit? fragte er, und fast hätte ich schon wieder ja gesagt, als es mich plötzlich durchzuckte, daß er das immer gesagt, nicht gefragt hatte. Daß er bis jetzt noch nie etwas gefragt hatte. Bis jetzt war nicht eine verfluchte Frage von ihm verlautet, und ich hatte das Gefühl, in eine Falle gelockt worden zu sein, daß sie mich zermürben wollten, willenlos machen wie ein Arbeitstier, und ich antwortete ihnen nicht ordentlich, sondern begann zu brüllen, nein! für zwei hat es nicht gereicht! für nichts hat es gereicht! ich habe nichts getan! hören Sie endlich damit auf, Sie Schwein! und so was in der Art.

– Machen wir eine Pause, sagte der Hagere, als ich mich beruhigt und entschuldigt hatte. Ich bekam eine Zigarette und wollte fragen, ob ich Wasser bekommen könnte, aber dann traute ich mich doch nicht.

– Eine sehr schöne Wohnung.

– Ja, sagte ich.

– Und die Einrichtung ist auch hübsch.

– Fragen Sie etwas, sagte ich. Das hat doch wirklich keinen Sinn. Fragen Sie, und wenn ich kann, antworte ich.

– Aber mit fünfhundert monatlich kommt man schon aus.

– Ich antworte wirklich. Warum machen Sie das? Warum denken Sie, daß ich irgend etwas leugne? Fragen Sie etwas, um Gottes willen! Fragen Sie, verstehen Sie?!

– Sogar zu zweit?

– Ja, aber das hat damit nichts zu tun. Und auch die Wohnung nicht und die Requisiten nicht. Fragen Sie etwas Sinnvolles. Fragen Sie, warum? Gut? Machen wir eine Pause, und dann fragen Sie, warum.

– Machen wir eine Pause, sagte der Hagere, und ich dachte, jetzt wissen sie sowieso schon, was sie fragen müssen, jetzt kann ich sie ruhig schon um ein Glas Wasser bitten, das ist ja schließlich kein Gefängnis, das ist noch immer unsere Küche, aber dann dachte ich daran, daß es jetzt sowieso schon bald vorbei war, diese Runde halte ich noch aus, es reicht, wenn ich ein Geständnis ablege, sie können nicht erwarten, daß ich in meiner eigenen Wohnung um ein Glas Wasser bettele, und ich biß den Zigarettenfilter ab und kaute darauf herum, weil beim Kauen Speichel produziert wird, und das löscht auch den Durst.

– Eine sehr schöne Wohnung, sagte der Untersetzte, aber es war offensichtlich, daß er mich nur erschrecken wollte. Er tut nur so, als würde er auch jetzt wieder nicht fragen, warum, und ich sagte, ja.

– Und die Einrichtung ist auch hübsch.

Ich schwieg. Nicht aus Trotz, sondern eher aus Erschöpfung. Ich schaute den anderen an, um zu sehen, ob ich noch ein wenig schweigen konnte. Sein Gesicht war noch genauso frisch wie vorhin, als ich nach Hause gekommen war, sein Blick noch genauso wächsern.

– Aber mit fünfhundert monatlich kommt man schon aus.

Eigentlich haßte ich ihn noch mehr als den Untersetzten. Obwohl er es war, der immer sagte, wir sollten eine Pause machen, und mir Zigaretten gab.

– Sogar zu zweit.

Nur war nicht ein Funken Menschlichkeit in ihm. Eigentlich schaute er mich an wie einen Gegenstand. Wie einen Apparat, der nach jedem vierten Satz raucht. Ich haßte ihn, aber ich hätte es nicht gewagt, ihn anzufallen, und vielleicht haßte ich ihn deswegen am meisten. Weil er stärker war als ich und genau wußte, was er wollte. Der andere zählte nicht, nur der hier, das Schwein mit den wächsernen Augen. Warum sagst du nicht, machen wir eine Pause? Sogar zu zweit war doch schon, warum machen wir dann keine Pause, du Arsch? Was starrst du mich so an? Hast du noch nie einen Mörder gesehen?

– Machen wir eine Pause, sagte er, dann spülte er am Waschbecken die Tasse meiner Mutter aus und stellte mir ein Glas Wasser hin, dabei wäre es besser gewesen, wenn er gefragt hätte, ob ich Durst habe. Wenn er eine Silbe gesagt oder wenigstens gezeigt hätte, ob er zufrieden ist oder nicht. Ich schluckte im Rhythmus des tickenden Weckers, langsam, denn ich wußte, jetzt würde es keine Zigarette mehr geben, jetzt würde die Pause nur so lange dauern, bis ich das Wasser ausgetrunken hatte, und als ich den Becher abstellte, war meine Kehle noch genauso ausgedörrt wie vorher, und mir fiel ein, daß ich wenigstens ein paar Schlucke hätte übriglassen sollen, denn mehr würde ich sicher nicht bekommen. Dann wieder dachte ich, es ist gar nicht so schlimm, ja, ich hätte auch das nicht trinken sollen, schließlich ist schon klar, daß das Ganze so lange dauert, bis ich das Bewußtsein verliere. Dann schon lieber früher als später. Auf mein Geständnis sind sie ja sowieso nicht neugierig. Ja, das ist völlig offensichtlich. Nie werden sie fragen, warum. Ich hätte nicht sagen dürfen, daß sie mich fragen sollen.

– Einesehrschönewohnung.

Das ist schlimmer als Wowarstdumeinsohn, dachte ich.

– Und die Einrichtung ist auch hübsch.

Dazu haben die kein Recht, dachte ich.

– Aber mit fünfhundert monatlich kommt man schon aus.

Eigentlich schon, dachte ich.

– Sogar zu zweit.

Eszter kommt sowieso, dachte ich.

– Eineschöneundhübschabermonatlichsogarzuzweit.

Eszter, dachte ich.

– Ihr Sohn ist ein bißchen erschöpft, Genosse Hauptmann.

In der Tat, sagte der mit den wächsernen Augen, und da begann ich zu schluchzen, du Schwein, du verfluchter Geheimdienstler, dich bring ich auch noch um, du Scheißkerl, aber das interessierte sie nicht mehr. Sie standen auf und ließen mich auf dem Hocker zurück, wie einen ausgewrungenen Lappen, dann hörte ich, wie sie die Wohnungstür vernagelten, und als sich die Spitzen der Nägel durch das Holz bohrten, schreckte ich davon hoch, daß ich laut brüllte und mir das Wasser in Strömen herunterlief und jemand gegen die Tür trommelte, und plötzlich wußte ich nicht, wo ich war, dann war ich verzweifelt, weil Eszter gekommen war, weil ich den Schlüssel von innen hatte steckenlassen, und jetzt trommelte sie gegen die Tür, weil sie nicht hineinkam, und plötzlich fiel mir die Lüge nicht mehr ein, warum meine Mutter im Krankenhaus sei, dann spähte ich durch das Lüftungsfenster im Badezimmer, aber es war nur der Gebühreneintreiber.

Ich wartete ab, bis der Mann die Zahlungsaufforderung in den Türspalt geschoben hatte, dann wusch ich mich, und das brachte mich wieder in Ordnung, schließlich räumte ich alles an seinen Platz, das Schachspiel, den Zauberberg, die Bettwäsche. Ich sammelte die leeren Kekstüten und Zigarettenschachteln ein, entfernte sogar den Kaffeesatz aus der Maschine und stellte die Zahnbürste genau so in den Zahnputzbecher zurück, wie Eszter es immer tat, denn sie sollte auf keinen Fall erfahren, daß ich diese Tage bei ihr verbracht hatte.

Die Nadel ist wohl auch schon ziemlich hinüber, dachte ich an der Tür, weil ich hörte, daß der Plattenspieler knisterte. Seit Jahren war etwas kaputt, der Abspielarm schwenkte nie an seinen Platz zurück. Der Teppich war mit Judits Briefen übersät, Verehrte Mutter, gestern hatte ich einen Auftritt in Amsterdam, Verehrte Mutter, heute habe ich einen Auftritt in Lissabon, Verehrte Mutter, morgen habe ich einen Auftritt in Montreal – in zeitlicher Reihenfolge, ausgelegt wie eine Patience, und dann sah ich, daß meine Schreibtischschublade aufgebrochen war, und von den an Nirgendwo-Hotels adressierten Briefumschlägen bis zu den völlig sinnlosen Anträgen auf Entschädigung war alles ausgeräumt, und meine Mutter lag in mottenzerfressener Straßenkleidung auf meinem Bett, die zerfetzte Zigeunerin aus Caracas und die Reste der Benachrichtigung vom Roten Kreuz in der Hand, und für einen Moment glaubte ich, sie lebte noch, denn ihre Augen waren geöffnet, und sie schaute durch mich hindurch wie durch Milchglas.

– Der Tod ist vor etwa anderthalb Tagen eingetreten, sagte der Arzt. Es war ein gepflegter Mann kurz vor dem Ruhestand, in schiefergrauem Anzug und mit akkurat gepflegten Fingernägeln.

– Wahrscheinlich das Herz, aber das wird sich bei der Obduktion herausstellen.

– Muß man obduzieren? fragte ich.

– Prinzipiell schon, sagte er und betonte das ›prinzipiell‹ ein wenig.

– Ich will wissen, woran sie gestorben ist, aber ohne Obduktion, sagte ich und drückte ihm fünftausend in die Hand.

– Herzversagen. Nach dreißig Jahren Praxis weiß man das schon vom bloßen Hinschauen, sagte er, während er sein Portemonnaie hervorholte, das Geld sorgfältig zusammenfaltete und einsteckte.

– Sind Sie sicher, fragte ich.

– Ich schon. Aber wenn Sie Zweifel haben, bietet Ihnen eine Obduktion natürlich mehr Sicherheit. Das ist nicht so schrecklich, heutzutage näht man sie schon ganz anständig zusammen.

– Woher wissen Sie, daß sie zum Beispiel nicht verhungert ist? fragte ich.

– Sie haben noch nie jemanden verhungern sehen, nicht wahr? fragte er, worauf ich sagte, das noch nicht.

Erst auf dem Hof erlaubte ich, daß der Deckel auf den Blechsarg gesetzt wurde, denn ich wollte, wenn ihre Augen schon offengeblieben waren, daß sie wenigstens von dem da draußen auch etwas sah, und die Nachbarn wunderten sich, als die Leichenträger mit dem Blechkasten in den ersten Stock stiegen, denn in den fünfzehn Jahren hatten sie meine Mutter genauso vergessen wie die Gemeinschaftstoiletten oder die eingestürzte Waschküche unter der Treppe zum Dachboden. Dann sagte ich zu der Frau in dem Büro, daß ich sie später beerdigen möchte, weil ich noch abwarten wollte, bis Eszter zurückkam, aber die Frau berief sich auf irgendeine neue Verordnung und daß der Leichnam auch so schon zwei Tage alt sei, und nicht einmal gegen Aufpreis war sie zu einer längeren Aufbewahrung im Kühlraum bereit.

– Warum lassen Sie sie nicht einäschern? fragte sie. – Das ist praktischer, Sie können dann einen Zeitpunkt wählen, der allen in der Familie paßt, aber ich sagte nur, ich verbrenne meine Mutter nicht, und setzte meine Unterschrift an die Stelle, auf die sie zeigte.

Ich freute mich, daß ich mich wenigstens mit dem Grab nicht groß abgeben mußte, denn meine Mutter hatte seinerzeit den Platz auf dem Kerepeser Friedhof für fünfundzwanzig Jahre gepachtet, und davon waren erst fünfzehn vergangen. Der Steinmetz sagte, Judit Weér könne man nicht wegmeißeln, das würde häßlich aussehen, ich aber dachte, das sei sogar besser so, und wir besprachen, daß er darunter Rebecca Werkhard und darunter wieder Rebeka Weér meißeln solle und dann wäre immer noch Platz übrig.

– Wollen Sie nicht irgendein Motto? fragte er.

– Nein, sagte ich.

– Das ist aber üblich, sagte er. – Ein kurzes Gebet oder ein Zitat aus einem Gedicht. Ich kann Ihnen gern das Heft mit den Vorlagen zeigen.

– Lieber nicht, sagte ich. – Können Sie auch ein Motiv einmeißeln? fragte ich.

– Natürlich, sagte er.

– Dann meißeln Sie einen Pelikan, sagte ich.

– Das ist nicht in dem Heft mit den Vorlagen. Nur Kreuze, Trauerweiden und etwas in der Art, sagte er.
– Hier ist ein Muster. Sie können ihn behalten, er hat eine Goldfeder, sagte ich.

Samstagvormittag ging ich noch bei Eszter vorbei, um nachzusehen, ob sie nach Hause gekommen war, denn ich hätte es gern gehabt, daß sie bei der Beerdigung dabeigewesen wäre, genauer, daß sie den verschrumpelten Körper gesehen hätte, die verkrampften Finger mit den bis zum Nagelbett heruntergebissenen Nägeln, daran die sieben Gedenkringe, vom Gedenkring »Julia der Saison« über den »Gedenkring der Freunde der Poesie« bis hin zum »Gedenkring des Moskauer Theaterfestivals«, Ringe, von denen längst die Vergoldung abgegangen war und die ihre Finger grün oder schwarz verfärbt hatten, je nachdem, ob sie aus Kupfer oder aus Aluminium waren; daß sie das vom Haarspray verklebte, strohgelbe Haar gesehen hätte, auf dem sich die Farbe von Jahr zu Jahr ungleichmäßiger verteilte, während die aschgraue Kopfhaut bereits durchschimmerte, die von der Leichenstarre wieder prallen Brüste, die sie damals nach anderthalb Monaten Stillzeit mit Salz eingerieben hatte, damit die Brustwarzen nicht schlaff wurden, vor allem aber wünschte ich mir, sie hätte den Blick der Toten gesehen, jenen Blick, der sich in nichts von dem zu Lebzeiten unterschied und dessen bläuliches Schimmern von jetzt an endlich in der Tiefe eines wahr gewordenen Grabes leuchten würde.

Die Zahlungsaufforderung steckte noch dort, neben der Türklinke, wohin ich sie zurückgeschoben hatte. Ich schrieb, meine Mutter sei gestorben, dann nahm ich ein Taxi und fuhr zum Kerepeser Friedhof, denn ich war auch so schon spät dran.

Die Totengräber hatten keinen Grund zur Klage, schließlich gab es weder Unkraut noch Fasanennester, noch Efeuwurzeln, die hätten weggehackt werden müssen. Der Steinmetz hatte sich mit dem Wappen etwas ungeschickt angestellt, er hatte drei Junge in das Nest gemeißelt, und das regte mich auf, aber dann fiel mir ein, daß es mein Fehler gewesen war, ich hätte ihm sagen müssen, daß zwei reichten und daß es nicht exakt so aussehen sollte wie auf der Füllerkappe, schließlich war das hier ja keine Reklametafel, sondern ein Grabmal. Er konnte wirklich nichts dafür, er war es gewohnt, nach Vorlage zu arbeiten, dachte ich, dann sagte ich dem Taxifahrer, er solle auf mich warten.

– Gut, aber ich lasse den Taxameter laufen, sagte er.

– Natürlich, nur setzen Sie den Wagen ein bißchen zurück, sagte ich, denn ich wollte nicht, daß der Zähler ins Vaterunser hineintickte. Dann ließen sie den Sarg hinunter, und ich warf die Blumen hinterher, und da sah ich, daß der Erdhaufen noch voller Papier war, daß hier und da noch etwas von den Partituren und den Familienfotos zu erkennen war, daß es Dinge gibt, für die selbst den Würmern fünfzehn Jahre nicht ausreichen. Die vier Männer begannen, die Erde zu schaufeln, der Spaten zerteilte zuweilen einen Regenwurm, dann schickte ich das Taxi doch lieber weg, weil ich noch ein bißchen spazierengehen wollte.

Wegen Malerarbeiten kam man nicht ins Balkan hinunter. Die Tür stand zwar offen, damit der Keller auslüftete, aber ein Besen war quer davorgestellt, die Treppe mit Plastikfolie bedeckt. Unten stritt Jolika mit den Arbeitern, weil die Wand dunkler geworden war, als sie sich das vorgestellt hatte.

– Wenn das hier trocknet, ist das garantiert wie das Muster, gute Frau, erklärte der Mann mit dem Papierhelm.

– Wollen Sie mich für blöd verkaufen? fuhr Jolika ihn an. – Ich habe Ihnen gestern doch gesagt, daß dieser blöde Keller hier nie im Leben trocknet. Hab ich gesagt, oder?

Ausgerechnet ich soll das nicht wissen! Pinseln Sie das alles noch mal über, so wie ich es haben wollte. Aber dalli!

– Und Sie kaufen das Material, gute Frau? Nur weil das hier schon angerührt ist, und zwar fix und fertig. Ergo ich kaufe für hier kein Material mehr, das wissen Sie so gut wie ich, gute Frau, sagte der Mann und fuchtelte mit dem Pinsel herum, daß der cremefarbene Anstrich auf die Plastikfolie tropfte.

– Und ob Sie welches kaufen, Pityuka, darauf gebe ich Ihnen ein Jahr Garantie. Verarschen können Sie die Geldsäcke in Buda, aber nicht mich, das nimmt sonst ein schlimmes Ende.

– Orakeln Sie nicht rum, gute Frau, sonst ist Schluß mit lustig.

– Nix mit lustig, Pityuka. Wenn ich sage, Sie tünchen, dann tünchen Sie, basta, sonst verschwinden Sie mitsamt Ihrer Leiter.

– Morgen, gute Frau. Wenn Sie zwanzig Kilo Dispersionsfarbe kaufen, können wir das morgen gern auch himmelblau tünchen, vorher kann man da nicht drüber, weil das muß trocknen. Und wenn es trocken ist, gute Frau, ist das haargenau, wie Sie's haben wollten. Da, schauen Sie sich das Muster an. Ich sage Ihnen ja auch nicht, wie Sie Ihr Bier panschen sollen, gute Frau, beschweren Sie sich erst, wenn die Wand trocken ist und wenn die Farbe dann immer noch nicht zum Muster paßt, sagte Pityuka, und ich machte mich auf den Weg nach Hause, um die Wohnung zu putzen.

Vielleicht, dachte ich mir, ist es sogar besser, daß Eszter noch nicht zurückgekommen ist, sie hätte bei der Beerdigung nicht viel zu suchen gehabt, schließlich hatten sie einander insgesamt zweimal im Leben gesehen, und auch das war schon zuviel. Genug, wenn sie weiß, daß es aus ist. Ja, so habe ich wenigstens noch Zeit, die Wohnung in Ordnung zu bringen, bis sie kommt. Ich werde dann nur sagen, Herzversagen, das reicht völlig. Außerdem würde sie mich nie ausfragen. Ich habe sie auch nie ausgehorcht. Ich habe zugelassen, daß sie mein Gesicht mit den Fäusten bearbeitete, daß ihr Remington-Holzkoffer an meinem Nacken zersplitterte, daß ich jahrelang nichts über sie wußte. Und natürlich habe auch ich Fehler gemacht, und die waren nicht ohne, aber wenigstens kannte ich mich selbst. Ja, es gibt kaum etwas Wichtigeres, als die eigenen Schwächen zu kennen. Sie zu kennen und in den Griff zu bekommen. Und dazu war diese Évajordán unbedingt nötig gewesen. Daß man sich nicht in die Hosen macht, wenn man statt der eigenen schönen Augen ein wildes Tier im Spiegel erblickt, sondern weiß, was zu tun ist. Und daß ich mich ständig auf meine Mutter berief, das war vielleicht ein noch größerer Fehler als Évajordán. Und sich im Dreck des anderen zu suhlen. Wenn man so will, gibt es keine niederträchtigere und lächerlichere Art der Flucht. Wie es keine schlimmere Geißel Gottes gibt als die Feigheit. Selbst eine Dunkelzelle macht nicht so einsam wie die Lüge. Jedes Fläschchen nach Chlor riechender Cremeseife hat uns getrennt wie ein Sankt-Andreas-Graben, aber das ist nicht mehr wichtig. Eigentlich ist das sogar gut. Das muß jede Paarbeziehung überstehen. Wir haben einander gequält, aber jetzt haben wir es überstanden, dachte ich.

Vielleicht wäre alles anders gekommen, wenn ich nicht jahrelang meine Mutter hätte pflegen müssen. Aber es war schließlich meine Mutter, ich konnte sie doch nicht ins Pflegeheim geben oder ins Irrenhaus. Von mir hat sie mehr bekommen, als sie uns beiden Kindern zusammen je gegeben hat. Kaum einer kocht für seine verrückte Mutter täglich eine warme Mahlzeit, und noch weniger hätten wohl all das ertragen, was sie mit dieser Zimmergefangenschaft angestellt hat. Daß sie aus der Wohnung eine Gruft machte, nur weil sie so gelebt hatte, daß ihr schließlich sogar ein

Parteisekretär ins Gesicht spuckte. Mag sein, daß einige kochen oder für ihre Mutter in einer Kantine einzahlen, aber diese fünfzehn Jahre Gefängnis hätte wohl keiner auf sich genommen. Ein Wunder, daß sie so lange durchgehalten hat. In ihrem Alter ist ein Herzinfarkt schon ganz alltäglich, das rafft die Leute dahin wie früher die spanische Grippe, dachte ich. Dann sah ich eine ältere Frau im Museumsgarten, sie führte ein Schoßhündchen spazieren, und ihre Art, über den Kies zu gehen, war wie die der Künstlerin Weér, aber ich wußte genau, daß sie ihr nur ähnlich war und daß mir so etwas noch öfter passieren würde. Daß sie einmal in der Straßenbahn sitzen würde oder mit dem Rücken zu mir im Trolleybus. Ja, damit mußte man rechnen, und womit wir rechnen, das haben wir auch schon in der Hand. Schließlich habe ich ihr nicht den Kopf eingeschlagen, dachte ich. Der Arzt hat doch auch gesagt, daß es Herzversagen war, dachte ich. Dabei war es wohl eher ein Hirnschlag, ihrem Herzen fehlte ja nichts, dachte ich.

– Guten Tag, sagte Frau Berényi.

– Guten Tag, sagte ich.

– Herzliches Beileid, sagte sie.

– Danke, sagte ich.

– Wollen Sie nicht hereinkommen? fragte sie und hielt mir die Tür auf, und ich sagte wieder, nein danke, dann blieb ich am Eingang stehen und fingerte am Briefkasten herum, damit wir nicht zusammen die Treppe hochgehen mußten. An der Wohnungstür klingelte ich versehentlich zweimal kurz, wie ich es mir angewöhnt hatte, weil meine Mutter dann wußte, daß ich es war, aber dann fiel mir ein, daß das nur ein antrainierter Reflex war, wie wenn wir das Licht ausschalten, obwohl es gar nicht an war.

Es war gerade Herbstentrümpelung, und ich dachte mir, ich bringe die ganzen Apothekenboten und die Funk und Bild hinunter. Vor den Häusern häufte sich der Sperrmüll, am nächsten Tag sollte die Stadtreinigung die Unmengen Gerümpel abtransportieren, die man das Jahr über nicht in die Tonne werfen konnte. Kaputte Klaviere und Vorkriegskonserven landeten auf der Straße, Waschbecken und vollgeschissene Vogelbauer, Fahrradwracks und verkalkte Badewannen, Mädchenromane aus grauer Vorzeit, Illustrierte, Schwarzweißfernseher, nach Großmutter riechende Chaiselongues und unzensierte Familienfotoalben mit den pikanten Szenen aus der Hochzeitsnacht. Zentnerweise schleppten die Erben die Singer-Nähmaschinen nebst Nähgarn Marke Kettenbrücke hinaus, mottenzerfressene Lodenmäntel und Potemkin-Kinderwagen und Aluminiumbesteck, wenn sie das vergoldete schon hatten. Die tragbaren Essensbehälter am Bordstein stanken nach verschimmeltem Erbseneintopf, der Uringeruch der Bettschüsseln durchströmte den Bezirk. Der Dreck von drei Generationen sammelte sich Jahr für Jahr vor den Hauseingängen, und am nächsten Tag wurde das Ganze vom Lastwagen der Stadtreinigung zerkleinert, und ich habe lange nicht verstanden, wie der Müll einer ganzen Straße in diesem Container Platz finden konnte, aber dann erklärte mir ein Müllmann, daß es sich um eine spezielle Konstruktion handele, verstehen Sie, die sogar Eisen kleinhäckselt, eine Badewanne schrumpft auf Nachttopfgröße, verstehen Sie, wenn wir das Haus reinstopfen würden, wäre es kleiner als eine Garage, weil die Hydraulik nicht nur häckselt, sondern das Ganze auch platt drückt wie einen Pfannkuchen, das haben die Deutschen entwickelt, dort hat der Mülltransport Tradition, verstehen Sie, sagte er und bot mir eine Zigarette an, die die amerikanischen Soldaten auf irgendeinem Dachboden vergessen hatten und die immer noch schmeckte.

– Besser als Kossuth, sagte er.

– Stimmt, sagte ich, dann rief der Fahrer, sie seien jetzt fertig und er solle aufsteigen, sie führen zur Mülldeponie, und er zertrat die vierzigjährige Chesterfield, stieg auf das Treppchen und hielt sich am Haltegriff fest. Drei saßen vorne im Fahrerhäuschen, er stand mit seinem Kollegen hinten, am Schlund des Preßwagens, wie eine Wächterstatue in orangefarbenem Kittel, und an seinem Gürtel hing eine Plastiktüte, darin der gehortete Krimskrams, den man vielleicht noch brauchen konnte.

Und nach der Beerdigung dachte ich, ich bringe die Zeitungen nach unten, räume das Dienstbotenzimmer leer, und dort würde dann das Kinderzimmer sein. Ich schleppte auch die mottenzerfressenen Kleider nach unten, ihre Bettwäsche und ihre Handtücher mit dem Pfefferminztee- und Mandelduft, dann leerte ich die Schubladen, knotete ein Bettlaken zu einem Sack und fegte vom Toilettentisch die Puderdosen, Parfumfläschchen und Faltencremes hinein, den ganzen Scheiß im Wert einer Gruppenreise um die Welt, mit dem sie sich vergeblich eingeschmiert hatte, denn der Faden des Nichts umwob sie wie eine Spinne den Rosenkäfer, und zu den Tiegelchen kippte ich noch den Inhalt des Kühlschranks, dann rollte ich auch die Teppiche in der ganzen Wohnung auf.

– Schade um die schönen Teppiche, sagte der Nachbar von gegenüber, der mit seinem pickeligen Sohn versuchte, den alten Kühlschrank nach unten zu schleppen, weil sie aus Wien einen Zanussi mitgebracht hatten.

– Kümmern Sie sich um Ihren eigenen Müll, sagte ich, und noch auf dem Treppenabsatz hörte ich, wie er den Psychologen herauskehrte und seinem Sohn erklärte, die waren ja noch nie normal, und wer weiß, wie lang der seine tote Mutter in der Wohnung behalten hat, aber das interessierte mich nicht.

Ich wollte die Gruft mit den ganzen Requisiten entrümpeln. Ich hatte schon den von Lady Macbeth gestohlenen Armstuhl hinausgeworfen und das Bett von Laura Lenbach, und immer noch war es erstickend. Dann kam mir die kleine Axt in die Hand, mit der ich früher den Stamm des Weihnachtbaumes zurechtgeschnitzt hatte, damit er in den Ständer paßte, und ich rammte sie in die Küchenanrichte, als wäre es ihr Schädel.

– Um Gottes willen, was machen Sie denn, fragte Frau Berényi und blieb erschrocken an der Tür stehen, weil ich immer noch versuchte, die Anrichte zu zerkleinern, und dabei brüllte, krepier endlich, du Schlampe!

– Verschwinden Sie, schrie ich sie an, aber sie war unfähig, sich zu rühren, sie stand einfach wie festgenagelt auf der Schwelle und schaute. – Was glotzen Sie? Wollen Sie mich anzeigen?!

– Ach was. Wieso sollte ich Sie anzeigen? sagte sie bleich.

– Lügen Sie nicht! Sie haben mich im Hauseingang gesehen! Sie wissen sehr wohl, daß ich nicht zu Hause war!

– Wann? fragte sie.

– Tun Sie nicht so! Aber ich habe sie nicht umgebracht, nehmen Sie das zur Kenntnis! Soll ich Ihnen das Protokoll zeigen?! Herzversagen! Alles klar?! Ich war gar nicht zu Hause! Ich kann sie nicht umgebracht haben, wenn ich gar nicht zu Hause war!

– Natürlich können Sie sie nicht umgebracht haben, sagte sie, aber da kam auch schon ihr Mann, von dem sie sich seit zwanzig Jahren scheiden lassen wollte.

– Du wagst es, sie anzufassen, du Dreckskerl? fuhr Berényi mich an, und ich hatte das Gefühl, er bricht mir gleich das Schlüsselbein, aber seine Frau zerrte ihn fort.

– Laß ihn in Ruhe. Du siehst doch, daß er nicht bei Sinnen ist, sagte sie.

– Trotzdem, ich schlag ihm die Fresse ein! Wie kann er es wagen, sich an dir zu vergreifen?!

– Laß ihn los, du Ungeheuer, er hat mich doch nur am Arm gefaßt, sagte sie und schleppte ihren Mann auf den Hausflur.

Ich weinte mich in den Schlaf. Als ich mich wieder aufrappelte, wurde es bereits dunkel. Ich wollte zu Berényis, um mich zu entschuldigen, aber dann beschloß ich, lieber die Trümmer wegzuräumen. Das Weinen hatte gutgetan, es war keine Zerstörungswut mehr in mir, ich wollte mich nur noch von allem Überflüssigen befreien. Bis tief in die Nacht hinein schleppte ich den restlichen Müll hinunter, achtete aber darauf, bloß nichts kaputtzumachen, was noch brauchbar war. Gegen elf waren vom Zimmer meiner Mutter nur mehr die vergilbten Wände mit den Umrissen der Möbel übrig und in der Küche ein paar kleinere Sachen, ein Emailbecher, Besteck, Töpfe. Alles, was nicht zerbrochen war. Es hätte noch einiges zum Wegwerfen gegeben, aber ich hatte schon Blasen an den Händen, also setzte ich mich ans Fenster und sah den mit Taschenlampen bewaffneten Müllsammlern zu, die bei Entrümpelungen den Bezirk mit Rucksack und Leiterwagen abklappern und zielstrebig bestimmte Dinge sammeln.

Die einen bauen nur die Schalter an den Waschmaschinen aus, die anderen sind auf der Jagd nach Antiquitäten, die sie am nächsten Tag auf dem Flohmarkt verkaufen. Ich habe auch schon eine aufgeweichte Marx-Gesamtausgabe gefunden und eine Kaffeemühle mit Handkurbel. Judits Notenständer aus Messing stammte auch aus so einem Haufen. Nachts hatten wir den Bezirk genau so abgeklappert wie die hier mit den Taschenlampen.

– Stell endlich diesen Nachttopf wieder hin, sagte sie.

– Majolika, sagte ich.

– Mag schon sein, nur eben voller Harnstein, sagte sie.

– Genau so einer kommt im ›Geizigen‹ vor, sagte ich.

– Dann warte ab, bis er vom Spielplan genommen wird,

der ist wenigstens nicht vollgepinkelt, sagte sie, und ich legte ihn wieder auf den Haufen, aber fünf Minuten später hatte sie schon nichts mehr gegen den verbogenen Notenständer, denn der hatte wenigstens einen Sinn. Obwohl Sinn nicht immer ein Kriterium war, im Grunde hatten wir es nie geschafft, uns zu spezialisieren wie andere, die zum Beispiel nur Kinderspielzeug oder nur Kleidungsstücke oder nur Metallabfälle sammelten. Ich habe auch schon mal einen gesehen, der mit dem Auto herumfuhr und den Gepäckträger voller kaputter Wäscheständer hatte.

Wenn sie es gut zusammenpressen, paßt die ganze Requisite in einen Koffer, dachte ich und beobachtete, wie unten ein Mann den Fernseher zu zerlegen begann.

– Nehmen Sie den nicht auseinander, sagte ich, dem fehlt nichts, rief ich aus dem Fenster nach unten, aber er glotzte nur.

– Der funktioniert, ich habe ihn runtergebracht. Die Fernbedienung muß auch noch irgendwo sein.

– Amüsier dich mit deiner Fotze, sagte er, schlug mit einem Gasrohr den Bildschirm ein und ging zum nächsten Haufen.

In der Kanne hatte ich noch Pfefferminztee von meiner Mutter gefunden, dann beobachtete ich, wie sich drei Zigeunerinnen um die besseren Kleider zankten. Manche wollten die Bettwäsche, andere die Teppiche oder nur die Regalbretter aus der Anrichte, aber für jeden fand sich etwas. Berényis kamen im Morgengrauen nach Hause, und ich zog mich vom Fenster zurück, dann hörte ich mir den Wortwechsel an, Möbel mit Leichengestank bringst du mir nicht in die Wohnung, worauf die Frau sagte, wenn du mal ins Theater gegangen wärst, wüßtest du, wer das war, und so schleppten sie schließlich Irinas oder Maschas Nachtkästchen mit der Marmorplatte hoch, als Schuhschrank. Allein schon die Marmorplatte wiegt eine Entschuldigung auf, dachte ich, dann setzte ich mich wieder ans Fenster und sah den anderen zu. Hin und wieder nickte ich ein, aber ich wollte den Morgen abwarten und zusehen, wie die Maschine mit dem Pelikanschnabel den Rest verschlang.

Das Niemandsland des Erwachens war wie umgekehrter Treibsand oder vielmehr wie ein empordrückender Sumpf, aus dem man immer weiter herauskommt, und doch hat man nicht viel davon. Die Wohnung war öder als eine Baracke, was mir, sagen wir, nichts ausmachte. Die Decke klebte an mir, lauwarm wie Seegras, und zuerst dachte ich, es wäre bloß der Schweiß, aber bald nahm ich auch den würgenden Käfiggeruch wahr. Ich kann das nicht. Ich werde nicht abwarten, bis ich mir mit fünfunddreißig wieder in die Hosen mache, dachte ich. Auch draußen war alles naß, der Regen hatte die Platanen im Museumsgarten grau gewaschen, aber im Herbst ist das normal. Es dürfte später Vormittag gewesen sein, also hatte ich wohl an die achtundzwanzig Stunden geschlafen, stimmt, das hatte ja auch seinen Grund. Ich muß jetzt sofort hin, dachte ich. Die Decke legte ich in die Badewanne, was ich mit der Matratze tun sollte, wußte ich erst nicht. Schließlich übergoß ich sie mit Wasser, nahm sie aus dem Bett und lehnte sie an den Kachelofen. Stimmt, ich muß jetzt sofort hin, dachte ich. Gemessen an meinen Möglichkeiten sah ich ziemlich klar. Ich könnte auch sagen: Seit ziemlich langer Zeit sah ich jetzt zum ersten Mal all das klar, was ich schon seit langem hätte klar sehen sollen. Nach wie vor hatte ich genausoviel Angst vor allem, was unbekannt ist, und nach wie vor war ich mir meiner Sache genauso sicher wie in der Kindheit, als ich den Liebhaber meiner Mutter zum Teufel gejagt hatte. Ich kriege fünf Jahre, vielleicht auch acht. Das haben andere auch schon ausgehalten, dachte ich. Wahrscheinlich werden sie es mir anrechnen, daß ich ein Geständnis ablege, dachte ich. Sie müssen es mir anrechnen, schließlich hätte ich auch darum herumkommen können. Aber ich werde mir nicht noch mal in die Hosen machen, dachte ich und war gerade dabei, mir frische Sachen anzuziehen, als es klingelte. Eine Weile stand ich zögernd im Flur, dann läutete es wieder, und ich beschloß, daß Eszter es auch wissen mußte. Es hat keinen Sinn, weiter Mätzchen zu machen, sie erfährt es sowieso. Fünf Jahre kann man nicht verleugnen wie eine Geliebte, dachte ich, und als ich endlich die Tür aufmachte, stand der Pfarrer auf der Schwelle.

– Ich hatte in Budapest zu tun. Ich dachte, ich besuche Sie, sagte er, und im ersten Moment erkannte ich ihn gar nicht. Das heißt, ich erkannte ihn, aber es war, als hätte ich ihn vor Jahren einmal gesehen, sagen wir, im Wartesaal eines Bahnhofs, dabei war es kaum anderthalb Wochen her.

– Woher haben Sie meine Adresse? fragte ich nervös.

– Von Ihnen. Störe ich?

– Nein. Oder doch. Jetzt paßt es nicht. Ich bin gerade am Putzen, sagte ich, wir standen immer noch an der Tür.

– Ich bin bis heute abend hier. Ich kann auch später wiederkommen, wenn Sie meinen.

– Lieber jetzt. Ich bin nur in Eile und sowieso schon zu spät dran, sagte ich und ging zur Seite, damit er eintreten konnte.

– Ich dachte, Sie putzen.

– Sicher. Nur bin ich in Eile. Aber setzen Sie sich doch, sagte ich, dann dirigierte ich ihn in mein Zimmer, weil es noch am passabelsten aussah. Mit hochgezogener Soutane stieg er über die Müllhaufen, die Möbelreste und Tellerscherben, und während ich meine Kleider vom Armstuhl warf, bemerkte ich, wie sein Blick für einen Moment an der gegen den Kachelofen gelehnten Matratze hängenblieb.

– Da ist aus Versehen das Abwaschwasser drübergekippt, sagte ich, und schon tat es mir leid, daß ich ihn hereingelassen hatte.

– Das passiert mir auch manchmal, sagte er, und am liebsten hätte ich ihn gefragt, warum er ins Bett machte.

– Leider kann ich Ihnen nichts anbieten. Zur Zeit habe ich nicht mal Suppenpulver.

– Macht nichts. Ich bin nur auf einen Sprung vorbeigekommen, um zu fragen, wie es Ihnen geht.

– Mir geht's gut.

– Aber sagen Sie mir wirklich, wenn ich störe. Ich muß sowieso noch einiges erledigen, bevor mein Zug fährt.

– Das mache ich. Ist Ihr Geländewagen kaputtgegangen?

– Nein, nur werde ich wahrscheinlich länger nicht fahren können. Am Freitag habe ich Hilfspakete transportiert, und das unglückliche Kind ist im Matsch ausgerutscht, mir direkt unter die Räder. Sie haben ja selbst gesehen, wie sie um den Wagen herumrennen.

– Ist es tot? fragte ich.

– Gottlob nur ein Beckenbruch. Sie haben es hier operiert, im János-Krankenhaus. Deshalb bin ich nach Budapest gekommen.

– Aber Sie hätten es fast umgebracht, sagte ich, und zum ersten Mal, seit er diese Bruchbude betreten hatte, bemerkte ich Bestürzung auf seinem Gesicht.

– Ja, ich habe es fast umgebracht, sagte er.

– Seien Sie mir nicht böse. Ich kann mir vorstellen, daß das nicht leicht ist.

– Das ist es in der Tat nicht.

– Ich denke, da hilft es auch nicht viel, daß Sie Hilfspakete transportiert haben. Und daß sogar ich gesehen habe, wie sie um den Wagen herumrannten.

– Nein, das hilft nicht viel.

– Man wird es nicht wieder los, sagte ich.

– Das ist wohl ziemlich natürlich, sagte er.

– Wissen Sie, einmal habe ich mich mit einem frühpensionierten Zugführer unterhalten. Der ist zum Züchten von Austernpilzen übergegangen, nachdem sich eine Frau mit zwei Kindern vor seinen Zug geworfen hatte.

– Sie meinen, ich müßte jetzt Austernpilze züchten?

– Aber nicht doch. Das habe ich nur gesagt, weil jemand, der mit dem lieben Gott gut steht, so etwas besser ertragen kann.

– Ich glaube, da irren Sie sich, sagte er. – Sibirien ist leichter zu ertragen. Doch hat Gott meines Wissens noch niemanden von seinen Gewissensqualen befreit.

– Sicher, Sie haben völlig recht, sagte ich. – Ich versuche mir abzugewöhnen, die Beichte mit einem Handel zu verwechseln.

– Früher oder später werden Sie dahinterkommen, daß der Unterschied zwischen Beichten und Schreiben gar nicht so groß ist.

– Das ist auch ein Handel. Egal. Lassen wir das, sagte ich, nur um die Unterhaltung endlich zum Abschluß zu bringen. Dann fiel mein Blick zum Glück auf die Teekanne auf dem Fensterbrett, und es war noch immer Pfefferminztee von meiner Mutter darin, wie in einem unerschöpflichen Füllhorn. – Möchten Sie Tee? Er ist etwas abgestanden, aber noch trinkbar, sagte ich, dann fügte ich hinzu, Zucker habe ich keinen, und bevor er überhaupt hätte antworten können, goß ich ihm den Rest in den roten Blechbecher.

– Danke, sagte er und kramte unter der Soutane ein Tütchen Zucker hervor. – Das gab es im Zug zum Kaffee, aber ich trinke ihn bitter. Ich hebe das nur für die Kinder auf. Mag sein, daß Sie das für Franziskus-Getue halten, aber glauben Sie mir, darüber freuen sie sich mehr als über die Heiligenbildchen mit Reliefdruck.

– Das ist kein Franziskus-Getue. Warten Sie, ich suche einen Teelöffel. Vielleicht sind noch welche da, sagte ich und ging in die Küche, um aus dem Besteckhaufen in der

Ecke einen Teelöffel herauszufischen, während ich mich davon zu überzeugen versuchte, daß dieser Mensch nicht zufällig hergekommen war. Die Bekenntnisse zieht man auch nicht zufällig aus dem Regal. Ja, diesen ganzen Albtraum kann man, wenn überhaupt, nur Pater Lázár erzählen, der vom Ende der Welt gekommen ist. Der den überfahrenen Zigeunerkindern statt Zuckertütchen Heiligenbildchen gibt. Und während ich noch immer zwischen den Silbergabeln und den schlecht abgespülten Töpfen herumstöberte, setzte ich die Kette von Ursache und Wirkung zusammen, angefangen damit, daß in der holländischen Konfektionsindustrie eine Maschine kaputtgeht und fünfhundert Pullover mit einem Webfehler produziert, über den Umstand, daß Pater Lázár das einstige Herrenhaus der Weérs von der Arbeiterwehr übernimmt, bis dahin, daß der kleine Gábriel unter die Räder kommt, aber überlebt, und es somit einen Grund gibt, nach Budapest zu fahren, und als ich bis dahin gekommen war, daß er klingelt und ich denke, es sei Eszter, und die Tür öffne, wußte ich bereits, daß das Blödsinn war, nicht etwa, weil kein Gott ist, der sich mit so einem Kartenhaus abgäbe, sondern weil sehr wohl ein Gott ist, nur war dem das Ganze auch vor fünftausend Jahren schon scheißegal.

– Soll ich helfen? fragte er, und erst da bemerkte ich, daß er hinter mir stand, den Becher in der Hand.

– Nicht nötig, ich bin schon fündig geworden. Ich spüle ihn nur ab, sagte ich. – Gehen wir lieber nach drüben, hier kann man sich nirgends hinsetzen.

– Ich bin überrascht, daß Sie in einer derart spartanischen Umgebung wohnen. Ehrlich gesagt, hatte ich mit etwas völlig anderem gerechnet.

– Es hat sich so ergeben, sagte ich.

– Haben Sie sich gerade getrennt? fragte er.

– Nein. Das heißt doch. Gestern hat sie ihre Sachen mitgenommen. Daher dieses Chaos.

– Dann ist es vielleicht doch besser, ich gehe.

– Egal, sagte ich. – Das heißt, ich freue mich, daß Sie gekommen sind. Ich würde gern sagen, ich habe Sie erwartet, aber das ist nicht wahr. Ich wäre gar nicht drauf gekommen, daß ich Sie je wiedersehen könnte.

– Ich verstehe, sagte er.

– Natürlich, es hätte auch passieren können, daß ich Sie einmal besuche. Man kann nie wissen, wann man zum Pfarrer rennt. Oder dazu übergeht, Austernpilze zu züchten.

– Ich verstehe, sagte er.

– Obwohl es mir mit den Pfarrern geht wie mit den Ärzten. Wenn man sie braucht, ist sowieso schon nichts mehr zu retten.

– Ich sehe, Ihre Eitelkeit ist die alte. Soweit ist noch alles in Ordnung.

– Das hat doch mit Eitelkeit nichts zu tun. Übrigens ist Aspirin besser als das Sakrament der Beichte, weil es auch ohne Glauben fiebersenkend wirkt.

– Dann beichten Sie lieber nicht, sagte er.

– Genau, sagte ich. Haben Sie eine Zigarette für mich? Wissen Sie, ich habe mich gerade getrennt und ...

– Leider nein.

– Ist auch egal. Eigentlich war es mein Wunsch gewesen, daß sie geht. Dann habe ich alles hinausgeworfen, von der Augenfältchencreme bis zum Feuerlöscher.

– Ich verstehe, sagte er.

– Wir haben einander nur noch gehaßt. Ich weiß, daß die Kirche dazu eine andere Meinung vertritt, aber so hatte es keinen Sinn. Wir haben einander erstickt.

– Ich verstehe, sagte er.

– Sicher haben auch Sie manchmal das Gefühl, vom lieben Gott erstickt zu werden, wenn Sie viel mit ihm zusammen sind.

– So viel waren wir noch nicht zusammen, sagte er.

– Egal, aber Sie verstehen, wovon ich spreche, oder?

– Natürlich verstehe ich das, sagte er. – Sie haben einander gehaßt.

– Es ist schwierig, einen Parasiten nicht zu hassen.

– Ich verstehe, sagte er.

– Der einen, selbst wenn man aufs Klo geht, fragt, Wowarstdumeinsohn.

– Ich verstehe, sagte er.

– Ist auch egal. Ich habe keine Frau. Das heißt schon, aber nicht auf dem Papier. Und wir leben schon eine ganze Weile nicht mehr zusammen. Ich habe ein Aas von Nutte aufgegabelt, sie einen Amateur-Astronomen. Kann aber auch sein, daß er ein echter ist.

– Ich verstehe, sagte er.

– Ich habe angefangen.

– Ich verstehe, sagte er.

– Aber eigentlich habe ich immer mit meiner Mutter gelebt.

– Ich verstehe, sagte er.

– Nur ist sie jetzt irgendwie gestorben.

– Das tut mir leid, sagte er.

– Daran muß Ihnen nichts leid tun, ich habe doch gesagt, daß wir einander gehaßt haben.

– Das ist manchmal ein ziemlich starkes Band.

– Ja, sagte ich.

– Ich verstehe, sagte er.

– Außerdem ist es für sie besser so. Und vielleicht auch für mich. Gestern konnte ich wenigstens den ganzen Scheiß wegwerfen.

– Ich verstehe, sagte er.

– Plappern Sie nicht ständig, ich verstehe. Was sind Sie? Ein Papagei?! Sind Sie deshalb hergekommen?! Was wollen Sie aus mir rausholen?!

– Ich will nichts aus Ihnen rausholen. Bisher wußte ich gar nicht, daß es aus Ihnen etwas rauszuholen gibt, sagte er, dann lehnte er sich zurück, als wollte er nie wieder gehen. – Und ich hatte Sie gebeten, mir zu sagen, wenn ich störe.

– Sie stören! Das ist hier kein Beichtstuhl! Das ist mein Stuhl!

– Ich weiß, sagte er.

– Wir haben uns angekotzt und fertig. Wir hatten Grund dazu! Was ist daran so besonders?!

– Dabei schreiben Sie wunderschön über Ihre Mutter, sagte er.

– Ach was, lassen Sie mich mit diesem Blödsinn in Ruhe! Nicht eine verfluchte Zeile davon ist wahr! Alles Lüge! Staatspreisgekrönte Lüge! Glauben Sie denn jeden Scheiß?!

– Ich habe es geglaubt. Seien Sie mir nicht böse, aber meiner Meinung nach erzählen Sie jetzt Lügen, dabei habe ich Sie, soweit ich mich erinnere, gar nichts gefragt. Ich habe nur ein paarmal gesagt, daß ich verstehe. Wie ein Papagei. Und Sie hatten recht, ich verstehe wirklich nicht. Mag sein, Sie haben sie gehaßt, mag sein, daß Sie Grund dazu hatten, mag sein, daß Sie auch ihre Handtücher weggeworfen haben, aber deshalb macht noch niemand ins Bett.

Ich hatte das Gefühl zu ersticken. Nicht vor Wut, sondern vor Scham. Oder vielmehr vor Angst.

– Seien Sie mir nicht böse, sagte ich.

– Ach was. Denken Sie, ich wäre noch nie in meinem Leben ausfällig geworden?

– Ich möchte, daß Sie gehen, sagte ich.

– Ich lüfte ein bißchen, sagte er und öffnete das Fenster, dann nahm er seinen Schirm. – Ich hole Zigaretten und was zu beißen. Ich denke, Sie haben schon lange nichts mehr gegessen. Und ein Schluck Bier tut da sicher auch gut.

– Holen Sie lieber Wein, sagte ich.

Sobald ich in dem nach Urin riechenden Zimmer allein war, beschlich mich eine Angst wie damals, als ich geglaubt hatte, die Jordán wollte mich vergiften. Das hat keinen Sinn. Mit Pfaffen verhandle ich nicht, dachte ich. Ich hätte ihn nicht hereinlassen dürfen. Gott geht das absolut nichts an. Es gibt ein bürgerliches Gesetzbuch. Ich werde darauf bestehen, daß sie exhumiert und die Todesursache festgestellt wird, aber seelischen Beistand brauche ich keinen. Ich kriege fünf Jahre, und fertig. Das haben andere auch schon ausgehalten. Es wird berücksichtigt, daß ich ein Geständnis abgelegt habe. Schließlich habe ich ihr nicht den Schädel gespalten. Schließlich könnte ich genausogut davonkommen. Der Arzt sagte auch, daß es Herzversagen war. Wenn ich nicht hingehe, kommt es nie heraus. Aber ich werde hingehen. Obwohl es sein kann, daß das überhaupt nicht mehr nötig ist. Ja, es kann gut sein, daß mich die Nachbarn gestern angezeigt haben. Ich hätte Frau Berényi nicht anfallen dürfen. Und ich hätte meine Selbstbeherrschung nicht verlieren dürfen. Die können jeden zum Schnüffeln herschicken. Sogar diesen Pfaffen. Warum nicht? Mit diesem Spitzel muß ich aufpassen, der ist clever. Zu clever. Ein mickriger Komsomol-Sekretär, den sie in Psychologie ausgebildet und in die Kirche eingeschleust haben. Obwohl das nicht wahrscheinlich ist. Das ist schon vorbei. Aber zum Weinholen läuft er doch runter, damit wir uns dann weiter unterhalten können. Da hast du dich aber verrechnet. Außerdem war es richtig, daß ich ihn hereingelassen habe. Da weiß ich wenigstens, mit wem ich es zu tun habe. Und daß er die Matratze spitzgekriegt hat. Und wie er sie gleich spitzgekriegt hat, dieses Stasischwein. Und dann noch die Frechheit, es zur Sprache zu bringen. Weshalb wohl ein erwachsener Mann ins Bett macht. Hätte nur noch gefehlt, daß er mir auf den Kopf zusagt, weshalb. Dabei fällt mir gar nicht ein, es zu leugnen. Ich bin einfach nicht nach Hause gekommen. Das ist alles. Ich bin ein erwachsener Mensch, ich könnte sogar Familie haben. Oder einen Arbeitsplatz. Dann wäre ich auch nicht nach Hause gekommen. Es gibt solche Jobs, da kommt man wochenlang nicht nach Hause. Das hätte ich im Grunde schon längst machen müssen. Noch vor Eszter. Schon damals, als Judit gegangen ist. Das lohnt sich glatt, das ist fünf Jahre wert, oder acht. Fünf Jahre, und es ist vorbei. Und wenn es nicht vorbei ist, hat es sich trotzdem gelohnt. Denn nur weil sie einen hinter Gitter bringen, ist es längst nicht vorbei. Das weiß doch jeder Trottel. Dazu braucht es keine Tiefenpsychologie. Aber mit Pfarrern rede ich nicht. Weder Ärzte noch Pfarrer will ich je wieder sehen. Diesen Scheißastrologen habe ich auch nur den Ärzten zu verdanken. Dem Doktor Arschloch, der zutiefst versteht, daß ich meine Mutter nicht in ein Pflegeheim gebe, aber beenden Sie die geschlechtliche Beziehung mit dieser Frau. So etwas sagt kein Mensch, geschweige ein Oberarzt. Daß sie heimfahren soll, hat ihr dieser Dreckskerl eingeimpft. Möglichst allein natürlich, denn das ist besser so. Das ist aber überhaupt nicht besser so, verflucht. Ich weiß genau, was ich zu tun habe, weder einen Arzt noch einen Pfaffen will ich je wieder sehen. Und ich verbiete es, daß sie exhumiert wird. Ich hacke sogar Gott die Hände ab, wenn er versucht, meine Mutter anzurühren, dachte ich, dann fand ich endlich meinen Mantel.

Durch die regennassen Büsche im Museumsgarten hindurch beobachtete ich, wie er mit der Einkaufstüte zurückkam. Oben dürfte er gut zehn Minuten geläutet haben, und als er aus dem Hauseingang trat, war er eher wütend als enttäuscht. Er stand noch eine Weile auf dem Gehsteig herum, blickte auf die Uhr, schaute zum geöffneten Fenster hoch, dann ging er endlich. Der strömende Regen kam einer kalten Dusche gleich, dennoch dachte ich, daß es so viel besser war. Es gibt nichts Kläglicheres, als sich bei einem Pfarrer auszuheulen. Dabei wollte er mir ja nur helfen. Mein Fehler, daß ich Pfarrer nicht brauchen kann. Vielleicht, wenn er zu einem anderen Zeitpunkt gekommen wäre, dachte ich, dann ging ich in die Wohnung zurück, weil ich noch nicht wußte, wo ich in so einem Moment hingehen sollte.

An der Klinke hing die Plastiktüte, darin der Wein und Zigaretten, 200 g Pariserwurst und zwei Tüten Maggi-Suppenpulver, er hatte einen Zettel in den Türspalt geschoben, daß er gegen Abend noch einmal zurückkommen würde, aber wenn ich aus irgendeinem Grund jetzt doch nicht mit ihm reden wolle, könne ich ihn ruhig jederzeit besuchen.

An sich müßte er uns trauen, dachte ich, während ich das Wasser für die Selleriecremesuppe zum Sieden brachte. Obwohl nicht sicher ist, daß wir Orgelmusik brauchen, dachte ich. Der Altar ist kein Tresen, dachte ich. Vor den Altar sollen sich die hinstellen, die dort auch satt werden, dachte ich. Die nicht wegen dem Aufgebot die Nase rümpfen, sondern fühlen, worauf es ankommt, dachte ich, dann schnitt ich die Pariserwurst in die Suppe und schüttete einen Schluck Wein dazu.

Das Mittagessen tat gut. Ich rauchte noch eine Zigarette, dann fegte ich aus, brachte ein paarmal Müll hinunter und stellte den restlichen Krempel ins Dienstbotenzimmer. Die Matratze war getrocknet, die Wohnung ganz erträglich geworden, und überhaupt putze ich gern.

Wie versprochen, klingelte er am frühen Abend noch einmal, aber ich machte nicht auf, denn dann hätte ich Ausflüchte finden müssen. Genauer: an sich wollte ich ihm aus dem Fenster nachrufen, aber dann beschloß ich, es doch besser zu lassen. Wenn er hochsah, würde er mich sowieso bemerken, aber er sah nicht hoch.

Ich hatte vor, ihm eine Karte zu schreiben und mich für das Essen zu bedanken. Eigentlich bin ich außer ihm noch nie einem Pfarrer begegnet, der nicht mit jedem Schluck

Meßwein ein Bibelzitat aufstößt. Und der sich nicht auf die Liebe als oberstes Gebot beruft. Ja, Sie sind ein ausgesprochen guter Priester, Vater. Ihre Selleriecremesuppe ist mehr wert als der Meßwein Ihrer Kollegen. Es wundert mich nicht, daß man Sie aus der Krönungskirche ans Ende der Welt versetzt hat. Glauben Sie mir, Vater, der Geländewagen des Herrn Bischof hätte dieses unglückliche Kind wahrscheinlich totgefahren. Und wenn nicht, so würde der Herr Bischof ungeniert mit seinem Geländewagen auf Krankenbesuch fahren. Denn daß er kommen würde, daran gibt es keinen Zweifel. Und am Infusionsständer würde er ein Gebet hinlegen, daß sogar dem OP-Arzt die Tränen kämen. Mag sein, daß Sie mir nicht recht geben würden, Vater, mag sein, daß ich mich von jeder rüden Erfahrung in die Irre führen lasse, aber sehen Sie es mir nach, daß mich solche Erfahrungen ständig einholen. Gewiß, mein zweitklassiges Gottesbild habe ich wohl kaum bei zweitklassigen Priestern aufgegabelt, dachte ich. Das ist eine ausgesprochen persönliche und bedauernswerte Angelegenheit, dachte ich. Aber mit der Zeit kann es sich vielleicht noch ändern, dachte ich. Allerdings wissen wir bereits, daß selbst die Stubenreinheit nicht von Dauer ist, dachte ich. Und Sie haben recht, Vater, mag sein, daß meine Eitelkeit noch die alte ist, aber manchmal würde ich den Kopf lieber dann senken, wenn sich mir die Notwendigkeit göttlicher Fürsorge einmal nicht so aufdrängt. Nur so. Anstelle von Urin mit, sagen wir, dem Schweiß von Eszters Schoß in meinem Schoß.

Ich versuchte mir vorzustellen, wie ich zur Bezirksdienststelle der Polizei gehe, aber schon beim Pförtner blieb ich stecken. Dann fiel mir ein, daß es wohl am besten wäre, wenn ich zuerst mit dem Arzt sprechen würde, der die Todesursache festgestellt hatte. Ich erinnerte mich, daß ich das Protokoll in irgendeine Schublade gesteckt hatte, zusammen mit den anderen Dokumenten für die Bestattung. Zum Glück hatte ich ausgerechnet den Papierkram nicht weggeworfen. Dann fand ich die an Nirgendwo-Hotels adressierten Briefe meiner Mutter, die ich noch vor dem Eintreffen der Leichenträger in die Schublade zurückgestopft hatte. Ich holte die Rasierklinge aus meiner Brieftasche und öffnete all die hundertvierundzwanzig Briefumschläge. In jedem fand ich nur leere Blätter, in den fünfzehn Jahren hatte sie weder an Judit noch an mich eine einzige Zeile geschrieben. So gesehen hatte vom ersten Augenblick an auch sie dieses miserable Gesellschaftsspiel mitgemacht. Eszter hat recht gehabt, dachte ich, und es wunderte mich nicht einmal besonders, daß meine Mutter genau gewußt hatte, mit wem sie im Briefwechsel stand. Schließlich hat sie auf ihre Weise alles gewußt und sich an alles erinnert. Dann dachte ich noch, wenn es sich so ergibt, daß ich noch schreibe, kommen mir diese Blätter gerade gelegen, das Papier geht mir sowieso gerade aus.

Der Pförtner fragte, wen ich denn suche, aber mir fiel der Name nicht ein, also mußte ich noch einmal im Protokoll nachsehen. Ich ging zu Fuß in den dritten Stock, teils weil schon mehrere am Lift warteten, teils weil sich noch nie jemand besonders beeilt hat, wenn er weiß, daß es besser ist, etwas so schnell wie möglich hinter sich zu bringen. An einem Treppenabsatz blieb ich stehen und untersuchte im spiegelnden Fenster, ob mein Jackett richtig saß, ob ich das Hemd nicht schief zugeknöpft hatte und so, dann wischte ich mir mit Spucke die Augen aus, weil ich nicht wollte, daß ich wie ein Landstreicher aussah. Ich muß ruhig sein, dachte ich, und daß ich mehr hätte essen sollen, weil man weniger diszipliniert ist, wenn man Hunger hat. Dann ging ich weiter bis zum dritten Stock hinauf, und vor Nummer dreizwölf versuchte ich mich nur noch darauf zu konzentrieren, ob die Klinke auch hier aus Aluminium war.

– Herein, antwortete eine Frau auf mein Klopfen, und ich stellte mich vor, dann sagte ich, daß ich Doktor István Frégel suche, worauf sie sagte, der Doktor sei gerade nicht da, wenn es dringend sei, solle ich auf dem Flur auf ihn warten, allerdings sei es besser, wenn ich gegen Mittag wiederkäme.

– Dann lieber morgen, sagte ich.

– Soll ich ihm etwas ausrichten? fragte sie.

– Nein, das ist eine ziemlich persönliche Angelegenheit, sagte ich und atmete auf, heute also doch nicht oder erst am Nachmittag, ja, am frühen Nachmittag komme ich wieder, und ich beeilte mich, zur Treppe zu kommen, ich wäre am liebsten gerannt, doch da öffnete sich der Lift, und ich wäre beinahe mit dem Leichenbeschauer zusammengestoßen.

– Suchen Sie mich, fragte er, und man sah ihm an, daß er sich nicht übermäßig freute, mich zu sehen, aber ich wußte, wenn ich jetzt weglief, würde ich nie wieder herkommen.

– Ja, sagte ich, und in dem Augenblick war wieder völlig klar, was ich zu tun hatte, genau wie gestern morgen, als die nasse Decke wie lauwarmes Seegras an mir klebte. Ich trat in das Büro wie in ein Postamt, um eine Rechnung zu bezahlen, und erzählte ihm in knappen Sätzen, so klar wie irgend möglich, daß ich meine Mutter umgebracht hatte.

– Und was wollen Sie von mir? fragte er.

– Ich verstehe nicht. Was soll das heißen, was ich will? Ändern Sie das Protokoll. Sie wissen doch, was man in solchen Fällen schreiben muß.

– Und dasselbe werden Sie auf der Polizei erzählen?

– Selbstverständlich, sagte ich.

– Ich verschreibe Ihnen was. Obwohl das eigentlich Sache eines Facharztes wäre. Sie sind nervlich etwas angegriffen.

– Ich brauche keine Medikamente. Haben Sie nicht verstanden, was ich gesagt habe?

– Doch, ich habe es verstanden. Sie geben sich die Schuld am Tod Ihrer Mutter. Und sicher nicht ohne Grund.

– Ich gebe mir nicht die Schuld! Ist das immer noch nicht klar? Oder haben Sie Angst, daß Sie eine Dienstaufsichtsbeschwerde bekommen, weil Sie das Geld eingesteckt und die Obduktion versäumt haben?! Ich wollte, daß sie stirbt! Ich wußte genau, daß sie daran stirbt! So etwas nennt man Mord!

– Halten Sie sich bitte zurück. Es gibt kein Gesetzbuch, dem zufolge Sie ein Mörder wären. Kann sein, daß Sie ein Schuft sind, aber sosehr Sie es auch möchten, formell haben Sie mit Sicherheit keinen Mord begangen. Oder wenn ja, dann haben Sie das genial ausgetüftelt. Man wird Sie auf jeder Polizeistation im Land hochkant hinauswerfen, verstehen Sie? Wenn Sie keine größere Hysterie ausbilden, kommen Sie nicht einmal in eine bessere Nervenheilanstalt, sagte er und holte seinen Rezeptblock hervor, um ein Beruhigungsmittel aufzuschreiben. Ich schämte mich schon, daß ich den Kopf verloren hatte, aber damit hatte ich nicht gerechnet, auf dieses ›Es-gibt-kein-Gesetzbuch‹ war ich nicht vorbereitet. Man denkt sich, wenn man seine Mutter umbringt, dann gibt es einen Paragraphen dafür.

– Ich brauche keine Medizin, sagte ich, am ganzen Körper zitternd, aber ich beherrschte mich.

– Ich verschreibe Ihnen doch lieber etwas. Wenn Sie nicht wollen, lösen Sie das Rezept eben nicht ein.

– Also halten Sie mich für krank.

– Nein, nur für erschöpft. Übrigens glaube ich Ihnen. Eben deshalb würde es mich freuen, wenn Sie nie wieder herkämen. Mag sein, daß ich mir gern einen Fünftausender in die Tasche stecke, aber Schufte ertrage ich nicht. Auch dann nicht, wenn sie vorübergehende psychische Störungen haben. Nehmen Sie die Medizin, das geht schon vorbei. Sie sind nicht allein damit.

– Ich verstehe, sagte ich.
– Sie sind doch Schriftsteller oder so, wenn ich mich recht erinnere.
– Ja, sagte ich.
– Dann schreiben Sie doch ein gutes kleines Buch. Sublimieren Sie einfach. Davon beruhigen Sie sich und werden dafür auch noch bezahlt.
– Ja, sagte ich.
– Na, dann Kopf hoch. Diese kleine Seelenspritze paßt sicher noch in Ihren Zeitplan. Übrigens habe ich Ihnen hier ein Medikament aufgeschrieben, Sie dürfen sogar nebenher trinken.
– Ja, sagte ich, stand auf und steckte das Rezept ein.

Die ersten paar Tage waren ziemlich mies. Natürlich kam ich auf die Idee, die Wohnung nicht zu verlassen. Ich kaufte auch eine ganze Menge ein, dann stritt ich mich im Geschäft mit dem Mädchen an der Kasse. Das ist hier kein Supermarkt, sagte sie, und daß ich die ganzen Butterkekse sofort wieder ins Regal zurückstellen soll, worauf ich sagte, daß sie mich bitte schön bedienen soll, denn so etwas hat es zuletzt zu Stasizeiten gegeben, nur ein Kilo pro Kopf, aber heutzutage ist das vorbei. Wenn mir danach ist, kaufe ich den gesamten Laden auf, mitsamt Kühltruhe und Neonreklame. Es regte mich auf, daß sie sich diesen Ton nur erlaubte, weil ich ihr einfach unsympathisch war.
– Wenn Sie das nicht in Ihre Kasse eintippen, nehme ich alles mit, ohne zu bezahlen, sagte ich.
– Probieren Sie es ruhig, aber dann lasse ich Sie einlochen, da können Sie Gift drauf nehmen, sagte sie.
– Das ist leider nicht so einfach. Und seien Sie so nett, geben Sie mir bitte noch sechzig Päckchen Zigaretten, sagte ich, und die in der Schlange waren auch schon ungeduldig, aber jeder war der Meinung, daß ich recht hatte, für mein Geld kann ich schließlich Butterkekse und Pfeffer-

minztee mitnehmen, soviel ich will. Dann wies eine ältere Frau das Mädchen zurecht, sie solle ihre Arbeit machen, sonst würde sie dafür sorgen, daß sie gefeuert werde, mit diesem Benehmen gehöre sie wohl eher auf den Markt am Lehel-Platz, und dann tippte das Mädchen die Kekse und die Tees und die Suppenpulver einzeln in die Kasse ein, damit wenigstens alle warten mußten, zum Schluß gab sie mir lauter Kleingeld heraus und knallte es mir vor die Nase.

– Zählen Sie nach, sagte sie.

– Danke, geben Sie mir lieber noch ein Päckchen Streichhölzer und zehn Plastiktüten dazu, sagte ich, dann stopfte ich den ganzen Scheiß irgendwie in die Tüten, und noch auf der Straße zitterte ich vor Aufregung, sie hat nicht das Recht, so mit mir zu reden. Solange sie nichts von mir weiß, darf sie mit mir nicht wie mit einem Putzlumpen umgehen.

Ich war also auf die Idee gekommen, die Wohnung nicht zu verlassen, was im übrigen ziemlich natürlich ist, aber schon am dritten oder vierten Tag stellte sich heraus, daß das bei mir nicht funktioniert. Selbst als ich blind war, mußte Judit mich auf den Gang hinaus spazierenführen. Andererseits kann es leicht sein, daß ich auch jetzt nicht alles so klar sehe, wie es nötig wäre, aber deswegen bin ich noch lange nicht verrückt. Und wenn ich die Dinge womöglich doch klarer sähe als viele andere, wäre ich deswegen wohl noch kaum ein Einsiedler. Freiwillige Zimmerhaft wäre also bei mir nur albernes Getue.

Die ersten paar Tage waren ziemlich mies. Nach dem Gespräch mit Doktor Frégel zeichnete sich schon ziemlich genau ab, daß der eigentliche Stützpunkt Ruhe etwas weiter entfernt war als das Mare Tranquillitatis, wenn vielleicht auch leichter erreichbar. Und daß die Zeit, wenn man arbeitet, zweifelsohne im Schlamm steckenbleibt, ähnlich wie bei einer Verlängerung. Sicher, ich könnte auch sagen, beim Schreiben wird die Greenwich-Zeit durch die Zeit von Davos-Dorf abgelöst; und das ist interessanterweise vollkommen unabhängig davon, ob wir nach Beendigung der Arbeit vom Berg hinabsteigen oder nicht.

Ich bin schon immer ein schwacher Mensch gewesen, ich habe weder Ausdauer noch einen religiösen Glauben. Lange Zeit dachte ich, ich hätte zumindest einen ungewissen und diffusen Traum von irgendeiner Schönheit und Ordnung und daß das letztendlich gar nicht so wenig sei, obwohl doch. Irgendwo habe ich gelesen, daß die einen das Labyrinth erbauen und die anderen darin herumirren. Nun, vielleicht ist das meine einzige besondere Begabung: daß ich mich in einer Person für beide Aufgaben eigne. Es ist nicht meine Sache, zu beurteilen, ob mein Bauwerk dem auf Kreta gleichkommt oder nur eine geschickt beschnittene Gärtnerarbeit ist. Doch zu ergründen, wie und warum ich dieses ziemlich öde Bauwerk errichtet habe, ist wohl eine Aufgabe, die außer mir kaum ein anderer erledigen kann.

Ursprünglich hatte ich Eszter nur einen längeren Brief schreiben wollen, vor allem darüber, was mit meiner Mutter geschehen war. Zwar haben sie sich insgesamt nur zweimal gesehen, was auch schon zuviel war, aber ich dachte, sie müsse es trotzdem wissen. So nahm ich mehrere Anläufe, bleib aber schon bei der Anrede stecken, was übrigens ebenfalls nicht überraschend ist. In den vergangenen anderthalb Jahrzehnten hatte ich zwei Sorten Briefe geschrieben: Die ersten fingen mit Liebe Judit an, die anderen mit Verehrte Mutter. Mit einem Wort: Ich habe Grund zu der Annahme, daß meine Geschichten, was die Klarsicht betrifft, schon immer gelungener gewesen sind als meine Briefe. Aber leider irrte Vater Lázár gründlich, als er glaubte, zwischen dem Schreiben und dem vierten Sakrament bestehe auch nur die geringste Ähnlichkeit. Ich wage zu behaupten, daß er sich ebensosehr geirrt hat wie meine Mutter, als sie sagte, du kannst dir gar nicht vorstellen, mein Sohn, was man sich im Ernstfall alles verzeihen kann.

Was ich meine, ist gar nicht so kompliziert, man braucht dazu nichts weiter als einen halbdurchlässigen Spiegel, in der Art der Fenster in den neuen Bürogebäuden. Vielleicht tut es dem Gleichnis sogar ausgesprochen gut, wenn die sakrale Stille der Kirchen völlig fehlt.

Wer drinnen sitzt, hat eine gute Sicht auf die Straße. Er sieht, wie der Regen den Staub auf dem Gehweg aufwirbelt, und ihm wird nicht langweilig, dabei ist es immer dasselbe. Er sieht, wie der Busfahrer wieder jemandem die Tür vor der Nase zuschlägt, und versteht nicht, was daran gut sein soll. Und er sieht Herrn W, wie er auch heute wieder einen Augenblick innehält, um seine Uhr zurückzustellen, weil, sagen wir, Herr W notorisch zu spät kommt und ihm wieder nichts Besseres eingefallen ist, als den Zeiger auf acht zurückzudrehen, dabei ist es schon zehn nach acht. Selbstverständlich dürfte er auch wissen, daß Herr W, wenn er zum Beispiel Busfahrer wäre, nie jemandem die Tür vor der Nase zuschlagen würde, aber das ist für unsere Geschichte fast egal. Uns interessiert nur, daß derjenige, der drinnen sitzt, alles ziemlich gut sieht.

Wenn bisher wir diejenigen waren, die drinnen saßen, so sollten wir jetzt Herr W sein, der, während er seine Uhr zurückstellt, aus irgendeinem Grund zu diesem Spiegel hochschaut. Im großen und ganzen sieht er, daß er dort auf dem Gehweg steht, seine blöde Doxa in der Hand, genau wie jeden Morgen in den letzten fünfzehn Jahren. Daß seine Krawatte verrutscht ist, weil er wieder gerannt ist wie ein Irrer. Daß es wieder genauso gießt, daß der Bus Nummer sieben wieder durch die Dreckpfützen pflügt, wahrscheinlicher ist allerdings, daß er das überhaupt nicht merkt. Vor allem aber sieht er, daß in seinem Blick das Entsetzen brennt, weil jetzt wieder das Theater kommt, acht oder zehn nach acht, und wieder beschließt er, lieber gar nicht mehr schlafen zu gehen, damit das nie wieder vorkommt, denn es gibt nichts Schrecklicheres als das.

Dann wird ihm plötzlich klar, daß er vor einem Fenster steht, und seit Jahren beobachtet ihn jemand von drinnen, wie er gerade lügt. Wenn wir die menschliche Natur einigermaßen kennen, fällt es uns nicht schwer zu erraten, was in den beiden vorgeht. Der hinter der Scheibe empfindet eine seltsame Verlegenheit und versteht zutiefst, daß das Entsetzen in den Augen des anderen in Haß umschlägt. Dieses Verstehen ist von Vergebung vielleicht gar nicht so weit entfernt. Die Frage aber, ob sie einander in diesem Moment wirklich erkennen, ist im Grunde unbeantwortbar. Vielleicht nur von innen, von außen ist es jedenfalls schwieriger.

Jetzt aber stellen wir uns vor, daß auf beiden Seiten des rauchfarbenen Glases wir selbst stehen. Wir können es uns ohne weiteres vorstellen, es ist ja viel weniger kompliziert, an der Frage des einander Erkennnens ändert das jedoch nicht viel. Nun, das Schreiben ist wohl vor allem etwas in dieser Art. Beichten und Absolution erteilen kann man ausschließlich durch ein Beichtgitter.

Im Leihhaus habe ich mir ein Sokol-Taschenradio gekauft. Ursprünglich wegen der Musik, für die Nacht, weil ich mich daran gewöhnt hatte, daß bei meiner Mutter die ganze Nacht der Fernseher lief, und so kann ich besser einschlafen. Dann begann ich die französischen, russischen und portugiesischen Sender zu hören, aber nach einer Weile gingen sie mir auf die Nerven. Aufgrund einiger Wortfetzen oder des bloßen Tonfalls meint man schon zu ahnen, worum es geht, dabei weiß man in Wirklichkeit nicht einmal, ob es die Nachrichten sind oder ein Hörspiel. Man schnappt zufällig ein halbes Wort auf und wird dann unweigerlich aufmerksam und bekommt immer mehr das

Gefühl, etwas zu versäumen. Schließlich ging ich zu den arabischen Sendern über, wo es weder germanische noch lateinische, noch slawische Wörter gibt, nur die Monotonie einer vollkommen unverständlichen Sprache. Das, für die Nacht leise gestellt, ist sehr viel besser als Musik oder die europäischen Sender. Als spräche der liebe Gott mal mit einer Männer-, mal mit einer Frauenstimme.

Es gibt eine Geschichte, die ich auf jeden Fall noch niederschreiben will. Meine Mutter und ihre Kollegen mußten im Zuchthaus in der Markó-Straße das Programm zum Nationalfeiertag bestreiten, und ich bettelte so lange, bis ich mitgehen durfte, denn ich wollte sehen, wie es im Gefängnis ist. Es mochte der vierte April oder der zwanzigste August gewesen sein, wahrscheinlich eher der vierte April, ja, denn ich hatte den Veloursmantel an. Judit sagte, ich solle nicht zuviel erwarten, das sei ein genauso widerlicher Ort wie der Zoo, und sie werde zu Hause bleiben, um zu üben, doch ich stellte es mir eher wie ein Theater vor, wo auch die Zuschauer im Kostüm sind und außer an Tagen wie heute jeden Abend vor einer leeren Bühne sitzen müssen, bis an ihr Lebensende.

Die Veranstaltung fand in einer Art Fest- oder Kultursaal statt. Gedichte, Arbeiterlieder, Szenen pädagogischen Inhalts, die Grille und die Ameise. Der Herr Künstler Diós gab die Grille, weil er Geige spielen konnte, auf Liebhaberniveau, aber fürs Gefängnis reichte es. Dergleichen Aktionen verabscheuten sie, obendrein waren sie dazu gar nicht verpflichtet, und das ist das schlimmste, denn wenn man zu einer Verpflichtung nein sagt, kann man die Folgen ziemlich genau absehen, aber wenn etwas keine Pflicht ist, weiß man nicht einmal, ob es dafür einen Pluspunkt gibt oder ob es scheißegal ist. Es war also ein Programm nach dem Motto sicher ist sicher, weil man dann hoffentlich in der nächsten Saison keinen Gorki spielen mußte.

Zweifellos hatte ich mit etwas Theatermäßigerem gerechnet. In gut fünf Metern Höhe flimmerten Neonleuchten, die man aus Sicherheitsgründen nicht ausschalten konnte, und es roch ein wenig wie in der Schulkantine. Unter dem Staatswappen stand ein Zitat, es muß etwas mit Wahrheit zu tun gehabt haben, denke ich. Die Gefangenen saßen auf Holzbänken ohne Lehne, diszipliniert, allerdings standen auch zu beiden Seiten Wachen an den Wänden. Es hatte also nicht viel Ähnlichkeit mit einer Provinzvorstellung, wo das Publikum bis Vorstellungsbeginn wenigstens herumzappelt, Sonnenblumenkerne kaut und mitten in der Vorstellung pfeift, wenn der Bösewicht ein bißchen übers Ziel hinausschießt. Aber vor allem stehen keine Wachen an der Tür, sondern ältere Frauen, die die Eintrittskarten abreißen, und es sind längst nicht so viele.

Ich saß in der ersten Reihe ganz außen. Es war ziemlich kalt, ich zog den Mantel nicht aus, daher meine ich, daß es der vierte April gewesen sein muß. Und ich zog ihn auch deshalb nicht aus, weil der Stoff meines Anzugs fast die gleiche Farbe hatte wie die Häftlingsuniformen, und irgendwie wollte ich einen gewissen Abstand wahren. Neben mir saß ein Mann von athletischer Gestalt, aber damit meine ich nur seine Größe, denn die Uniform war wie ein Gleichheitszeichen zwischen einem Jemand und einem Niemand. Dreihundert Seminaristen in einer Kirche sind genauso schrecklich wie dreihundert Häftlinge in einem Kultursaal oder dreihundert Rekruten auf Heimaturlaub am Ostbahnhof. Es fiel nicht ins Gewicht, daß der Mann eine athletische Gestalt hatte, daß sein Blick viel menschlicher war als der des unmittelbar neben uns postierten Gefängniswärters, es hätte nicht den geringsten Sinn gehabt zu sagen, daß er wie ein Stahlarbeiter oder ein Sportlehrer oder ein hoch aufgeschossener Dichter aussah.

Er hatte eine blaue Tätowierung am Unterarm, eine Frau mit riesigem Busen und Fischschwanz. Ich betrachtete sie, mich störte nur, daß das Bild auf dem Kopf stand und das Gesicht nicht zu sehen war, denn der Mann hatte die Ellbogen aufgestützt, und der Ärmel seiner Jacke war bis zum Hals der Nixe runtergerutscht. Ich grüßte ihn und bat ihn darum, mir auch das Gesicht der Frau zu zeigen, aber er zog seinen Ärmel zurecht und sagte, das ist nichts für Kinder, Kleiner.

– Ich bin Andor Weér, sagte ich, dann fügte ich hinzu, daß das meine Mutter sei, die vorhin den Attila József vorgetragen habe.

– Tausendvierundzwanzig, sagte er lächelnd und fügte seinen richtigen Namen hinzu, aber an den erinnere ich mich nicht mehr.

Ich fragte ihn, warum er im Gefängnis war.

– Das ist auch nichts für kleine Kinder, sagte er, aber ich könne ganz ruhig sein, ohne Grund habe er nie jemandem etwas getan.

Ich fragte, wie viele Tage lang er noch in Haft sein würde, worauf er fragte, was denn die größte Zahl sei, die ich mir vorstellen könne.

Ich sagte, unendlich.

Er sagte, das kann sich niemand vorstellen.

Ich sagte, ich schon.

Er sagte, dann würde ich es ja noch zu viel bringen. Dann fragte er, wie alt ich bin.

Ich sagte, sechseinhalb.

Dann solle ich mir jetzt lieber nicht unendlich vorstellen, sagte er, sondern daß ich schon viermal so lang gelebt hätte wie bis jetzt. Bis er freikommt, würde ich ein erwachsener Mann sein und hätte vielleicht schon eine Frau, die genauso schön sei wie meine Mutter heute.

– Meine Mutter ist dann auch noch genauso schön, sagte ich.

– Na klar, Kleiner, sagte er und streichelte mir über den Kopf.

Ich versuchte mir vorzustellen, daß ich schon viermal so lang gelebt hätte, aber das gelang mir nicht. Ich konnte mir nur vorstellen, ich hätte viermal hintereinander genauso lange gelebt wie bis jetzt, und beides ist ja nun nicht dasselbe.

– Das ist ganz schön viel, sagte ich, weil mir nichts Besseres einfiel.

– Das halten wir locker aus, sagte er, dann schauten wir auf die Bühne, weil der eine Wächter uns anraunzte, wir sollen still sein.

Es gab kein Podium, sondern nur einen Streifen aus Isolierband, der auf den Boden geklebt war, gespielt wurde dahinter, und zu beiden Seiten war an einer Schnur ein Vorhang angebracht. Es folgte die Szene, in der meine Mutter das Arbeitermädchen war und der Herr Künstler Bojtár der Traktorist, und sie besprachen gerade, was man mit einem Vorarbeiter tun soll, der Kugellager aus der Fabrik stiehlt. Der Dialog handelte davon, daß meine Mutter gesehen hatte, wie der Vorarbeiter ein Kugellager in ein Taschentuch wickelte, aber sie wollte es nicht melden, schließlich war nicht sie bestohlen worden, doch der Traktorist erklärte ihr, daß sie sich irrte, denn was wäre zum Beispiel, wenn dieses Kugellager in ihren Traktor eingebaut werden müßte, in der Erntezeit, der Weizen vom Vorjahr ist fast ausgegangen, die Ernte kommt für Tage zum Stillstand, weswegen es dann nicht genug Brot geben wird, da müsse auch meine Mutter doch einsehen, daß sie persönlich von dem Diebstahl betroffen sei, und nicht nur sie, sondern die Gemeinschaft aller Ungarn.

– Aus frischem Weizen mahlt man kein Mehl, weil das schon nach einem Tag muffig wird. Kann nichts schaden, wenn du das weißt, Kleiner, flüsterte der Mann, wobei er darauf achtete, daß die anderen es möglichst nicht hörten.

– Es sind nicht die Schauspieler, die diese Texte schreiben, sagte ich, weil ich mich ein bißchen schämte, daß meine Mutter auf der Bühne Blödsinn redete.

– Klar, sagte er, dann fragte er, ob ich Geschwister habe.

– Ja, eine Schwester, aber sie mag Gefängnisse nicht. Sie ist lieber zu Hause geblieben, um zu üben. Sie ist Geigerin, sagte ich.

– Und was für ein Künstler bist du? fragte er.

– Ich weiß es noch nicht. Ich interessiere mich für ziemlich viel. Vielleicht am meisten fürs Zeichnen, sagte ich, dann fragte ich, ob er Kinder hätte, worauf er sagte, ja, einen Sohn, fast so groß wie ich, und daß er gut schwimmen kann.

– Schwimmen Sie auch zusammen, mit ihm? fragte ich.

Ja, er hatte es ihm beigebracht, sie waren an die Theiß gegangen, jeden Sommer.

Das bedeute ja, daß sein Sohn die Nixe habe anschauen dürfen, sagte ich.

– Du bist schlimmer als ein Staatsanwalt, sagte er und fragte, ob ich mich auf seinen Schoß setzen wolle, worauf ich sagte, ja.

Alles Weitere war ziemlich schrecklich. Als er mich auf die Knie nahm, waren sofort zwei Gefängniswärter da und führten den Mann mit nach hinten gedrehten Armen aus dem Saal, ich aber fing an zu schreien, lassen Sie ihn sofort los, er hat doch nichts getan, lassen Sie meinen Vater in Ruhe, und die Häftlinge grölten. Dann zerrte meine Mutter mich hinter den Vorhang und gab mir eine gewaltige Ohrfeige, nicht so sehr wegen meinem Geschrei, sondern wegen dem Vater und so.

Der andere Ausgang der Geschichte ist natürlich noch schrecklicher. Daß ich mich, als die Gefängniswärter dem Mann die Arme verdrehten und ihn aus dem Saal stießen, nicht getraut hatte, den Mund aufzumachen. Und noch Jahre später rechnete ich herum, wann Tausendvierundzwanzig freikommen würde, weil ich mich davor fürchtete, ihm einmal unter die Augen zu kommen.

Eines Abends suchte ich in meiner Schublade nach Tinte, schließlich blieb mir nur der Kugelschreiber, den ich übrigens hasse, na egal. Mir geriet also ein Spiralheft in die Hände. Im ersten Moment glaubte ich, daß es Judits war, denn ich hatte es mit der linken Hand geschrieben. Ziemlich lange schrieb ich alles mit der linken Hand, zumindest Traumtagebücher, Gedichte und dergleichen. Ich denke, weil mit vierzehn, fünfzehn Jahren das gesunde Schamgefühl etwas stärker wird. Mag sein, daß man den vorgetäuschten Orgasmus der Künstlerin Ivett Bíró in der Garderobe des Restaurants Kárpátia noch ganz gut wegsteckt, aber wenn es um die gereimten Sonette an die Künstlerin Weér geht, verbirgt man sich unweigerlich, und natürlich spielt man Versteck mit der Ewigkeit. Allmählich stellt sich dann aber heraus, daß das Durchschnittsalter der Ewigkeit etwa fünfundvierzig Jahre beträgt, mal klatscht sie, mal steht sie auf und verläßt den Saal, doch meistens sitzt sie einfach nur zu Hause und liest noch ein bißchen vor dem Einschlafen. Mit der Zeit bekommt man sogar eine Ahnung, wie hoch die Quote der Ewigkeit ist: in meinem Fall circa fünftausend Ungarn, was ja gar nicht so schlecht ist, und da habe ich die eventuelle französische Ausgabe noch nicht mitgerechnet. Mit einem Wort, sobald wir nach der Ewigkeit greifen, beginnt sie plötzlich zu zerfallen. Sie zerfällt in Jolika, die meint, das müssen Sie unbedingt schreiben, weil das schön ist, und in den Gebühreneintreiber, der meint, das müssen Sie unbedingt schreiben, weil die Dokumente aufgetaucht sind. Sie zerfällt in die Frage meiner Mutter, Wassolldiesermüllmeinsohn und in das nächtliche Geklapper von Eszters geliehener Schreibmaschine – wie ein Klavier, nur sind die Saiten aus Holz. Um auf das Spiralheft zurückzukommen, so bin ich darin auf eine halbseitige Geschichte über die Pompejaner gestoßen. Genauer, über die Ausgrabungen: Als die menschengroßen Hohlräume entdeckt und mit

Gips ausgegossen wurden, gefror allen der Ausdruck des Triumphs auf dem Gesicht, denn in der Tiefe der erkalteten Lava waren sie auf ihre eigenen Abdrücke gestoßen. Und natürlich brach der Vesuv wieder aus, und alles begann von vorne, mit fünfzehn kann man das noch nicht auslassen.

Vor etwa zwei Wochen kam Eszter zu mir. Nein, eher vor drei. Vor drei Wochen. Gleich an dem Tag, an dem sie wieder in Budapest war. Sie fragte, was mit meiner Mutter geschehen sei, und ich versuchte es so redlich wie möglich zu erzählen. Meine einzige Lüge bestand darin, daß ich ihre Wohnung unerwähnt ließ, weil ich sie keinesfalls mit hineinziehen wollte. Also erfand ich ein Mädchen namens Adél Bárdos, das ich im Zug kennengelernt hätte, und daß ich bei ihr gewesen sei, aber sie sagte, das sei völlig überflüssig, wenigstens jetzt solle ich nicht lügen; als sie ihr Zimmer betrat, habe sie sofort gewußt, daß ich dort geschlafen hatte.

Ich fragte, warum sie das denke, worauf sie sagte, darüber habe sie all die Jahre nie ein Wort verloren, aber ich hätte beim Bettzeug noch nie rechts von links unterscheiden können. Dann fügte sie noch hinzu, daß diese Adél meine Kindergartenliebe gewesen war, sie hatte bitterlich geweint und Sand gegessen, als meine Mutter beschloß, mich und meine Schwester in den Elitekindergarten des Ministeriums zu bringen.

Ich sagte, sie erinnere sich falsch und daß auch noch jemand anderes einen Schlüssel gehabt haben könnte, der bei der Bettdecke ebenfalls nicht rechts von links unterscheiden kann, worauf sie sagte, ich könne ganz beruhigt sein, außer mir habe niemand einen Schlüssel.

Eine Weile schwiegen wir, dann merkte ich, daß sie immer noch ihren Mantel anhatte, und ich fragte, ob sie ihn nicht ausziehen wolle.

– Ich mache einen Tee, sagte ich, sie sagte, gut, und wir warteten am Kachelofen, bis das Wasser kochte.

Ich fragte, was sie von mir denke.

Sie sagte, was sie von mir denke, habe jetzt nicht viel mit dem zu tun, was sie fühle.

Ich faßte mit dem Taschentuch die Kanne an, sie brachte die Tassen und den Zucker. Ich dachte daran, daß wir schon eine Abtreibung und zweimal Psychiatrie hinter uns hatten, und natürlich gab es auch sonst noch eine Menge, aber jetzt war sie das erste Mal in meinem Zimmer. Sie konnte ihren Platz nicht so recht finden. Schließlich setzte sie sich wieder in den Armstuhl und ich mich aufs Bett, wie vorher.

– Wie war's zu Hause? fragte ich, dabei hatte ich eigentlich fragen wollen, ob sie allein gefahren war oder den Astronomen mitgenommen hatte.

– Darüber reden wir jetzt besser nicht, sagte sie.

– In Ordnung, sagte ich, dann schwiegen wir wieder. Ich versuchte, sie so anzuschauen, als wäre es das erste Mal, und dachte, daß ich ihr, auch wenn sie sich erst heute auf der Freiheitsbrücke bei mir eingehakt hätte, wieder alles in aller Ruhe erzählen würde. Und dann wenigstens nicht wüßte, warum ihr das Haar nur bis zu den Schultern reichte und woher sie ihre Augenfältchen hatte.

– Ich gehe nach Hause, sagte sie.

– Bleib doch noch ein bißchen, sagte ich.

– Ich meinte, ich ziehe nach Hause zurück.

– Wann? fragte ich.

– Ich weiß noch nicht. So etwas dauert mindestens ein halbes Jahr. Vielleicht auch länger.

– Dann ist ja gut, sagte ich, und sie erzählte, daß der Mann, der damals das Haus gekauft hatte, vor drei Jahren gestorben sei und daß sie schon mit den Erben geredet habe; von dem, was sie für die Nap-Straße bekommen würde, könnte sie es zurückkaufen.

– Ich verstehe, sagte ich und dachte einen Moment lang, daß es besser wäre, diese Wohnung hier zu verkaufen, dann könnte die Nap-Straße bleiben für den Fall, daß wir nach Budapest kommen, aber dann wurde mir klar, daß das keinen Sinn hatte.

– Sechshundert Kilometer sind gar nicht so viel. In einer Nacht bist du da.

– Klar, sagte ich.

– Und wahrscheinlich könnte ich auch ziemlich oft kommen.

– Ich weiß, sagte ich.

– Aber diese Stadt ist die Hölle für mich.

– Ich weiß, sagte ich.

– Vielleicht wird das dort auch die Hölle, aber da bin ich wenigstens zu Hause.

– Ich weiß, sagte ich.

– Wir hätten besser nicht schon jetzt darüber geredet.

– Ach was. Bisher haben wir über alles immer zu spät geredet, sagte ich.

– Dann weine nicht.

– Ich weine nicht, mir beißt nur der Rauch in den Augen, sagte ich, und ehe sie kam und mich auf die Stirn küßte, hatte der Würgegriff der Angst meinen Hals schon wieder losgelassen. Ja, eigentlich freute es mich sogar, daß sie glaubte, meine Augen wären feucht, weil sie heimging.

– Kann ich hier schlafen, fragte sie.

– Klar, sagte ich, aber als ihre Zunge sich zwischen meine Lippen bohrte und über den Bogen meines Gaumens glitt, begann ich mich davor zu fürchten, daß ihre Lust mich schwanken machen würde. Daß ein Schrei und das Zusammenziehen einiger Muskeln jenen Betonklotz sprengen würden, mit dem ich mich inzwischen schon ganz gut arrangiert hatte und dem in den vergangenen Wochen weder die Angst noch Vernunftargumente, noch Doktor Frégels Medikamente etwas hatten anhaben können.

– Nicht, sagte ich.

– Still, sagte sie und knöpfte mir das Hemd auf, aber noch bevor ich zu ihrem Schoß hätte vordringen können, war bereits jeder Versuch zwecklos, an den Wagen der Müllabfuhr zu denken, wie er die Requisiten zermalmte. Einerseits, weil das letzte Mal schon gut ein Jahr her war, andererseits wahrscheinlich wegen der Angst. Bevor ich also überhaupt bis zu ihrem Schoß hätte vordringen können, versuchte ich schon vergeblich, an was auch immer zu denken. Stimmt, Gottes Requisitenwecker blieb auch nicht stehen, nur die Matratze bekam Flecken, aber sie sagte, das macht nichts.

Ich versuchte mich mit meinem Gesicht auf ihrem Bauch möglichst weit von dem zu entfernen, was sie dachte. Ich zählte die Bücher auf dem Regal. Bei der Prosa waren es tausendzweihundert bis M. Das ist ein bißchen viel. Wenigstens all jene hätte ich wegwerfen sollen, die in Gummihandschuhen geschrieben worden sind, dachte ich. Dann machte sie das kleine Licht aus und breitete die Dekke über uns.

– Kommst du mit mir? fragte sie.

– Nein, sagte ich, dann schwiegen wir wieder, jetzt aber bereits im Dunkeln.

– Dann bleibe ich hier in Budapest.

– Du hast nicht den geringsten Anlaß, dir Sorgen um mich zu machen. Du hast selbst gesagt, daß ich sogar am Meeresgrund überlebe.

– Ich habe mich geirrt, sagte sie.

– Ach was, sagte ich und umarmte sie, und ihr Gesicht war voller Tränen, aber sie weinte nicht, zumindest hörte man es ihrer Stimme nicht an.

– Wie lange wirst du mich belügen? fragte sie.

– Drei Wochen, vielleicht einen Monat. Ich bin erst bei der Freiheitsbrücke.

– Dazu hast du kein Recht, sagte sie.

– Das ist das einzige, wozu ich das Recht habe, sagte ich.

– Nicht du hast deine Mutter umgebracht. Deine Mutter hat dich umgebracht. Und vielleicht auch Judit.

– Kann sein, sagte ich, dann redeten wir bis zum Morgen nicht mehr.

Als ich aufwachte, hatte sie schon Kaffee gekocht. Nackt, mit meinem Jackett über den Schultern, stand sie am Fenster und schaute in den Regen und zu den Platanen im Museumsgarten hinaus. Ich sagte, sie solle nicht böse sein wegen gestern nacht, denn selbst wenn ich das Recht dazu hätte, die Feigheit sei doch ziemlich übermächtig, soweit müsse sie mich schon kennen. Die vergangenen Wochen hatten sich in der Tat um nichts anderes gedreht, was ja nur natürlich ist, und jetzt ging es auch noch darum, daß sie nach Hause ziehen wollte, das war wie ein letztes Zurechtrücken des Stricks. Aber ich möchte weder in der Eiswüste noch auf dem Meeresgrund leben, was ebenfalls natürlich ist. Am liebsten möchte ich ein Kind, selbstverständlich keinesfalls hier, in dieser einstigen Gruft, also müßten wir vor allem diese Wohnung verkaufen, von dem Preis dafür könnten wir nicht nur das Haus ihres Großvaters kaufen, sondern wir könnten davon sogar leben, der Forint steht zur Zeit ziemlich gut, und dann bleibt uns die Nap-Straße für den Fall, daß wir manchmal nach Budapest kommen, ja, aber wegen des Verlags muß ich auf jeden Fall herkommen, nur brauche ich noch eine Woche, maximal einen Monat, bis ich mit dem Buch fertig bin, zum Glück geht mir die Arbeit leicht von der Hand, was mich am meisten überrascht, sonst pusselt man manchmal monatelang an einem einzigen Adjektiv herum, und jetzt strömt es wie ein Wasserfall, stimmt zwar, daß wahrscheinlich auch viel mehr daran zu korrigieren sein wird, aber wenn es mir gelingt, dieses Tempo beizubehalten, dann kann sie Ende Oktober mit dem Tippen beginnen, nur wird es besser sein, wenn diesmal nicht sie einen Verlag sucht, denn das hat sich ja nicht als allzu glücklich erwiesen, das war ein schlechter Witz, na egal, also ich brauche noch ein paar Wochen Alleinsein, um mir endlich über all das Klarheit zu verschaffen, was ich eigentlich schon lange klar sehen sollte, sie dürfe jetzt also für ein paar Wochen gar nicht kommen, auch die Montage sollten lieber ausfallen, dann gebe ich im Expresz eine Anzeige für die Wohnung auf, weil die Makler meistens Schwindler sind, aber am besten wäre es, wenn sie den Erben noch heute schreiben würde, und sobald das Geld von meinem Vater da ist, könnten wir die Anzahlung abschicken –

– Bist du fertig? fragte sie.

– Ja, sagte ich.

Sie hängte mein Jackett wieder über die Stuhllehne, und ich setzte mich auf den Tisch und sah ihr beim Anziehen zu. Ihre Brustwarzen waren hart und lila geworden, sie zitterte am ganzen Körper, genau wie damals, als sie in der Badewanne voll eiskaltem Wasser gelegen hatte. In ihrem Blick war weder Mitleid noch Haß, noch Gleichgültigkeit. Eigentlich nichts. Als sei sie gerade zur Welt gekommen, nur daß Gott sie damit geschlagen hatte, daß sie schon einunddreißig und dies hier mindestens das fünfte Mal war. Zuerst zog sie sich die Strümpfe an, dann die Schuhe und schließlich auch die Bluse.

– Soll ich hierbleiben? fragte sie.

– Nein, du würdest es dir nie verzeihen.

– Es ist völlig egal, was von beidem ich mir nie verzeihe, sagte sie, dann zog sie ihr Kleid an. – Nur wäre das erträglicher, als zu Hause zu sitzen und herumzurätseln.

– Du mußt nicht herumrätseln.

– Wie es für dich besser ist.

– So ist es viel besser, sagte ich.

– Ich weiß, sagte sie, dann half ich ihr in den Mantel, sie

küßte mich auf die Stirn und ging zur Tür hinaus, als würde sie nur rasch zum Laden gehen, um Brot zu holen.

Vor einigen Tagen hat es endlich aufgehört zu regnen, und ich bin für eine halbe Stunde in den Museumsgarten gegangen. Am Trinkbrunnen fand ich eine zerfetzte Taube, ein Hund hatte sie wohl erledigt. Ich versuchte die Kette von Ursache und Wirkung zusammenzusetzen, angefangen damit, daß ich auf der Beerdigung von Herrn Újhelyi erbost zu Judit sage, wenn sie ihre Portion Lügen aufgebraucht hat, soll sie doch heimgehen und sich mit einer Geigensaite die Pulsadern aufschneiden, über den Umstand, daß meine Mutter wegen einer Schlagzeile über eine Tragödie hundertmal den Kamin kontrollieren läßt, bis zu dem Punkt, wo der verspielte Dobermann von Herrn Schőbel, ohne die Verbotstafel zu beachten, in den Museumsgarten schleicht, um Tauben zu jagen, und ich nur noch mit den Adjektiven herumpussele, seit Tagen, es strömt inzwischen gar nicht mehr wie ein Wasserfall, für die Gefängnisgeschichte suche ich vergeblich nach einem Ende, weil der eine Punkt genauso wahr ist wie der andere, und dann gehe ich für eine halbe Stunde nach unten, noch bevor der Parkwärter diesen Taubenkadaver gefunden hätte, sogar eine Plastiktüte habe ich in meiner Manteltasche, so also versuchte ich, diese Kette zusammenzusetzen, aber dann wurde mir deutlich, daß das genauso ein Unsinn war, wie daß meine Mutter kein Brot bekommen würde, nur weil der Vorarbeiter das Kugellager gestohlen hatte, um für sein Kind einen Roller zu bauen. Und daß dies Unsinn ist, nicht etwa deshalb, weil kein Gott ist, der sich mit so einem Kartenhaus abgibt, sondern weil sich mit dergleichen nur jemand abgibt, der von einer Seite her alles ziemlich klar durchschaut, von der anderen jedoch nur sieht, daß er wieder auf dem Gehsteig steht, seine Scheißuhr in der Hand, und sich vergeblich mit ihr abgibt, weil er in den fünfzehn

Jahren die ganze Konstruktion versaut hat und den Zeiger jetzt nicht mehr zurückdrehen kann.

Dann kam auch schon der Parkwärter mit einem nagelbestückten Stock und einem schwarzen Plastiksack und sammelte die um die Bänke verstreuten Zigarettenschachteln, Schokoladenpapiere und den anderen Müll ein. Die Hälfte der Taubenfedern blieb liegen, die sind schließlich organisch, aber den Vogel hatte er größtenteils aufklauben können, und ich dachte, daß mein Gottesbild allen meinen Bemühungen zum Trotz ziemlich infantil ist, aber der Parkwärter mit dem schwarzen Plastiksack paßt noch glatt hinein. Daß die Vorsehung nicht unbedingt weiße Flügel haben muß, sie kann ruhig in Adidas-Schuhen mit Schnürsenkeln aus Bindfaden herumlaufen und in beigefarbenem Trenchcoat. Daß die Vorsehung sich getrost räuspern und dreimal ausspucken darf, damit ihr die Haare nicht ausfallen, wenn sie schlammige Taubenreste in den Plastiksack steckt. Dann dachte ich noch, wenn es keine Taube gibt, reicht das Zeitungspapier.

Wenn ich richtig rechne, haben sich heute vor sechsunddreißig Jahren Andor Darvas, Rebeka Weér und Éva Jordán in den Fond eines Dienstwolga gesetzt, damit die bedauerlichen Ereignisse ihre Romanze nicht störten. Ich habe von der Jordán auch ein Bild bekommen, das im Jagdhaus des Innenministeriums in Őrség aufgenommen worden war, etwa in jenen Tagen, als die Studienkollegen meines Vaters von der Fakultät Ungarisch und Geschichte aus Kőbányaer Bierflaschen Molotow-Cocktails herstellten. Ein Foto in Postkartenformat, mit gezacktem Rand, kein Kunstwerk, aber gut komponiert, noch nicht einmal vergilbt. Sie sitzen zu dritt an einem aus Brettern gezimmerten Küchentisch, vor ihnen eine Glaskaraffe, zu drei Vierteln mit Wein gefüllt, daneben Gläser; hinter ihnen im Dunkeln das Zimmer. In der Mitte mein Vater im gestrickten Rollkragenpullover, meine Mutter lehnt den Kopf an seine Schulter, die Lippen leicht geöffnet. Rechts Éva, das Kinn aufgestützt, Zigarette zwischen zwei Fingern, die andere Hand auf der meiner Mutter, was wegen der Karaffe nicht genau zu sehen ist. Alle drei blicken in die Linse der Zorkij und warten auf den Selbstauslöser. In ihrem Blick ist nichts Gekünsteltes. Sie lächeln nicht, und sie starren nicht ins Nichts. Augenscheinlich sind sie glücklich. Und wenn ich richtig rechne, saßen sie, als sie Ende November zurück nach Budapest fuhren, bereits zu fünft im Fond.

Ursprünglich hatte ich geplant, Eszter auf die Rückseite des Fotos ein paar Zeilen zu schreiben, aber mir fiel nichts ein. So daß ich schließlich nur die Adresse auf die Karte schrieb, dann wartete ich am Fenster ab, wann die Kranzniederlegung vor dem Rundfunkgebäude zu Ende war, denn dort ist der nächste Briefkasten.

Natürlich habe ich Angst. Aber solange der Kachelofen ordentlich warm wird, habe ich noch menschliche Züge. Wenn ich draußen sitzen würde, sagen wir, auf dem Hof eines Hauses am Seeufer, irgendwo in einer gottverlassenen Gegend, in den Karpaten, könnte ich auch bloß schreiben, daß es eine einzige Sache gibt, die mich mit Bewunderung erfüllt: der Sternenhimmel über mir. Und das ist noch sehr wenig.